NARRATIVA

887

Steve Berry

L'ULTIMO REGNO

Romanzo

TRADUZIONE DI
ALESSANDRO STORTI

EDITRICE NORD

Titolo originale
The Last Kingdom

ISBN 978-88-429-3576-6

In copertina: design by Eric Fuentecilla

Art director: Stefano Rossetti
Graphic designer: Riccardo Gola / PEPE *nymi*

L'ULTIMO REGNO

A Derrick Koger, Nick Koger, Toni Sims, Trinity Dorner
e Kelsey Deal, insuperabili « immaginieri »

Questo romanzo è opera di fantasia. Tutti i personaggi, le organizzazioni e gli eventi in esso descritti sono frutto dell'immaginazione dell'autore, oppure usati in modo fittizio.

Un eterno enigma desidero restare,
per me e per gli altri.

LUDOVICO II DI BAVIERA

PROLOGO

Alpi bavaresi
8 agosto 1881, ore 03.10

Ludwig Friedrich Wilhelm von Wittelsbach amava la notte. Da tempo aveva smesso di vivere al sole, trovando la serenità di un cielo di velluto trapunto di stelle luccicanti assai preferibile alla calura di una giornata d'estate. Per una persona qualunque, quella preferenza non avrebbe avuto importanza.

Ma lui era tutt'altro che una persona qualunque.

Era re Ludovico II, duca di Franconia e di Svevia, conte palatino del Reno. Membro dell'antichissima dinastia dei Wittelsbach, che regnava sulla Baviera da più di settecento anni. Da diciassette, su quel trono sedeva lui. Il suo reame si estendeva dalla schiera frastagliata delle Alpi fino alle foreste della Prussia, ed era solcato dal Danubio, dall'Inn e dall'Isar. Era una terra variegata, rurale, di borghetti e paeselli, abitata da quattro milioni e mezzo di anime che vivevano sotto il governo di Ludovico e sotto l'influenza ormai in declino della Chiesa cattolica. Era stata uno dei trentacinque Stati indipendenti che avevano composto il Deutscher Bund, la Confederazione germanica, nel 1815, e si trovava tutt'ora sotto l'influenza prussiana.

La Baviera era il suo regno.

Era tutta sua.

Ma lui la odiava.

Strano atteggiamento, per un monarca.

Atteggiamento che quella notte sarebbe cambiato.

La carrozza si fermò.

L'accidentato tragitto che dal palazzo di Linderhof l'aveva portato fin lì era durato diverse ore. Ludovico si era tenuto appoggiato allo schienale, nell'ombra, imbacuccato in un mantello, con le tendine del finestrino ben tirate e le lanterne della carrozza accese per illuminare la strada. Adorava quei viaggi notturni. Ne faceva uno quasi ogni notte. Alcuni erano brevi gite nelle foreste alpine, altri più lunghi, nel cuore delle montagne, in luoghi dove ben pochi si avventuravano. Questi ultimi erano i suoi preferiti, dato che la solitudine era ormai il suo rifugio. Detestava la politica, la gente che se ne occupava e, in generale, qualunque cosa si potesse remotamente associare a essa. La corona era diventata un puro fardello. Governare era una fastidiosa incombenza, non un mezzo per ottenere chissà cosa. Preferiva sognare, costruire, avvilupparsi nelle sue stravaganze, in leggi tutte sue, quelle di un dominatore antico, misterioso e leggendario, che non doveva rendere conto a nessuno.

Che delizia.

In quelle fantasie, Ludovico trovava un senso di sicurezza.

E anche sollievo.

E, non da ultimo, godimento.

La Costituzione del regno di Baviera imponeva che il monarca risiedesse a Monaco per almeno ventun giorni all'anno. Che ridicolaggine. Ma lui vi ottemperava. Poi, al ventiduesimo giorno, si allontanava in tutta fretta dalla capitale, ritirandosi sulle montagne a sud. In un luogo di splendore. Un luogo che lui amava davvero. Sì, le voci erano giunte anche al suo orecchio. C'era chi cominciava a chiamarlo il Re Pazzo.

Nulla di più lontano dal vero.

Semplicemente voleva starsene in pace, come tutti.

Lo sportello della carrozza si aprì, e lui sollevò il suo pesante corpo dal panchetto foderato in seta, spingendosi nello stretto passaggio e uscendo sotto il cielo notturno. Uno dei valletti gli porse una mano per aiutarlo a scendere sulla scaletta appena collocata a terra, per la sua comodità.

Ludovico aveva trentasei anni, ma ne dimostrava molti di più; il suo fisico era un disastro. Un tempo era stato alto, snello, con una folta chioma mossa e occhi azzurrissimi. Bello. Desiderato. Abile a cavallo ed elegante nel nuoto, come gli eroi delle sue amate operette. Ma poi su quel corpo asciutto si erano accumulati chili su chili. Il fuoco dello sguardo, tanto vivace agli inizi del suo regno, era stato offuscato dalle molte delusioni che gli era toccato sopportare. La sua andatura, che un tempo era stata un incedere elegante, a testa alta, adesso ricordava il passo dinoccolato di una papera. La passione per i dolci, unita alla paura dei dentisti, gli aveva guastato la dentatura. La bocca era costantemente dolorante, la testa martoriata dalle emicranie. Ormai i suoi più cari amici erano i narcotici e gli alcolici. Amici falsi, lui lo sapeva, ma comunque assai più fedeli dei tremebondi accoliti che lo circondavano abitualmente. Col tempo era arrivato a detestarli tutti, come anche le pompose ritualità che si accompagnavano alla corona. Preferiva la vita semplice dei villici, e ne aveva conosciuti molti, durante le sue capatine notturne nell'ambiente dei contadini e dei boscaioli. Quella notte, però, avrebbe incontrato un visitatore speciale, venuto da molto lontano a portargli ciò che lui agognava da lungo tempo.

Vide avvicinarsi un uomo. Basso, occhialuto, con le guance ornate da favoriti, in completo scuro. A guardarlo, lo si sarebbe detto un *Herr Professor*, e invece era il direttore generale degli Archivi di Stato bavaresi, giurista e storico, una delle pochissime persone di cui Ludovico si fidasse.

«Maestà, bentrovato.» Franz von Löher s'inchinò.

Ludovico rispose al saluto con un semplice cenno, senza dire nulla. Per l'occasione aveva indossato un'uniforme austriaca con una fascia di gran croce, rossa con bordi bianchi, per traverso sull'ampio petto. Poco sopra di essa aveva appuntato una stella a otto punte, in argento, e una croce coordinata, sospesa con un nastro, anch'esso rosso orlato di bianco. L'onorificenza gli era stata conferita nel 1865, quand'era sul trono da un anno. Una sciocchezzuola di poco valore, all'epoca, da parte di un monarca straniero che adesso era diventato importantissimo. Di norma evitava l'abbigliamento militare, preferiva pantaloni semplici, camicia, panciotto e giubba. Gli eserciti e le guerre non avevano mai acceso il suo interesse. Ma quella era un'occasione che esigeva una somma osservanza del protocollo.

Aveva scelto con cura il luogo dell'abboccamento. Altlach. Al di là delle gelide acque del Walchensee. Un nome che, ironicamente, in alto tedesco significava «lago degli stranieri». I suoi geologi gli avevano detto che forse quello era il lago più antico d'Europa. Ma quella notte era più importante il fatto che non fosse troppo lontano da Salisburgo, ossia dalla più vicina stazione ferroviaria.

« Sta arrivando? »

Von Löher annuì. « Un corriere a cavallo ci ha raggiunti poco fa. Lui è sceso dal treno e ora sta venendo qui in carrozza, ci vorrà meno di mezz'ora. »

Ludovico lasciò correre lo sguardo verso il praticello solitario in mezzo al panorama montano, in tutta la grandiosità di una notte estiva sulle Alpi. Adorava la natura, con tutta la sua solennità e magnificenza, e con quella perenne giovinezza che sembrava fatta apposta per essere ammirata.

Quattro torce illuminavano un tavolo in rovere coperto da un drappo di lana rosso e ornato da un enorme mazzo di fiori di campo appena colti, collocato al centro. Anche i fiori erano una sua passione, soprattutto quelli che crescevano in abbondanza sui pendii montuosi. Sul prato era stato steso un tappeto turco, e ai due lati del tavolo c'erano due scranni a schienale alto. Dietro il bagliore delle torce, due assistenti se ne stavano rigidi come pali, in livrea blu e bianca, col tricorno in cima alla parrucca incipriata, pronti a spostare gli scranni per far accomodare il sovrano e il suo ospite.

« Qual è il trattamento d'onore? » chiese Ludovico.

« Lo stesso vostro, mi si dice. 'Maestà.' »

A lui piaceva. Una parola sola. Niente « vostra ». Così come si conveniva a un monarca assoluto.

« Com'è? »

« Sei anni fa, quando l'ho conosciuto, era un uomo di bella presenza. Istruito, gentile, capace. Ora ha quarantacinque anni, non fa molta mostra di sé e non parla granché di politica. In quest'ultima cosa siete simili. »

A Ludovico piaceva anche quello.

« Nella mia precedente visita mi ha dato l'idea di un uomo quieto, distinto, che non rende certo disonore alla sua corona. Ama cantare, accompagnandosi con uno strumento chiamato ukulele. E anche con una certa abilità, aggiungerei. »

« L'avrà portato con sé? »

« Ne dubito. Pare che lo suoni soltanto in patria. »

Peccato. Però ciò che Ludovico aveva appena udito era incoraggiante. Erano senz'altro due spiriti affini. « Le carte sono state redatte come si deve? »

« Il giurisperito mi assicura di sì. »

« Ci si può fidare di quel Lehmann? » Nessuno doveva sapere ciò che Ludovico era in procinto di fare.

« È vincolato al segreto, e vi è assolutamente fedele. Contateci, non trapelerà nulla. »

Bene.

Scorse in lontananza un lumicino vacillante: era la staffetta battistrada, che cavalcava con una torcia per segnalare l'imminente arrivo della carrozza. Carrozza che era stata inviata da Ludovico stesso. Tutta dorata, foderata di velluto, trainata da sei grigi pomellati con finimenti in cuoio marocchino.

Equini degni di un re.

Ludovico era stanco - sempre stanco - e irrequieto. Ma il silenzio ininterrotto che lo circondava era un balsamo per i suoi nervi logori. Sollevò lo sguardo sulla luna e sulle stelle. Con un po' di fortuna, quella notte gli avrebbero sorriso. « Il mio obiettivo è in vista », mormorò a Von Löher. « Finalmente sarà mio. »

« Lo sarà senz'altro, maestà. »

Il suo sogno.

Avverato.

Das letzte Königreich.

L'Ultimo Regno.

OGGI

1

Chiemsee, Baviera,
martedì 9 dicembre, ore 15.30

Cotton Malone concentrò l'attenzione sull'uomo e sulla donna. Entrambi erano, come lui, in mezzo a un gruppo di turisti in visita a Herrenchiemsee, un castello ottocentesco di settanta stanze, rintanato nel Sud della Germania. Lì, Ludovico II aveva voluto una Versailles tutta sua, un «tempio della fama» in onore del suo eroe, Luigi XIV di Francia. Allo scopo aveva acquistato quell'isola coperta di alberi e lambita dalle fredde acque del Chiemsee, e vi aveva fatto erigere una sorta di reinterpretazione - non una copia esatta - della reggia costruita per volere del Re Sole. Allo stesso modo del palazzo cui s'ispirava, anche il castello di Herrenchiemsee mancava di qualunque attenzione agli aspetti pratici: entrambi gli edifici erano stati pensati come monumenti all'assolutismo. Al suo, Ludovico aveva fatto aggiungere un memoriale agli antenati Wittelsbach, come per allinearsi - seppure soltanto nella sua mente - alla sua storia.

Ma il castello non era mai stato completato.

Alla morte di Ludovico, nel 1886, era stato eretto solo il corpo centrale, e le stanze abitabili erano venti. Non c'erano ancora le immense ali laterali, né i padiglioni, né la celebre galleria. Ciò che era riuscito a mettere in piedi era comunque degno di nota: un'impressionante commistione di barocco e rococò, con sale che gareggiavano in sfarzo e opulenza delle dorature, per dare a qualunque visitatore un chiaro messaggio di potere e ricchezza.

L'attenzione di Cotton, tuttavia, restava fissa sull'uomo e sulla donna.

Li aveva notati non appena si era formato il gruppo, al pianterreno. Erano arrivati un minuto prima dell'orario dell'ultimo ingresso (il palazzo chiudeva alle quattro e un quarto), e con gli ultimi due biglietti della giornata erano entrati a rifugiarsi dal freddo. Già in precedenza, Cotton aveva notato che alcuni turisti, dopo essere sbarcati dal traghetto, proseguivano a piedi, mentre altri si servivano di una carrozza trainata da cavalli che attendeva sul molo. Lui aveva preferito la prima opzione, attraversando il bosco di pini e betulle, e godendosi l'aria frizzantina di quel pomeriggio d'inverno bavarese. Aveva acquistato il biglietto presso il negozio di souvenir ai piedi del pontile, insieme con un libriccino esplicativo che, oltre alle varie notizie storiche sul castello, comprendeva una piantina del piano nobile. In particolare, Cotton era interessato a una stanza dell'ala settentrionale, tra la camera reale e la sala da pranzo, e aveva constatato con soddisfazione che quelle pagine contenevano varie informazioni in proposito.

Adorava quell'angolo di mondo.

La Baviera sembrava sospesa in un'aura di leggenda, con le Alpi torreggianti, valli profonde, caverne, fortezze e pittoreschi villaggi che, a vederli, avrebbero potuto benissimo essere popolati di folletti, gnomi e fate. I grandi eroi della tradizione popolare tedesca - Tannhäuser, Lohengrin e Parsifal - avevano dato origine a innumerevoli storie alle quali, per secoli, avevano attinto poeti, compositori e romanzieri. E poi c'era Ludovico II, del quale Cotton era un grande ammiratore: aveva letto vari libri sul famoso monarca che aveva sognato il passato e avuto l'audacia di tradurre in realtà quei suoi vagheggiamenti. Peccato che quelle fantasie non avessero incontrato il gusto dei contemporanei.

Molti l'avevano accusato di pazzia.

Cotton aveva già visitato il castello di Herrenchiemsee, così come le altre due fiabesche residenze di Ludovico: Linderhof e Neuschwanstein. Graziose proiezioni di una chimera. Ma il tema di quel giorno era la realtà, che comprendeva quell'uomo e quella donna.

Erano relativamente giovani, dimostravano poco più di trent'anni. Lei era bionda e riccia, con un fisico snello e zigomi pronunciati. Lui, ben rasato e con appena qualche millimetro di capelli, aveva una corporatura atletica. Entrambi portavano giacconi di lana leggera: al pari di Cotton - e a differenza degli altri turisti - non li avevano lasciati al guardaroba del pianterreno.

Cotton seguì il gruppo, che stava salendo un ornato scalone in pietra nell'ala meridionale. La guida sproloquiava sui marmi multicolori e sugli stucchi delle pareti, ispirati all'ormai demolito *escalier des ambassadeurs* di Versailles. Cotton notò i fregi. Pieni di allegorie: il Potere, la Forza, la Verità, la Giustizia. E i quattro angoli della Terra. Un toro: l'Europa. Una tigre: l'Asia. Un bufalo: le Americhe. Un leone: l'Africa. Altre immagini raffiguravano gli elementi e le stagioni. Dal lucernario, che secondo la guida era una sfida alla tecnologia ottocentesca, si vedeva il cielo scurirsi: il pomeriggio volgeva alla sera. In Germania, alle porte dell'inverno, la notte calava presto.

La guida spiegò che Ludovico dimorava in quel palazzo soltanto per pochi giorni all'anno, dal 29 settembre all'8 ottobre, per controllare il progresso dei lavori. Perciò su quel grandioso scalone avevano raramente riverberato i suoi passi, e quelle sale avevano udito ben poche voci umane. Durante le visite annuali del sovrano, quei gradini venivano sempre cosparsi di gigli e rose. Uno dei turisti chiese perché, e con un'alzata di spalle la guida disse che era una delle molte stramberie di cui amava circondarsi il Re Pazzo.

Ma Cotton non riusciva a non provare ammirazione per quel monarca dalla forte personalità e dallo sguardo puntato al futuro. A quanto pareva, Ludovico aveva acquistato quell'isola per salvarla dagli speculatori del legname, che intendevano disboscarla del tutto. Era affascinato dalle foreste, con la loro solitudine e il loro solenne silenzio. Leggenda narrava che avesse dichiarato: «Qui mi erigerò una dimora nella quale né uomo né donna turbi la mia pace».

Il tour proseguì lungo una serie di sale ornate di giganteschi dipinti a olio. Numerosi erano i ritratti di Luigi XIV. Abbondavano anche i gigli - emblema dei Borbone - sia nei fregi, sia nei pavimenti in legno. Lì, a differenza di Versailles, le stanze non erano vuote. La mobilia si sprecava. L'aggettivo con cui Ludovico amava descrivere i suoi idoli francesi, i loro gusti, usi e costumi era «sacrosanto»: talmente importante da essere intoccabile. Un'altra cosa che affascinava il monarca bavarese era il fatto che il nome Luigi fosse semplicemente un'altra versione di Ludovico. Per lui, come la guida stessa stava ora rimarcando, quello era il segno di un legame sancito dal battesimo, dunque superiore perfino ai rapporti di parentela. Proprio a quell'affinità faceva risalire le sue fantasie di purezza e grandezza.

Il gruppo entrò in una camera da letto dalle pareti luccicanti di dorature, con una fascia di pannelli bianchi nella sezione inferiore, e con una balaustrata a semicerchio, anch'essa dorata, che racchiudeva l'alcova. Il soffitto era ornato di stucchi dorati che raffiguravano personaggi mitologici. Le finestre erano coperte da tendaggi in velluto rosso ricamati in oro. Per produrli, secondo il libriccino acquistato da Cotton, erano occorsi sette anni. Il letto era così grande da poter accogliere comodamente una decina di persone. Di tutte le stanze del castello, quella era stata la prima a essere completata, e all'epoca era la più decorata di tutta la Germania. Ma non ci aveva mai dormito nessuno. Era stata creata solo per bellezza.

L'uomo e la donna si fingevano attenti alle spiegazioni della guida.

Però non lo erano.

Il loro interesse si sarebbe acceso solo a breve.

Cotton visualizzò la piantina del piano nobile, che aveva studiato durante la camminata tra il molo e il castello. Quell'abilità era dovuta alla sua memoria eidetica, ereditata dal ramo materno della famiglia. Non «fotografica», come la chiamavano molti, ma solo una straordinaria bravura nel ricordare i dettagli. Sapeva che la spettacolare galleria degli specchi si trovava proprio davanti a lui, e che la visita sarebbe proseguita passando a una seconda camera da letto, più piccola e pratica, che a differenza della prima era stata usata. Dopodiché c'era lo studio del re, o *writing room,* come il libriccino traduceva in inglese *Arbeitszimmer*.

Era lì che sarebbe cominciata la festa.

Quello era solo un preludio, nel quale l'uomo e la donna cercavano di passare per comuni turisti. Il resto del gruppo era composto soltanto da quattro cinesi e due signore che parlavano francese. Di solito il castello di Herrenchiemsee era gremito di visitatori. Ogni giorno, ne arrivavano diverse centinaia. Ma quello valeva per la primavera e l'estate, quando le siepi erano alte, le fontane sprizzavano veli d'acqua e la gente sciamava nei giardini e nei terreni circostanti. Dicembre era fuori stagione, e per questo preciso motivo l'uomo e la donna erano venuti proprio in quel periodo.

La folla era l'ultima cosa di cui avessero bisogno.

Cotton era stato agente d'intelligence per la sezione Magellano, un'unità speciale all'interno del Dipartimento di Giustizia degli Stati Uniti, ma dopo dodici anni di servizio era andato in prepensionamento e dalla Georgia si era trasferito in Danimarca. Ora aveva un negozio di libri rari in Højbro Plads, un'antica piazza lastricata nel cuore di Copenhagen. Viveva in un piccolo appartamento sopra la libreria e amava la sua nuova vita, però di tanto in tanto, come quel giorno, si toglieva i panni del negoziante per indossare di nuovo quelli della spia.

Quell'etichetta non gli era mai piaciuta granché.

Aveva una connotazione negativa, una nota di biasimo.

Lui non era mai stato davvero una « spia »: era stato gli occhi e le orecchie del governo degli Stati Uniti, che gli affidava una missione con la certezza che lui la portasse a termine. Il suo mestiere non era stato quello di scrutare, ascoltare e stilare un rapporto, ma quello di agire. Prendere decisioni. E risponderne.

Era stato un agente operativo.

Di quelli bravi.

Il gruppo passò alla stanza successiva, e l'uomo e la donna ammirarono la sontuosa galleria degli specchi. La guida spiegò che Ludovico aveva voluto che la sua versione fosse più grande dell'originale di Versailles. Era lunga novantotto metri. Le pareti erano un turbinio di marmi grigiolini e verdi. Da ognuno dei due lati si aprivano diciassette finestre ad arco. Quelle a destra si affacciavano sul cortile anteriore del palazzo, quelle a sinistra erano coperte da specchi. La sala prendeva il nome da esse. Il soffitto a volta, che si estendeva per l'intera lunghezza della galleria, era affrescato da un'estremità all'altra, e da esso pendevano trentatré lampadari in cristallo. Sul pavimento erano disposti giganteschi candelabri, quarantaquattro per lato.

«Le candele sono duemilacinquecento», disse la guida. «I lampadari potevano essere abbassati contemporaneamente, e accesi tutti quanti. Una volta risollevati, davano a questa sala una luce e un calore quasi insostenibili, anche perché la luminosità era centuplicata dagli specchi. Ma era uno spettacolo riservato al re. Ludovico vedeva i suoi palazzi soltanto a lume di candela. Amava passeggiare per questa galleria, perso nei suoi sogni.»

Non era difficile immaginare la scena.

Perfino la luce delle lampade a incandescenza, riflessa così, diventava una pirotecnia di lampi bianchi e rifrazioni prismatiche.

Quasi ipnotizzante.

Ludovico II veniva sempre descritto come un tiranno, un pazzoide o un incompetente. La cosa aveva sempre divertito Cotton, perché nessuna di quelle etichette rispondeva al vero. In epoca moderna, al re bavarese sarebbe stato diagnosticato un disturbo bipolare, e una terapia farmacologica gli avrebbe dato una vita lunga e produttiva. Ma nel XIX secolo non esisteva quel genere di assistenza. Il padre, Massimiliano II, un uomo rigido, pedante e freddo, era morto prematuramente. La regina consorte, Maria di Prussia, non aveva mai capito il primogenito. Un contemporaneo scriveva che gli occhi intensi di Ludovico guizzavano di sogni ed entusiasmi, e che la bella fronte, l'eleganza dei modi e la fierezza della postura destavano un'immediata ammirazione in chi lo guardava. In lui però c'era anche un pizzico di megalomania, un'indecisione paralizzante, e - com'era normale per la sua età - una certa volubilità. Alla fine, tra le rivalità politiche di quel tempo e le brame insaziabili che esacerbavano i suoi problemi preesistenti, aveva gradualmente perso il contatto con la realtà e si era ritirato in se stesso, nei suoi castelli, nella notte. Così era diventato il *Märchenkönig*, il Re delle Fiabe, una figura leggendaria, con tutte le ossessioni di cui quella galleria degli specchi era la prova tangibile.

All'interno del palazzo non era permesso fotografare, ma

due dei quattro turisti cinesi avevano al collo una fotocamera. Dall'aria piuttosto costosa, pure. Con tanto di flash ad alta intensità. Valutando i vari scenari che potevano profilarsi, Cotton decise che una di quelle macchine fotografiche avrebbe potuto tornargli utile.

Il gruppo uscì dalla galleria degli specchi e si diresse verso l'ala settentrionale. Lo studio del re era sempre più vicino. Quando finalmente la guida fece cenno di entrare in quella stanza, Cotton guardò l'orologio.

Le 16.05.

Lo studio era un vano a pianta quadrata, con una seconda porta, dirimpetto alla prima, in linea con lo stile francese che prevedeva un accesso diretto tra le stanze, senza corridoi. Le pareti erano rivestite di pannelli bianchi con elaborate dorature. Quella dietro l'ornatissima scrivania era dominata da un enorme ritratto di Luigi XIV. Ai due lati, su tavolini di servizio, troneggiavano due orologi astronomici. Il libriccino acquistato da Cotton spiegava che la scrivania - massiccia, con alzata avvolgibile - era stata fatta a Parigi nel 1884, ed era ispirata a quella appartenuta a Luigi XV, oggi conservata al Louvre. Era stata consegnata quando ormai Ludovico II era già morto, ed era rimasta in quel palazzo all'incirca fino al 1920. La guida diede al gruppo una lunga spiegazione sulla scrivania stessa e sul resto della stanza, ripetendo in parte ciò che Cotton aveva appena letto.

Il tempo scarseggiava. Ci voleva un piano.

Ed ecco che gliene venne in mente uno.

Le improvvisazioni gli riuscivano bene. Ed era soprattutto grazie a esse che era ancora vivo, considerando i rischi che in passato aveva corso ogni giorno, e che correva ancora, all'occasione.

Quando la guida riprese il giro, lui lasciò passare avanti buona parte dei turisti. L'uomo e la donna rimasero ancora più indietro. La stanza successiva era a pianta ovale, e ai tempi di Ludovico aveva assolto la funzione di sala da pranzo. La guida cominciò a indicare ai turisti il camino, le porcellane di Meissen, e il « tavolino che si apparecchia da sé », ovvero che poteva essere calato al piano inferiore, imbandito e risollevato, in modo che il re potesse cenare da solo, senza servitù.

« Era una procedura assai scomoda perché, con tutti i supporti del tavolo, non c'era più spazio per le gambe, e il re si ritrovava con le ginocchia martoriate dagli spigoli. Eppure continuava a cenare qui. Ma non sentiva la solitudine: faceva sempre mettere altri tre posti a tavola, per i suoi ospiti immaginari, che di solito erano Luigi XIV e altri membri della corte di Francia. Ludovico conversava con loro e brindava alla loro salute. »

Tutta concentrata a snocciolare notizie storiche, la guida non si accorse di aver perso due turisti: l'uomo e la donna erano rimasti nello studio. Cotton doveva concedere loro qualche istante, perciò si era piazzato appena oltre la soglia, abbastanza all'interno della sala da pranzo da tranquillizzare la guida, in modo che i due restassero indisturbati.

Dopo un paio di minuti, reputando di aver lasciato loro abbastanza tempo, si avvicinò a uno dei turisti cinesi e, con un sorriso, indicò la macchina fotografica. « Scusi, me la presta? » Senza attendere risposta, gli sfilò la cinghia dal collo.

L'uomo, un po' attempato, rimase di sasso. La rapidità di quell'inattesa sottrazione, compiuta col sorriso sulle labbra, ritardò la sua reazione abbastanza a lungo da dare a Cotton il tempo di completare il furto.

Sperando che la macchina fotografica fosse in standby, pronta all'uso, Cotton sgusciò verso la porta dello studio.

Come previsto, l'uomo e la donna stavano armeggiando con l'alzata avvolgibile della scrivania.

Puntò l'obiettivo verso di loro. « *Cheese!* »

Non appena i due si voltarono, scattò tre foto, con tanto di flash. Le immagini in sé non gli sarebbero state di alcuna utilità. Ma i lampi sì. L'uomo e la donna alzarono un braccio per riparare gli occhi.

« Niente foto! » gridò la guida.

Cotton premette il pulsante di scatto altre due volte.

All'estremità opposta dello studio, sulla porta di uscita, apparve una terza persona: un uomo dai capelli biondi cortissimi, con un mento dalla rasatura perfetta e un viso luminoso che dava un'impressione di buona salute e vita all'aria aperta.

Portava un paio di jeans e una maglietta a maniche lunghe che mettevano in risalto il fisico atletico, un bomber dal colletto in lana aperto sul davanti, e una sciarpa nera intorno al collo.

Cotton lo conosceva bene.

Luke Daniels.

Del Dipartimento di Giustizia degli Stati Uniti.

Luke puntò una pistola verso di lui.

E sparò.

2

Luke era soddisfatto: tutto procedeva secondo i piani.

Tre giorni prima, aveva telefonato a Malone per chiedergli un favore. « È da tre mesi che sto lavorando a un'infiltrazione, e finalmente sono dentro. Però mi serve una mano. »

« E ti pesa chiedermelo, immagino. »

« Mah, no. Un aiutino occorre a tutti, prima o poi. Lo dici sempre anche tu. »

« Vero. E mi fa piacere che tu te lo ricordi. Di cosa hai bisogno? »

« Questi signori vogliono danneggiare gli Stati Uniti. Finora si sono limitati ad abbaiare, ma adesso stanno per mordere. »

Cent'anni prima, qualcosa era stato nascosto in un'antica scrivania all'interno del castello di Herrenchiemsee. Solo negli ultimi tempi era emersa la possibilità di portare alla luce l'oggetto in questione, e la notizia era parsa abbastanza attendibile da mandare qualcuno a investigare. Qualcuno con cui Luke stava facendo il doppio gioco. Se l'informazione era affidabile, Luke doveva impossessarsi dell'oggetto, qualunque esso fosse. Ma al tempo stesso non doveva far saltare la copertura. Ecco perché aveva chiesto a Malone di causare un po' di scompiglio, così la squadra in cui Luke si era infiltrato avrebbe potuto trovare il nascondiglio all'interno della scrivania senza però avere il tempo di recuperarne il contenuto.

L'uomo e la donna si erano accodati all'ultimo gruppo di visitatori della giornata. Luke era passato dal retro del palazzo e aveva trovato una via d'accesso nei pressi di un elaborato scalone in marmo, dove una porta a vetri si apriva sul cortile posteriore. Col favore delle tenebre – e dell'assenza d'illuminazione esterna – era salito al secondo piano e si era appostato nell'ala settentrionale, in attesa che Malone agisse.

E così era avvenuto.

Ingegnoso, il trucchetto dei flash.

Dal Nonnetto - come lo chiamava lui - non si sarebbe aspettato nulla di meno.

Aveva atteso qualche istante, poi si era fatto avanti e aveva sparato in direzione di Malone, mirando in modo da non colpirlo, ma badando bene ad attirare l'attenzione di tutti.

« Andiamocene! » aveva gridato ai due compari. « Subito! »

Malone aveva lasciato cadere la macchina fotografica ed era sgusciato di nuovo nella sala da pranzo, però intanto gli spari si erano sentiti anche al pianterreno. Luke si era informato sulle misure di sicurezza nel palazzo e sul resto dell'isola, e sapeva che non c'erano guardie, che le telecamere erano assai poche, e che nelle immediate vicinanze non c'erano stazioni di polizia, ma sapeva che di lì a poco sarebbe arrivato qualcuno.

Tanto meglio.

Era esattamente ciò che voleva lui.

« Sbrighiamoci », disse ai due.

« Un attimo! » gridò la donna, che si chiamava Lexi Blake.

Luke si precipitò alla scrivania, tenendo la pistola puntata verso la porta dietro la quale si era appostato Malone. « Non ce l'abbiamo! »

« Colpa tua, che hai sparato. »

« Quell'uomo è un testimone oculare. Vi ha pure fotografati. Dobbiamo filarcela. »

Loro continuarono ad armeggiare con qualcosa che si trovava sotto la scrivania, scuotendola e prendendola a pugni, probabilmente nel tentativo di sbloccare un meccanismo, una leva. Finalmente l'uomo - che si chiamava Christophe - arretrò di un passo e piantò il tacco dello scarponcino contro uno dei pannelli laterali intarsiati. Il legno antico scricchiolò, ma non cedette.

Un secondo calcio lo mandò in mille pezzi.

L'assalto di Christophe portò alla luce un piccolo compartimento nascosto all'interno della scrivania. Evidentemente i due ne erano a conoscenza, però non sapevano come aprirlo senza rovinare il mobile. Dentro c'era un libro, che Lexi afferrò. E va bene. Era il momento del piano B. Qualunque esso fosse. Non c'era il tempo di andare per il sottile.

« Ecco, *adesso* ce ne andiamo », disse Christophe.

Ma Luke si precipitò all'estremità opposta della stanza per

raccogliere dal pavimento la macchina fotografica. « Non possiamo lasciare in giro questa roba. »

Fuggirono dallo studio, tornando verso lo scalone dal quale erano arrivati.

Luke era nella sezione Magellano ormai da qualche anno. Malone l'aveva soprannominato Sbruffoncello, per via della giovinezza e dell'inesperienza, e anche per ribattere al nomignolo di Nonnetto, che Luke gli aveva affibbiato, con riferimento all'età e al pensionamento. Si erano conosciuti nel gelido mar Baltico, a nord di Copenhagen, e da allora le loro strade si erano incrociate periodicamente. Nel frattempo, Luke si era comportato molto bene in varie missioni difficili, conquistandosi una sua fetta di successo. In quello gli era stata d'aiuto la sua formazione militare: i ranger gli avevano insegnato a barcamenarsi anche nelle situazioni più ardue. Era un vantaggio anche il fatto di essere un ragazzo del Tennessee orientale, cresciuto sui Blue Ridge: là s'imparava in fretta a cavarsela da soli. In più, con tre fratelli maggiori, fin dalla più tenera età aveva capito come farsi valere. *Parla con lentezza, con chiarezza, con astuzia. Se non sai fare queste tre cose, tieni la bocca chiusa.* Era stato suo padre a dargli quel buon consiglio, e lui cercava sempre di metterlo in pratica. Non era più un novellino e, per quanto gli pesasse ammetterlo, in Cotton Malone aveva trovato una miniera di conoscenza ed esperienza. Qualcuno da cui imparare. Era abile, quell'uomo. Poco, ma sicuro. Quasi una leggenda nella sezione Magellano.

Quindi chi meglio di lui, per aiutare Luke?

Non era stato poi tanto difficile guadagnarsi la fiducia di quei pazzoidi. I malintenzionati sono sempre alla ricerca di aiutanti. Aiutanti a poco prezzo, soprattutto. Perciò Luke si era reso disponibile, e loro l'avevano assoldato. Il problema era restare nelle loro grazie. Soprattutto ora che l'operazione non era andata secondo i piani. Se non altro, avevano trovato ciò che cercavano.

Doveva pur contare qualcosa.

Continuarono ad avanzare tra le varie stanze, tutte ben illuminate, ma col nero della notte fuori delle finestre. Prima di entrare, Luke aveva adocchiato un cassonato da impresa edile, che sarebbe stato l'ideale per allontanarsi da lì: era comodamente parcheggiato nel cortile, con la chiave già infilata nel blocchetto di accensione.

Bisognava tornare al pontile. E in fretta. Li attendeva una barca, la stessa che li aveva portati lì dalla terraferma. Al loro arrivo non avevano trovato nessuno, gli uffici vicino al molo erano già chiusi. Certo, dal castello qualcuno avrebbe potuto chiamare la stazione di polizia di uno dei molti paeselli che punteggiavano le campagne intorno al Chiemsee, ma il lago era grande - quasi ottanta chilometri quadrati, tanto che la gente del posto lo chiamava il mare della Baviera - e dunque la linea costiera era lunga. E loro erano salpati da un punto particolarmente remoto, sulla sponda nordoccidentale.

Luke amava il suo lavoro. Non ne conosceva di migliori. Il connubio adrenalina-azione era proprio quello che ci voleva per scacciare il tedio dalla vita. Certo, il fatto di avere per zio Danny Daniels, ex presidente degli Stati Uniti, offriva diverse scorciatoie. Ma lui non ne aveva mai approfittato. Preferiva farsi strada per conto proprio.

Stephanie Nelle, capo della sezione Magellano, sembrava avere fiducia in lui. E gli stava anche simpatica. Ma al momento era alle prese con problemi tutti suoi, dopo essere incorsa nell'ira funesta dell'attuale presidente degli Stati Uniti, Warner Fox. Era stata sospesa, in attesa di udienza per un eventuale licenziamento; udienza che, stranamente, non c'era ancora stata. Luke le aveva offerto il proprio sostegno incondizionato, però fino a quel momento lei non gli aveva chiesto alcun aiuto. Negli ultimi mesi, le operazioni della sezione Magellano erano state ridotte al minimo, ma la presenza di Luke in Germania era stata approvata dal procuratore generale in persona.

E chi era lui per opporsi al volere dei pezzi grossi?

Raggiunto lo scalone, corsero giù, lungo i bassi gradini di pietra. Intanto in cima, al piano nobile, apparve Malone. Quando lo vide, Christophe infilò immediatamente una mano sotto la giacca e ne estrasse una pistola. Luke, che ancora impugnava la sua, prevenne l'assalto mirando al di sopra della testa di Malone e piantando un proiettile negli stucchi della parete.

Ripresero a correre giù per lo scalone.

Christophe puntò la pistola verso Malone.

3

Cotton sapeva che Luke mirava alto. Ma l'altro uomo? Faceva sul serio, quello. Si gettò a terra, dietro la massiccia balaustrata di marmo, che offriva un certo riparo dai proiettili.

Li contò: quattro.

Gli spari cessarono.

Gettando un'occhiata tra i balaustri, vide tre sagome sgusciare fuori della porta a vetri e dileguarsi nella notte. Il piano prevedeva di tenere quei signori in movimento, perciò Cotton balzò in piedi e si precipitò giù dallo scalone, per inseguirli. Prima di abbandonare il piano nobile, aveva notato che la macchina fotografica - quella che lui aveva lasciato intenzionalmente cadere - era sparita. Bene. Aveva proprio previsto che Luke la prendesse. Inoltre aveva dato un'occhiata frettolosa alla scrivania ad alzata avvolgibile, e aveva notato che sotto il legno c'era una nicchia vuota. Pochi istanti prima aveva visto che Luke portava a tracolla la fotocamera, e che la donna aveva un libro. Quest'ultimo era, con ogni probabilità, l'oggetto che Luke era stato incaricato di recuperare. Quella parte del piano non era andata a buon fine. Però Cotton poteva continuare a inseguirli e a spingerli verso il molo.

Da lì in poi ci avrebbe pensato lo Sbruffoncello.

Raggiunto il pianterreno, sfrecciò fuori della porta a vetri, e al gelo della notte vide le luci di coda di un cassonato che si allontanava.

Sul serio?

Guardandosi intorno, scorse un piccolo fuoristrada, poco più di una *golf car*, ma con un cassone sul retro. Lo raggiunse di corsa, e intanto s'infilò i guanti di pelle. Balzò a bordo e girò la chiavetta di accensione, sterzò bruscamente a sinistra e partì a tutta velocità. Il veicolo aveva un fioco fanale di testa il cui bagliore aveva un raggio di appena un paio di metri. In alto, il cielo era un mare di velluto trapunto di stelle, ma a terra la notte era nera come la fuliggine. Cotton seguì la stradina asfaltata che correva parallela alla costa nordorientale dell'isola. Al di là dei canneti, il lago sembrava ancora più scuro. L'aria gelida gli frustava il viso, gli screpolava le labbra, gli seccava la gola a ogni respiro.

Il cassonato aveva un motore più potente ed era in netto vantaggio. Tuttavia, Cotton non doveva raggiungerlo, ma solo continuare a seguirlo, per mantenere in movimento Luke e i due compari. Aveva sempre giudicato Luke con severità, però a dirla tutta era fiero di lui. Il loro primo incontro - risalente a qualche anno prima - era stato caratterizzato da una serie di errori da parte di entrambi. In seguito le loro strade si erano incrociate in varie occasioni, e in ognuna di esse Luke si era comportato molto bene. Cotton ricordava quando il giovane inesperto era lui. Durante gli anni formativi, subito dopo il passaggio dalla Marina militare al Dipartimento di Giustizia, anche lui aveva commesso vari errori. Tuttavia Stephanie Nelle, che l'aveva reclutato personalmente, non gli aveva mai fatto sconti. Anzi, era stata severissima. Pretendeva l'eccellenza. E lui gliel'aveva data.

Luke stava facendo la stessa cosa.

Cotton era rimasto sorpreso dalla telefonata di qualche giorno prima. Luke gli aveva chiesto espressamente aiuto. Era una novità. Certo, anche Cotton aveva avuto i suoi maestri, nei primi anni presso la sezione Magellano. E anche a lui era capitato di chiedere aiuto. Non c'era nulla di male. Però c'era sempre un punto oltre il quale bisognava fare da soli, a modo proprio, di testa propria. E il successo - o il fallimento - dipendeva da quelle decisioni personali.

Lui ce l'aveva fatta.

E anche Luke.

Strano vedere come la vita distribuiva le carte. In un primo momento, tutto era fortuito. Senza criterio né logica. Però poi, piano piano, emergeva sempre uno schema. Tutto stava nel riconoscerlo, farlo proprio. Certo, una cattiva mano non diventava una scala reale, ma la si poteva comunque sfruttare.

Improvvisazione.

La chiave del successo.

La sua stessa vita ne era l'esempio perfetto: era stato un agente dell'intelligence al servizio del governo degli Stati Uniti, la sua efficienza era nota, e da un giorno all'altro era diventato un pensionato divorziato con una libreria antiquaria in Danimarca. Una svolta completa, della quale non si era mai pentito. Ora lavorava in proprio, aveva una certa agiatezza finanziaria ed era legato a una donna, Cassiopea Vitt, che ricambiava i suoi sentimenti. Le aveva parlato della richiesta di Luke, proponendole di accompagnarlo, ma lei era impegnata in un progetto di ricostruzione di un castello francese, che in quel periodo richiedeva la sua presenza.

Comprensibile.

Lui l'amava teneramente. Erano una gran bella coppia. Una squadra.

Ma quella notte Cotton lavorava in solitaria.

Vedeva davanti a sé il cassonato che proseguiva a gran velocità lungo la stradina asfaltata, coi fanali che sciabolavano la notte. Ormai era uscito dai boschi e attraversava i prati che separavano l'antico monastero agostiniano - su un'altura a sinistra - dalla riva del lago, a destra. Alcune finestre dell'edificio erano illuminate. Il cassonato filava dritto verso il pontile che si protendeva sull'acqua.

Cotton accelerò.

L'aria gelida bruciava nella gola e nei polmoni.

Il cassonato si fermò. I tre occupanti balzarono a terra e corsero verso una piccola barca ormeggiata all'estremità del pontile.

Cotton si affiancò alla loro vettura e udì il rumore di un fuoribordo che si accendeva e saliva di giri.

Corse lungo la spianata di cemento e vide la barca sparire nel nero del lago. Si fermò ai piedi di uno dei lampioni che gettavano sul molo una luce ambrata, per essere sicuro che i tre lo vedessero.

Missione compiuta.

Alla sua destra dondolava il grosso traghetto sul quale lui stesso aveva raggiunto l'isola. Un tempo quel servizio era svolto da un battello a vapore, che col suo pennacchio di fumo annunciava la propria presenza sul lago. Ora si usava un'imbarcazione a propulsione diesel. Nella cabina di pilotaggio c'era qualcuno. E il motore era acceso. Il traghetto stava per ripetere la sua traversata di mezz'ora, verso la terraferma. Sarebbe stato il caso di salire a bordo e magari concedersi qualche giorno a Monaco per esplorare le librerie antiquarie, che - come nel resto d'Europa - erano una vera miniera di tesori. Magari avrebbe potuto acquistare qualche prima edizione da rivendere ai collezionisti. Oppure, invece di tornare a Copenhagen, avrebbe potuto prendere un volo per la Francia e passare una settimana con Cassiopea.

Bella idea, quella.

E a Luke, tanti auguri.

Il mestiere stesso comportava rischi. Lui lo sapeva bene. L'esempio perfetto era la sua ultima missione per conto della sezione Magellano, a Città del Messico, dove si era preso un proiettile alla spalla. Era riuscito a neutralizzare le persone che stavano sparando, ma l'azione era risultata in una carneficina: sette morti e nove feriti. Tra le vittime c'era stato un giovane diplomatico danese, Cai Thorvaldsen. Dieci settimane dopo quel massacro, alla porta di casa di Malone, ad Atlanta, si era presentato un uomo dalla colonna vertebrale grottescamente contorta. Un padre in lutto. Henrik Thorvaldsen.

Quell'episodio gli aveva cambiato la vita per sempre.

I motori del traghetto salirono di giri.

Sull'acqua comparvero alcune luci. Un'altra imbarcazione. Che andava a gran velocità verso la barca di Luke. Strano.

Un *ratatà* in lontananza, con lampi di mitragliatrice provenienti dal nuovo natante. Gli spari erano mirati su Luke. *Ma che diamine....?*

La faccenda aveva improvvisamente acquisito ben altre proporzioni.

Cotton non faceva parte della missione, però non era certo il tipo che restava a guardare quando c'era un amico nei guai.

Il traghetto cominciò ad allontanarsi dal molo, puntando verso l'acqua scura. Lo scafo e la cabina erano ben illuminati, e la prua era provvista di un potente faro.

Improvvisazione. Gioca le carte che hai.

Cotton corse verso il traghetto.

E saltò a bordo.

4

In piedi sulla barca, Luke si lasciava tagliare il viso dall'aria gelida. Era una sensazione magnifica. Gli altri due erano con lui, e tutti insieme procedevano a gran velocità verso la sponda opposta, dove avevano lasciato l'auto. Christophe stava al timone, mentre Lexi, al suo fianco, faceva da sentinella. Era snella ma non priva di forme, sicuramente era attentissima alla dieta e faceva molto esercizio fisico. La bocca era carnosa, un po' troppo larga per quel nasino, ma Luke era del parere che quella piccola imperfezione non facesse che accentuare il suo fascino. Portava un paio di jeans, con gli orli infilati negli stivali al ginocchio, e un maglione nero, largo, sotto il cappotto di lana. Lui non aveva mai visto neppure un'ombra di trucco su quel bel viso color caffelatte. Gli occhi erano tondi, con lunghe ciglia che accentuavano la sua aria misteriosa. Aveva un lieve accento, forse australiano. Di lei, Luke sapeva ben poco; in più di un dialogo aveva provato a pescare informazioni, ma Lexi era restia a parlare di sé.

La cosa lo infastidiva un pochino.

« Come tiratore, fai un po' pena », gli disse Christophe. « Hai colpito solo il muro. »

Luke non si voltò. « È quello che volevo. Lo preferivi morto? Così poi lo sapeva tutta la nazione. Con tanto di fotografie di voi due. » Sollevò la fotocamera. « Meno male che questa l'ho recuperata io. »

« Io avrei preferito che nessuno c'interrompesse, ed evitarlo era compito tuo. »

Luke non era disposto a farsi mettere i piedi in testa da quei due. « Ma voi non avreste dovuto metterci tutto quel tempo. Continuavate ad armeggiare senza concludere niente. Credevo che vi avessero detto dove cercare. »

« Quello che ci hanno detto non è affar tuo », intervenne Lexi. « Noi, il nostro lavoro, l'abbiamo fatto. »

« Certo, sfondando la scrivania a calci. Tanto valeva farlo subito, no? »

Ma Luke immaginava benissimo il motivo per cui avevano agito in quel modo: di sicuro avevano il compito di prelevare il libro senza lasciare segni del loro passaggio.

« Io gliel'avevo detto, al principe, che questa parte del piano ci avrebbe dato problemi, ma lui non mi ha dato retta. Magari adesso mi ascolterà », disse Christophe.

Luke si strinse nelle spalle. Per tutta la vita aveva avuto a che fare con idioti come quelli. Gente troppo arrogante per rendersi conto della propria stupidità. « Fa' pure. Io non avevo intenzione di raccontare tutte queste cose al principe. Ma adesso gli farò un rapporto completo. Compresa la parte sulle fotografie. »

« E se invece ti sparassi? »

« Provaci. »

E parlava sul serio.

Aveva la fortuna di un fisico tonico, non danneggiato da alcol, sigarette o droghe. Aveva passato sette anni nell'esercito: subito dopo le superiori era partito per il servizio militare e aveva seguito l'addestramento dei ranger. Sessantadue giorni d'inferno. Una delle esperienze più dure. Ma l'aveva superata, il che era ammirevole, considerando che il tasso di bocciatura si assestava intorno al 60%. Lo scopo di quella severità era insegnare alle reclute a dare il massimo, portarle a livelli che non avrebbero mai ritenuto raggiungibili. Venti ore di attività fisica al giorno, con due soli pasti - o anche meno - e una media di tre ore di sonno. Quaranta chili di carico da portare addosso - tra armi, munizioni ed equipaggiamenti vari - e più di trecento chilometri di pattugliamenti nel corso dell'intero addestramento.

Luke aveva superato tutto quello.

E a testa alta.

Perciò affrontare quel prepotente, che credeva di saper distinguere le battaglie in cui era in grado di vincere, era un gioco da ragazzi.

Indicò il libro che Lexi aveva in mano. « Cosa c'è di tanto importante, lì dentro? Come mai tutto questo baccano per prenderlo? »

«Non è affar tuo», rispose Christophe.

Era comunque valsa la pena di provare. Il libro era importante, era chiaro. Quei due avevano corso parecchi rischi pur d'impossessarsene. Troppi, a ben vedere. E adesso lo tenevano lì, all'aperto. Sulla scena. Come poteva Luke metterci le mani sopra, o anche solo darvi un'occhiata?

Bella domanda.

Un modo gli sarebbe venuto in mente.

Si guardò intorno nell'oscurità e notò alcune luci in rapido avvicinamento sull'acqua. Un natante? Poi una mitragliata. I proiettili gli sfrecciarono accanto.

«Giù!» gridò.

Lui e Lexi si lasciarono cadere sul fondo della barca. Christophe abbassò la testa, cercando di vedere cosa accadeva dietro di lui, senza però perdere di vista la direzione da seguire.

Cotton attraversò l'ampio spazio sottocoperta, occupato da appena cinque passeggeri, fino a raggiungere la scala che portava alla tolda. Salì di corsa, fece irruzione nell'angusta cabina di pilotaggio e, anziché prendersi la briga di presentarsi, con un montante destro ben assestato fece stramazzare il pilota. «Chiedo scusa.» Prese il timone e diede gas.

Il motore aumentò i giri e il traghetto accelerò. La barca di Luke era a babordo, e il natante appena comparso era a tribordo, ma stava riducendo la distanza. Cotton era in vantaggio, sia per stazza, sia per potenza, e accelerò a tutta forza.

Con quel nuovo aumento di velocità, la prua si alzò dalla superficie.

Luke vide il grosso traghetto filare dritto fra le due barche.

Non poteva essere una coincidenza.

Benedetto il Nonnetto!

Le mitragliate proseguivano.

Di quel passo, uno di quei proiettili avrebbe potuto colpire qualcuno. Le armi automatiche erano fatte apposta per quello. La mira non contava. Bastava spedire abbastanza ferraglia verso un obiettivo, e prima o poi almeno una parte di essa avrebbe fatto centro.

Rimase appiattito sul fondo della barca, ma senza perdere di vista il traghetto e i movimenti di Christophe, determinato a trarre in salvo tutti e tre da quelle dannate acque.

Cotton mantenne la rotta, ormai sul punto di frapporsi tra le due barche. Luke era ormai vicino alla riva, ma gli inseguitori continuavano a sparare. Nei suoi anni in Marina, Cotton aveva prestato servizio principalmente come pilota di caccia e come avvocato, però aveva anche fatto qualche giro in mare. Tuttavia, non aveva mai timonato imbarcazioni di grandi dimensioni. Per fortuna il lago, grande com'era, offriva un ampio margine di manovra, e non c'era pericolo di andare a sbattere contro qualcosa.

A meno che...

Girò bruscamente il timone a sinistra, facendo roteare la massiccia poppa e generando un'onda che si propagò nella direzione della barca degli assalitori. Alla luce dei fari del traghetto, li vide rallentare nel tentativo di schivarla. Nel piccolo scafo a V c'erano due uomini in piedi, uno dei quali imbracciava un fucile automatico. Entrambi cercavano di restare in equilibrio mentre la loro imbarcazione veniva investita dall'onda. Cotton li raggiunse, portando la fiancata destra quasi a contatto con la barca dondolante. Lasciò girare a vuoto il motore e uscì dalla cabina di pilotaggio, scendendo di corsa i gradini fino al compartimento passeggeri.

I cinque occupanti avevano un'aria molto turbata.

«Non preoccupatevi, il comandante si sveglierà fra pochi minuti.» Cotton continuò a camminare fino a uscire dalla porta posteriore. Da lì, seguì lo stretto passaggio che dal lato destro dell'imbarcazione portava alla poppa. Il traghetto dondolava sull'acqua, così come la piccola barca, e i due scafi continuavano a urtarsi.

Salì sul parapetto.

Attese il momento giusto.

Poi saltò giù.

5

Derrick Koger abbassò il visore a infrarossi.

Aveva osservato con interesse Luke Daniels tornare al molo e fuggire insieme coi due compari. Si trovava a un chilometro di distanza, su un'altra isola del Chiemsee. Se la Herreninsel, col suo monastero agostiniano e il titanico palazzo reale, era l'Isola degli Uomini, questa - su cui lui aveva stabilito la propria base - era la Fraueninsel, l'Isola delle Donne, per via del convento femminile fondato nell'VIII secolo. Lì dimoravano ancora trenta monache, e la badessa, una vecchia amica, gli aveva concesso l'uso di una delle torri dell'edificio come punto di osservazione.

Derrick aveva dedicato la maggior parte della sua vita alla CIA. Aveva cominciato come agente operativo junior e lentamente si era fatto strada fino all'attuale - rispettabilissima, a detta di tutti - posizione di direttore delle operazioni speciali in Europa. Era nell'intelligence da molto tempo, e non si era mai tirato indietro davanti ai rischi. Facevano parte del suo mestiere.

Come quella notte.

Lì, il rischio era tutto. Ma a lui piaceva vedere le cose rimettersi in sesto. Per un animo ansioso come il suo, era una soddisfazione.

Si portò di nuovo agli occhi il visore a infrarossi.

Sul molo illuminato vide Cotton Malone.

Sorrise.

Capitan America aveva fatto il suo lavoro.

Com'era prevedibile, del resto.

Poi, un *ratatà* in lontananza.

Come di petardi.

Osservò con attenzione il lago e scorse una piccola barca con due occupanti, all'inseguimento di Luke. Tornò a orientare il visore verso il molo e vide Malone saltare a bordo del grande traghetto che si stava allontanando dal pontile.

Ops. Il piano non prevedeva nulla di tutto ciò.

Quella frase poteva benissimo descrivere tutta la sua vita. Vette sublimi, vergognosi insuccessi. Il peggiore risaliva a un decennio prima, quando aveva ordinato di ricorrere al *waterboarding* su vari alti papaveri di al-Qaida. Tortura? Forse. Nulla di umano, certo. Ma gli ordini erano chiari: ottenere informazioni con qualunque mezzo. In ottemperanza alle norme, l'intera procedura era stata filmata. Però poi, in quanto supervisore operativo, Derrick aveva fatto distruggere i video per proteggere l'identità degli interroganti.

La cosa aveva attirato l'attenzione del Congresso.

Come diceva Mark Twain? *Mettiamo che voi siate un idiota, e mettiamo che siate un membro del Congresso; e già qui mi sto ripetendo.*

Ecco, appunto.

Era stato chiamato a comparire davanti all'House Intelligence Committee, che all'epoca stava investigando sulle cosiddette « tecniche d'interrogatorio potenziato ». Di norma quelle inchieste non toccavano gli agenti operativi dell'intelligence, ma il motivo ufficiale - da lui messo nero su bianco - della distruzione di quei filmati era diventato rilevante ai fini dell'indagine.

E lui non intendeva lasciare che i suoi sottoposti venissero puniti per aver eseguito i suoi ordini.

Ma Derrick aveva eseguito gli ordini di chi?

Lì stava il problema: ad autorizzare le torture e la distruzione dei filmati era stata la Casa Bianca.

Però lui non aveva mai fatto nomi.

Di Derrick si poteva dire tutto, tranne che fosse indiscreto.

Il Dipartimento di Giustizia aveva investigato sul suo conto per ben tre anni, poi aveva deciso di non incriminarlo.

Ma la macchia era ormai indelebile.

E forse era soprattutto per quello che, all'alba dei sessanta, Derrick era ancora in pista. E non come direttore di divisione, a sovrintendere a un numero incalcolabile di risorse umane. No. Lui si occupava soltanto delle « operazioni speciali », che di quei tempi erano poche e sporadiche. La CIA aveva vicedirettori per qualunque cosa: analisi, operazioni, scienza e tecnologia, supporto, innovazione digitale, talento, studio. Di tutto. E non c'era un vicedirettorato per lui? A quanto pareva, no. L'amministrazione presidenziale che Derrick aveva protetto era finita da un pezzo, e non gli aveva mostrato gratitudine neppure una volta. E così eccolo lì, in Baviera, nel bel mezzo dell'ennesimo casino.

Dal visore osservò Malone che timonava il traghetto fino a intercettare la barca degli aggressori, per poi saltare a bordo di quest'ultima. Ah, quanto amava le persone capaci e motivate! Non c'era quasi bisogno d'imbeccarle.

Era motivato anche Derrick.

Spuntò le varie possibilità che la situazione presentava, e si soffermò su una in particolare. Era il caso? Oh, altroché!

Prese il walkie-talkie e premette INVIO.

Ancora steso bocconi, Luke vide il traghetto frapporsi tra le due barche, arrestando l'avanzata degli aggressori e confinando gli spari dall'altra parte del grande scafo, impedendo ai proiettili di fare danni.

Si rialzò.

Christophe teneva la barca puntata dritta verso la riva, che era sempre più vicina.

«Chi è che spara?» chiese Lexi.

Ottima domanda.

Quell'assalto era del tutto inaspettato.

Christophe diede meno gas al fuoribordo e la barca rallentò, abbassandosi nell'acqua. Poi invertì la marcia e la prua lambì dolcemente la riva. Lexi balzò a terra col libro in mano e Luke la seguì, ancora con la macchina fotografica. Per un istante ebbe la tentazione di far fuori quei due idioti, impossessarsi del libro e filarsela. Ma la festa era appena cominciata. E lui non era certo il tipo che si presentava in ritardo o se ne andava in anticipo quando c'era da divertirsi.

Christophe spense il motore e li raggiunse.

Però, però...

Luke si avvicinò e mollò un pugno alla mandibola di Christophe, mandandolo a terra. Lexi reagì avventandosi su Luke, il quale però la bloccò con lo stesso braccio con cui aveva sferrato il colpo. «Non mi faccio scrupoli a pestare anche te, sai?»

Christophe saltò in piedi e fece proprio ciò che Luke aveva previsto: impugnò la pistola.

Lui gliela fece saltare di mano con un calcio. «Facciamo pari e patta. Al palazzo mi avete fatto girare le scatole. E la cosa non mi piace. Adesso io le ho fatte girare a voi.»

Christophe si scagliò in avanti.

Luke era preparato: scartò di lato e gli piantò un ginocchio nella pancia, facendolo piegare in due. «Possiamo andare avanti così per tutta la notte. Fate voi.»

Sapeva di essere l'unico, oltre a Christophe, ad avere una pistola. Perciò tenne d'occhio anche Lexi, per assicurarsi che non si gettasse sulla pistola rimasta a terra, ad appena un paio di metri da loro.

Saggiamente, lei non si mosse.

«Sentite: al castello ci siamo trovati in una situazione difficile. Abbiamo dovuto prendere decisioni rapide. Voi avete scelto di sfondare la scrivania a calci. Io, di far scappare il tizio con la macchina fotografica. Il libro ce l'abbiamo, la macchina fotografica anche. Direi che l'operazione è riuscita.» Con quel discorso Luke sperava di dare a intendere che tutti e tre stavano dalla stessa parte, e dunque di farli esitare.

Christophe si raddrizzò lentamente, ancora senza fiato. «E va... bene. Pari e patta.»

Per stare tranquillo, Luke raccolse la pistola. Meglio tenerla. Per il momento, almeno. Non c'era motivo di correre rischi inutili. Era già grave che l'operazione fosse deragliata in quel modo, non era il caso d'inimicarsi persone che gli servivano ancora. Ma quello non significava essere disposto a restare agganciato a uno smidollato.

S'incamminarono verso l'auto.

Luke lanciò un'occhiata alle proprie spalle, sul lago. Nessun segno di attività. Niente polizia. Nessun'altra imbarcazione. Solo le luci del traghetto che dondolavano nelle tenebre. Il

Nonnetto era lì, sull'acqua. A fare qualcosa. Che cosa? Luke non ne aveva idea. Ma apprezzava ugualmente l'aiuto.

Tutti e tre salirono a bordo dell'auto.

Lui sapeva già dov'erano diretti.

A Monaco.

Il principe attendeva.

6

Monaco di Baviera,
ore 18.20

Stefan von Bayern adorava le squillo. Il problema era trovarle. Certo, in Germania la prostituzione era legale da più di cent'anni, ma quello non semplificava le cose.

Soprattutto per un uomo nella sua posizione.

In tutta la città c'erano donne che si mettevano in vendita in appartamento, perfino in quartieri nei quali era vietato aprire una casa di tolleranza. C'erano anche i cinema a luci rosse, le sale da tè, i servizi di escort, e ovviamente i popolarissimi contatti online. In particolare lui evitava i *Laufhäuser*, dove si camminava lungo un corridoio per vedere quali signorine erano disponibili, e poi ci si chiudeva in una camera.

Troppa esposizione.

I locali appositi non erano molto meglio. Clienti e ragazze « socializzavano » nei pressi del bancone del bar, o intorno alla piscina, o nella sauna, per poi dirigersi verso una stanza privata.

Il rischio maggiore era rappresentato da quelle che battevano i marciapiedi o si piazzavano in vetrina davanti a tutti. Quasi tutte lo facevano per necessità, non certo per passione. E lui aveva un principio: mai imporsi a nessuno, né direttamente, né indirettamente.

I circoli privati offrivano una certa discrezione: c'era una tenutaria a badare al gregge, e le donnine allegre erano lì di propria iniziativa. Professioniste, ben liete di soddisfare il cliente e di riceverne un compenso in denaro.

La loro era una libera scelta.

E lui aveva frequentato diversi circoli di quel genere, in tutta Monaco.

Ma le migliori erano quelle *freelance*. Professioniste, anche loro. Donne che si procacciavano i clienti da sole. Un accordo a due, che offriva la massima riservatezza. Niente terze parti da guardare in faccia, o dalle quali essere visti. Quando poi era la signorina stessa ad approcciarlo, era il massimo.

Come in quel momento.

Quella di quella sera era particolarmente esperta. Una smilza biondina avignonese trapiantata in Germania. Lui le aveva detto cosa desiderava, e lei aveva fatto il suo mestiere. Il bello era che non c'erano obblighi. *Paghi e ti diverti.* Niente domande. Niente problemi. Un semplice contratto stipulato oralmente.

In tutti i sensi.

« I soldi sono lì, sul comò. » Stefan glieli indicò.

Lei finì di chiudere la cerniera del vestito e raccolse gli euro. Era abbastanza esperta da non commentare: si limitò a sorridere, infilarsi gli stivali e salutare con la mano, poi uscì a passo elegante dalla suite. L'accordo non prevedeva di far salotto.

Stefan avrebbe sicuramente richiesto di nuovo i suoi servigi.

Si alzò dal letto e, ancora nudo, andò al finestrone panoramico. Il Charles Hotel si affacciava su un giardino botanico buio, e da lì, all'ottavo piano, al di là degli alberi si vedeva un'accozzaglia di tetti, sui quali svettava la Frauenkirche, coi suoi due campanili dalla cupola in rame, ben illuminati, che spuntavano dalla foschia. Che vista spettacolare. Per legge municipale, nessun edificio della Città Vecchia poteva superare in altezza quelle due torri.

Di notte Monaco era proprio bella. Una metropoli movimentata, la più popolosa della Baviera, adagiata su una piana prealpina solcata dall'Isar. Fondata nel XII secolo da monaci benedettini, era cresciuta fino a diventare una prospera capitale politica e culturale, e ancora oggi – come già nel Medioevo – è considerata un grande centro intellettuale, principescamente rivestito di edifici maestosi, strade splendide e bellissimi parchi.

Ma la sua storia aveva anche qualche pagina nera: lì i sostenitori di Hitler avevano messo in atto il loro famoso *Putsch*, col quale intendevano rovesciare la repubblica di Weimar. Non c'erano riusciti, però dieci anni dopo erano saliti al potere, e Monaco era diventata la loro *Hauptstadt der Bewegung*, la capitale del movimento. Non era un caso se il primo campo di concentramento era stato eretto appena pochi chilometri a nordovest, a Dachau. Il quartier generale del Partito nazista e molti *Führerbauten* - i palazzi del Führer - erano ancora in piedi, una macchia vergognosa sul retaggio storico di quella grande città. Lì era nata anche la Rosa Bianca, un movimento studentesco di resistenza antinazista, i cui membri della cerchia interna erano stati arrestati e giustiziati, dal primo all'ultimo. Se non altro, ci avevano provato.

Settantuno incursioni aeree da parte degli Alleati avevano provocato parecchi danni: i bombardamenti avevano distrutto tre quarti degli edifici. Ma ogni cosa era stata ricostruita, e oggigiorno era difficile distinguere il nuovo dal vecchio.

La città era sopravvissuta.

Come Stefan.

E la sua famiglia.

Che vantava novecento anni di lignaggio Wittelsbach.

Guardò l'orologio.

Le 18.30.

Ora di cominciare la rivoluzione.

Ma, prima, vestirsi.

Stefan entrò nella chiesa di San Michele. Un capolavoro cinque-secentesco che per poco non era stato distrutto nella Seconda guerra mondiale, quand'era stato ridotto a poco più di un paio di muri e cumuli di macerie. Quasi tutti gli ornamenti risalivano alle ricostruzioni del 1948, con qualche ritocco negli anni '80. Ora era un elemento di spicco lungo la principale strada pedonale monacense, un'affollata via lastricata che correva tra due oceani di esercizi commerciali, collegando Karlsplatz a Marienplatz. Se la vicina Frauenkirche - il duomo - apparteneva a tutti, la chiesa di San Michele era sempre stata una proprietà privata, fatta costruire dal duca Guglielmo V per mettere in mostra la posizione di preminenza della sua famiglia.

Un antenato di Stefan.

Un Wittelsbach.

Famoso, pure.

La Storia gli aveva conferito un epiteto: il Pio, per via del tempo che quotidianamente dedicava alle preghiere, alle messe, alla contemplazione, alle letture devozionali o ai pellegrinaggi. Non c'era nulla come un attributo posposto al nome, per garantirsi l'immortalità. Quale appellativo avrebbe avuto Stefan? Il Ricostruttore? L'Audace? O forse il polivalente «il Grande»?

Che tempi, quelli di Guglielmo V. Cattolici e protestanti si scontravano in guerre sanguinose, nel tentativo d'imporre l'unica vera fede, qualunque essa fosse. E il duca non aveva trovato di meglio della fondazione di un luogo di culto, per mostrare la propria preferenza per il cattolicesimo. Così aveva fatto erigere quella gigantesca chiesa, la cui volta a botte era - all'epoca - la più grande al mondo dopo quella della basilica di San Pietro, a Roma.

Un sognatore.

Ma anche uno sconsiderato. Nei suoi progetti clericali aveva speso talmente tanto denaro da prosciugare il tesoro di Stato e ritrovarsi costretto ad abdicare in favore del figlio per ritirarsi in monastero, a trascorrere il resto dei suoi giorni in contemplazione e preghiera. Trecento anni dopo, un altro Wittelsbach - Ludovico II - si era lasciato prendere la mano da un ideale, calando la propria vita in un reame incantato, però aveva avuto ancor meno fortuna di Guglielmo.

Era morto.

Forse ucciso.

Poco più di ventiquattr'ore dopo il furto della sua corona.

Ed era esattamente per quello che ora Stefan, alla vigilia della sua rivoluzione, si trovava all'interno di quell'antica chiesa.

Rivolse un cenno di saluto al priore che gli aveva aperto la porta, e per qualche istante rimase fermo, in silenzio, nella penombra della navata, con le mani nelle tasche del cappotto. Sopra di lui si estendeva la possente volta a botte di Guglielmo V. Sotto di essa si aprivano le cappelle laterali. La struttura a navata unica accentuava il volume dell'edificio. Ancora oggi, a distanza di secoli, i fedeli si radunavano per ascoltare la parola di Dio, annunciata dal primo pulpito permanente installato a Monaco.

Un'altra delle molte innovazioni portate dall'antenato di Stefan.

Assaporò il silenzio, la danza delle ombre proiettate dalle candele votive montate sui portaceri inclinati, inspirò l'aria tiepida e asciutta. Un tempo, quell'edificio apparteneva interamente ai Wittelsbach. Ora restava in loro possesso soltanto la cripta. Colpa degli accordi seguiti alla Prima guerra mondiale, che avevano privato la sua famiglia del retaggio storico, del regno e di buona parte delle sue proprietà.

Un torto che lui era deciso a raddrizzare.

« È aperto? » chiese.

Il priore annuì.

Stefan aggirò l'acquasantiera presidiata dalla statua bronzea di un angelo e camminò sul duro marmo fino a raggiungere l'ingresso della cripta. Figure in terracotta a grandezza naturale lo scrutavano dalle loro alte nicchie. Molte di esse avevano le fattezze di suoi antenati, che ora assistevano a ciò che lui stava per compiere. Per costruire quella chiesa, Guglielmo il Pio aveva raso al suolo quasi novanta case, ignorando le pubbliche proteste. Un atto audace, deciso, risoluto.

Nei giorni a venire, Stefan avrebbe emulato tutti e tre quei tratti.

7

Cotton precipitò nel buio e atterrò sulla piccola barca. A occhio e croce, era lunga tre metri. Di sicuro non di più. Lo scafo oscillò sotto il suo peso, roteando e allontanandosi dal traghetto, ma poco dopo si fermò. I due occupanti erano spariti. Forse la turbolenza li aveva scagliati via. O si erano gettati nel lago di proposito? La temperatura dell'acqua doveva essere prossima allo zero. Nessuno poteva sopravvivere senza protezioni termiche.

Il traghetto continuava ad allontanarsi.

C'era da sperare che il pilota avesse ripreso i sensi e si fosse rimesso al timone.

Intanto meglio accertarsi che i due uomini fossero davvero a mollo. Cotton però non ebbe il tempo di assumere il controllo della barca, perché sulla poppa del traghetto era comparsa una sagoma.

Che puntava un'arma.

Riecheggiarono diversi spari.

I proiettili fendettero l'aria gelida intorno a Cotton e finirono in acqua.

Qualcuno gli stava sparando.

Al diavolo le due persone in acqua.

Imbracciò il fucile automatico rimasto sulla barca e diede una mitragliata al traghetto, badando a non mirare al vano passeggeri.

Gli spari cessarono.

La figura sulla poppa era scomparsa, perciò Cotton colse l'occasione per girare la barca, descrivendo un ampio arco in modo da puntare dritto verso il traghetto e avvicinarsi da dietro. Udì i potenti motori diesel salire di giri. Il traghetto filava via. Evidentemente il pilota era di nuovo al timone. Ma dall'altro lato dello scafo spuntò una terza barca, che per un istante fu visibile alla luce dei faretti esterni. Era piccola. Come quella sulla quale si trovava lui.

Era la stessa persona che gli aveva sparato?

E chi altro?

Sarebbe stato il caso di filarsela, raggiungere la riva e lasciare la patata bollente a Luke: il protagonista non era Cotton. Però un antico istinto gli diceva che ritirarsi era una pessima idea. Lo Sbruffoncello se n'era andato, aveva una missione da completare. Quella era una minaccia nuova. Diretta a Cotton. Certo, aveva messo le mani in pasta più a fondo del necessario.

Ma perché sparare a lui?

Diede gas, facendo sollevare la prua, e partì all'inseguimento. L'altra imbarcazione, che aveva una sola luce rossa, si allontanava dalla Herreninsel, dirigendosi verso l'isoletta più piccola, la Fraueninsel. L'Isola delle Donne. Cotton l'aveva visitata. Non era grande. Poco più di quindici ettari. Residenti permanenti: circa trecento. Lì sorgeva un convento di religiose benedettine ancora attivo, famoso per il Chiemseer, il «liquore abbaziale» prodotto dalle monache. I traghetti facevano regolarmente tappa anche lì, dato che la Fraueninsel era ormai un'attrazione turistica.

E la persona che aveva sparato a Cotton andava dritta da quella parte.

Proseguendo a tutta velocità, Cotton raggiunse il molo - una spianata di calcestruzzo illuminata - con circa tre minuti di svantaggio sul suo bersaglio. Cercò di richiamare alla mente tutto ciò che sapeva su quell'isoletta. Piatta. Punteggiata di alberi dalle ampie chiome. Coste dai fondali bassi, con acquitrini e piccole insenature. Molti negozi e villette assediate dai rampicanti. Giardini ovunque, e rive affollate di barche tirate in secca. Dal molo, una passerella di cemento correva lungo la costa. Un campanile solitario bucava il cielo notturno. Centinaia di minuscole luci bianche illuminavano gli alberi e i cespugli. C'erano musica, voci che cantavano e una varietà di profumi appetitosi. Cannella. Mele. Carni arrostite. Un mercatino di Natale. In quella stagione ce n'era uno in quasi tutti i centri abitati della Germania. Una profusione di artigianato, dolci e *vin brûlé*. In qualunque altra occasione, Cotton sarebbe stato ben lieto di fare una passeggiata in mezzo a tutto quello. Ma ora doveva trovare la persona che gli aveva sparato.

Dato che la passerella era deserta, stava per allontanarsi per cercare altrove, però qualcosa sul cemento attirò il suo sguardo. Una chiazza rossa. Si chinò a esaminarla. Fresca. Ancora liquida. Sangue. No, non v'intinse un dito per assicurarsene: erano cose che si facevano nei film. Nel mondo reale, quale idiota avrebbe mai fatto una cosa del genere? Chissà a quanti agenti patogeni ci si poteva esporre. Nelle serie televisive c'era sempre qualche poliziotto che con un coltello perforava un sacchetto di polverina bianca per poi assaggiarla.

Ma siamo seri!

Pochi metri più oltre, un'altra chiazza rossa.

Dunque uno dei suoi proiettili aveva fatto centro?

Forse.

S'incamminò verso i suoni e le luci in fondo al molo, che sembravano lontane, dall'altro lato di alcuni edifici bui, nel cuore dell'abitato. La scia di sangue continuava, anche se le chiazze si diradavano.

L'antico convento sorgeva in prossimità della costa. Era circondato da un alto muro in pietra, con la malta che a tratti si scrostava, ben illuminato. Il cancello di accesso era aperto. Il sangue portava dritto lì, ma una volta all'interno del recinto murario, anziché svoltare a sinistra verso il convento, andava a destra, in direzione della chiesa, il cui campanile illuminato trafiggeva le tenebre.

Cotton si avvicinò al portone in quercia tra due colonne e l'aprì. La navata aveva un alto soffitto a volta, sorretto da pilastri e illuminato da una solenne luce ambrata. I muri erano ornati da incisioni artistiche. Sotto il coro c'era un sepolcro con fiori. La targa in tedesco spiegava che lì riposavano le spoglie della prima badessa che aveva amministrato quel convento, più di mille anni prima.

Cotton esaminò il pavimento in pietra in cerca di altre tracce di sangue.

Notò una macchia più piccola delle altre, in prossimità di un passaggio ad arco che conduceva dietro l'altare. Lì era tutto buio, non c'era neppure una candela accesa. Cotton tirò fuori il cellulare e usandolo come torcia individuò uno sbaffo di sangue sul lastricato.

Si fermò.

La scia finiva lì.

Davanti a una porta.

Scosse la testa.

La situazione andava di bene in meglio.

Girò la maniglia di ferro e spinse il pesante uscio. Una scala in discesa. La imboccò. Il legno dei gradini scricchiolava sotto il suo peso. Una volta in fondo, la luce del cellulare rivelò la presenza di una galleria, larga poco più di un metro e alta quasi quanto una persona. Pochi metri più oltre, ecco un'altra chiazza.

A ognuno la sua kryptonite.

La sua erano gli spazi angusti.

Il solo fatto di trovarsi al chiuso, senza via d'uscita, gli dava ai nervi. Una debolezza? Senz'altro. E lui detestava ammettere di averla.

Ma strinse i denti.

E continuò a camminare.

8

Cotton continuò a camminare lungo il pavimento asciutto in terra battuta.

Più avanzava, più si sentiva a disagio. La galleria proseguiva dritta, l'aria si faceva umidiccia e pesante, e lui ne aveva una percezione quasi tattile. Il buio si estendeva oltre la portata della torcia del cellulare. Dopo una cinquantina di metri, l'improvvisa comparsa di una scaletta di metallo gli diede un po' di sollievo.

Si affrettò a raggiungerla e salì.

In cima c'era un pannello ligneo con un anello metallico. Cotton lo prese e spinse. Il legno deformato cigolò e i cardini di metallo arrugginito stridettero. S'issò nell'apertura ed emerse in una stanzetta illuminata, del tutto priva di mobili. Di fronte a lui una porta si aprì. Entrarono due uomini. Mezza età. Faccia ordinaria. Sogghigno di disprezzo. Armati.

«C'è una persona che gradirebbe parlare con lei», disse uno, in un inglese perfetto, senza traccia di accento.

«E voi sareste...?» chiese Cotton.

«Venga con noi.» L'altro fece un cenno con la pistola.

«Lo sapete, vero, che con questa faccenda non c'entro niente?»

«A parte il fatto di aver sparato a uno dei nostri?»

Ah, eccoci, dunque.

Lo condussero lungo una serie di tortuosi corridoi, dal cui aspetto - e arredo - dedusse che si trovava all'interno del convento. Lungo il tragitto li osservò, cercando di capire chi mai potesse averli mandati. Non un servizio segreto militare: erano troppo vecchi. L'esercito li voleva giovani, snelli, con un girovita che non superava i settanta centimetri. L'FBI? Un po' fuori giurisdizione, ma non era da escludersi, dato che l'agenzia aveva diversi uffici in Europa. Però no. Era più probabile che si trattasse della solita spina nel fianco. La CIA.

Ai tempi di Cotton, le dispute territoriali tra Langley e la sezione Magellano erano all'ordine del giorno: tutte le agenzie di spionaggio degli Stati Uniti inneggiavano alla cooperazione contro il nemico comune, ma erano troppe, e ognuna voleva essere la prima in classifica. Perciò l'apparato complessivo era incentrato sulla mutua diffidenza, i servizi d'intelligence militari e quelli civili si osteggiavano a vicenda, e il sistema faceva in modo che nessuno di essi ottenesse troppa gratificazione, o troppo potere. E la colpa non era di *chi* comandava, bensì del fatto che *ognuno* si sentisse in diritto di comandare.

In un panorama del genere, le buone intenzioni erano merce rara.

Nella fattispecie, la CIA detestava la sezione Magellano in quanto agenzia di fiducia di Danny Daniels nel corso dei suoi mandati presidenziali. Quando aveva avuto bisogno di un lavoro d'intelligence, Daniels si era affidato regolarmente a Stephanie Nelle. E la cosa aveva portato risultati, certo. Ma aveva generato animosità. Daniels non se n'era mai curato: era il capo, e chiunque fosse alle sue dipendenze sapeva di non potergli pestare i piedi senza subirne le conseguenze. Aveva fatto licenziare ben due direttori della CIA e un direttore della National Intelligence. Però, con la fine del suo mandato e l'inizio della presidenza di Warner Fox era cambiato tutto. Via il vecchio, avanti il nuovo. E il nuovo, a quanto Cotton aveva sentito, non era poi un granché. Un'incompetenza di cui lui stesso aveva avuto prova, pochi mesi prima, in Polonia. E adesso eccolo lì, in una gelida notte bavarese, di nuovo nel mirino di chissà chi.

Entrarono in un disimpegno dal quale si dipartivano altri corridoi. C'era un soffitto a volta, dipinto a scene della vita di san Tommaso. Sopra una delle porte, un'iscrizione incisa nella pietra catturò lo sguardo di Cotton: FACIENDI PLURES LIBROS NULLUS EST FINIS. Una citazione biblica: «I libri si moltiplicano senza fine».

Vero: il lavoro di chi li fa non è mai finito.

Da lì si accedeva a una scala a chiocciola. Salirono in silenzio. Le pareti erano rivestite di pannelli di legno cui la luce delle lampade dava una qualità oleosa, satinata. C'erano file di ritratti incorniciati, ognuno provvisto d'illuminazione a LED. Dopo un lungo corridoio, entrarono in una sala dall'aspetto solenne, come la navata di una chiesa, ma senza panche. All'estremità opposta, una porta si aprì e un uomo dall'incedere elegante venne verso di loro.

Era alto, con capelli biondo cenere, occhi castani dallo sguardo schietto, sormontati da sopracciglia irsute che gli davano un'aria quasi divertita. Aveva il ventre sporgente di chi si concede un po' troppe birre, e spalle che si alzavano e si abbassavano a ogni passo. Con un sorriso sfacciato, tese le braccia in un esagerato gesto di benvenuto. «Harold Earl Maloney, detto Cotton! In carne e ossa!» Il vezzeggiativo Maloney era un suo antico vezzo derisorio. «E io, Derrick Koger, detto... Derrick Koger. Quanto tempo!»

Cotton conosceva la storia. Girava voce che i Koger fossero così poveri che Derrick non si era potuto permettere un soprannome. Tuttavia aveva fatto carriera nella CIA. Le ultime notizie che Cotton aveva avuto di lui lo davano per direttore delle operazioni speciali, o qualcosa del genere. Alla CIA, qualunque agente operativo con un minimo d'intraprendenza aspirava a una scrivania a Langley, ma era una corsa contro il tempo: se non si era svelti a salire di grado, si perdeva il treno. Koger aveva quel ruolo da almeno vent'anni, dunque in netto ritardo. Quando Cotton faceva l'agente operativo, le loro strade si erano incrociate in varie occasioni. Alcune belle. Altre meno. Sempre per colpa di quelle dispute territoriali che facevano parte del gioco.

Koger puntò un dito verso di lui. «Quando Luke Daniels mi ha detto che avrebbe coinvolto te, non mi è parso vero. Il leggendario Maloney in mezzo a noi? Il favoleggiato Capitan America? Caspita! Quando sei entrato in azione su quel traghetto, sembrava una scena di un fumetto della Marvel.»

Il falso elogio aveva un evidente tono di sarcasmo, ma il sorriso e l'aria scherzosa lo rendevano accettabile. Koger era fatto così. Sfruttava quei giochetti per confondere l'interlocutore. Ma quel giorno Cotton aveva indossato la sua pelle di squalo, e di certo non si scomponeva davanti a quel piccolo sbeffeggio.

Koger fece un cenno, e gli altri due uomini se ne andarono.

« A chi ho sparato? » chiese Cotton.

« All'uomo che avevo messo in posizione sul lago, e che avevo mandato a spingerti verso di me. Per fortuna il proiettile ha trapassato la spalla da parte a parte. Niente lesioni gravi. Sangue a fiotti, però. Lo stanno portando in un ospedale militare. »

« Ha cominciato lui a sparare a me. »

« Gli avevo ordinato di non colpirti. »

Cotton sentiva puzza di bruciato. « Stavi osservando tutto? »

« Stavo osservando i progressi di Luke, e anche l'altra barca, dalla quale gli sparavano. Una barca che non doveva essere lì. Stavo appunto per ordinare a un mio uomo d'intervenire, quando... puf! Arrivi tu, con quel traghetto. Che idea fantasiosa. L'hai letta in un libro? Ho sentito che fai il libraio, ormai. Non ti avrei mai immaginato nei panni di un negoziante. »

« E io non avrei mai immaginato te ancora alla CIA. » Cotton badò bene a non aggiungere: *E ancora operativo*. Molti, all'età di Koger, erano già in pensione, intenti a scrivere libri-rivelazione sugli eccessi e gli inganni delle agenzie d'intelligence, o a farsi invitare ai salotti televisivi. E invece quell'allampanato sbruffone era ancora in sella.

« Sai, a me piace stare sulla breccia », disse Koger. « Da sempre. »

Scemenze, ma Cotton lasciò correre. « Luke sta partecipando a un'operazione della CIA? »

Koger annuì. « Stephanie Nelle è nella merda fino al collo. Ma lo sai già. Gira voce che ormai sia fuori gioco, come tutto il resto della sezione, però Fox la sta lasciando sospesa nel limbo. Ora, saprai senz'altro che io non sono esattamente un gran tifoso di un Dipartimento di Giustizia che mette il becco nelle operazioni internazionali, però è vero che nel personale ministeriale ci sono molti bravi elementi, perciò abbiamo deciso di metterne in prova qualcuno, in questi tempi di... triste incertezza. Luke ci è parso il più adatto. »

Peccato che lo Sbruffoncello si fosse guardato bene dal dirlo. A Cotton veniva quasi da sorridere: quel giovanotto imparava più in fretta del previsto.

« L'ho solo preso in prestito, tramite il procuratore generale in persona... » aggiunse Koger.

Cotton colse il sottinteso. « Che a te non piace. »

« Un vaso di gerani sarebbe stato più idoneo alla carica. » Pane al pane e vino al vino, come sempre.

« Immagino che non ti piaccia neppure il nostro nuovo presidente. »

« Guarda, non farmelo dire. »

Cotton sorrise. « Hai sentito di me e Fox? »

« Uuuh, altroché. Abbiamo l'ordine tassativo di non coinvolgerti in nessuna operazione. Punto. *Persona non grata*. Niente eccezioni. Mai e poi mai. »

Cotton allargò le braccia. « Eppure sono qui. »

« Esatto. »

« Sei sicuro di volerti accollare questo rischio? »

« Certo, altrimenti non saresti qui. »

Ah, no? « Quella scia di sangue è stata lasciata apposta per me? »

« Be', gli avevi già sparato, quindi ci è parso un buon modo per attirarti qui. »

« Ma il mio intervento non è ufficiale. Sto solo facendo un favore a un amico. »

Koger era noto per essere un tipo tosto, con un istinto da giocatore d'azzardo dei casinò galleggianti lungo il Mississippi. Scaltro, scafato, audace. Con la sua propensione all'azione sul campo, era una risorsa preziosissima per un'agenzia piena di blandi passacarte. Cotton sapeva come funzionavano quelle cose: ogni ordine – o semplice cruccio – espresso dal presidente rimbombava come un tuono in tutti gli organi di governo. I direttori convocavano i capi di divisione, i quali contattavano per posta elettronica i responsabili di distaccamento, che a loro volta telefonavano ai supervisori del personale e così via. Alla fine erano mobilitati tutti quanti, per un capriccetto al quale il presidente non pensava già più. Pareva un controsenso, ma il successo delle agenzie d'intelligence dipendeva dalla loro trasparenza. Tutto poggiava su un'unica cosa: la gente che parlava. O mandava sms. O email. O scriveva sui social network. O faceva qualunque altra cosa dalla quale si potessero evincere informazioni. Ma nella CIA - come del resto nella sezione Magellano - era assai raro che gli smidollati, gli ingenui e quelli che vivacchiavano sopravvivessero a lungo. A quanto sapeva Cotton, tutti quelli che lavoravano con Koger erano pronti a mettere la mano sul fuoco sulla sua correttezza, e anche sulla sua abilità. Il che però non significava che fossero contenti di avere a che fare con lui: nonostante tutta la sua retorica da compagnone, quell'uomo era un caposquadra severissimo, che esigeva il massimo.

« Il favore, l'ho fatto », aggiunse Cotton. « Io, qui, ho finito. »

« Non vuoi approfittarne per punzecchiare il culo a Warner Fox? » All'improvviso, gli occhi castani di Koger si erano illuminati.

« Hai in mano qualcosa? »

« Abbastanza da tirare fuori dai guai Stephanie Nelle e rimetterla in pista. »

L'ultima volta in cui Cotton aveva parlato con Danny Daniels, l'ex presidente gli aveva detto che Stephanie gli aveva vietato di aiutarla: voleva risolvere i propri problemi da sola, senza aggrapparsi alla mano del fidanzatino. Daniels non aveva gradito quella strigliata, ma aveva rispettato il desiderio di lei. Le si prospettava una comparizione davanti a una corte disciplinare, alla quale sarebbe seguito, quasi certamente, un licenziamento. Un'ingiustizia tremenda. D'altronde, durante quell'operazione in Polonia, lei e Cotton avevano pestato i piedi al nuovo presidente. Per punizione, Cotton era stato tagliato fuori. Lei, invece, avrebbe perso il lavoro e avrebbe assistito allo smembramento della sezione Magellano, l'agenzia d'intelligence che lei stessa aveva creato e cresciuto con amore per tanto tempo. Perciò, sì, Cotton sarebbe stato ben lieto di « punzecchiare il culo a Warner Fox ».

« Sentiamo. »

« Eeeh, *do ut des*. »

« Ossia? »

« Cosa sai del principe Stefan von Bayern? »

« Un bel niente. Ha attinenza con l'operazione? »

« Vuole causare parecchi problemi agli Stati Uniti d'America. »

9

Derrick studiò ogni dettaglio di Cotton Malone. Lo trovava in gran forma. Alto, spalle larghe, capelli biondo-rossicci senza neppure una pennellata di grigio. Ormai doveva essere prossimo alla cinquantina: erano passati diversi anni da quando si era tirato fuori dal Dipartimento di Giustizia. Tuttavia, a giudicare dall'azione sul Chiemsee, quel Maloney non aveva perso il suo smalto: si era gettato nella mischia - letteralmente! - per proteggere Luke.

Da bravo agente.

«Nel XII secolo, la Baviera è finita sotto il controllo dei duchi Wittelsbach. Nel 1806, grazie a Napoleone, è diventata un regno. Ma poi, dopo Waterloo, è stata fusa col neonato impero tedesco. Una mossa che ha riscosso ben pochi applausi nei bavaresi, i quali, essendo a maggioranza cattolica, non gradivano un governo a maggioranza protestante. Sono nati movimenti separatisti, c'è stata addirittura qualche insurrezione, però la Baviera ha continuato a far parte dell'impero. Oggi è lo Stato più ampio della federazione: per area, occupa un quinto della Germania. Settantamila chilometri quadrati. Tredici milioni di abitanti. Poche risorse naturali. Un tempo, era una società agraria. Poi, con la modernizzazione, si è riempita d'industrie di vari settori: automobilistico, chimico, elettrico, aerospaziale, *high-tech*. C'è tutto.»

«Mi sembri molto preparato», disse Malone.

«Diciamo che al momento questo posto ha tutta la mia attenzione.»

«Ufficialmente?»

Derrick scrollò le spalle. «Fa differenza?»

Malone imitò il suo gesto. «Per me, no.»

«Mi fa piacere. Vedi, la monarchia Wittelsbach è stata abolita dopo la Prima guerra mondiale. La data fatidica è il 12 novembre 1918. Quello è il giorno in cui Ludovico III ha firmato la dichiarazione di Anif, con la quale affrancava i funzionari civili e militari bavaresi dal loro giuramento di fedeltà a lui. Con ciò, il regno ha cessato di esistere. Questo gesto è stato interpretato come un'abdicazione, tuttavia – e adesso viene il bello – nel casato dei Wittelsbach nessuno ha mai formalmente rinunciato al trono. »

« Però non l'hanno neppure preteso, che io ricordi. »

« Infatti. Ed è vero che nel 1919 la Costituzione di Bamberga definisce la Baviera uno Stato libero, all'interno della nuova repubblica di Weimar. Dopo la Seconda guerra mondiale, questo Stato libero ha deciso di non firmare il trattato costitutivo della Repubblica federale tedesca, e il Parlamento bavarese non ha mai ratificato la legge fondamentale della Repubblica federale di Germania. In sostanza, la nuova Germania è stata creata senza l'approvazione della Baviera. »

Malone s'incuriosì. « Nel senso che la Baviera fa parte della Germania ma non ne è esattamente contenta? »

« Non lo è mai stata. Da queste parti, ci si considera prima bavaresi, e poi tedeschi. Da un recente sondaggio risulta che il 74% della popolazione vorrebbe svincolarsi dalla Germania. »

« Secessionismo? »

Derrick annuì. « Esatto. L'attuale duca, Albert, ha settant'anni. Ovviamente non ha un regno, ma è a capo del casato di Wittelsbach da una ventina d'anni. È il bisnipote di Ludovico III, quello che è stato deposto nel 1918. Al momento abita a Monaco, al castello di Nymphenburg, e non si è mai sposato. »

« Dunque non ha eredi? »

« Il fratello. Stefan von Bayern. »

« E il problema è lui? »

« Altroché. Luke si è infiltrato in un gruppo che lavora direttamente per Stefan, ed è riuscito ad avvicinarlo. »

« A che scopo? »

« Stefan ha la sindrome del secondogenito: ha vent'anni meno del fratello, e non conta nulla... a meno che Albert non muoia. Per sua fortuna, la natura gli sta dando una mano: il duca sta morendo di cancro. »

Malone era confuso. « Mi dispiace per lui. Ma ormai questi Wittelsbach sono soltanto una curiosità storica. »

« A meno che non riescano a recuperare il trono. »

« Non vedo come sia possibile. »

« Ecco, il punto è proprio questo: potrebbe essere possibile. Più volte i tribunali tedeschi hanno sancito che nessuno degli Stati può legalmente separarsi dalla federazione, ma non hanno fatto i conti col Bundestag, che ha il potere di emendare la Costituzione e indire un plebiscito in Baviera. Se i bavaresi scegliessero la secessione, il Parlamento federale dovrebbe rispettare il loro voto. Sembra una follia, lo so, ma sta appunto per succedere. »

Sembrava, in effetti, una follia. Eppure era vero che la Germania era politicamente in subbuglio, a causa dell'improvviso decesso di Marie Eisenhuth, che per molti anni ne era stata la cancelliera. La donna era morta nel bel mezzo di una contestatissima corsa al potere, nella quale aveva perso la vita anche il suo oppositore, e la cosa aveva gettato nel caos le elezioni nazionali. Derrick sapeva che Malone era – in qualche modo – implicato nella faccenda. In che misura? Non ne era al corrente. Però il coinvolgimento di Malone era bastato ad attirargli le ire del presidente degli Stati Uniti. Alla fine, i due partiti avevano presentato candidati di rimpiazzo, nessuno dei quali aveva però ottenuto una maggioranza netta, perciò si era formato un governo di coalizione, e da quel momento la Germania era piombata nel caos.

« Ma la Baviera è il più grande degli Stati tedeschi, come hai appena detto tu. Dunque che motivo avrebbe il Bundestag di prendere in considerazione la proposta di un plebiscito secessionista? » chiese Malone.

Derrick alzò l'indice. « Ecco, questa è un'informazione confidenziale. »

« Se è così, io posso anche uscire di scena. Tanti auguri, eh? »

« Non stavo scherzando quando ho detto che posso salvare Stephanie Nelle. »

« Allora fallo. »

Derrick fece spallucce. « Non è la mia battaglia. Ma potrebbe essere la tua. »

Stava scommettendo sul fatto che Malone avesse un debito

insolubile con Stephanie Nelle. Quella donna gli aveva cambiato la vita: l'aveva preso con sé quand'era un signor Nessuno, un avvocatucolo della magistratura militare, ne aveva fatto una delle prime reclute della sezione Magellano e gli aveva affidato molte missioni che avevano avuto un'importanza mondiale. Nel corso degli anni, Malone aveva divorziato, si era ritirato dal servizio e si era trasferito in Danimarca per fare il libraio. Crisi di mezza età? Chissà. Restava il fatto che ora la sua ex capa era in guai grossi, e Derrick puntava sul fatto che quell'uomo sarebbe stato disposto a tutto pur di aiutarla. Indipendentemente dalla sua opinione sulla persona che gliene stava offrendo la possibilità.

« Tu cosa ci guadagni? » gli chiese Malone.

Derrick optò per la sincerità. « Un'occasione. »

« Di tirarti fuori? »

« Bingo. »

Tutto dipendeva dal senso di colpa di Malone verso Stephanie Nelle. Derrick sapeva che i due, in Polonia, avevano punzecchiato l'orso, e che l'orso aveva restituito il colpo. Perciò l'offerta di una possibilità di rimediare gli sembrava l'esca ideale. Al tempo stesso, però, capiva il dilemma di Malone. Sarebbe stato un vuoto opportunismo? Un allettante inganno? Oppure un jackpot?

« E va bene », disse Malone. « Ci sto. »

Jackpot.

« Parliamo un po' di quell'informazione confidenziale. »

« Il mistero con cui abbiamo a che fare risale al XIX secolo », cominciò Derrick. « È riaffiorato nel corso della Seconda guerra mondiale, poi è rimasto latente fino a qualche mese fa. »

« E risolvendolo avremmo le nostre... occasioni? »

Derrick annuì. « I proverbiali due piccioni con una fava. Fox sarà disposto a fare qualunque cosa, pur di avere ciò che troveremo. »

« Che sarebbe, precisamente...? »

« Una cosa cui i tedeschi hanno dato un nome: *Das letzte Königreich.* »

L'Ultimo Regno.

10

È difficile dare una descrizione adeguata della mia missione, nella vastità della sua portata. È cominciata nel marzo del 1873, con una convocazione alla Residenza. A richiedere la mia presenza era Ludovico II. Lo conoscevo di persona, in varie occasioni gli avevo procurato materiali di lettura. In qualità di direttore generale degli Archivi bavaresi, avevo molta dimestichezza con la Biblioteca reale. Il re era un lettore appassionato, dalla mentalità progressista, incuriosito dalla tecnologia. Tra noi era nata una certa confidenza, anche se non avrei mai avuto la presunzione di considerarmi un suo amico intimo.

Appena giunto alla Residenza, sono stato condotto nell'antiquarium, costruito nel XVI secolo da un altro Wittelsbach e sin d'allora tenuto con gran cura. Una volta lì, l'usciere mi ha invitato a incamminarmi verso il re, che mi attendeva all'estremità opposta della sala, su un alto scranno montato su una pedana. Non era presente nessun altro, cosa che mi è parsa alquanto strana.

« Avvicinatevi, Von Löher », mi ha chiamato a gran voce il re. « Affrettatevi, brav'uomo. »

Ho accelerato il passo, anche perché da un capo all'altro di quella magnifica galleria sono quasi settanta metri. L'antiquarium vanta il primato di essere il più ampio spazio chiuso rinascimentale a nord delle Alpi. Un tempo fungeva da sala dei banchetti e ospitava la biblioteca ducale. Oggi alle sue ornatissime pareti sono appesi antichi dipinti. Ne ho notati diversi di Pietro il Candido, Antonio Ponzano e Hans Donauer il Vecchio. Ho continuato a camminare e mi sono fermato a breve distanza dalla pedana, davanti a una ringhiera in legno dorato.

« Non lì », ha detto Ludovico. « Venite qui. »

Ho fatto un inchino e sono salito sulla pedana.

« Ho una missione per voi », ha detto lui, abbassando la voce, mentre mi avvicinavo. « Ne saremo al corrente soltanto noi due. Accettate questa condizione? »

Ho annuito. Cos'altro avrei potuto rispondere?

Il re si è sporto verso di me. « Prima, però, ho una cosa da dirvi. Una cosa che mi occupa la mente da ormai diversi anni. »

Sembrava una faccenda seria.

Ludovico mi ha scrutato. « Non sopporto più questo posto. »

« Il palazzo? » gli ho chiesto.

« No: il Paese. Il mio governo. La politica. Tutto. Odio tutte queste cose. Voglio un nuovo regno. »

Avevo sentito bene? Mi sono guardato bene dal chiederglielo. « Ma i vostri sudditi vi amano. La vostra sola presenza desta esultanza per le strade di Monaco. »

Ludovico si è massaggiato la fronte. « Non sopporto più di espormi agli sguardi della gente, sorridere ed elargire lo stesso saluto mille volte, domandare di persone che per me non significano nulla, ascoltare risposte che non m'interessano. »

Non credevo alle mie orecchie.

« A volte, quando sono sfinito dal tanto leggere e tutto tace, bramo di udire una voce umana », ha detto Ludovico. « Allora chiamo un servitore o un postiglione e lo prego di parlarmi della sua casa e della sua famiglia. Se così non facessi, finirei per scordare l'arte dell'umana favella. »

Questa confessione mi ha dato una stretta al cuore. Era opinione comune che il re fosse incline alla fuga dalla realtà, e che per questo amasse circondarsi degli splendori di una fantasia medievale. Tutti concordavano nell'attribuirgli un'indole cogitabonda e una passione per le arti, in particolare la musica. Ma a voce più bassa osservavano che il sovrano mostrava tratti irrazionali, accompagnati da un'aria d'indicibile malinconia.

« Qui non c'è nulla che appaghi le mie necessità », mi ha detto. « Su questa terra, mi sento solo e abbandonato. Come un vestigio di un'epoca migliore, trascinato dal vento fino al presente, che io odio, e nel quale mi sentirò sempre un estraneo. »

Ancora una volta non sapevo cosa rispondergli.

« È sicuramente comprensibile che a volte mi prendano violenti attacchi di rabbia e odio, o che io, preso da disgusto, volga le spalle al mondo che mi circonda. Un giorno tutti gli ideali di cui serbo la sacra fiamma saranno distrutti, e forse allora sarò in pace con questa terra. Ma non è ciò che io desidero. » Il suo sguardo penetrante era puntato

su di me. « Prima che accada, vorrei fare in modo di restare in eterno un enigma, per me e per gli altri. »

« In che modo, maestà? »

« Voglio una nuova terra. Un mondo di sogni, in cui tutti mi siano amici, in cui io possa essere un autocrate, senza le pastoie imposte dal governo. Lontano, al di là del mare. Un foglio bianco, una tabula rasa, *su cui io possa far avverare le mie fantasie. Come nel* Lohengrin: *'In una terra remota, ai passi vostri irraggiungibile'. »*

Sono rimasto basito nell'udire il mio re che parlava di abbandonare il suo regno. Ma non ero ignaro delle voci che gli attribuivano un'ansia morbosa per la propria salute, lunghi e intensi rimuginii, e apprensione per la propria sanità mentale. Già il nonno e la zia avevano mostrato tratti di eccentricità, e il fratello era malato di mente. C'era chi diceva la stessa cosa di Ludovico. Ma re era e re restava. Nulla da eccepire.

« Maestà, per quale motivo mi mettete a parte di questo vostro desiderio? » gli ho chiesto.

Lui si è appoggiato di nuovo allo schienale. « Voglio che sia tu a trovarmi un nuovo regno. »

Ci sono rimasto di sale, e lui l'ha capito dalla mia espressione.

« Suvvia, Von Löher, nel vostro animo c'è sempre stato un briciolo di radicalismo. La mia proposta non può avervi sconvolto a tal punto. »

Non avevo mai saputo che il re conoscesse tanto a fondo la mia storia personale. Venticinque anni fa ho preso parte a una rivolta politica, e il governo mi ha fatto incarcerare per sedizione. All'epoca sul trono c'era Massimiliano, il padre di Ludovico. Per fortuna il tribunale mi ha prosciolto. A quel punto mi sono dato una calmata e ho assunto la carica di giurisperito presso la Corte d'appello di Paderborn, poi ho avuto una cattedra presso le università di Monaco e Gottinga, e quando infine sono stato messo a capo degli Archivi di Stato ho pensato che il mio passato rivoluzionario fosse, se non proprio dimenticato, almeno perdonato.

« Voi siete Franz von Löher, pubblico funzionario di Baviera, tenuto in grandissimo conto. Siete assai versato nelle scienze naturali, storiche e giuridiche, e avete compiuto molti viaggi in tutta Europa, in Canada e negli Stati Uniti. Un uomo di mondo, nel vero senso della parola. »

Vero. Il mondo, l'avevo girato.

« Mi si dice che, durante il vostro soggiorno americano, avete tenuto conferenze sull'importanza del popolo tedesco nella storia globale », ha proseguito lui. « Com'è stato accolto il vostro discorso? »

« Piuttosto bene, maestà. »

« Via, non fate il modesto. A quanto sento, siete entrato nella leggenda. Ho letto il vostro libro, Storia e condizione dei tedeschi in America. »

Avevo, in effetti, dato il via a una controversia, parlando del fatto che per un solo voto – quello di Frederick Muhlenberg, primissimo oratore della Camera dei rappresentanti – la lingua ufficiale degli Stati Uniti non fosse stata il tedesco. I due idiomi contendenti avevano ottenuto lo stesso numero di preferenze, e quella di Muhlenberg aveva spareggiato il conteggio in favore dell'inglese. Durante il mio discorso, molti si erano offesi e avevano affermato che mi stessi sbagliando, che questo fatto non fosse mai avvenuto. Ma io ho sempre difeso le argomentazioni dei miei scritti.

« Ho letto anche buona parte dell'altro vostro trattato, Terre e genti del Vecchio Mondo e del Nuovo. *Proprio i vostri libri mi hanno convinto del fatto che voi siate l'uomo giusto per il compito che vi sto affidando. »*

Derrick riprese lo smartphone dal quale aveva mostrato il testo a Malone. « Questa è la traduzione di un documento scritto da Franz von Löher nel 1889. »

« Di pubblico dominio? » chiese Malone.

Derrick scosse la testa. « Rimosso dagli Archivi bavaresi durante la Seconda guerra mondiale e secretato - da noi - fino ai giorni nostri. »

« Stai dicendo che il re di Baviera voleva buttare al vento la sua corona per andare a cercare un nuovo regno? »

Derrick fece un gran sorriso. « Mica lo dico io. Lo dice Franz von Löher, all'epoca direttore degli Archivi di Stato bavaresi. Il problema è che il nuovo regno in questione è stato davvero trovato. »

Malone aggrottò le sopracciglia. « Ed è l'obiettivo del principe Stefan? »

« Diciamo così. »

« Ma cosa c'entrano gli Stati Uniti? »

Derrick faticò a trattenere una risata: Malone aveva addentato l'esca. Con l'amo, il filo, il galleggiante e l'intera barca del pescatore. « Il nuovo regno si trova proprio lì. »

11

Stefan era ancora nella cripta di famiglia, sotto la chiesa di San Michele.

Quarantuno membri del casato di Wittelsbach occupavano le tombe e le nicchie intorno a lui. Tra quelli, il fondatore stesso della chiesa: Guglielmo il Pio.

Una famiglia reale.

A breve, in uno di quei sepolcri sarebbe finito il suo caro fratello maggiore, l'attuale duca di Baviera. Entro sei mesi, avevano detto i medici.

Si guardò intorno, in quella sala squadrata dal soffitto a volta retto da tozze colonne in pietra. La famiglia vi aveva sempre accesso, a qualunque ora del giorno. Ma il progetto di quella notte andava ben oltre. Stefan stava per compiere un passo irrevocabile. Un passo che l'avrebbe spinto verso una gloriosa vittoria o una sconfitta totale. Quale sarebbe stato l'esito? Impossibile predirlo. Eppure bisognava andarvi incontro.

E tutto a causa di ciò che era accaduto sul lago di Starnberg il 13 giugno 1886.

Ludovico II si era ritirato dal mondo, schiacciato dal peso della corona e dalle sue contraddizioni. Simpatizzava col repubblicanesimo, eppure idolatrava Luigi XIV, l'autocrate per eccellenza, che aveva rinchiuso nella Bastiglia chiunque avesse osato avere un'opinione propria. Non faceva che lagnarsi dei suoi ministri, e nel 1876 li aveva destituiti tutti, sostituendoli però con persone non certo migliori. Era noto per la sua irrequietezza, per il fatto che ogni cosa gli venisse a noia in breve tempo, e per l'abitudine di non fermarsi mai per più di pochi giorni nello stesso luogo. Aveva una brama febbrile di continui cambiamenti, e di ricorrere a effetti teatrali per accentuare ciò che già esisteva in natura.

Secondo vari testimoni, consultava regolarmente diversi spiritisti per farsi mettere in contatto coi defunti, era suscettibile, incline all'ira, aveva scatti furiosi di rabbia, non tollerava che qualcuno lo contraddicesse, neppure in misura minima, né che indugiasse un solo istante nel venire incontro ai suoi desideri. Addirittura, in certe occasioni, si strappava i capelli e la barba, o perdeva ogni cognizione delle stagioni e delle temperature, convincendosi che in pieno inverno fosse estate, o viceversa. Tutto ciò era descritto da un rapporto medico segreto, redatto da un gruppo di eminenti psicologi capeggiato dal dottor Bernhard von Gudden. Quel documento si concludeva con una diagnosi d'infermità mentale, basata su testimonianze di ex servitori, valletti e stallieri. Alcuni di questi erano stati pagati per rilasciare le loro dichiarazioni, altri erano stati costretti con la forza. Il rapporto non presentava uno straccio di controprova, né una minima attenuante. Era una valutazione medica preparata senza che venisse condotto nessun esame sul paziente stesso.

Ma perché?

La spiegazione migliore era la paralisi del governo bavarese: Ludovico aveva smesso di ricevere i ministri e si rifiutava di firmare i documenti ufficiali. Non aveva mai compreso il valore del denaro, perciò le spese per i suoi molti progetti edilizi - una mania insaziabile - si erano accumulate sino a formare un debito di varie decine di milioni. Il castello di Linderhof era completo, e gli altri due - Neuschwanstein e Herrenchiemsee - erano quasi finiti, ma restavano ancora molti lavori da compiere. Eppure lui insisteva, facendo proprio il motto del suo idolo, Luigi XIV.

Le Roy le veult.

Così vuole il re.

E dunque così si deve fare.

Per fortuna, quelle costruzioni non erano state finanziate con denaro pubblico: per pagare i conti, Ludovico aveva usato i fondi che il governo gli erogava annualmente per il suo mantenimento. Esaurita quella fonte, aveva cominciato a chiedere forti prestiti. Essendo sovrano di un regno di lunga durata, in un primo momento era stato reputato un contraente interessante. Ma ben presto i creditori si erano messi a volteggiargli intorno, esigendo che i prestiti fossero restituiti. Incombeva il rischio di una querela alla corona, o di una bancarotta; entrambe le cose avrebbero esposto la famiglia reale a uno scandalo senza precedenti.

«Dove va il mondo, se un re non può spendere quanto gli pare?» gridava spesso Ludovico. «Non ho più i miei fidati sostenitori? Non c'è, tra loro, un David Bernard?»

Nessuno pareva cogliere l'allusione.

Bernard era stato un ricco banchiere che aveva finanziato interamente una delle guerre di Luigi XIV, in cambio del privilegio di passeggiare con lui nei giardini, suscitando le invidie dei colleghi. No, in Baviera non c'era un David Bernard.

Sembrava che l'unica soluzione fosse quella offerta dalla Costituzione del regno di Baviera, la quale sanciva che un monarca potesse essere estromesso dal governo per instabilità mentale, laddove essa perdurasse da più di un anno. Perciò una commissione di quattro medici era stata chiamata ad attestare proprio quello.

Per facilitare il passaggio di poteri, il principe Luitpold - zio di Ludovico - accettò di assumere la reggenza, dal momento che il re e suo fratello Ottone - l'erede - stavano entrambi per essere dichiarati pazzi e nessuno dei due aveva figli. Il primo ministro acconsentì dietro garanzia di mantenere la carica anche durante la reggenza. L'accordo era soddisfacente anche per i creditori di Ludovico, perché i suoi debiti sarebbero stati pagati pienamente dallo Stato. A ulteriore sostegno di quella soluzione, i ministri dichiararono che, se Ludovico avesse continuato a governare, tutti loro avrebbero rassegnato le dimissioni. Ma, se ci fosse stato un cambio al vertice, sarebbero rimasti.

Così Ludovico era stato tagliato fuori, ed era incominciata la reggenza.

Un colpo di Stato, ma senza spargimenti di sangue.

Il passaggio era facilitato dal fatto che Ludovico conducesse una vita relativamente isolata, passando le giornate a dormire, e le nottate a immergersi nel suo mondo di fantasia. La sua inettitudine politica lo rendeva ancora più vulnerabile. I nobili lo detestavano, perché lui li evitava di continuo. I familiari non gli davano nessun sostegno, perché era uno scialacquatore indefesso. Il popolo, però, lo amava. E la cosa imponeva ai cospiratori una certa cautela.

L'8 giugno 1886, una commissione di Stato partì da Monaco per prendere in custodia il re. L'accordo era di confinarlo a Linderhof, nel cuore delle Alpi: un luogo abbastanza isolato da fungere da prigione. Nel pomeriggio, gli inviati raggiunsero Hohenschwangau, il castello in cui Ludovico aveva passato buona parte dell'infanzia, e dove – a detta delle loro spie – si trovava al momento. Ma al loro arrivo scoprirono che il re si era già ritirato nella vicina Neuschwanstein.

Perciò si trattennero a Hohenschwangau, a decidere sul da farsi.

A mezzanotte si godettero un banchetto di sette portate originariamente destinato al sovrano. Per rinfrancarsi, si scolarono un'ottantina di pinte di birra e dieci bottiglie di champagne. In tal modo, lasciarono a Ludovico tutto il tempo di far chiudere i cancelli di Neuschwanstein e inviare una sentinella alla vicina cittadina di Füssen, per avvertire le forze dell'ordine. La polizia locale venne a proteggere i cancelli del castello. Intorno alle tre del mattino, la commissione iniziò finalmente a risalire la scoscesa abetaia che saliva alla vetta di Neuschwanstein, ma si ritrovò subito circondata dai soldati. Nel frattempo arrivarono anche i contadini del posto, armati di accette, fucili, coltelli e spade. I membri della commissione vennero arrestati, tranne uno, che riuscì a fuggire e, di ritorno a Monaco, raccontò tutto ai funzionari della capitale. Intanto Ludovico diede disposizione di fustigare gli arrestati, cavare loro un occhio, scorticarli vivi e affamarli fino a lasciarli morire nei loro escrementi. Quell'ordine, che di certo non smentiva la diagnosi di follia, fu ovviamente disatteso: il 10 giugno, intorno a mezzogiorno, la commissione venne rilasciata.

I contadini tornarono alle loro abitazioni.

Ludovico rifiutò qualunque consiglio di fuggire a sud, sul versante austriaco delle Alpi, per chiedere asilo all'imperatore asburgico. Accettò, invece, il suggerimento di preparare una dichiarazione pubblica, che però non ebbe ampia distribuzione. Bismarck gli telegrafò, pregandolo di tornare a Monaco e parlare direttamente al popolo, che sotto il suo governo si trovava bene e lo adorava. Bastava presentarsi di persona. Ma Ludovico rifiutò, e passò tutto il pomeriggio del 10 giugno a distruggere documenti e bruciare lettere.

Sembrava intuire che la fine era vicina.

Al suo più fidato servitore, Alfons Weber, disse: «Io credo nell'immortalità dell'anima e nella giustizia di Dio. Ritrovarmi catapultato dal sommo livello di esistenza fino alla nullità equivarrebbe a una vita persa. Non reggerei. Potrei accettare che mi privassero della corona, ma mi hanno anche dichiarato malato di mente, e a questo non sopravvivrò. Non sopporterei di andare incontro alla stessa sorte del mio povero fratello Ottone, soggetto agli ordini di qualunque guardia, pena la bastonatura. Possa il mio sangue macchiare in eterno tutti coloro che mi hanno tradito».

Il suo rifiuto di fuggire diede al governo l'opportunità di mandare l'esercito ad assediare Neuschwanstein. I soldati tagliarono i cavi elettrici e telefonici. Quella volta i contadini non intervennero. Ludovico telegrafò a un dignitario di corte, convocandolo con urgenza e ordinandogli d'inviare immediatamente i fucilieri al castello, poi contattò via radio l'imperatore tedesco e quello austriaco, e anche Bismarck, chiedendo aiuto. Ma tutte queste comunicazioni vennero intercettate, e nessuna di esse giunse al destinatario. Il re cominciò a bere, e l'alcol lo rese nervoso e aggressivo. Si baloccava con l'idea di un suicidio. Parlando coi servitori, ponderò di assumere un veleno o gettarsi dalla torre più alta del castello. «Alle dodici e trenta sono nato, alle dodici e trenta morirò.»

Nelle prime ore del mattino dell'11 giugno, una seconda commissione giunse a Neuschwanstein e si presentò al re.

«Questo è il più triste dovere al quale io abbia mai adempiuto», disse il neuroanatomista Bernhard von Gudden. «Quattro esperti hanno condotto una valutazione sulla vostra maestà e, in base alle loro raccomandazioni, il principe Luitpold ha assunto le responsabilità politiche in vece vostra. Ho l'ordine di accompagnare la vostra maestà al castello di Berg stanotte stessa.»

« E in che modo avrebbero condotto questa 'valutazione', se non mi hanno neppure visitato? »

« Ho preso questa risoluzione basandomi sulle testimonianze della servitù. »

« Testimonianze prezzolate? Di lacchè che ho sollevato dal fango e che adesso mi tradiscono? E quanto ci vorrà per 'curarmi', ammettendo che io sia malato? »

« Dipende dalla maestà vostra, che dovrà accondiscendere alle mie istruzioni. »

« Ah, viviamo nell'era della legge del più forte? Se io sia pazzo o no, lo giudicheranno i miei sudditi. » Nonostante le debolezze fisiche e mentali, all'occasione Ludovico mostrava una risolutezza straordinaria. « Venite a dire a un pazzo che è pazzo? Il fatto stesso che vi aspettiate che io comprenda il vostro discorso non prova forse che sono sano di mente? »

Nessuno gli diede risposta.

A quel punto, su di lui cominciò a posarsi un senso di orrore: al castello restavano solo pochi servitori, e nessuno di loro sembrava disposto a prendere le sue parti.

Perciò si difese da sé. « Ve lo dico una volta per tutte: nessun Wittelsbach si assoggetterà mai ad altri. »

« Sarà pure », replicò Von Gudden. « Ma io ho comunque l'ordine di condurvi via. »

Il 12 giugno, poco dopo mezzogiorno, tre carrozze si fermarono davanti al castello di Berg, in riva al lago di Starnberg. Era la località scelta per il confinamento del re, dopo la sceneggiata di Neuschwanstein: il governo non poteva permettersi una rivolta contadina che consentisse a Ludovico di riottenere la libertà, perciò lo avrebbe tenuto lì, nelle vicinanze di Monaco, in una sede prontamente difendibile.

Il viaggio era durato otto ore.

Per Ludovico, il castello di Berg era un luogo speciale. Nei suoi ventun anni di regno, aveva trascorso parecchio tempo in questo luogo di pace e tranquillità. Ma ora tutte le maniglie erano state rimosse, le finestre erano state dotate di robuste sbarre di ferro, e in ogni porta era stato trapanato uno spioncino che permettesse di tenere d'occhio il prigioniero. Evidentemente qualcuno si era dato un gran daffare in vista del suo arrivo.

Il re pranzò, poi si stese a riposare. A mezzanotte si alzò e chiese i propri vestiti, però le guardie glieli negarono. Si riaddormentò verso l'alba. Era il 13 giugno, domenica di Pentecoste, ma la sua richiesta di andare a messa venne respinta. Passò l'intera giornata in solitudine. Alle quattro e mezzo del pomeriggio fece un pasto leggero, dopodiché ricordò a Von Gudden la sua promessa di lasciargli fare una passeggiata. Il medico, pur con riluttanza, acconsentì, commentando con altri: « Vorrei tanto che il re avesse un po' di pietà di me. È davvero seccante, con tutte quelle sue richieste ».

Prima della passeggiata, Von Gudden inviò a Monaco un telegramma nel quale diceva: *Tutto funziona a meraviglia.*

Verso le sette meno un quarto, i due s'incamminarono, con un paio di guardie al seguito. Poco dopo, però, il medico chiese loro di lasciarli soli, dicendo che lui e il re sarebbero rientrati in tempo per la cena, che sarebbe stata servita alle otto.

Intorno alle sette, cominciò a piovere.

Alle otto, dato che non erano ancora rientrati, venne avvertita la polizia, e tutti gli uomini disponibili uscirono con lanterne e torce.

La battuta di ricerca fu difficile, a causa della pioggia e del vento.

L'ombrello del re venne trovato, ben chiuso, su una panchina del parco. Poco più tardi furono rinvenuti anche il suo soprabito e la giacca. Sembrava che entrambi i capi d'abbigliamento fossero stati tolti in tutta fretta: erano rivoltati, con le maniche della giacca ancora infilate in quelle del soprabito. Nelle vicinanze, in riva al lago, c'erano diversi rami spezzati, come se qualcuno si fosse aperto una strada a forza. In acqua c'erano la bombetta del re e il cilindro di Von Gudden.

Ludovico era a galla, a faccia in giù, con gli occhi spalancati e la pelle gelida al tatto. Poco oltre dondolava Von Gudden, in una posizione semigenuflessa, quasi seduta. Ci fu qualche tentativo di rianimazione, ma ormai erano entrambi in pieno *rigor mortis*. Von Gudden aveva il volto pieno di graffi, un'ampia ecchimosi sopra l'occhio destro, un taglio profondo alla fronte e una lacerazione a una guancia. Il dito medio della mano destra non aveva più l'unghia. Il re, invece, non aveva lesioni visibili. Il suo orologio si era fermato alle 18.54. Quello di Von Gudden alle otto in punto.

I cadaveri vennero riportati al castello di Berg.

L'indomani, il corpo di Ludovico venne lavato ed esposto alla vista dei molti contadini che si erano appositamente radunati davanti ai cancelli del castello. Gli fecero una maschera mortuaria, un calco delle mani e gli tagliarono qualche ciocca di capelli.

Poi lo rispedirono a Monaco.

Venne condotta un'autopsia, il cui referto fu divulgato. A rafforzare la diagnosi d'instabilità mentale, l'anatomista mise in luce una « infiammazione del cranio », un « cuoio capelluto sottile » e un « piccolo tumore in prossimità del lobo frontale ». Tutti indici – a quanto pareva – di una malattia cerebrale degenerativa.

Il re fu lasciato esposto alla Residenza per tre giorni, sotto un ricco baldacchino di seta azzurra, coperto da una montagna di fiori freschi, in un feretro aperto, davanti al quale sfilavano i sudditi. Indossava la veste nera dell'Ordine dei cavalieri di Sant'Uberto. Nella mano sinistra reggeva una spada, nella destra un mazzolino di gelsomini. Sembrava addormentato, sulle labbra esangui era dipinto l'accenno di un sorriso. Sabato 19 giugno, tutte le chiese di Monaco suonarono le loro campane, e in lontananza rimbombarono i cannoni.

Stefan si soffermò davanti al sepolcro bronzeo di Ludovico II.

Quella tomba era lì dal 1886.

Era circondata da ogni lato da una ringhiera in ferro battuto alta circa un metro, che serviva a tenere a distanza i curiosi. Stefan era disgustato dal fatto che la cripta fosse ormai ridotta a una vile attrazione turistica. Accesso a due euro, sei giorni alla settimana, fotografie permesse. Biglietti venduti a migliaia, per il profitto della chiesa. Che vergogna. Evidentemente, nel mondo moderno, le cose andavano così.

Ma lui avrebbe cambiato anche quello.

Udì alcune voci sopra di sé, nella navata.

La sua squadra. In arrivo. Finalmente.

Era impaziente di sapere cosa fosse accaduto a Herrenchiemsee. Aveva ordinato quell'incursione sapendo che dopo un atto del genere non sarebbe più potuto tornare indietro. Ma era finito il tempo delle pianificazioni. E anche quello delle fantasticherie o delle speranze. Se voleva cambiare la propria vita, la Baviera, l'intera Germania, doveva accollarsi certi rischi.

Grossi.

Di tutti i Wittelsbach viventi, lui era sempre stato il più ambizioso. Suo fratello Albert era un'anima in pena, ormai in procinto di morire dopo una vita tranquilla, trascorsa fra le poche proprietà immobiliari di cui la famiglia era ancora in possesso. Aveva vissuto di rendita, grazie a un patrimonio plurisecolare, soldi investiti con saggezza e spesi con oculatezza.

Ma la parsimonia comportava certi limiti.

Limiti che Stefan non aveva mai sopportato.

Certo, avrebbe potuto continuare a godersi la sua esistenza privilegiata, spostandosi da un luogo ameno all'altro, godendosi le sue donne e il suo presunto « prestigio regale ». Ma per fortuna la sorte gli aveva offerto una possibilità di svolta. Una nuova occasione.

Bastava coglierla.

Le voci da lassù si stavano avvicinando.

Passi che scendevano nella cripta.

12

Luke scese a passo svelto la scala della cripta della chiesa di San Michele. Il tragitto dal Chiemsee a Monaco - una novantina di chilometri di autostrada - era filato liscio. La messinscena in riva al lago aveva sortito il suo effetto: tutti sembravano soddisfatti di aver fatto valere le proprie ragioni. Improbabile che Christophe o Lexi avrebbero fatto parola dei problemi insorti all'interno del castello. Anzi, si sarebbero crogiolati nel successo della loro missione.

« Preso! » annunciò Christophe, reggendo in alto il libro.

Con aria compiaciuta, il principe glielo sfilò di mano. « Bravissimi, tutti quanti. Problemi? »

« Neanche uno », rispose a bruciapelo Lexi.

Luke non la contraddisse, e neppure Christophe. Splendido.

Avevano distrutto la fotocamera e gettato i pezzi in un cassonetto lungo il tragitto fra il parcheggio e la chiesa. C'era bisogno di mantenere calme le acque, senza intorbidarle ulteriormente. L'unico problema era il libro: Luke doveva esaminarlo. Scattare qualche foto. E, soprattutto, capire come mai fosse tanto importante.

« Mi fa piacere », disse il principe a Lexi.

Luke si guardò intorno. Sulle lastre del pavimento erano disposti sepolcri d'ogni foggia e dimensione. Antichi e recenti, a tutt'apparenza. Qualcuno era ornato da una corona, a indicare che il caro estinto era un re o un imperatore. Targhe sul muro identificavano il defunto. Guglielmo V, duca di Baviera. Massimiliano I, elettore di Baviera. Carlo II, duca di Zweibrücken. Re Ottone, fratello minore di Ludovico II.

E poi, naturalmente, Ludovico stesso.

La sua tomba era la più elaborata, protetta da una bassa ringhiera di ferro e adorna di fiori freschi e ceri. Alla parete retrostante era appesa una foto incorniciata, in bianco e nero, che ritraeva il re da giovane.

Il principe Stefan sfogliò il libro rubato, e Luke ebbe modo di vedere che era un'edizione a stampa, piuttosto ordinaria. Colse appena un paio di parole sul frontespizio: TANNHÄUSER e WARTBURG. Le scritte sul dorso e sulla copertina erano sbiadite. Badando bene a non mostrare eccessivo interesse, riprese a contemplare la solennità della cripta.

Il principe aveva dato istruzioni chiare: recuperare il volume e portarlo lì. Evidentemente c'era un nesso tra il libro e la chiesa.

Tutto era cominciato tre mesi prima, quando Stefan von Bayern era saltato all'occhio degli Stati Uniti. Luke non ne conosceva il motivo: non aveva un rango abbastanza alto. Però era stato inviato a Monaco con l'incarico di entrare nella cerchia più ristretta del principe. E così aveva fatto, grazie a Christophe, al quale facevano capo due uomini e Lexi. Si era presentato sotto le mentite spoglie di Jonathan Smith, ex militare, congedato con disonore e ora mercenario in cerca d'ingaggio. La CIA gli aveva creato un intero dossier e lo aveva inserito negli archivi dell'esercito, nell'eventualità che a qualcuno venisse voglia di verificare.

Sapeva che Stefan puntava a un regno, un trono. A quanto gli era parso di capire, il principe era in cerca di qualcosa che c'entrava con Ludovico II, e che era andato perduto con la morte del re, nel 1886. A tutt'oggi, nessuno sapeva cosa fosse accaduto in quel piovoso pomeriggio di giugno sul lago di Starnberg. Due uomini erano usciti per una passeggiata e non erano tornati. Dopo un trentennio - tra la reggenza di Luitpold e il breve regno di Ludovico III - la monarchia era stata abolita, la Baviera era stata assorbita dalla repubblica di Weimar e i Wittelsbach si erano visti confiscare buona parte delle loro proprietà. Stefan voleva cancellare tutti quegli errori. A Luke non era ancora ben chiaro cosa c'entrassero gli Stati Uniti, ma aveva un ordine preciso: quello di accertare le mire del principe e fare rapporto. Non di neutralizzarlo. Né d'interferire. Riferire e basta.

Stefan si avvicinò alla tomba di Ludovico II.

Il principe aveva una statura media, spalle strette, guance sode, ombreggiate da una barba che cominciava ad avere appena una spolverata di grigio. Il viso era spigoloso, con un sorriso raggelante. La voce aveva quel tono imperioso che le persone intelligenti acquisiscono quando raggiungono il successo. I capelli, di un nero troppo lucido per essere naturale, erano pettinati alla perfezione. Con quel bel colorito e gli occhi nocciola, dimostrava assai meno dei suoi cinquant'anni.

« Voglio che apriate questa tomba », disse.

Ah, sì? È per questo che siamo qui? pensò Luke.

Senza esitazione, Christophe scavalcò la ringhiera. Dall'altro lato del sepolcro, Lexi fece altrettanto. Non vedendo altre opzioni, Luke diede loro man forte, piazzandosi alla testa della tomba. Il sarcofago in marmo verde misurava circa due metri per uno, e poggiava su quattro piedini a zampa di leone. Agli angoli c'erano elementi decorativi a forma di fiamma. Sul rialzo al centro del coperchio c'era un cuscino di velluto sul quale era posata una corona dorata. Christophe rimosse entrambi gli oggetti e li porse al principe, il quale li posò delicatamente sul pavimento.

« Per favore, dischiudetela un pochino, così che possa vedere l'interno. »

Sembrava che per Christophe fosse una richiesta del tutto normale. Per Luke, invece, era ben fuori dell'ordinario: non aveva mai aperto una tomba. D'altronde, chi non risica non rosica. Perciò tutti e tre presero gli angoli del coperchio e fecero forza. Era pesante e ingombrante, ma riuscirono a spostarlo quel tanto che bastava ad aprire uno spiraglio.

Stefan si avvicinò e usando il cellulare come torcia illuminò il contenuto del sepolcro. « Ma non può essere! » Era incredulo. Era la prima volta che il principe perdeva la pazienza.

Luke guardò dentro la tomba.

Era vuota.

13

Stefan si allontanò dal sarcofago di Ludovico. In vista di quella nottata si era preparato a varie eventualità, ma non a quella di trovare una tomba vuota.

Non era ciò che gli era stato raccontato.

Nel 1886, Ludovico II era stato sepolto in pompa magna. Otto cavalli bianchi in drappo nero avevano trainato la carrozza funebre per le vie di Monaco. Ai loro fianchi camminavano dignitari e ciambellani con galloni dorati, e cavalieri dell'Ordine di San Giorgio. A seguire, il cavallo preferito del re, anch'esso drappeggiato di nero. A piangere Ludovico c'erano, oltre al principe reggente, gli eredi al trono di Austria e Prussia, tutti i primogeniti del casato di Wittelsbach, la nobiltà bavarese, ambasciatori stranieri, alti ufficiali, ministri e deputati di quasi ogni città di Baviera. A chiudere il corteo, cavalleria e fanteria, con bande militari che suonavano marce funebri. La processione aveva impiegato due ore e mezzo a percorrere il breve tratto che separava la Residenza dalla chiesa di San Michele. L'ingresso era coperto di paramenti neri. Il feretro era stato deposto su un catafalco inclinato, collocato dinanzi all'altare, circondato da ceri bianchi e da un mare di fiori. L'arcivescovo aveva dato la sua benedizione alle spoglie mortali del re, che poi i cappuccini avevano trasportato fino alla cripta. Lì erano rimaste per quattro mesi, fino al completamento della tomba.

Erano sparite in quel lasso di tempo?

Oppure in seguito?

Durante una delle guerre mondiali?

Stefan aveva faticato a dissimulare la sorpresa iniziale, ma dopo qualche istante di riflessione si era reso conto di non potersi permettere di mostrarsi sconvolto davanti ai suoi sgherri. « Richiudete », ordinò. Arretrò e osservò i tre che spingevano il pesante coperchio di marmo fino a rimetterlo in posizione. Era compiaciuto dal fatto che gli obbedissero senza fare domande.

Come a un re.

Porse di nuovo il libro a Christophe. «Riportalo a Christine Ertl. Voi due invece siete liberi, per stanotte.» E, con queste parole, se ne andò.

Il tragitto in auto fino a Nymphenburg durò mezz'ora. Stefan guidava veloce, con tutta la fiera risolutezza permessa dall'asfalto bagnato e pieno di buche. Nel frattempo aveva incominciato a nevischiare, e le luci della città si rispecchiavano sulla strada lucida. Nonostante l'aria calda che usciva dai bocchettoni sul fondo dell'abitacolo, Stefan aveva ancora freddo, e si rattrappì nel cappotto. Gli costava fatica resistere alla sonnolenza indotta dai suoni metronomici dell'auto.

Un tempo il castello di Nymphenburg era circondato dalle foreste a ovest della città. Oggi era inglobato nell'espansione suburbana, ed era un'oasi di pace nel bel mezzo degli strepiti metropolitani. Uno dei molti elementi che ogni anno attiravano a Monaco milioni di turisti. A lui non era mai piaciuto. Troppo grosso. Troppo dispersivo. Era stato creato da cinque Wittelsbach diversi, nell'arco di duecento anni, e serviva principalmente da residenza estiva. Era costituito da vari padiglioni, collegati da lunghi corpi accessori, ed era circondato da cinquecento acri di prati e boschi. Oggi quel grazioso complesso rococò assolveva varie funzioni: attrazione turistica, sede di eventi culturali, ufficio centrale dell'ente governativo che sovrintendeva ai palazzi e ai parchi nazionali. La sezione che Stefan preferiva era la galleria delle bellezze, dov'erano in mostra trentasei ritratti di donne che avevano attirato lo sguardo di Ludovico I, tra il 1827 e il 1850.

Ah, la vanità!

Un ex casino di caccia verso il confine settentrionale dei terreni di Nymphenburg fungeva da sede del casato. Lì risiedeva suo fratello Albert, così come vi aveva vissuto il padre, prima di loro. Una ristrutturazione novecentesca l'aveva dotato di tutte le comodità moderne, trasformandolo in un'abitazione.

Stefan parcheggiò davanti all'ingresso, nel piccolo spiazzo asfaltato. Tutt'intorno, nella luce dei fari si stagliavano alberi spogli, come forche erette nel gelo. La famiglia aveva un ingresso privato, chiuso da un cancello elettronico. Senza sicurezza, però. Niente recinzioni, né guardie. Perché? Perché nessuno faceva caso a un'ex famiglia reale che ormai non aveva più nessuna rilevanza al di fuori dei libri di storia.

Varcò la soglia del portone come una furia e trovò il fratello nello studio del pianterreno, una stanza spaziosa, con mobili massicci, pesanti tendaggi e poltrone dalle fodere robuste. Alle pareti erano appesi trofei di caccia, tra cui un paio di animali che lui stesso aveva abbattuto. Dal soffitto ornato di stucchi pendeva un lampadario spento, tutto luccicante di vetro veneziano. Con ogni probabilità, fino a mezzo secolo prima quell'edificio era stato una dimora accogliente. Ora non più. Puzzava di vecchiaia e fallimento.

Il caminetto in pietra era acceso. Sulla mensola sopra di esso, un'elegante cappuccina segnava le nove. Albert era seduto alla scrivania, coi suoi francobolli sparsi sul piano di scrittura. Ne possedeva a centinaia, conservati nelle apposite vetrinette appese alle pareti. Alcuni erano ingialliti dagli anni, altri avevano ancora tutti i colori vivaci delle loro figure: fiori, valorosi guerrieri, grandi personalità decedute da tempo. Ognuno di essi costituiva - come Albert stesso amava dire - un « pregommato testamento alla rarità ». Stefan aveva sempre trovato che quel genere di collezionismo fosse una perdita di tempo. Un'occupazione da accumulatori seriali, votati alla frustrazione perché la loro impresa non sarebbe mai giunta al termine, dato che ogni giorno venivano creati francobolli nuovi.

Albert ne stava scrutando uno attraverso una lente d'ingrandimento. « Per un errore tipografico, a questo è stato assegnato il valore sbagliato. Macchine fermate, tiratura distrutta. Ma se ne sono salvati alcuni esemplari - sì, ce n'è sempre qualcuno che sfugge - e questo è uno. » Alzò lo sguardo. « Sono gli errori ad attirare più soldi. Buffo, vero? Un francobollo che non si può usare neppure per spedire una lettera è capace di raggiungere un valore di mercato di migliaia di euro. »

« Dov'è Ludovico II? »

« È morto. E da un bel pezzo, pure. » Albert aveva una corporatura ovoidale: spalle spioventi, girovita consistente, gambe robuste. Come tutti i Wittelsbach, aveva una folta criniera scura, ormai ingrigita, al pari della pelle, che aveva perso ogni colorito. Tanto tempo prima aveva abbandonato ogni parvenza di vanità personale e si era messo a rimpinzarsi di piatti sostanziosi, trincare liquori costosi e collezionare francobolli. Stefan lo paragonava a uno di quegli gnomi della tradizione, che i bavaresi amavano ancora scolpire nel legno di pino per venderli ai turisti. Otto mesi prima, i medici avevano diagnosticato ad Albert un tumore al cervello. Inoperabile. Gli avevano dato un anno di vita, al massimo quattordici mesi. Ormai non restava molto.

Stefan aveva bisogno di calmarsi, perciò si avvicinò alla scrivania, prese un decanter di whisky ambrato, se ne versò un bicchiere e ne bevve qualche sorso. Dopodiché, placati i nervi, chiese: «Dov'è il cadavere?»

Il fratello posò la lente d'ingrandimento. «Pochi minuti fa mi ha telefonato il parroco. Mi ha parlato della tua visita alla cripta di famiglia. Visita che io non ho autorizzato.»

«Non mi occorre certo il tuo permesso.»

«Veramente sì, visto che il capofamiglia sono sempre io. Come mai sei andato a profanare la tomba di un nostro antenato?»

Stefan non era intenzionato a fornire spiegazioni, tanto più che la notizia della telefonata del parroco non lo coglieva proprio di sorpresa. Certo, se avesse trovato quello che cercava nella tomba, nulla di tutto ciò avrebbe più avuto importanza. «Dov'è Ludovico?» ripeté.

«Non preoccuparti, fratello caro. A quanto mi si dice, il nostro amato re è al sicuro.»

«Sapevi che il sepolcro era vuoto?»

Albert tacque.

«Rispondi!» lo incalzò Stefan.

«Lo sospettavo. Ma volevo che tu te ne accertassi.»

Durante una delle rare conversazioni civili tra loro, Albert aveva accennato alla possibilità che insieme con Ludovico fosse stata sepolta una certa cosa. Il dialogo era avvenuto più o meno nel periodo in cui gli era stata diagnosticata la malattia. Stefan si era offerto di andare a controllare.

« Ero curioso », disse Albert. « Lo sono da tutta la vita. Perciò ho stuzzicato il tuo interesse, ed ecco che tu hai fatto una visitina al sepolcro. Ce ne hai messo, di tempo. Papà lo diceva sempre, che eri difficile da pungolare. »

Il padre era appartenuto a un'altra generazione. Nipote dell'ultimo monarca di Baviera, Ludovico III. Re senza regno, per tutta la vita. Lì vigeva da sempre la legge salica, che riservava la successione al primogenito maschio, escludendo le femmine. Albert non si era mai sposato. Perché? Chissà!

Stefan non era interessato alla vita privata del fratello. Anche perché, a conti fatti, quel celibato giocava a suo favore. A preoccuparlo, semmai, era l'eventualità che Albert sapesse qualcosa che lui ignorava. Qualcosa che il padre avrebbe confidato soltanto al figlio maggiore. « A te cos'ha raccontato? »

Albert rimase seduto alla scrivania. « Questioni private, tra un duca e il suo erede. »

Stefan detestava quelle distinzioni che lo escludevano del tutto. « Dov'è il corpo di Ludovico? » chiese per la terza volta, con rabbia crescente.

« È la stessa domanda che hanno posto Adolf Hitler e Dwight Eisenhower. E a entrambi è stata data la stessa risposta. »

« Per quale motivo lo chiedevano? »

Albert puntò l'indice. « Lo stesso per cui lo chiedi tu: *Das letzte Königreich*. Resta da capire, semmai, per quale motivo lo vuoi. »

« Trovare l'Ultimo Regno sarebbe un bene per entrambi. »

Albert fece spallucce. « Per me no, visto che sto per schiattare. »

Stefan decise di essere conciliante. « Non ti piacerebbe morire da re? »

« Già da tempo mi accontento di vivere da duca. »

Stefan era irritato dall'indifferenza e dalla noncuranza di suo fratello. Da sempre. E non era mai riuscito a scrutare al di là di quel muro di riserbo. « Io no. Adesso che sai che la tomba è vuota, ti cambia qualcosa? »

« La mia curiosità è soddisfatta. » Albert si chinò nuovamente sui suoi francobolli, perdendosi nella nostalgia di un'altra epoca.

Ora basta!

Stefan si avventò sulla scrivania e la ribaltò, mandando a terra i francobolli, la lente d'ingrandimento e la lampada da tavolo. La lampadina esplose, e il paralume in vetro andò in mille pezzi.

Albert non si mosse dalla sedia. Ancora curvo in avanti, osservò lo scempio. « Questa suscettibilità sarà la tua rovina. Lo diceva anche papà. »

« Cosa vuoi che me ne freghi, di quel vecchio rimbecillito? Anche lui, come te, si accontentava di essere duca. »

Come un disco incantato, i due fratelli ripetevano le stesse frasi di sempre. Non si erano mai voluti bene. A separarli era la differenza d'età, di stile di vita e di valori morali. Stefan si era sposato giovane e aveva avuto tre figlie - sì, tutte femmine - da una moglie che faceva poche domande e nessuna scena, a patto che tutti agissero con discrezione. Lui e Albert avevano amici diversi. Interessi diversi. Ambizioni diverse.

« Lascia perdere questa faccenda », disse Albert, a bassa voce. « È rimasta nascosta per tanto tempo, e tale dovrebbe rimanere. Glielo dobbiamo. A Ludovico II e a Ludovico III. Tu, fratello caro, sarai presto duca di Baviera. Accontentati di questo titolo. »

Quell'esortazione offese l'amor proprio di Stefan. « Non significa nulla, se non è un titolo di re. »

« Significa tutto. » Per la prima volta, la voce di Albert tremò.

Qualcuno, una volta, aveva detto che l'importante non era tanto la sorte di una persona, quanto il modo in cui questa l'affrontava. Lo credeva anche Stefan. Con tutto il cuore.

« Lascia perdere, Stefan », ripeté Albert. « Il passato è passato, lascialo dov'è. »

Quella frase non fece che rinsaldare Stefan nei suoi propositi. « Mai. »

14

Luke adorava le birrerie di Monaco. La più famosa era sicuramente l'Hofbräuhaus, la cui clientela era costituita perlopiù da turisti. Ma lui preferiva quelle più lontane dalla Città Vecchia, frequentate dai tedeschi. Ne aveva visitate diverse. Quella sera era in una dal grande fascino bavarese: interni spaziosi, in stile tradizionale, soffitti ambrati e uno stilosissimo bancone in legno scuro e rame ben lustro. Una musica popolare scuoteva le pareti. La gente saltava, danzava, piroettava al ritmo del basso tuba, l'aria afosa si riempiva di dialoghi ad alta voce. Un odore dolciastro, di luppolo, gli riempì le narici, ricordandogli che aveva sete.

Dalla chiesa era venuto direttamente lì, insieme con Lexi. Christophe li aveva raggiunti dopo.

Il giovane maître di sala, in redingote verde e camicia dal colletto diplomatico, li accompagnò a un lungo tavolo nelle vicinanze del palco adornato da file e file di trofei di caccia. Una prosperosa morettona in abito tradizionale distribuì loro i menu, che comprendevano *Brezeln* appena sfornati, costolette e birre locali Augustiner. Tutti e tre sembravano a loro agio, rilassati, lieti di aver concluso la missione. Il fatto che la tomba di Ludovico fosse vuota non era affar loro. Era il principe a esserci rimasto di sasso, ma si era poi affrettato ad andarsene dalla chiesa, dicendo loro che per quel giorno il lavoro era finito. Perciò si erano ritirati in quella birreria. Luke aveva ostentato indifferenza nel momento in cui il principe aveva restituito a Christophe il libro e gli aveva detto di consegnarlo a Christine Ertl.

La signora in questione si era mostrata diverse volte, venendo a conferire di persona col principe. Luke era riuscito a pedinarla fino al suo appartamento, lì a Monaco, e aveva scoperto che insegnava alla Ludwig Maximilian. Docente di Studi europei, era autrice di sei libri sulla storia tedesca. Vedendo

Christophe comparire in birreria senza il libro, aveva dato per scontato che la consegna fosse già avvenuta.

Era lì per raccogliere informazioni. Quel compito, il più delle volte, consisteva soltanto nel tenere aperti gli occhi e le orecchie. Ma c'erano occasioni in cui occorreva una ricerca attiva. Perciò, quando - dopo novanta minuti passati a sfogare la tensione trangugiando birra e rimpinzandosi di costolette - decisero di concludere la serata, lasciò che Christophe e Lexi se ne andassero per conto proprio (aveva dedotto che stessero insieme) e prese una strada diversa.

Una pioggerella gelida mista a neve stava stendendo sulla città una coltre grigiastra. Luke infilò le mani guantate nelle tasche del giubbotto di pelle e s'incamminò. Le coppiette si stringevano sotto gli ombrelli lucidi di umidità. I passi risuonavano forte sugli acciottolati. Nella foschia, i lampioni avevano un alone luminoso. Lungo la via c'erano file di negozi che crescevano in eleganza - e in prezzo - via via che Luke proseguiva. Passò davanti alla vecchia Residenza, il cui orario di apertura era terminato da un pezzo. La possente facciata aveva quell'aria desolata che la pioggia conferisce a tutti gli edifici in pietra.

Si poteva presumere che fosse stata Christine Ertl a indirizzare il principe a Herrenchiemsee. Alcuni dialoghi che Luke aveva origliato erano incentrati su quell'argomento.

Certo, la sua era una semplice congettura.

Ma quante altre volte ci aveva azzeccato?

Continuò a camminare, seguendo strade che zigzagavano e serpeggiavano senza mai finire. Trovò il condominio nel punto che ricordava. Aveva sempre avuto un ottimo senso dell'orientamento. Nei ranger l'avevano soprannominato Bracco. A lui piaceva. Decisamente meglio di Sbruffoncello. A proposito, chissà come stava il Nonnetto. Magari adesso era al calduccio di una suite, a farsi servire la cena in camera prima del volo dell'indomani per la Danimarca. Sarebbe stato il caso di telefonargli per ringraziarlo dell'aiuto, anche se le cose non erano andate secondo i piani.

Non proprio, ma quasi.

Però, ecco, quel «quasi» aveva senz'altro una sua importanza, come per la ferratura dei cavalli e le bombe a mano.

Entrò nel condominio e venne accolto dal fetore delle mura impregnate da decenni di vapori di cucina tedesca. Fissata a una parete dello squallido androne c'era una fila di caselle postali dal frontalino in ottone, ognuna con una targhetta sulla quale, alla luce fioca di una lampadina che pendeva dal soffitto, si riusciva a malapena a distinguere il nome. Trovò quella di Christine Ertl e salì le scale fino al terzo piano.

Tese l'orecchio verso la porta, ma non udì nulla. Se la donna fosse stata in casa e l'avesse riconosciuto, Luke avrebbe potuto dire addio alla missione. Perciò ridiscese in tutta fretta al pianterreno e uscì all'aperto. Le finestre del terzo piano erano tutte buie. A quel punto pareva proprio che non ci fosse altra scelta. Risalì a passo svelto e bussò alla porta. Attese una manciata di secondi, poi diede qualche altro colpetto leggero.

Nessuna risposta.

Prese dal portafogli i grimaldelli che portava sempre con sé e nel giro di mezzo minuto riuscì a far scattare la serratura.

Nell'appartamento, l'unica luce era quella che entrava dalle finestre. Un quadrilocale arredato con frugalità. Libri ovunque. Impilati sul pavimento. In fila lungo gli scaffali. Ammonticchiati sul divano. Luke ne esaminò alcuni e notò che i denominatori comuni erano assai pochi: Ludovico II, la Baviera, la Germania. Erano quasi tutte edizioni vecchie, della prima metà del XX secolo. L'usura delle copertine indicava una consultazione assidua. Sul frontespizio di tutti quei libri c'era un timbro che diceva: BAYERISCHE STAATSBIBLIOTHEK. Luke non era particolarmente portato per le lingue, ma non ci voleva una laurea per capire che quella scritta significava Biblioteca statale della Baviera. Inoltre, dal momento che Christine Ertl lavorava anche per quell'ente, si poteva presumere che tutto quel materiale provenisse da lì.

Guardandosi intorno, notò un laptop aperto su un piccolo scrittoio. Sarebbe stato il caso di esaminarlo, però in quel momento non c'era tempo: prima occorreva trovare il libro, che Christophe aveva consegnato, ma che non si vedeva da nessuna parte.

Christine Ertl l'aveva portato con sé?

Luke si avvicinò allo scrittoio e provò ad aprire i cassetti.

Chiusi a chiave. Si sedette sulla poltroncina da ufficio e, ricorrendo nuovamente ai grimaldelli, aprì il cassetto centrale.

Ed ecco il libro.

Benissimo. Quella sera la fortuna girava dalla sua parte. Dopo le goffaggini di quel giorno, forse adesso aveva fatto centro.

Il testo stampato era in tedesco. Duecentosettantotto pagine ingiallite dal tempo. Sul frontespizio c'era una data: 1875. Luke lo sfogliò rapidamente. Niente appunti a margine. Ritornò al frontespizio: come autore figurava Richard Wagner, e il titolo era *Tannhäuser und der Sängerkrieg auf Wartburg*. Ricordava di avere scorto due di queste parole quando aveva lanciato un'occhiata al libro, nella cripta. Cosa significavano? Sullo smartphone aprì Google Translate, che gli fornì la traduzione: *Tannhäuser e la gara dei cantori della Wartburg*.

Cercò su Google e apprese che il *Tannhäuser* era un'opera in tre atti del 1845, scritta e composta dal musicista Richard Wagner e basata sul poeta medievale Tannhäuser e sulla favolosa gara di menestrelli presso il castello della Wartburg. La storia era incentrata sul contrasto fra sacro e profano, e sulla redenzione tramite l'amore. Ma proseguendo la ricerca Luke trovò un'informazione assai più rilevante: un ferventissimo ammiratore di Wagner era Ludovico II, che aveva concepito questa passione alla tenera età di quindici anni, assistendo al *Lohengrin* e - dieci mesi dopo - proprio al *Tannhäuser*. Le opere wagneriane facevano appello alla vivida immaginazione del re.

I puntini cominciavano a unirsi.

Luke proseguì la lettura dello schermo del cellulare:

> Il 4 maggio 1864, il cinquantunenne ebbe un onore senza precedenti: un'udienza con Ludovico. In seguito scrisse: « Ahinoi, è talmente bello e saggio, appassionato e amabile, da farmi temere che la sua vita possa - in questo mondo volgare - squagliarsi al sole, come un fugace sogno degli dèi ». Poco dopo, Ludovico diventò il suo mecenate, e per più di dieci anni gli diede sostegno finanziario. Alla morte di Wagner, nel 1883, Ludovico ordinò che nei palazzi non si suonasse più alcuna musica, e che tutti i pianoforti venissero coperti da un drappo nero.

Cos'aveva di tanto importante quel vecchio libro?

Quei tizi si erano dati un gran daffare, pur di recuperarlo. Eppure dovevano esisterne molte altre copie. Come mai avevano bisogno proprio di quella? Luke posò il volume sul piano di scrittura, senza chiuderlo, e fotografò il frontespizio. Gli vennero in mente i vecchi film in cui le spie si servivano di macchine fotografiche in miniatura, caricate a microfilm. Sorrise: i tempi erano davvero cambiati!

Ora chiunque poteva fare l'agente segreto.

Sfogliò di nuovo il volume, ma non trovò segni di nessun genere. C'era solo una goffratura sul frontespizio.

Un cigno.

La sagoma era impressa nella carta vecchia. Il collo dell'uccello era attraversato da due linee. Luke lo fotografò più volte, insieme con altre pagine a caso, e alla copertina. Poi passò in rassegna le immagini per assicurarsi che fossero ben nitide, infine ripose il libro nel cassetto. Okay. Niente danni, niente pasticci, niente conseguenze degli errori commessi prima, al castello. Certo, sarebbe stato meglio prelevare il libro, ma almeno adesso aveva abbastanza informazioni per fare qualche passettino in più. Bastava trasmetterle a Koger e lasciare che ci pensassero i cervelloni di Langley.

Si alzò dalla poltroncina e fece per tornare verso la porta.

La maniglia tremò.

Luke s'irrigidì.

Qualcuno la stava abbassando.

Ahia.

15

Cotton riportò la vettura al castello. Aveva lasciato Derrick Koger al convento e aveva riattraversato il lago con la barca di cui si era impossessato poco prima, per tornare alla Herreninsel. La sera era diventata ancora più fredda, con una nuova ondata di umidità che attraversava l'aria gelida.

L'accenno di Koger a una sorta di « ultimo regno » in America aveva acceso la sua curiosità. Ma che diamine era? Koger si era rifiutato di scendere nei dettagli, dicendogli che tutto sarebbe stato più chiaro al mattino. Data l'ora - e la stanchezza - Cotton aveva deciso di lasciar correre.

Ripercorse a ritroso la strada di prima e parcheggiò nel cortile posteriore di Herrenchiemsee. Entrò nel castello e salì le scale fino al piano nobile. Koger gli aveva chiesto di dare un'altra occhiata allo studio del re e accertarsi che - nella fretta - non fosse stato trascurato nulla. Per fortuna non c'era nessuno in giro, anche se si sentivano varie voci provenire da un punto in lontananza, nelle stanze più interne. Cotton si concesse qualche istante per esaminare la scrivania, concentrandosi in particolare sull'intarsio sfondato, sul lato destro. Sì, era senz'altro uno scomparto segreto. Spesso i mobili ottocenteschi contenevano nascondigli. Era una moda dell'epoca, e lui lo sapeva: presso lo Smithsonian era conservata una scrivania del genere, divenuta rilevante per una missione che aveva portato Cotton in Croazia.

Si chinò a scrutare nella cavità aperta e scorse un meccanismo fatto di barrette metalliche. Infilò una mano fino a toccarle. Scuotendole, appurò che erano collegate allo sportello del nascondiglio. Però, insieme con esse, si muoveva anche uno dei cassetti.

Cotton si piazzò davanti alla scrivania e ne ammirò la simmetria delle forme e delle decorazioni. La sporgenza sotto la quale si celava lo scomparto segreto esisteva anche dall'altro lato, il che gli fece sospettare che i nascondigli fossero due. Si riavvicinò e saggiò il cassetto corrispondente a quello che aveva appena visto scuotersi. Chiuso a chiave. Sul piano di scrittura c'era un tagliacarte. Antico, probabilmente appartenuto a Ludovico II. Non c'era altra scelta: Cotton lo prese, piantò la lama nella fessura e fece leva.

Nulla.

Al terzo tentativo, alla fine riuscì a forzare la serratura. Ma qualcosa impediva al cassetto di scivolare fuori della propria sede per più di qualche centimetro. Infilandovi una mano, sentì al tatto una borchia metallica che sporgeva verso il basso. Sembrava collegata a un meccanismo a molla. La spinse. La borchia scattò, liberando il cassetto. Più all'interno trovò una levetta che, tirata, faceva scuotere il metallo della cavità già sfondata. Evidentemente gli intrusi, nella fretta, si erano lasciati sfuggire quest'altro dettaglio.

In tutta fretta Cotton aprì il cassetto dell'altro lato e vi trovò una borchia analoga. Lo sfilò dalla sua sede e tirò con forza la barretta di metallo. Sul lato sinistro, nel punto corrispondente alla cavità del fianco destro, si spalancò uno sportello. Quel nuovo scomparto conteneva una piccola busta, che in origine doveva essere bianca, ma ormai era ingiallita dagli anni. Non c'era tempo per esaminarla: Cotton stava già rischiando troppo. La prese e la mise nel taschino posteriore dei pantaloni, poi richiuse lo sportello e rimise a posto il cassetto.

Dopodiché ridiscese al piano di sotto e raggiunse il gruppo di turisti di prima, appena entrato nella sezione museale che occupava una porzione del pianterreno. Si avvicinò al proprietario della macchina fotografica e gli porse le sue scuse, che l'uomo parve accettare senza rancore, soprattutto dopo essersi visto offrire trecento euro di rimborso. C'era anche la guida, stavolta accompagnata da un uomo più anziano, che si presentò come amministratore del sito.

«Cos'ha combinato, lassù?» chiese in buon inglese.

«Ho cercato d'impedire un furto.»

«Mi dicono che ha usato una fotocamera. Ha fotografato i ladri?»

Cotton si strinse nelle spalle. « Non saprei. L'ho lasciata cadere quando quel tizio mi ha sparato. »

« Al piano di sopra non c'era. »

« Me l'ha appena detto il proprietario. L'avranno portata via i ladri. »

« Ma *lei* come mai l'ha presa? »

« Ho visto cosa stavano facendo e ho deciso di fare un po' di foto. Pensavo che potessero esservi utili. »

« Come mai non ha detto alla guida cosa stava accadendo? »

Cotton simulò perplessità. « Mah, sa, nella concitazione... E poi non mi aspettavo certo che mi sparassero. »

L'irritato amministratore non sembrò credere a quella spiegazione.

« La scrivania vandalizzata è di grande valore? » chiese Cotton.

« Eh, direi di sì. È stata fatta per Ludovico II. Per molti anni l'ha usata suo zio Luitpold, quand'era principe reggente. Poi, è passata al figlio di lui, re Ludovico III. Alla fine è arrivata qui, e non si è più mossa dal 1920. Inviolata. Fino a stasera. » L'amministratore sembrava piuttosto agitato.

« Cosa conteneva? » chiese Cotton.

« Senta, ma lei chi è? »

« Una persona che cerca di dare una mano. »

« Sta solo peggiorando le cose. È necessario che lei resti qui – così come tutti gli altri – fino all'arrivo della polizia. Il commissario è già stato avvertito, e vorrà interrogare anche lei. »

Sì, buonanotte. « Certo, nessun problema. Sto solo chiedendo che motivo potessero avere quei tizi per spaccare la scrivania. »

« E io che ne so? Non era mai accaduto niente del genere finora. »

Già, però intanto quel mobile conteneva un libro e una busta, ed evidentemente esisteva qualcuno che ne era al corrente da prima.

Cotton guardò l'orologio.

Ora di andare.

« Dov'è il bagno? »

Gli indicarono l'uscita del museo, nell'atrio principale del castello. Cotton ringraziò e si allontanò dal gruppo di turisti, dirigendosi verso la porta. Per fortuna l'amministratore, la guida e gli altri dipendenti del sito erano troppo impegnati a gestire la situazione.

Il che gli rese facile filarsela.

Senza farsi notare.

Tornò al molo. Al buio, per coprire a piedi il chilometro di tragitto dal castello impiegò quasi mezz'ora. Sulla sponda opposta scorse i lampeggianti azzurri di un motoscafo della polizia diretto verso l'isola. Per fortuna, nel momento in cui le forze dell'ordine fossero sbarcate, lui sarebbe stato già lontano. Oltretutto, era stato abbastanza furbo da non dire il proprio nome a nessuno. Inoltre aveva lasciato la scrivania nelle condizioni in cui l'aveva trovata, perciò nessuno avrebbe scoperto che conteneva un secondo oggetto nascosto.

A quel proposito, sorgeva una domanda.

Quei due che erano arrivati insieme con Luke erano in cerca di entrambi gli scomparti, o di uno solo? Si erano concentrati soltanto sul lato destro della scrivania. Ma forse avevano ignorato il sinistro perché lui non gliene aveva dato il tempo. Se era così, Luke avrebbe avuto bisogno della busta.

Era il caso di leggerne il contenuto.

Si piazzò sotto uno dei lampioni del molo, sfilò dal taschino la vecchia busta e ne estrasse un singolo foglio di carta assai fragile.

Scritto in tedesco.

Wo Matthias die Saiten streichelt
Edelweiß über Schwarzwald
Kein Wasser Kalt
Predigtstuhl Kruz u. Kranz
Nordost die Krone
Enden der Tanz
HLNESRNTANME

Conosceva molto bene il tedesco, quindi tradusse a mente.

Dove Matthias pizzica le corde
Stella alpina sulla Foresta Nera
Nessun'acqua fredda
Pulpito, croce e ghirlanda
Nord-est la corona
Fine delle danze
HLNESRNTANME

Un enigma. Perfetto.

E cosa significavano quelle lettere messe a caso, all'ultima riga?

Cotton scosse la testa, rimise il foglio nella busta e la infilò nuovamente nel taschino posteriore dei pantaloni. Il testo era ben impresso nella sua memoria. Ora bisognava fare rapporto. In fin dei conti, Koger l'aveva rispedito lì proprio per accertarsi che non fosse rimasto indietro nulla. Ma la prima cosa da farsi era tornare a Monaco a rintanarsi al calduccio di una camera d'albergo. E magari anche a mettere qualcosa sotto i denti. Quel « favore » era ormai cresciuto a dismisura.

Appena prima che lui partisse, Koger gli aveva detto: « Vorrei metterti in contatto con certi... rinforzi. Fisso un incontro per domattina. Per i dettagli, mi faccio vivo io ».

Benissimo. Cotton poteva consegnargli la busta l'indomani.

Salì a bordo della barca che aveva usato poco prima e partì a gran velocità, dirigendosi verso l'estremità opposta del lago, lontano dal motoscafo della polizia, che era sempre più vicino.

Raggiunta la riva, proseguì a piedi, passando davanti agli esercizi pubblici che nelle ore meno fredde accoglievano le fiumane di turisti. I lampioni illuminavano il vialetto in calcestruzzo che portava al parcheggio, dove le luci erano più rade. Poche ore prima, quando Cotton era arrivato, una piazzola su quattro era occupata. Ora sulla spianata asfaltata c'erano ben poche vetture, che con ogni probabilità appartenevano ai turisti ancora in attesa al castello, o ai pochi dipendenti della struttura.

Si avvicinò all'auto che aveva preso a nolo e col telecomando sbloccò le portiere. Proprio mentre si accingeva a sedersi al volante, sentì un urto violento alla nuca. Il colpo lo colse di sorpresa. Cotton impiegò un solo istante a riprendersi, ma nel preciso istante in cui stava per girarsi e affrontare l'aggressore un secondo urto gli fece vedere le stelle.

Un panno premuto sul viso. Un odore pungente, acre.

Il mondo diventò nero.

16

Luke si era rifugiato nel ripostiglio mentre qualcuno bussava per la terza volta. Un istante dopo, gli intrusi avevano fatto irruzione, sfondando la porta con tanta forza da far saltare la serratura. Erano due uomini. E non avevano certo l'aria di accademici. Sembravano piuttosto il genere di persone che s'ingaggiano per «fare il lavoro sporco».

Luke aveva lasciato aperta la porta del ripostiglio di uno strettissimo spiraglio, in modo da vedere cosa succedeva. I nuovi arrivati stavano perquisendo tutto, esaminando i libri sul divano, controllando i cuscini, vuotando gli scaffali. Accidenti! Di sicuro non avrebbero trascurato il ripostiglio.

Uno dei due si avvicinò allo scrittoio, forzò i cassetti e trovò il libro. «È questo?»

L'altro controllò qualcosa sul cellulare, poi annuì. «Coincide con la foto.»

Foto? Coincide? Gli intrusi erano informati.

L'uomo che aveva appena parlato attivò la torcia dello smartphone per illuminare il libro.

Il collega sfogliò le prime pagine. «Sì, è senz'altro questo.»

L'altro disattivò la torcia e fece una telefonata. «Ce l'abbiamo.» Poi, dopo qualche istante, aggiunse: «Arriviamo».

Fine della chiamata.

Luke meditò di deviare dalla missione, affrontare i due e impossessarsi del libro. Così facendo avrebbe potuto mettere le mani anche su quel cellulare, dato che aveva una gran voglia di scoprire chi era il destinatario di quella telefonata.

Ma le mosse stupide generano problemi stupidi.

Come in quella storia del pescatore che vede in acqua un serpente con una rana in bocca. Mosso a pietà, tende una mano e libera la rana dalle fauci del predatore. Però poi, sentendosi in colpa per aver privato il serpente di un pasto delizioso, cerca qualcos'altro da dargli da mangiare. Non trovando nulla, prende la bottiglia di bourbon che ha portato con sé, l'apre e ne dà un paio di sorsi al serpente. Il rettile accetta l'offerta, poi sguscia via. Il pescatore pensa che la cosa sia finita lì, ma poi, dieci minuti dopo, sente qualcosa che batte contro la fiancata della barca, abbassa lo sguardo e vede che è il serpente.

Con due rane in bocca.

La stessa piega che stava prendendo quella missioncina.

Dallo spiraglio, Luke vide i due intrusi andarsene col libro. La porta d'ingresso era ancora spalancata, attaccata a due cardini su tre. Il cassetto dello scrittoio era aperto e vuoto. L'appartamento era a soqquadro. A quanto pareva non erano andati tanto per il sottile: volevano proprio far sapere a Christine Ertl – e di sicuro anche al principe – che si erano impadroniti del libro.

La mente di Luke era un vortice di congetture.

In quelle occasioni ripensava a un dialogo che aveva avuto con suo padre, un uomo con la pazienza di un santo. Il suo idolo. Aveva chiamato i figli Matthew, Mark, John e Luke, come i quattro evangelisti. Ma la devota di famiglia era la mamma. Il papà non era altrettanto religioso, anche se ogni domenica andava a messa con lei, perché era il suo dovere di marito. Via via che passavano gli anni, Luke capiva sempre di più quell'impegno da parte di suo padre. La mamma tollerava la sua passione per la caccia e la pesca – una vera ossessione per i Daniels, che vi si dedicavano per tutto l'anno –, perciò lui l'assecondava nella sua religiosità.

Compromessi e attenzioni. Il fondamento dei rapporti di coppia.

Il papà non era mai stato un uomo di molte parole. Ma, quando parlava, la gente lo ascoltava.

Un giorno d'estate, Luke era andato a pesca con lui e, mentre erano soli, gli aveva chiesto: «Come fa questa barca a galleggiare?»

«Di preciso non saprei.»

Poco dopo, Luke gli aveva chiesto: «Come fanno i pesci a respirare sott'acqua?»

«Guarda, non so neanche questo.»

Pochi minuti dopo: «Come mai il cielo è azzurro?»

E ancora una volta: « Non lo so ».

Alla fine, frustrato, Luke aveva detto: « Ti sto dando fastidio, eh? »

Il papà aveva sorriso. « Per niente. Se non si fanno domande, non s'impara mai. »

Luke non aveva mai capito se in quell'occasione suo padre avesse parlato sul serio, o se stesse scherzando, o se quella frase fosse solo un modo per far chiudere il becco a un bambino troppo loquace. Però da suo padre aveva imparato parecchie lezioni. Qual era la più importante?

Portare a termine i compiti assegnati.

Perciò uscì dall'appartamento, ridiscese nell'androne e andò in strada sotto la pioggia gelida e fosca. I due intrusi erano a una cinquantina di metri da lui, si stavano allontanando fianco a fianco, con le mani nelle tasche del cappotto. Lui li pedinò. Si dirigevano verso la Città Vecchia, dove c'era la zona pedonale. Monaco non era la tipica città con una piazza centrale dalla quale si dipartivano a raggi le varie vie: era un intrico di strade angolose. I due oltrepassarono la zona dei negozi e proseguirono verso quella dei locali, con tutta la musica che risuonava dai molti bar e ristoranti.

Cosa stava accadendo, di preciso?

Quei signori erano giocatori nuovi. Appena scesi dalla tribuna al campo.

A quanto pareva, c'era qualcun altro che si stava interessando ai maneggi del principe. Qualcuno che evidentemente aveva una fitta rete d'informatori, visto che il libro era stato rubato da Herrenchiemsee appena poche ore prima. Come avevano fatto a saperlo? Era chiaro che tra i ranghi di Stefan von Bayern si annidava una spia.

Una persona molto vicina a lui.

Luke guardò l'orologio: le 21.40.

I due s'infilarono in una birreria.

Lui li seguì e le sue narici colsero l'aroma familiare di birra forte. Una bella pinta ci sarebbe stata benone. I due si fecero strada nella folla chiassosa fino a un tavolo nel retro, dove li attendeva un terzo uomo. Più anziano, con un volto tirato, una calvizie incipiente e una barba a losanga che dava un minimo di definizione a fattezze altrimenti ordinarie. La secchezza del fisico era accentuata dai vestiti, che avevano una taglia di troppo. A Luke ricordava certi pellegrini d'altri tempi.

I due si sedettero al tavolo e consegnarono il libro.

Luke si avvicinò e con un cenno a un cameriere ordinò una birra, lanciando di tanto in tanto un'occhiata al trio. Con tutto il baccano che c'era, non potevano certo accorgersi di essere osservati. I due omaccioni non si trattennero a lungo: di lì a poco si alzarono e se ne andarono.

Rimase il pellegrino.

Un cameriere servì a Luke la sua pinta di birra. Lui ne prese un lungo sorso.

Incredibile come, non appena ti rendevi conto che la situazione era peggiorata, succedeva qualcosa che la faceva andare ancora peggio.

Ma nella mente di Luke risuonavano ancora le parole di suo padre.

Se non si fanno domande, non s'impara mai.

Giustissimo.

17

Stefan era di nuovo al lago di Starnberg.

Con suo fratello aveva parlato sul serio: non era disposto a fermarsi. Aveva già avuto un mezzo successo: si era impossessato del libro.

Era un buon punto di partenza.

Mentre Albert occupava una parte del castello di Nymphenburg, lui preferiva un'altra delle residenze dei Wittelsbach, più piccola e intima, in riva al lago. Lo specchio d'acqua si estendeva per venti chilometri da nord a sud, con l'estremità meridionale puntata verso le Alpi. Il palazzo in cui Ludovico II aveva trascorso gli ultimi giorni della sua vita non aveva più l'aspetto di un castello: ora si presentava come una sobria villa con giardino e parco. Era una delle poche proprietà immobiliari che la famiglia Wittelsbach fosse riuscita a conservare dopo il 1918. Oggigiorno era circondata da un grappolo di residenze estive di lusso, ma i suoi terreni erano recintati e non accessibili al pubblico. Da un cancello si accedeva a un vialetto che correva lungo la costa fino a una cappella votiva eretta tanto tempo prima nel luogo in cui erano morti Ludovico II e Von Gudden. Ogni giorno torme di turisti venivano a fotografare la croce di legno piantata nell'acqua. Per fortuna non lo importunavano. Evidentemente, di questi tempi, un Wittelsbach non destava nessun interesse.

Per il momento, almeno.

Varcato il cancello elettronico, parcheggiò. Il fruscio della neve sotto gli pneumatici, il rumore gutturale del motore, perfino la velocità modesta alla quale si era ritrovato costretto a guidare, tutto esacerbava la sua frustrazione. Erano quasi le dieci di sera, e la sua giornata non era ancora finita. Tutto – la sua puntigliosità, la sua memoria prodigiosa, la sua previdenza – l'aveva portato fino a quel punto. Era giunto il momento di concretizzare il progetto, e lui era ben deciso a cogliere quell'opportunità, nonostante ciò che era accaduto nella cripta di San Michele.

Entrato in casa, andò dritto verso lo studio. Broccati, frange, nappe e folti tappeti soffocavano l'eleganza dei pannelli in legno bianco che ancora mantenevano la loro delicatezza, nonostante le scrostature. L'intero edificio era un'abominazione, che lui era fermamente intenzionato a radere al suolo e ricostruire daccapo, non appena fosse diventato re. Nello studio, su un tavolino, l'attendevano bottiglie di sherry, brandy e champagne, accanto a un vassoio di cristallo di Baccarat carico di *pâté de foie gras* e tartufini.

Era soddisfatto.

Tutto era pronto per gli ospiti.

Il piano prevedeva di mettere le mani sul libro di Herrenchiemsee, poi esaminare la tomba di Ludovico nella speranza di trovare ciò che vi era stato lasciato tanto tempo prima.

« Con quanta pompa hanno sepolto il re », aveva detto suo padre. « Un pensiero gentile, considerando che l'hanno ammazzato loro. »

« 'Loro' chi? » aveva chiesto Stefan, con quel senso di meraviglia tipico degli adolescenti. « Chi ha ucciso Ludovico? »

« Il governo. Lo zio Luitpold. Bismarck. Il popolo di Baviera. Tutti loro hanno cospirato per mettere fine alla sua vita. »

« Ma a quella passeggiata c'erano solo lui e Von Gudden », aveva obiettato Albert. « Non c'era altra gente. Nessuno sa come siano morti. »

Il padre aveva sorriso. « Non è un mistero, figliolo. A noi piace dipingerlo come tale, ma non lo è. »

Stefan si era incuriosito. Fin da piccolo aveva sentito raccontare che Ludovico era provvidenzialmente morto proprio all'indomani della sua deposizione. Due uomini usciti a fare una passeggiata e mai più ritornati. Dovevano essere stati uccisi, giusto? Come altro potevano essere andate le cose? Era un po' sospetto, quel decesso che si verificava proprio nel momento giusto per risolvere un problema politico, no? Non poteva che essere un omicidio.

Eppure...

« Com'è morto? » aveva chiesto Stefan.

« Ecco, è molto semplice », aveva risposto suo padre.
E poi aveva iniziato a spiegare.

Il re e Von Gudden stavano passeggiando sotto la pioggia. Ludovico era ansioso e adirato: era stato tradito dallo zio, dichiarato pazzo da medici che non l'avevano neppure visitato, e imprigionato dal suo stesso governo. Era stato inerme al momento dell'arresto a Neuschwanstein, ma ora che era libero di camminare lungo le rive del lago di Starnberg, si sentiva in pieno possesso del suo potere. Perciò colse l'occasione, si voltò verso l'anziano dottore che camminava con lui, reggendo l'ombrello chiuso, e glielo schiantò sulla fronte. Dopodiché gettò l'ombrello su una panchina nelle vicinanze e si accinse a fuggire. Von Gudden si riprese dal colpo e lo afferrò per la giacca, che però Ludovico si strappò di dosso insieme col soprabito, rovesciandolo. Ludovico corse verso il lago, ma il dottore lo raggiunse e lo afferrò di nuovo. Entrambi rotolarono nel sottobosco, finché il re non si liberò dalla stretta e si gettò in acqua. Lo psichiatra lo inseguì. Ludovico gli diede un pugno in faccia, causandogli una tumefazione all'occhio destro e una lacerazione alla guancia. Von Gudden oppose resistenza, e nella colluttazione perse l'unghia del dito medio. Il dottore, frastornato dai colpi, perse i sensi e annegò nell'acqua gelida. Ludovico era stato un abile nuotatore, quand'era giovane. Però, ormai invecchiato, grasso e stremato dalla lotta, venne sopraffatto dal gelo del lago e anche lui annegò.

Logico.
« Niente omicidi? » aveva chiesto Albert. « Niente complotto? »
« Mi sa di no, ragazzo. Semplicemente, lo sforzo fisico ha soverchiato entrambi. »
« Dunque niente mistero? » aveva chiesto Stefan.
« Avevo detto che ci fosse? Tutt'altro. Il mistero non è nella morte di Ludovico. È nel seguito. »
Infatti, pensò Stefan.
E che mistero!
Purtroppo le spiegazioni di suo padre erano state assai frammentarie. Tutt'altro che sufficienti. A quanto pareva, la storia completa era riservata al primogenito.

Qualcuno bussò delicatamente alla porta dello studio, riportandolo alla realtà.

Era uno dei servitori, che gli annunciò l'arrivo degli invitati.

« Falli entrare », disse Stefan.

Cotton era immerso in un abisso di tenebra, con un gorgo di luci che s'ingrandiva sempre più, ignorando le sue mute suppliche di sparire. Udì una voce, inizialmente flebile ma poi sempre più forte via via che aumentava la luminosità. Una voce familiare. Una voce che non invecchiava mai. E che non perdeva mai la sua forza.

Quella di Cassiopea.

Gli stava dicendo di svegliarsi.

Aprì gli occhi e, oltre a un forte mal di testa, sentì qualcosa di acre nelle narici, come di disinfettante.

Cloroformio.

Lo detestava.

Quel composto agiva sul sistema nervoso centrale, inducendo un coma profondo e causando l'arresto respiratorio. La dose letale media era di soli 908 mg/kg. Non era più in uso come anestetico, proprio perché uccideva troppa gente. E, almeno nel ratto e nel topo, era cancerogeno. E la persona che aveva aggredito Cotton non aveva trovato niente di meglio da usare?

Si mise a sedere sulle gelide piastrelle del pavimento e, una volta snebbiato il cervello, si guardò intorno. Era solo, in una sorta di cantina illuminata da lampade a incandescenza fissate al soffitto. La stanza era rettangolare, divisa da due scaffalature, l'una di bottiglie di vino, l'altra di barilotti e brocche. Quasi tutte le bottiglie erano incrostate di polvere. All'estremità opposta, vari barilotti scartati perché ormai marci effondevano nell'aria il loro pesante odore di vino.

Ma che posto era quello?

Cotton guardò l'orologio da polso. Le 22.20.

Era rimasto privo di sensi per circa novanta minuti. In tutto quel tempo, chissà dove l'avevano portato.

Si alzò e si assicurò che le gambe lo reggessero.

Sulla nuca c'era un nodo di dolore che scendeva fino alle

spalle e a ogni respiro si serrava un po' di più. Non era la prima volta che veniva tramortito col cloroformio, ma non gli capitava da una vita, dai tempi della sezione Magellano, quand'era giovane e si riprendeva in fretta. Si scosse qualche ragnatela dalla mente e riprese il dominio sui cinque sensi. Controllò le tasche. Il portafogli e il passaporto c'erano ancora, ma la busta trovata nella scrivania era sparita.

Non era poi una grossa sorpresa.

Per fortuna aveva ancora il giaccone, i guanti e la sciarpa. Certo che quel viaggio in Baviera si stava facendo interessante! Mai che ci fosse niente di semplice. Né la carriera, né il matrimonio, né la paternità. Sempre problemi. Era preoccupato per Luke. Se questo era ciò che stava accadendo a lui, chissà in che guai era finito lo Sbruffoncello. D'altronde, sapeva badare a se stesso. E Stephanie? Adulta e vaccinata anche lei. Cotton non poteva certo salvare tutto e tutti.

Però poteva provarci, e che diamine.

Salì i pochi gradini in legno che conducevano a una porta, di legno anch'essa. Stava per aprirla, ma udì un rumore dall'altro lato.

Una serie di scatti.

Come di una serratura.

Stava arrivando qualcuno.

Cotton tornò in tutta fretta nel punto in cui aveva ripreso i sensi e si distese, premendo la guancia destra sulle gelide piastrelle del pavimento. Da quella posizione poté dischiudere appena l'occhio sinistro, quel tanto che bastò a vedere l'uomo che stava entrando e scendeva i gradini.

Rimase immobile.

Non appena le gambe del nuovo arrivato furono a portata di mano, Cotton tese il braccio destro e lo fece inciampare. Quando l'ebbe messo a terra, gli piantò un pugno in faccia. Il guanto attutì l'impatto, ma il rumore fu quello di un naso fratturato. Sgorgò il sangue. L'uomo tentò di frenare l'emorragia con le dita. Cotton rotolò di lato, saltò in piedi e con un calcio alla testa pose fine a ogni resistenza. Esplorò rapidamente le tasche dell'uomo, ma non trovò altro che una chiave.

Ormai si era riscosso del tutto.

Com'era quel vecchio detto? *Giovane e stupido, vecchio e ancora più stupido.*

Non quella sera, però.

Raggiunse la porta, uscì al gelo e chiuse a chiave. Alzò gli occhi sulla volta nera del magnifico cielo invernale e nell'aria colse il profumo del pino mugo. Era circondato dagli alberi e dalla neve. Dunque l'avevano portato assai più a monte. Un sentiero ben spalato saliva tortuoso. A quanto pareva, la cantina era stata ricavata da una grotta naturale.

Tutt'intorno era buio, a parte un lumicino tremulo in lontananza, fra gli alberi.

Un falò?

S'incamminò in quella direzione.

18

Stefan accolse i due invitati.

Erano arrivati da Berlino quella mattina, ma si erano attardati a Monaco per dargli il tempo di portare avanti il suo piano. L'esito non era stato dei migliori, però.

« Buonasera. Prego, accomodatevi », disse, in tono gioviale.

Julia Maas era ministra federale per gli Affari speciali, titolo che veniva spesso assegnato al capo della Cancelleria. La sua posizione le dava diritto di voto nelle riunioni di gabinetto. L'attuale cancelliere era salito al potere grazie a una coalizione costituita in tutta fretta, orchestrata da Julia Maas stessa, la quale si trovava lì perché inviata da lui medesimo.

Il secondo invitato, Peter Scholtz, era l'attuale presidente del Bundestag. In quanto tale, aveva il compito di sovrintendere al Parlamento federale. Aveva aiutato Julia Maas a formare la coalizione in questione. La Costituzione prevedeva che il cancelliere venisse scelto dal Parlamento, perciò anche l'attuale detentore di quella carica doveva la propria posizione a Scholtz.

Alla faccia dell'imparzialità.

Stefan fece un cenno verso il tavolino. « C'è il buffet, servitevi pure. »

Gli ospiti non accettarono l'offerta e si sedettero. Evidentemente volevano andare al dunque. Benissimo: anche lui. Ma prima si versò da bere.

« Hai avuto una giornata proficua? » gli chiese Julia Maas.

« Oh, altroché. Continuiamo a fare progressi. »

« Cos'è successo? » chiese Scholtz.

Stefan non poteva dire la verità a quei due. « Tutto secondo i piani. La mia esperta sta esaminando ciò che abbiamo trovato a Herrenchiemsee. Con un po' di fortuna, c'illuminerà la strada. »

Scholtz ridacchiò. « Temevo di essere io a non averci capito niente. Ma alla fine cos'è questo Ultimo Regno? È una cosa vera? O è l'ennesima leggenda metropolitana sul Re Pazzo? »

Stefan chiuse un occhio sull'insulto al suo antenato. « Si vedrà. Intanto il libro era esattamente dove si pensava che fosse. Certo, resta da studiare ciò che abbiamo trovato oggi, però - per rispondere alla tua domanda - pare proprio che l'Ultimo Regno esista. »

Stava recitando, per guadagnare tempo.

Ma i suoi antenati non gli avevano facilitato le cose.

Luitpold Karl Joseph Wilhelm Ludwig von Bayern era stato principe reggente - e, di fatto, sovrano - dalla deposizione di Ludovico II, avvenuta nel 1886, fino alla propria morte, nel 1912. In un primo momento, molti avevano pensato che avesse fatto uccidere il nipote. Ma, nei suoi ventisei anni di reggenza, mostrando grande umiltà e abilità, aveva saputo vincere le antipatie del popolo e guadagnarsene l'appoggio. Per gradi, aveva fatto coincidere gli interessi della Baviera con quelli dell'impero tedesco, e aveva orientato il Paese verso il parlamentarismo. Inoltre aveva fatto di Monaco una capitale della cultura. Il suo retaggio era ancora visibile nelle molte vie, cittadine e istituzioni che portavano il suo nome. In suo onore era stata inventata la cosiddetta torta del principe reggente: sette dischi di pasta biscotto alternati a strati di crema di burro al cioccolato e ricoperti di glassa, anch'essa al cioccolato.

« Può darsi che Luitpold abbia lasciato un regalino per noi », disse Stefan. « E non all'epoca della sua morte, nel 1912. È una cosa che ha molta importanza in questo momento. »

« C'è ancora una domanda alla quale non hai risposto », disse Scholtz. « A che punto siamo? »

Stefan colse la nota d'irritazione nella sua voce. Era vero che la giornata non era andata come previsto. In altre circostanze avrebbe mantenuto il massimo riserbo. Ma ora doveva dare un contentino a quei due potenti politici. Senza di loro non avrebbe combinato nulla. Perciò li mise al corrente di ciò che sapeva per certo. « Luitpold ha usato per molti anni la scrivania che oggi è esposta a Herrenchiemsee. Nella nostra famiglia si sospettava da tempo che se ne servisse anche come nascondiglio. Mio padre ha accennato alla cosa in più occasioni. Ora so che era proprio così. Il libro era lì.» Tacque per un istante, sorseggiando dal bicchiere. «Luitpold ha passato la vita a proteggere Ludovico e Ottone. Se ne sentiva in dovere, in quanto zio. Ottone era stato internato con una diagnosi di pazzia, ma ufficialmente è rimasto re per ventisei anni dopo la morte del fratello. È stato Luitpold ad aprire Herrenchiemsee, Neuschwanstein e Linderhof alle visite turistiche, in modo che la gente potesse vedere ciò che aveva creato Ludovico. È indice di rispetto. Perciò è logico desumerne che abbia preservato ciò che suo nipote voleva più di ogni altra cosa.»

«L'Ultimo Regno?»

Stefan annuì. «E adesso abbiamo ciò che il reggente ha lasciato dietro di sé.»

«E cioè?» chiese Julia Maas.

«Sui dettagli preferisco mantenere il riserbo. In fin dei conti questa è un'impresa tutta bavarese.»

La ministra scosse la testa. «Non credo proprio. Siamo tutti sulla stessa barca, cancelliere compreso. Tutti noi abbiamo interessi in questa faccenda. Interessi che poggiano sulla buona riuscita del tuo piano.»

«Sto risolvendo un mistero di centotrentacinque anni fa. Un mistero che fa parte della mia famiglia sin dalla morte di Ludovico II, che è avvenuta proprio lì.» Stefan fece un cenno verso la finestra. «Su questo lago. Non è impresa facile. Ci sono ostacoli, creati intenzionalmente. Ma li supererò.»

«Tu credi davvero che la Baviera voglia separarsi dalla Germania?»

Lo credeva eccome.

Tra il 1862 e il 1871, Otto von Bismarck – con un'opera di persuasione, strategia, abilità e belligeranza – aveva creato il secondo impero, retto da un Kaiser. La Baviera si era lasciata trascinare da quel fervore nazionalistico e Ludovico II aveva firmato un documento col quale il suo regno entrava a far parte dell'unione, conservando però buona parte della sua ottocentenaria indipendenza. Dopo la sconfitta nella Prima guerra mondiale, il secondo impero era caduto, lasciando il posto all'esecrata repubblica di Weimar. La Baviera ne era stata inglobata quando Ludovico III – figlio di Luitpold – aveva perso la corona. Dopo di allora, l'identità bavarese era rimasta legata alla Germania. A volte con esiti disastrosi. Il nazismo era nato lì. Hitler vi aveva la sua casa. Alla fine la Baviera era stata pesantemente bombardata dagli Alleati, proprio a causa della sua fedeltà al Führer.

Però a Stefan piaceva Bismarck. Difficile non ammirarlo. Era uno dei geni della storia europea, principalmente perché aveva capito quand'era ora di fermarsi. Un intuito che era mancato a tutti i leader tedeschi che gli erano succeduti. Ma non a Stefan. In primo luogo, però, occorreva ritrasformare la Baviera in un regno. « La stragrande maggioranza degli elettori è separatista. Tutti i sondaggi mostrano che almeno due terzi della popolazione sarebbero favorevoli a una secessione. »

Scholtz si alzò e si avvicinò al buffet, dove si versò un dito di brandy e assaggiò il pâté. « I miei complimenti al cuoco. »

Stefan non era interessato ai convenevoli. « Vi darò esattamente ciò che volete, e voi darete a me ciò che voglio. Mio fratello morirà di cancro e io sarò re di Baviera. »

Julia Maas non batté ciglio. « Però non metterci troppo, altrimenti l'accordo salta. Il tempismo è essenziale. »

Scholtz passò ai tartufini. « Cioè entro tre giorni. Dopodiché prenderemo un'altra strada per accontentare i nostri benefattori. »

Quella era una novità. Tre giorni? « Non si era mai parlato di una scadenza. »

« È una sorpresa anche per noi », disse Julia Maas. « Ma i benefattori in questione vogliono risultati immediati. E anche noi. La politica, qui, è volatile. La coalizione di maggioranza al Bundestag ha... le gambe malferme, diciamo. Possiamo tenerla unita, ma solo con un aiuto esterno. Se non ottemperiamo alle richieste di questi signori, loro faranno un accordo con altri. Escludendo sia noi, sia te. E nessuno dei presenti avrà quello che vuole. » La ministra tacque per un istante. « La scadenza è stata imposta da loro, non da noi. »

Stefan scrutò il fondo del bicchiere, come un indovino che leggesse il futuro nelle foglie di tè. Si stava preparando da tre mesi, cioè fin da quand'era venuto al corrente della malattia di Albert. Aveva in mano poche informazioni e le aveva sfruttate al meglio, sperando di acquisirne altre. Però gli serviva un altro po' di tempo. « La strada migliore - e più veloce - per raggiungere i nostri obiettivi è quella che sto seguendo io. »

« E allora seguila », disse Scholtz. « Ma non metterci più di tre giorni. »

19

Luke nutriva una grande ammirazione per i tedeschi. Quella gente sapeva divertirsi senza sensi di colpa. Ogni boccale di birra bevuto era un omaggio alle antiche glorie monarchiche: si ricordavano gli imperatori e si dimenticavano le guerre. Tra uno spasso e l'altro, Monaco e l'intera Germania sembravano essersi lasciate alle spalle il loro passato turbolento.

Si guardò intorno. Quasi tutti gli allegri bavaresi stringevano il boccale in una mano e con l'altra gesticolavano senza posa. La sala, decorata con ornamenti multicolori com'era nello stile tradizionale tedesco, aveva un'atmosfera particolare, tutta legno scuro e cristallo. In due angoli, enormi stufe in maiolica verde riflettevano il bagliore degli immensi lampadari in ferro battuto. Luke, seduto a uno dei lunghi tavoli, teneva d'occhio l'uomo con la barba da pellegrino. Intanto aveva ordinato un piatto di salsicce e crauti. In una sezione della sala, i tavoli erano stati scostati per creare una sorta di pista da ballo, e una banda di ottoni suonava così forte da far tremare il soffitto. Molti degli avventori battevano il boccale sul tavolo a tempo con la musica.

E lui fece altrettanto.

Nel brio che cresceva sempre più, Luke ebbe modo di continuare a tenere d'occhio il pellegrino senza farsi notare.

L'uomo stava sfogliando il libro.

Chi era? E chi erano gli altri due?

Lo sguardo di Luke colse un movimento. In alto, verso il soffitto a volta.

Un uccello rimasto intrappolato nella sala.

Ah, sì?

Nel posto in cui era cresciuto Luke, erano molto vive le credenze popolari. Sua nonna era stata superstiziosissima. Abitava nella contea di Blount, nel Tennessee, come del resto entrambi i rami della famiglia di Luke. Una volta, in una calda sera di agosto, lui era andato a trovarla e da una finestra aperta era entrato un uccello, che si era messo a frullare per tutta la stanza. Ci avevano messo un po' di tempo a ricacciarlo fuori.

La nonna si era spaventata moltissimo.

Luke non capiva il perché, e con qualche insistenza era riuscito a farselo spiegare: « Un uccello che entra in casa è segno di un imminente lutto in famiglia ».

A quell'epoca, lui aveva avuto appena nove o dieci anni. La serietà del volto rugoso della nonna e il tono preoccupato con cui aveva pronunciato quelle parole l'avevano allarmato.

Così, quand'era tornato a casa, aveva raccontato tutto a sua madre. « Sono solo stupidaggini da vecchi », gli aveva detto lei.

Però una settimana dopo era morto il prozio.

Perciò Luke si era informato meglio sulle superstizioni tramandate di generazione in generazione. *Se fai un sogno e lo racconti prima di colazione, si avvera. Accarezzare un gatto tricolore porta bene. Se ti prude la pianta del piede destro vuol dire che presto farai un viaggio. Uccidere una coccinella porta male.* E infine la più pazzesca: *Per capire se in casa comanda la donna o l'uomo, bisogna guardare i piedi; i pantaloni, li porta chi ha il secondo dito più lungo dell'alluce.* Lui aveva condotto questo studio sui suoi genitori, concludendone che a portare i pantaloni non era nessuno dei due.

E infatti erano tutte scemenze.

Scemenze che, però, restano impresse.

A tutt'oggi gli veniva la pelle d'oca quando udiva un cane ululare mestamente nella notte.

E in quel momento, mentre osservava l'uccello intrappolato, ecco che fuori ululò un cane.

Qualcosa bolliva in pentola.

Qualcosa di grosso.

Il pellegrino se ne stava tranquillo al suo tavolo. Luke decise di seguire il consiglio di suo padre e mettersi a fare domande, scegliendo per farlo una delle cameriere, le cui maestose curve erano uno spettacolo interessante. Tutta da ammirare, davvero. Quando gli altri due uomini si erano alzati per andarsene, lei aveva scambiato qualche parola con loro, e Luke se n'era accorto.

Era il momento di sfoderare il fascino del Sud.

Si alzò dalla panca e si diresse verso di lei. La donna era impegnata a prendere ordinazioni da un gruppo di chiassosi avventori. Luke attese che lei tornasse verso la cucina e la intercettò.

« Scusi... » le disse, alzando la voce per farsi sentire in mezzo al baccano.

Lei si voltò. Era bella e lo sapeva. Capelli d'oro, occhi nocciola. Dentatura perfetta e pelle lattea, segni di una vita sana.

« Spero che il suo inglese sia migliore del mio tedesco », disse Luke.

Lei sorrise. « Sì. E lei sarebbe...? »

« Uno cui farebbe comodo un aggiornamento dell'ultim'ora. Può aiutarmi? » E Luke le porse una banconota da cento euro.

Lei gliela sfilò dalle dita. « Cosa le interessa sapere? »

« Ha presente i due tizi con cui ha parlato prima? Erano seduti al tavolo di quel signore più anziano, con la barba. »

« Ah, Frederick. Viene tutte le sere. »

« E chi è? »

« Lei è un poliziotto? »

« Le capita spesso che un poliziotto le offra cento euro? » Luke le rivolse uno di quei suoi sorrisi disarmanti, che funzionavano quasi sempre.

« È solo che vorrei sapere con chi parlo. »

« Jonathan Smith. »

Lei gli rivolse uno sguardo diffidente. « E va bene, *Herr* Smith. Frederick è una delle Tuniche Nere. E anche quei due che erano con lui. »

« Tuniche Nere? Chi sono? »

« Gente strana. *Guglmänner.* »

Una parola nuova. « Le dispiacerebbe tradurre? »

La cameriera parve divertita dall'ignoranza di Luke. Ma si era intascata cento euro, dunque gli doveva una spiegazione. « Una *Gugl* è un cappuccio. I Guglmänner girano in tunica nera e cappuccio a punta. E non sono mai contenti di niente. » Gli fece cenno di seguirla verso l'estremità opposta della sala.

Luke non aveva fatto caso alle fotografie affisse alle pareti. Erano in formato grande, in bianco e nero, e ritraevano scene di vita quotidiana tedesca. Gli erano parse del tutto innocenti, un semplice elemento decorativo. La biondona gliene indicò una in fondo alla fila, nei pressi della nicchia dalla quale si accedeva ai gabinetti. Un'immagine di uomini incappucciati che marciavano per strada reggendo torce.

Non dissimili dal Ku Klux Klan.

20

Cotton si fece largo nel sottobosco buio, aprendosi un sentiero tra le chiazze di neve e aggirando i grossi tronchi degli alberi, badando bene a dove posava i piedi, dato che dal terreno spuntavano ampie aree di roccia scivolosa. Passando tra i rami, il vento gelido produceva un mugghio solitario e primordiale. La luna, velata dalle nubi, non illuminava niente. Il fiato si condensava in nuvolette azzurrine. Cotton era concentrato su quel punto di luce che ora si stava rivelando un falò, le cui fiamme salivano a lambire l'aria della notte.

Si avvicinò e vide varie sagome vicino al fuoco, da un solo lato. Ombre? No. Sei persone in tunica nera e cappuccio a punta. Lo facevano pensare a certe immagini d'inizio Novecento, quando alcuni individui si radunavano intorno a una croce incendiata. Ma gli incappucciati di quell'epoca erano tutti in bianco.

Quelli chi erano?

Se ne stavano fittamente raggruppati, come se stessero dialogando. In effetti, avvicinandosi, Cotton udì un vago mormorio di voci, come una conversazione tra amici, attutita dal vento. Si acquattò in mezzo ai rami bassi dei pini, al riparo della loro chioma. Il falò ruggiva e crepitava, confinato in un cerchio di pietre. L'aria di montagna gli stava snebbiando la mente dai fumi del cloroformio.

Chi l'aveva portato lì doveva avere i suoi motivi.

Era il momento di scoprirli.

Le sei figure si allontanarono dal fuoco e s'incamminarono nelle tenebre. Cotton sgusciò fuori del suo nascondiglio e le seguì lungo un sentiero che serpeggiava tra gli alberi e risaliva un breve pendio, in mezzo a due aree innevate. In alto, i rami agitati dal vento freddo battevano l'uno contro l'altro, facendogli piovere addosso falde di neve. Oltrepassando l'incrocio con un altro sentiero, Cotton concluse che ridiscendesse al deposito dei vini. Più avanti, invece, c'erano alcune luci. I sei incappucciati si stavano dirigendo verso una casa?

No, non una casa.

Un castello.

Torri a pianta circolare. Portale con grata e ponte levatoio sopra un fossato asciutto. Merlature e feritoie ben visibili grazie ai fari che illuminavano le svettanti mura in pietra. Una volta le case dei sudditi si raggruppavano intorno a questi castelli, dai quali dipendevano interamente, anche per averne protezione in caso d'invasione. I sei incappucciati sparirono nel portale aperto. Cotton li seguì a distanza, attraversando il ponte di pietra, restando nell'ombra, badando a ridurre perfino lo scricchiolio della neve sotto i suoi piedi.

Entrò in un cortile.

Una fila di faretti illuminava il lastricato. Tutt'intorno correvano percorsi e gallerie rette da travi a sbalzo. Le strutture in legno erano in ottimo stato di manutenzione. I sei incappucciati entrarono nell'edificio principale. In molte finestre, le luci erano accese. Cotton decise che era meglio non seguirli lì dentro, perciò sgattaiolò a destra, in un breve andito tra le mura esterne e gli edifici interni, usato come legnaia. Il rame ossidato delle grondaie e dei pluviali si accordava bene con la pietra antica e gli abbaini scuri che si aprivano sugli scoscesi spioventi.

Cotton non era tanto convinto di ciò che stava facendo, ma non poteva fare altro che investigare: se quei signori fossero stati interessati soltanto alla busta, avrebbero potuto sottrargliela e lasciarlo al parcheggio del Chiemsee; e invece si erano presi la briga di rapirlo. In più, doveva ammettere che quelle tuniche nere lo incuriosivano. Perciò continuò ad avanzare lungo il passaggio buio, scrutando tutto intorno a sé, fino a individuare una porta.

Provò la maniglia. Aperta.

Entrò in un corridoio ben riscaldato e illuminato, che conduceva a una spaziosa cucina, al centro della quale, sotto una rastrelliera da soffitto piena di pentole di rame, c'era un grosso tagliere. Accanto a esso c'era un ceppo di legno duro nel quale erano infilati molti coltelli. Cotton scelse il più grosso, constatò con soddisfazione che era ben affilato, poi riprese a esplorare il castello.

Le sale anteriori erano vaste, con soffitti alti, lampadari antichi, ricchi pavimenti. Le pareti, tinteggiate di giallo pallido, erano ornate di dipinti nel vecchio stile tedesco, blasoni e figure di un passato leggendario. In altre circostanze, si sarebbe soffermato ad ammirare quegli ambienti. Adorava il Medioevo. Forse era la sua epoca storica preferita. Non avrebbe mai voluto viverci, ma gli piaceva studiarlo. Ora, però, bisognava capire dov'erano andati i sei incappucciati. Non c'era traccia di loro, in nessuna delle numerose porte, nicchie e corsie. Neppure un suono turbava quel silenzio inquietante. Si fermò all'incrociò tra due corridoi semibui. L'uno era in discesa e riconduceva al pianterreno. L'altro terminava con una doppia porta, sotto la quale trapelava una lama di luce che lasciava intravedere ombre in movimento.

Finalmente.

Persone.

Si avvicinò, badando a non fare rumore. Il pavimento era in pietra, dunque non produceva scricchiolii. E adesso? Chi non risica non rosica. Tenne pronto il coltello, girò la maniglia e spinse.

Nella stanza c'era un solo uomo.

« Prego, *Herr* Malone, si accomodi. L'aspettavo. Dobbiamo parlare. »

Luke tornò alla sua birra e al suo piatto di salsicce e crauti, prese il cellulare e cercò informazioni sui Guglmänner.

Come aveva spiegato la biondona, in origine con quella parola s'intendevano le persone che andavano ai funerali incappucciate, a piangere il morto. Da qualche decennio, però, la si usava per indicare un gruppo di giovani ossessionati dalla figura di Ludovico II in quanto costruttore di castelli favolosi, mecenate di Richard Wagner e ultimo vero sovrano di una Baviera indipendente. I Guglmänner erano convinti che Ludovico fosse stato assassinato con due proiettili alla schiena, sparati dagli agenti segreti di Otto von Bismarck.

Una storia quasi hollywoodiana.

A quanto si diceva, Ludovico non avrebbe mai voluto entrare a far parte del neonato impero tedesco formato da Bismarck. Se nel 1871 la Baviera era stata inglobata nell'unione, era a causa della sconfitta riportata contro l'Austria. Girava voce che Ludovico, prima di morire, avesse cominciato a remare contro l'impero tramite negoziati segreti con la Francia, grazie ai quali la Baviera sarebbe tornata libera. Perciò Bismarck l'aveva fatto uccidere. Ovviamente quelle affermazioni non poggiavano su nessun elemento concreto, ma si sa: i fanatici non hanno bisogno di prove.

Fede cieca: ecco il loro mantra.

In più, i Guglmänner avevano un certo talento nel farsi pubblicità. Su internet c'erano diverse foto di qualche anno prima, che li ritraevano nell'atto di marciare per le strade di Monaco reggendo torce accese. In un'altra occasione avevano portato sul lago di Starnberg palloni con la scritta FU OMICIDIO. In seguito avevano fatto pressioni per il conio di una moneta da un euro con l'effigie di Ludovico al posto dell'aquila tedesca, dicendo che quest'ultima era «troppo prussiana». Negli ultimi tempi erano passati alla tecnologia, e avevano pubblicato su YouTube un documentario di quindici minuti che spiegava le «vere circostanze» della morte di Ludovico. Il video aveva superato il mezzo milione di visualizzazioni. Per i Guglmänner la Baviera non era Germania: era una nazione a parte, con un Parlamento tutto suo, e doveva avere la possibilità di andarsene per la propria strada.

Una congrega di pazzoidi.

Pazzoidi che, però, erano al corrente dell'esistenza del libro e del luogo in cui era nascosto. E ora uno di loro se n'era impossessato.

Chissà quant'era arrabbiato il principe!

Luke tornò a concentrarsi sul suo piatto caldo e la birra.

Intanto, meditò sul da farsi.

Quante decisioni da prendere...

Cotton entrò nell'accogliente sala col camino acceso. Pesanti tende ricamate e orlate d'oro facevano da cornice alle alte finestre. Una parete era interamente occupata da una libreria. A quanto pareva, il padrone di casa amava le antichità. Ce n'erano ovunque: sedie, tavoli, accessori, lampade, scrivania. Si vedeva benissimo che lì non c'era lo zampino di un architetto d'interni. No, era tutta opera del castellano ed espressione della sua personalità. Sul piano di scrittura c'era uno schermo a LED ripartito in quattro sezioni. In una di esse si vedeva il deposito di vini, sul cui pavimento c'era ancora l'uomo che Cotton aveva messo a terra.

« Speriamo che non si sia fatto troppo male », disse il suo ospite.

« Gli avrò lasciato un segnetto o due. »

« Se l'è cercata. Io glielo avevo detto, di stare attento. Però è stato interessante vedere *lei* in azione. »

Cotton si guardò intorno, cercando di capire in cosa si fosse cacciato. Stucchi alle pareti. Quadri che raffiguravano monaci in preghiera, o nobiluomini e nobildonne, l'arcangelo Michele che con la spada indicava la strada ai pellegrini diretti in Paradiso. Un armadietto a intagli elaborati, che conteneva una collezione di boccali variopinti. Tutte quelle cose risalivano a epoche diverse, eppure stavano bene insieme. Un orologio in mogano dalle lancette in ottone segnava le 22.50.

« Quel coltello è mio? » chiese l'uomo.

« L'ho preso in prestito. Spero che non le dispiaccia. »

« Per carità. Se la fa sentire più al sicuro, lo tenga pure. »

« Lei chi è? »

« Mi chiamo Marc Fenn. »

« Ne so quanto prima. »

« Sono il gran maestro dei Guglmänner. »

« E cioè? »

« Ah, *Herr* Malone, una domanda più pertinente sarebbe: 'E *perché*?' »

21

Stefan non amava la casa sul lago di Starnberg. Quel palazzo importava ben poco per la sua stirpe, se non si considerava il fatto di essere sorto su terre che da secoli erano di proprietà dei Wittelsbach.

Il lago, invece, era tutt'altra cosa.

Da sempre era legato allo spirito di famiglia. Le sue acque erano l'immagine stessa della quiete, perfino i venti più forti riuscivano a malapena a incresparlo, senza turbare ciò che esso serbava nel suo cuore.

Come i Wittelsbach stessi.

Ludovico II era molto affezionato a quel lago. L'unico fazzoletto di terra che ne emergeva - l'Isola delle Rose - era il suo posto preferito. Il re aveva dedicato molto tempo a ristrutturare e ammodernare il villino che vi sorgeva. La prima fioritura delle rose era intorno alla metà di giugno, la seconda verso Ferragosto. Entrambe duravano circa un mese, e davano colore all'intera isoletta. Quello era uno dei pochi luoghi in cui Ludovico si sentisse davvero a casa.

Un posto fatto apposta per lui.

Per ironia della sorte, era morto poco lontano da lì.

Dalla finestra dello studio, Stefan guardava le acque scure. Quella casa, per quanto aborrita, era la base operativa ideale: non era lontana da Monaco, ma al tempo stesso era abbastanza isolata da permettergli di andare e venire senza dare nell'occhio. La moglie e le figlie erano nella villa sulle Alpi, poco distante dal confine austriaco. Lei detestava la vita pubblica, preferiva un'esistenza solitaria, e faceva istruire le ragazze in casa. Di sicuro era al corrente delle molte scappatelle di Stefan, ma da vera signora qual era - anche lei aveva un antico lignaggio tedesco - non aveva mai sollevato l'argomento.

Sarebbe stata una brava regina.

Silenziosa. Maestosa. Soddisfatta.

Le avrebbe fatto erigere un castello.

Magari avrebbe finalmente ricostruito Falkenstein, che un tempo era stato il castello alla maggior altitudine di tutta la Germania: quasi milletrecento metri. Risaliva al XIII secolo, però era stato raso al suolo quattro secoli dopo. Ludovico II l'aveva acquistato nel 1883, due anni prima di morire, con l'intento di rimpiazzarlo con un palazzo in stile neogotico. I progetti erano già stati tracciati, ma il re era morto prima che si potessero iniziare i lavori, e il sito era tuttora in rovina. Per fortuna era sopravvissuta la sua grande idea, compresi i disegni delle mastodontiche finestre colorate e della cupola a mosaico alla maniera bizantina. La residenza ideale, per la nuova regina di Baviera. Gli altri castelli - Herrenchiemsee, Linderhof e Neuschwanstein - avrebbero continuato a essere ciò che erano ora: macchine per fare soldi. Generavano annualmente milioni di euro, grazie alle orde di turisti che attiravano. E ogni monarchia aveva bisogno d'introiti. Falkenstein sarebbe stato il *buen retiro*, la residenza estiva ufficiale della famiglia reale bavarese.

Benedetto l'antenato!

Ludovico II aveva molto più buonsenso di quanto non gliene attribuissero gli storici. Stefan trovava offensiva l'etichetta di Re Pazzo, usata poco prima dal suo ospite. Ludovico era tutto fuorché pazzo. Semplicemente aveva un intuito che i suoi contemporanei non erano in grado di comprendere.

Soprattutto considerando il modo in cui aveva concepito la sua grande idea.

Quella dell'Ultimo Regno.

« Dite, Von Löher, cos'avete scoperto stavolta? » mi ha chiesto Ludovico. « Ho un nuovo regno? »

Ero appena tornato dal mio secondo lungo viaggio. Il primo – precedente di due anni, nel 1873 – mi aveva portato in Spagna, alle Canarie, lungo la costa settentrionale dell'Africa, poi a Costantinopoli e infine alle isole greche e turche. Ho ispezionato con attenzione molti luoghi diversi, studiando i problemi giuridici che un'eventuale acquisizione avrebbe comportato, e tentato di pescare informazioni senza rivelare la mia missione ai miei sospettosi interlocutori. Lungo il tragitto, avevo dovuto affrontare piroscafi inaffidabili, pietanze immangia-

bili e inopportuni episodi di maltempo. Un giorno, per non perdere una nave, avevo cavalcato per quattordici ore filate, su e giù per i vulcani, senza mai un lamento.

Nella parte montuosa di Tenerife ho trovato un'area solitaria, coperta di boschi ma coltivabile. L'altitudine offre un'incomparabile veduta dell'oceano. Qui sorgono due ville: l'una appartiene a un inglese, è situata nella posizione ideale e dotata di tutte le comodità; l'altra è di un marchese, ed è ancora più adatta. Ma nessuna delle due è in vendita. In più, dal momento che le Canarie sono una provincia spagnola, qualunque passaggio di proprietà di quelle terre richiederebbe l'approvazione della Spagna stessa. È altamente improbabile ottenerla.

A Samotracia – una delle isole greche – ho trovato sorgenti calde e un monastero in rovina. Da qui alla costa, il territorio è tutto arbusti e alberi, ravvivato dalla presenza di fringuelli, tordi e usignoli. Ruscelli boschivi, come quelli che si possono trovare sulle Alpi, corrono fino al mare. Però l'isola è sotto il controllo ottomano, un regime letargico e al tempo stesso brutale.

Nel mio primo rapporto, dell'agosto del 1873, consigliavo a sua maestà di visitare il luogo da lui scelto prima di prendere una decisione. Tuttavia, capivo che era impossibile: quest'impresa è talmente nuova che, non appena trapelasse una sua minima parte, la stampa – non solo quella tedesca, ma anche quella straniera – l'annuncerebbe con squilli di trombe e fiumi d'inchiostro. Imprenditori opportunisti sgomiterebbero per gettarsi sul possibile investimento. A quel punto, l'acquisizione di terre sarebbe assai più difficoltosa e costosa. Al contempo, ammetto che l'idea mi affascina assai: è proprio questa combinazione di spirito romantico e fantasia a far presa sull'uomo e – in ultima analisi – a tenerlo in vita. È un onore, per me, prendervi parte.

Di ancor più ampio respiro è stata la mia seconda spedizione, che mi ha portato in Sudamerica e sulle isole del Pacifico, luoghi che non avevo mai visitato. Un'avventura quantomeno ardua, per un uomo come me, oltre la cinquantina, eppure ho retto bene al viaggio, e con un rimarchevole buonumore. Al ritorno, nell'ottobre del 1875, ho avuto un incontro con sua maestà, che mi ha messo a parte della sua ultima impresa. Già nel 1873 aveva acquistato la Herreninsel, sul Chiemsee, ma solo di recente aveva dato inizio alla costruzione di qualcosa di nuovo.

« Sarà il mio nuovo regno temporaneo », mi ha detto. « Isolato e

protetto. Con sentieri, viali carrozzabili e perfino una ferrovia che colleghi il palazzo al molo. Sarà una copia di Versailles, ma più grande e più bella. Ci lavoreranno i migliori artigiani d'Europa. Siepi e giardini ne celeranno le mura, in modo che appaia all'improvviso a chi vi giunge, con incroci di vialetti, vialoni e canali. Ci saranno orti e pascoli, con vedute dei monti a sud. Lungo la costa si protenderanno cinture di acquitrini coperti di canneti, a offrire ulteriore protezione. Flora e fauna ovunque. V'immaginate che splendore?»

Certo, che me l'immaginavo.

«Almeno in parte, il mio sogno si avvererà», ha proseguito lui. «Ma raccontatemi il vostro viaggio.»

Gli ho risposto che su quel continente non c'era nulla di adatto: è una terra selvaggia, indomita, dalla politica volubile. Tuttavia, abbandonato il Sudamerica, doppiato Capo Horn, mi sono diretto a nord, nell'oceano Pacifico, e lì ho trovato un arcipelago di bellezza inimmaginabile. Se lo stanno contendendo inglesi, francesi, russi, giapponesi e, da qualche tempo, anche statunitensi. Un tempo era una confederazione che si teneva insieme in qualche maniera, le isole erano in contrasto fra loro, ma nel 1810 è sorto un conquistatore che ha soffocato ogni ribellione e si è proclamato re. I monarchi che gli sono succeduti – tutti suoi discendenti – hanno lentamente portato l'arcipelago nell'era industriale. Ma ora l'indipendenza e l'identità culturale di quel regno sono minacciate da uomini avidi e potenti, venuti da fuori, che ne controllano l'economia e vogliono portarlo nella sfera d'influenza degli Stati Uniti.

Abbiamo gettato l'ancora in un'insenatura riparata, in acque di color turchese. Il paesaggio montuoso era costellato di capanne dal tetto in foglie e terreni coltivati con cura. Siamo stati accolti da lunghe canoe pagaiate da gente di bell'aspetto, dalla carnagione scura e dai modi amichevoli. I primi europei sono arrivati qui quasi cent'anni fa, quando il capitano James Cook ha reclamato il possesso inglese di queste terre, battezzandole «isole Sandwich». Al momento sono governate da un uomo di nome David Kalākaua. Nove anni fa, il famoso letterato americano Mark Twain lo descriveva così:

> David Kalākaua, che al momento ricopre la carica di ciambellano del re, è un uomo di bella presenza, buona istruzione, modi raffinati e grandi abilità. D'animo con-

servatore, diplomatico e calcolatore, non fa molta mostra di sé e nell'assemblea legislativa non si comporta da parolaio. L'attuale sovrano, Kamehameha V, ha facoltà di nominare il suo successore. Se così farà, probabilmente la sua scelta cadrà su Kalākaua.

E invece non è andata così. Kamehameha V è morto senza indicare chi dovesse salire al trono dopo di lui. La Costituzione locale prevede che in simili casi la scelta di un nuovo re spetti all'assemblea legislativa, la quale ha preferito un altro. Quest'ultimo, però, è morto dopo poco più di un anno, anch'egli senza indicare un erede. Nel 1874 è diventato re Kalākaua. A quanto ho osservato personalmente, il giudizio di Twain è corretto: Kalākaua è un sovrano saggio e istruito.

Stefan smise di leggere.

Quel testo era un estratto dei diari di Franz von Löher del 1889. Per fortuna il bisnonno ne aveva conservato una copia: nel 1945 gli statunitensi avevano saccheggiato gli archivi segreti di Stato, portando via di tutto, compreso il manoscritto originale, che ora probabilmente era chiuso in chissà quale camera blindata governativa. Magari proprio quella che ancora si trovava in Baviera, di proprietà degli Stati Uniti. L'ennesima cosa cui Stefan avrebbe posto fine, non appena fosse salito al trono. Avrebbe sbattuto fuori gli americani e, per ripagarli con la stessa moneta, avrebbe ripreso possesso di tutto ciò che loro avevano chiuso nei loro archivi.

Perché no?

Dopotutto, erano cose appartenute ai Wittelsbach.

I due ospiti se n'erano andati. Tanti saluti a loro. Lui li detestava, i politici. Ci aveva visto giusto Churchill: *A un politico occorre saper predire cosa accadrà tra un giorno, una settimana, un mese, un anno. E poi spiegare perché non è accaduto.*

Scosse la testa. Tre giorni.

Tutto lì, il tempo concesso.

E la tomba di Ludovico era vuota. Albert non era di nessun aiuto. Per fortuna, almeno, il furto del libro a Herrenchiemsee era andato a buon fine.

Si sedette nello studio a sorseggiare un altro whisky.

Compagnia, ecco cosa gli serviva. Ma la giornata era ormai finita. Uscire, nemmeno a parlarne. E non era certo il caso di far arrivare lì una delle sue signorine a ore.

Un ronzio nel silenzio. Il cellulare. Lo prese e guardò il nome sullo schermo.

CHRISTINE ERTL.

Rispose e ascoltò, mentre lei, concitatissima, gli spiegava che il suo appartamento era stato rapinato e che il libro era sparito.

Finalmente qualcosa che andava per il verso giusto.

22

Derrick tornò al Charles Hotel. Alloggiava lì per una sola ragione: una delle ampie suite del piano più alto era occupata dal principe. Lui si era « accontentato » di una camera più classica, di « soli » quaranta metri quadri, situata al terzo piano, ma con una magnifica veduta del parco.

Stefan non aveva idea di essere osservato: non conosceva Derrick, né tantomeno la sua posizione all'interno delle autorità statunitensi. Tutte le informazioni raccolte su quell'ambizioso Wittelsbach lo descrivevano come un narcisista che si credeva più furbo di tutte le persone che lo circondavano. A quanto pareva, quella sua arroganza gli derivava dal fatto di essere il secondogenito di una ex famiglia reale. Comunque fosse, era una forma di presunzione tale da invalidare il suo buonsenso.

Ora, però, Derrick era venuto a sapere che Stefan von Bayern aveva lasciato l'albergo poche ore prima.

Da lì in poi, tutto dipendeva da Luke Daniels.

Per fortuna ben poche persone avevano sentito parlare dell'Ultimo Regno.

Uno di quei misteri d'altri tempi, sopravvissuti alla Seconda guerra mondiale e rimasti nascosti perché chiusi in un cassetto con scritto SEGRETISSIMO. Inizialmente se n'era occupata la CIA - ai suoi albori, tra gli anni '40 e '50 - ma solo per un po': in seguito si era concentrata a rovesciare governi stranieri e assassinare chiunque mettesse i bastoni tra le ruote agli Stati Uniti. Quell'agenzia era una specie di Far West, ne aveva combinate di cotte e di crude. Poi, nel 1961, col disastroso episodio della Baia dei Porci, si era vista modificare la missione aziendale ed era stata costretta a seguire un'altra rotta. Nuove leggi avevano limitato il suo campo d'azione. Finita l'era in cui poteva fare il bello e il cattivo tempo, era stata messa al guinzaglio.

E nessuno si era più ricordato del *Letzte Königreich*.

Ma quello non significava che avesse cessato di esistere. Come milioni di altri segreti, per decenni era rimasto addormentato in qualche schedario chiuso a chiave. Un mese prima, tramite un suo contatto, Derrick aveva provato ad accedere all'archivio statunitense in Baviera, ma aveva ottenuto informazioni quasi del tutto censurate, e i suoi tentativi successivi erano stati bloccati da Langley.

Perciò ora, di fatto, stava volando alla cieca.

Prese l'ascensore, salì al terzo piano ed entrò nella camera. Attendeva ancora il rapporto di Luke sugli eventi della chiesa di San Michele. Rapporto che, a ben vedere, era già in ritardo, considerando che ormai si stava facendo mezzanotte. La presenza di una seconda barca sul Chiemsee era un elemento preoccupante, e infatti Derrick aveva già inviato due agenti a investigare, in particolar modo sulla sorte delle persone a bordo.

Le sorprese non gli erano mai piaciute.

Era abituato a lavorare per molte ore di seguito e a tenere a mente mille dettagli. Sopra di sé aveva autorità politiche che di rado capivano più di una frazione di ciò che stava accadendo, palesemente concentrate soltanto su ciò che reputavano essenziale. Ma *tutto* era essenziale! Se l'intelligence fosse stata una religione che esigeva devozioni e sacrifici, lui ne sarebbe stato uno dei leader spirituali. Di solito faceva base in un anonimo palazzo di uffici a Bruxelles, in una stanza spartana, vecchia e senza pretese. Quella notte era sul campo. In movimento. In azione. Tenuto sveglio da un misto di caffeina e adrenalina.

Un connubio che adorava.

Meno male che c'era Malone. Derrick l'aveva trattato con sufficienza al convento, ma sotto sotto adorava i professionisti capaci di portare risultati. E quel Maloney lo era senz'altro. Derrick l'avrebbe contattato al mattino, per organizzargli un incontro con certe persone. Dopodiché gli avrebbe dato carta bianca, incrociando le dita.

Si avvicinò al telefono sul comodino e prese il menu del servizio in camera. Aveva appetito. La giornata era finita. Stava per cominciarne un'altra. Per fortuna il Charles offriva un'ottima selezione di pietanze ventiquattr'ore su ventiquattro. Ma proprio mentre Derrick si accingeva a trasmettere le sue ordinazioni, ecco che il suo cellulare squillò. Sullo schermo non c'erano nomi. Solo una sequenza di cifre. Un numero che lui conosceva bene. Era quello della viceconsigliera alla sicurezza nazionale.

Trinity Dorner.

Rispose.

« Ho pensato che fosse giusto avvisarti. Sono stata nominata direttrice del National Counterterrorism Center. »

Significava che Trinity avrebbe capeggiato lo spionaggio sulle minacce terroristiche. Strano esordio. Derrick decise di abboccare. « Il presidente ha fatto una buona scelta. »

« È la stessa cosa che mi sono detta io. Cosa ci fai in Germania? » Quella domanda diretta confermava la sua reputazione di donna che non perdeva tempo. Trinity Dorner aveva occhi azzurro acciaio, lunghi capelli scuri, poco senso dell'umorismo e un'avversione per i convenevoli. Era brava a tenere gli occhi e le orecchie aperti, e anche a riflettere, così da udire non soltanto ciò che le persone dicevano, ma anche ciò che non si rendevano conto di rivelare. Una vera esperta nel leggere il barometro politico. Pratica e pragmatica, coglieva ogni minimo cambio di vento. Leggendaria per il suo stoicismo, durante le riunioni sedeva sempre in ultima fila, in disparte, tanto che in seguito i partecipanti che non la conoscevano chiedevano: « Chi era quell'altra in fondo alla sala? » La cosa capitava talmente spesso che ormai tutti la chiamavano QA.

Cioè, appunto, Quell'Altra.

Il soprannome non le dispiaceva, ma lei - com'era nel suo carattere - non si era mai pronunciata in proposito. Si teneva ben lontana dalla politica, dagli intrighi e da qualunque cosa si potesse anche solo lontanamente classificare come preconcetto. Il fatto che avesse dato inizio a quella telefonata con un complimento a se stessa era eloquente. Gli stava lanciando un messaggio: *Me ne vado. Non provare a fregarmi.*

Perciò lui scoprì le carte. « Ci sono i cinesi. »

Silenzio in linea. Gli pareva quasi di sentire il rumore degli ingranaggi del cervello di Trinity. « Cosa fanno? »

« Un patto coi tedeschi. I quali stanno facendo un patto coi bavaresi. E nessuno dei due accordi giova a noi. »

Ancora silenzio. Ancora ingranaggi. Trinity non gli avrebbe mai chiesto se fosse sicuro: sapeva bene che, anche se non lo fosse stato, non gliel'avrebbe detto. « Ne siamo in parte al corrente. Sessanta giorni fa, la Casa Bianca ha detto alla CIA di starsene buona, perché se ne sarebbero occupati altri. »

Altri? Quella era nuova.

Altre carte scoperte. « Ma infatti Langley se n'è stata buona. » Derrick tacque per un istante. « Io no. »

« Davvero sei disposto a sacrificarti per questa cosa? »

« Preferirei di no, però, se necessario... »

« Ti ricordi com'è andata a finire l'ultima volta? »

« Che premurosa, a farmelo presente. »

« A qualcuno toccherà pure. »

Sarà. Ma a lui non piaceva sentirselo dire.

« Derrick, sei prossimo alla scadenza. Sappiamo tutti e due che non andrai a Langley. Sei divorziato. Non hai figli. Non hai una vita privata. Quando sarai in pensione, cosa farai? »

Derrick non ne aveva idea.

« Lo accetti, il consiglio di una vecchia amica? Non anticipare la fine più del dovuto. »

Quante parole. Non era da lei.

La faccenda doveva essere proprio seria.

« Vanno fermati », disse Derrick. « Lo sai. »

« Certo. Però, come dicevo, ci stanno pensando altri. La CIA ha l'ordine di non ficcare il naso negli affari della Germania. È già grave quello che ha combinato Danny Daniels qualche mese fa. Il presidente era su tutte le furie. »

« Stavolta è diverso. »

« In cosa? »

« Ho un infiltrato. Posso farcela. »

Ancora silenzio.

« Non mi dai altra scelta. Devo informare il presidente. » Trinity tacque per un istante. « Hai ingaggiato Cotton Malone. »

« Mi tieni d'occhio, eh? »

« Mi pare il minimo. »

Derrick si spazientì. « Cosa vuoi? »

« Stavo appunto per dirtelo. » Trinity gli era sempre piaciuta. Era una giocatrice esperta. E mai stupida. « Questa telefonata è una cortesia, in nome della nostra amicizia. Il mio periodo di servizio qui, alla Casa Bianca, sta finendo. »

« Nel senso che non puoi più proteggermi? »

« Suppergiù. Sei una gigantesca spina nel fianco, però ci azzecchi quasi sempre. Ti ricontatto a breve. »

« Intanto io proseguo? »

« Fai tu. Se sei disposto a rischiare... »

« Sono pronto alla batosta. »

« Se poi ce la fai, sarà qualcun altro a prendersi il merito. »

Fine della chiamata.

Derrick rimase a guardare fuori della finestra. Se non altro, adesso le carte erano tutte in tavola. Niente più sorprese. Aveva ragione QA: lui, al di fuori del lavoro, non aveva una vita. La moglie l'aveva piantato quindici anni prima, stanca delle scuse e della solitudine. Avevano provato ad avere figli, ma non ci erano riusciti. Colpa della conta spermatica. Si sarebbe potuto rimediare, con uno sforzo in più, però lui era troppo occupato. E la cosa aveva esacerbato il crescente risentimento di lei. Jody era una brava persona, meritava di meglio. Di lì a poco si era risposata e ora aveva una figlia. Derrick era contento per lei. Ma a lui cosa restava? Era una spia di professione, e si trovava schiacciato in una morsa politica.

Il cellulare ronzò di nuovo.

Cos'altro c'era, adesso?

Riconoscendo il numero, Derrick rispose.

« Dobbiamo parlare », disse la voce maschile all'altro capo della linea. « Adesso. »

« Va bene, parla. »

« Di persona. »

« Dimmi dove e quando. »

23

Cotton era seduto su una comoda poltrona in pelle, uguale a quella che aveva nel suo appartamento di Copenhagen, una delle poche cose che aveva conservato quando aveva dato le dimissioni dalla sezione Magellano e aveva traslocato in Danimarca. Un taglio netto. Si era lasciato alle spalle una vita, e un'altra gli si era profilata all'orizzonte. Aveva badato bene a portare con sé la minor quantità possibile di cose. Stupidamente, si era illuso di aver chiuso i conti col passato. Ma poi si era reso conto che era il passato a non aver chiuso i conti con lui. Tutto stava nell'imparare ad affrontarlo. In un primo momento aveva opposto resistenza, però il passato non accetta rifiuti.

Anche il suo ospite era seduto in poltrona. Era un uomo azzimato, di mezza età, con capelli corti color grigio ferro, pettinati all'indietro, a lasciare scoperta una fronte ampia e aristocratica. Barba e baffi accentuavano il taglio volitivo della mandibola, lo sguardo mite e l'incarnato roseo di chi conduce una vita agiata. Decidendo che il coltello era superfluo, Cotton lo posò su un tavolino.

« Le piace casa mia? » chiese Marc Fenn.

Cotton si guardò intorno, in quell'ambiente gentilizio che apparteneva ad altri tempi. « È un castello. Come potrebbe non piacere? »

« Risale al XIII secolo, ma - contrariamente alle apparenze - non è mai stato una fortificazione. Era un *Ritterschloss*.

« Castello di cavalieri », tradusse Cotton.

« L'ultimo proprietario appartenente alla nobiltà è morto tanto tempo fa, senza lasciare eredi. Così purtroppo l'intero complesso è andato in malora, e a un certo punto è stato occupato da un gruppo di squatter. S'immagini in che condizioni era, dopo un secolo di abbandono. Poi sono arrivato io. »

« Buon per il castello. »

« È la stessa cosa che ho pensato io. Vede, sono un patito di collezionismo. Oggettini artistici, antichità, libri, dipinti. La mia casa ne era ormai strapiena, perciò ho comprato una dimora abbastanza ampia da ospitare tutti i miei tesori. Le ho anche dato un nome.»

Cotton attese.

«*Charmantes Schloss.*»

Castello incantato.

«Le piace?» chiese Fenn.

«In generale, sì. Però avrei fatto volentieri a meno della visita guidata in cantina.»

«Ah, già, le chiedo scusa. Ma sono lieto di sentire che questo posto incontra il suo gusto. Sa, l'ho ristrutturato curando ogni dettaglio e supervisionando personalmente i lavori.»

«Ne deduco che le risorse non le mancano.»

«Ma no, per carità. Ho soldi a palate.»

«E parecchia gente sul libro paga.»

Fenn sventagliò una mano. «Nessun libro paga. Tutt'altro. Siamo confratelli. Il nostro è un legame di fedeltà. A noi stessi, l'uno all'altro, e al nostro re caduto.»

A Cotton tornò in mente che Koger voleva metterlo in contatto con certe persone, con le quali avrebbe dovuto parlare in mattinata. «Lei collabora con la CIA?»

«*Herr* Koger le ha parlato di me?»

«No. Ha detto solo che stavano per arrivare i rinforzi.»

«Già, l'incontro doveva avvenire domani. Però, dopo che lei ha trovato quello che ha trovato, ho deciso che era meglio anticipare.»

«Bastava che il suo uomo m'invitasse cortesemente.»

«Ma così ci saremmo persi tutto il divertimento! Molto più interessante portarla qui con l'inganno e poi osservare il suo numero da circo. Vuol mettere? Uno spettacolo impagabile!»

Come inquadrare quel tizio? Era uno squilibrato, o era tutta scena? «C'è qualche possibilità che lei m'illumini su ciò che sta accadendo?»

Fenn ridacchiò. «Ha ragione, è difficile seguire la trama quando si entra nel cinema a metà del secondo tempo.»

«Direi. Cominciamo da quegli incappucciati?»

«Speravo appunto che lei li trovasse accanto al falò. Sono Guglmänner. Ne ho molti, a mia disposizione.»

«E ne va fiero, a quanto vedo. Però non ho ancora capito cosa sono, questi Guglmänner.»

«Cinquecento anni fa, in Germania, era tradizione che nei cortei funebri ci fossero uomini in tunica nera e cappuccio a punta. Simboli viventi della morte, diciamo così. Per il morto era un grande onore essere accompagnato alla tomba da queste figure. Le si vede molto chiaramente in tanti dipinti e libri illustrati. Al funerale di Ludovico II, nel 1886, si sono presentati uomini vestiti allo stesso modo, che marciavano in processione, reggendo lance crociate e portando lo stemma reale. Hanno adottato il nome e il costume dei Guglmänner medievali, e hanno costituito una fratellanza, fedelissima a Ludovico anche dopo la sua morte.» Fenn tacque per un istante. «È stato omicidio, sa?»

«La cosa è oggetto di dibattito da molto tempo. Ci sono prove?»

«Mah, quando una persona muore nell'esatto momento in cui ad altri fa comodo che muoia, il sospetto è legittimo. Se poi il referto autoptico non riporta la causa di morte, la cosa si fa ancora più interessante. Lei come lo spiegherebbe? Quasi tutti i documenti sui fatti relativi alla deposizione di Ludovico sono stati distrutti. Perfino il suo orologio, che era stato trovato addosso al cadavere e che si era fermato al momento del suo decesso nelle acque del lago, è scomparso. Nessuno l'ha più visto. In compenso si è conservato uno scritto di un delegato prussiano, che aveva partecipato alla battuta di ricerca, e aveva visto al collo di Von Gudden chiari segni di strangolamento.» Fenn si strinse nelle spalle. «Ma sì, ha ragione lei, non c'è nulla di certo. Fatto sta che la morte di Ludovico faceva comodo a tutti i poteri politici che lo circondavano: ai ministri, ai parenti - compreso lo zio, il principe reggente - e soprattutto a Bismarck, che aveva tutti i motivi per dubitare della fedeltà di Ludovico all'impero tedesco.»

Certo, un re deposto ma amato dal popolo costituiva un problema, che un giorno si era risolto da sé, con la sua provvidenziale morte.

Non accidentale?

« La storia ci dice che tutti, intorno a Ludovico, erano favorevoli all'impero », proseguì Fenn. « I suoi ministri - come in generale tutto il resto del governo - volevano un rapporto stretto con Bismarck. Ma Ludovico era contrario, perché un'unione con le altre Germanie avrebbe comportato una perdita dell'identità bavarese. E questa sua opposizione era un grave pericolo per Bismarck, il quale non aveva intenzione di perdere la federazione costruita passo passo con tanta cura. Poco prima della deposizione, Ludovico scriveva: 'Questo disgraziato impero tedesco avanza lentamente ma inesorabilmente verso la barbarie'. Dunque le sue intenzioni erano chiare. Non voleva far parte dell'unione. Però Bismarck non poteva permetterglielo. » Sembrava convinto di ogni sua parola. « Naturalmente è difficile riportare indietro la ruota del tempo, soprattutto perché sono intercorse due guerre mondiali che hanno cambiato per sempre la Germania. Ma c'è comunque una domanda seria che bisogna porsi: la Baviera fa davvero parte della federazione? »

« La vostra è un'organizzazione secessionista? »

Fenn annuì. « Questo è uno dei nostri scopi, almeno nella contemporaneità. Periodicamente mettiamo in atto dimostrazioni pubbliche, per far circolare il nostro messaggio. »

« E funzionano? »

« Non granché. Però tengono occupati i confratelli. A loro piacciono molto. E anche a me. Le manifestazioni di protesta hanno una loro ragion d'essere. Però preferisco i risultati concreti. »

Cotton aveva avuto a che fare con parecchia gente come Fenn. Era proprio vero quel che si diceva dei fanatici: non sono capaci di cambiare idea e non sono disposti a cambiare argomento.

« Io ho un problema, *Herr* Malone. E per risolverlo mi serve l'aiuto degli Stati Uniti. »

« È la serata in cui tutti mi chiedono una mano. »

« Ah, sì, *Herr* Koger mi ha parlato del suo ingaggio. Mi ha telefonato non appena lei è ripartito dal convento. Speravo proprio che i miei interessi e quelli degli Stati Uniti si allineassero. Forse adesso siamo giunti a quel punto. »

Cotton non sapeva bene a cosa mirasse Koger, perciò ricorse a una strategia che più volte l'aveva cavato d'impaccio: fingere. « Dipende da quale dei nostri interessi lei ha in mente. Ne abbiamo diversi. »

« In primo luogo voglio che salti fuori la salma di Ludovico. »

Cotton fece spallucce, come se la notizia non l'avesse per nulla sorpreso. Poi fece marcia indietro. « Su questo, potremmo essere in disaccordo. »

Fenn scosse la testa e puntò un dito. « L'ho già detto a Koger: questa è una faccenda bavarese. Gli Stati Uniti e la Cina non c'entrano niente. »

La Cina? Nuova, quella. Cotton decise di mettere da parte l'argomento per tornarci in seguito. « Come mai ciò che ho trovato è così importante? »

Fenn infilò una mano sotto la giacca e sfilò dalla tasca interna la busta. « Avevo inviato al palazzo un uomo, che attendeva il momento giusto per aprire l'altro scomparto segreto. Se ce n'era uno da un lato, di sicuro ce n'era un secondo dalla parte opposta. E infatti era così. A quanto pare, il principe aveva solo le informazioni necessarie a trovare il libro. Non questa. Il mio uomo ha osservato il modo in cui lei ha trovato lo scomparto dall'altro lato della scrivania. È un bel cervellino, lei. Ed è appunto per questo che volevo parlarle. Immagino che abbia letto il contenuto. »

« Sennò che agente sarei? »

Fenn ridacchiò. « Vero. Impressioni? »

La memoria eidetica di Cotton ricordava bene il testo della lettera:

Dove Matthias pizzica le corde
Stella alpina sulla Foresta Nera
Nessun'acqua fredda
Pulpito, croce e ghirlanda
Nord-est la corona
Fine delle danze

« Non è che abbia avuto molto tempo per meditarci su. »

« E io me ne scuso di nuovo. Per fortuna, il tempo l'ho avuto io, soprattutto mentre aspettavo che lei si risvegliasse dal suo sonno forzato. A proposito, la vedo ancora un po' contrariato. Può esserle di conforto il fatto che l'uomo che lei ha messo a terra nel deposito dei vini è lo stesso che l'ha narcotizzata? »

Altroché, se era di conforto!

Fenn si alzò dalla poltrona e si avvicinò a una magnifica scrivania d'antiquariato, dagli intricatissimi intarsi. Sul piano di scrittura era dispiegata una mappa Michelin della Germania. « Venga, venga. »

Cotton lo raggiunse.

« Abbiamo un grande mistero, qui. Il principe reggente, Luitpold, si è trovato a dover prendere decisioni difficili. Dei due nipoti, l'uno - Ottone - era stato internato con una diagnosi di pazzia e l'altro era stato deposto e all'improvviso era morto. Entrambi erano stati re. Ludovico era morto nel 1886. Ottone è vissuto fino al 1913, e Luitpold ha regnato al posto suo, senza però dichiararsi mai re. Ha semplicemente ottemperato ai suoi doveri di reggente. A detta di molti, Ludovico e il suo medico sarebbero venuti alle mani, e la lite li avrebbe portati a morire annegati. Io e i miei confratelli la pensiamo in modo diverso: per noi, l'unica spiegazione possibile è l'omicidio. »

« Un pochetto monomaniacali, lei non trova? »

« Magari ci sbagliamo. Ma allora come mai la salma di Ludovico è stata nascosta? »

Altra novità. « Non ne ero al corrente. »

« Oh, è sparita da tempo, e le spiegazioni possibili sono diverse. Una è che Luitpold, nel 1886, non abbia voluto seppellire il nipote nella cripta di San Michele. Ma a me non sembra verosimile: in quel momento tutti gli sguardi erano puntati sul defunto re. Un'altra ipotesi è che il corpo sia stato trafugato fra il 1886 e il 1913, durante la reggenza di Luitpold. Sarebbe stato assai più fattibile, soprattutto se le persone coinvolte fossero state poche e fidate. Io, però, credo che esista una spiegazione più credibile. »

Cotton attese.

« Ho sempre creduto che a trafugare la salma sia stato Ludovico III, prima della sua deposizione del 1918. »

Un nuovo giocatore al tavolo.

Un altro Ludovico.

Evidentemente il nome andava di moda.

Fenn spiegò che il principe reggente, Luitpold, era morto nel 1912, dopo una lunga vita. Il nipote Ottone - il quale nel 1886, con la morte del fratello, era diventato re - era ancora vivo, ma internato. Così la reggenza era passata al figlio di Luitpold, il quale pure si chiamava Ludovico. Tuttavia nel novembre del 1913, la legislatura bavarese aveva passato un emendamento alla Costituzione, inserendovi una clausola secondo cui, qualora una reggenza per cause d'incapacità fosse durata per dieci anni senza che vi fossero prospettive di rimettere il governo nelle mani del re, il reggente avrebbe potuto prendere la corona.

« Cioè, in soldoni: 'Facciamoci un nuovo re' », concluse Fenn. « Il giorno dopo l'approvazione dell'emendamento, l'erede di Luitpold dichiara la fine della reggenza, depone il cugino Ottone e si proclama re, col nome di Ludovico III. Ma il suo regno non dura a lungo: la Prima guerra mondiale cambia ogni cosa, e nel novembre del 1918 Ludovico III è costretto ad abbandonare il trono. Lui e i suoi familiari potranno continuare a risiedere in Baviera, ma solo come privati cittadini, e a condizione di non agire contro la repubblica. È la fine di otto secoli di regno dei Wittelsbach. »

Chissà che colpo.

« Deposto Ludovico III, viene formato un governo repubblicano, capitanato da un uomo di nome Kurt Eisner. Ma, nel febbraio del 1919, Eisner viene assassinato. Ludovico, temendo di andare incontro alla stessa sorte, fugge in Ungheria, e da lì in Liechtenstein e in Svizzera. Nel 1920 ritorna in Baviera, dove muore l'anno successivo. Gli vengono accordati i funerali di Stato, ai quali presenziano circa centomila persone. È sepolto nella Frauenkirche. »

« Cosa le fa pensare che sia stato lui a nascondere la salma del cugino? »

« Non posso spiegarle tutte le cose che so, però tutti gli indizi puntano contro di lui. »

« Ma queste cose hanno importanza? »

« La leggenda vuole che insieme con Ludovico II sia stata

sepolta una certa cosuccia, che ultimamente ha acquisito un certo valore. »

« E sarebbe? »

Fenn gli rivolse uno sguardo incuriosito. « La trovo un po' poco preparato. »

« Come diceva lei stesso, sono appena stato reclutato. L'incontro informativo era fissato per domattina. »

Fenn sorrise. « Vero. E ci sarà. Per ora le basti sapere che sono in molti ad aver cercato la salma di Ludovico II. Due su tutti: Hitler e il governo statunitense alla fine dell'ultima guerra. E poi ci hanno provato diversi miei predecessori, gran maestri dei Guglmänner. La tomba nella cripta di San Michele è stata profanata in più occasioni. Prima da Hitler, poi dagli Alleati. E proprio stasera l'ha scoperchiata il principe Stefan, scoprendo - come quelli che sono venuti prima di lui - che è vuota. »

« Lei lo sa per certo? »

« Oh, sì. Ci è rimasto di sale. E chissà come altro ci rimarrà, quando scoprirà che i miei confratelli hanno recuperato il libro che lui ha rubato a Herrenchiemsee. »

Cotton capì. « Avete un infiltrato? »

Fenn annuì. « Di quelli bravi. »

« Avete avuto una serata piuttosto movimentata. »

Fenn ridacchiò. « Altroché. Sa, la differenza tra il fallimento e il successo sta nella pianificazione. »

Verissimo. Ma Cotton si domandava cos'avrebbe comportato per Luke la sparizione del libro.

« Uno degli scopi di noi Guglmänner è quello di tener viva la memoria di Ludovico II », continuò Fenn. « Ed è appunto in questa chiave che va letto il nostro lavoro in favore di una Baviera indipendente. Lavoro che si è dimostrato assai arduo. Ma le opportunità ci sono. Proprio adesso se ne sta presentando una, per la quale è importantissimo ritrovare la salma di Ludovico II. »

« E cosa comporterebbe quest'opportunità? »

« La libertà. »

Strana risposta. « Di chi? »

« Della Baviera. Così come avrebbero voluto Ludovico II e Ludovico III. »

Ora sì, che le cose si facevano interessanti.

« Il principe reggente, Luitpold, viene descritto dagli storici come l'uomo della transizione dalla monarchia al governo parlamentare », spiegò Fenn. « Ma era in primo luogo un bavarese. In cuor suo, voleva una nazione indipendente. E la voleva anche suo figlio, Ludovico III. L'avrebbe voluta ogni duca di Baviera venuto dopo di loro. Da tempo siamo convinti che Luitpold e suo figlio, per dar seguito a questo loro desiderio, abbiano contemplato un progetto noto come Ultimo Regno. »

Di nuovo quelle due parole.

« Lei ne ha mai sentito parlare? » chiese Fenn.

« Me l'ha nominato Koger. »

« Eccellente. In quella scrivania c'erano due cose: un libro e una busta. Il principe Stefan von Bayern ha cercato il libro... »

« Ma non era al corrente della busta? »

« Esattamente. Ora noi abbiamo entrambi gli oggetti. Con quelli, credo che si possa trovare Ludovico II. »

24

Derrick entrò nella vecchia Residenza.

Era arrivato a piedi dal Charles Hotel, con una passeggiata di quindici minuti al freddo della tarda notte, tenendo d'occhio le poche persone che si attardavano per le strade. Intanto aveva ripreso a nevicare, un turbinio di fiocchi sempre più fitti. La telefonata di Trinity Dorner l'aveva turbato. Nella squadra c'era qualcuno che gli aveva fatto le scarpe. Qualcuno che evidentemente mirava a ingraziarsi i superiori. Lui li detestava, i leccapiedi. Di lui si poteva dire tutto - che avesse un caratteraccio, una testa dura, un gran carico di fissazioni -, ma non che si fosse fatto strada con l'adulazione.

Anzi.

La sua rovina era stata lo scandalo del *waterboarding* e delle torture. Come l'aveva preso in giro QA? *Ti ricordi com'è andata a finire l'ultima volta?* Come se lui avesse potuto dimenticarselo! La sua fedeltà gli era costata cara. *Non anticipare la fine più del dovuto.* Una minaccia sinistra. Ma realistica. E lui non voleva perdere il lavoro. Non ancora, perlomeno. Apprezzava la comprensione di Trinity.

E sapeva a cosa fosse dovuta.

Era sempre rimasta al suo fianco. Anni prima, quando i nodi erano venuti al pettine. Ne era uscito, però non indenne. Certo, lui e altri avevano passato anni a torturare prigionieri, credendo che fosse la cosa giusta da farsi. I cattivi meritano il peggio.

Però, più lo faceva, meno gli piaceva.

Perciò aveva organizzato una piccola dimostrazione. Aveva convocato i pezzi grossi, ufficiali dello spionaggio, politici e alti papaveri della CIA, gente caratterizzata da un grande senso del dovere e dell'impellenza di agire, nonché da una passione per le verbosità... e per la tortura. Ovviamente neppure uno di loro aveva mai assistito di persona a un « interrogatorio potenziato ». Erano cose che quei signori leggevano nei libri o vedevano nei film, dunque in ricostruzioni ben lontane dal vero. A quel punto era stato selezionato un prigioniero: un terrorista afghano che era stato sottoposto a *waterboarding* più di sessanta volte. Incredibile. Sessanta volte. Era in cella da diversi anni, e mostrava tutti gli effetti della luce fioca e granulosa, dei corridoi desolati, dell'aria mefitica e del forte rumore. L'avevano trascinato in una stanza caldissima e puzzolente, e lì l'avevano legato a una panca inclinata, coi piedi sollevati. Ai presenti, Derrick aveva spiegato che quella posizione serviva a prolungare le sofferenze. Un tessuto poroso era stato calato sulla fronte e sugli occhi. Dopodiché vi era stata versata dell'acqua. A quel punto, il tessuto intriso era stato tirato fino a coprire naso e bocca, ostacolando il passaggio dell'aria.

Ed era stata versata altra acqua.

In due dosi variabili.

Venti secondi o quaranta, a seconda di quanto si desiderava farlo soffrire.

Il tessuto bagnato impediva quasi del tutto all'aria di raggiungere i polmoni, e durante quel soffocamento indotto veniva aggiunta acqua. L'effetto era identico a quello dell'annegamento, anche se si era sulla terraferma.

Dopo un po', il tessuto veniva sollevato, per permettere al prigioniero di prendere due o tre boccate d'aria.

Non di più.

E poi la procedura ricominciava daccapo.

Quella tecnica era stata mutuata nientemeno che dall'Inquisizione spagnola, e presentava il vantaggio di non lasciare segni sul corpo. Gli agenti d'intelligence che vi si sottoponevano resistevano in media quattordici secondi, prima di capitolare. Quel giorno, il pubblico convocato da Derrick aveva assistito a una tortura di mezz'ora. Alcuni dei presenti erano scoppiati a piangere. Due si erano voltati dall'altra parte, ma lui li aveva rimproverati: « Questa è una procedura ordinata da voi, abbiate il fegato di guardarla ».

Trinity Dorner era rimasta impassibile, il suo sguardo non aveva mai vacillato. A quell'epoca era una semplice assistente del vicedirettore, dunque piuttosto in basso nella catena di comando. Era presente soltanto perché gliel'aveva imposto il suo superiore. Ma era palese che la sua opinione era la stessa di Derrick.

La tortura era un male.

Lui l'aveva praticata così a lungo che ormai provava pietà per le vittime, anche se alcune di esse erano davvero disumane. Molte volte aveva cercato di convincersi che lo scopo di quelle pratiche non fosse la vendetta, bensì l'ottenimento d'informazioni utili. Tuttavia, buona parte delle cosiddette confessioni ricavate tramite tortura era inaffidabile.

« Queste persone sono disposte a dire qualunque cosa », aveva spiegato ai presenti, alla fine della dimostrazione. « Di fatto, è la stessa cosa di una finta esecuzione. Un'usanza che, a quanto ne so, è vietata dal diritto internazionale. »

Eppure c'era stata parecchia gente che era ricorsa ben volentieri al *waterboarding*. Il regime di Pinochet, in Cile. I khmer rossi. L'esercito britannico in Irlanda del Nord. La polizia sudafricana durante l'apartheid.

E ora alla lista si aggiungevano gli Stati Uniti.

Nel 2009 era stato finalmente messo al bando. Ma ancora resisteva. In silenzio. Dietro le quinte. Di tanto in tanto rispuntava. Derrick era fiero di aver contribuito, almeno in piccola parte, ad arginarne l'uso. Purtroppo, però, tutti quei funzionari politici e ufficiali d'intelligence non l'avevano perdonato. Niente più promozioni. Niente più avanzamenti di carriera. Era bloccato, come un'auto col cambio in folle. Trinity Dorner aveva proseguito la scalata a Langley, fino a raggiungere una posizione che le permetteva di cambiare le cose. E così aveva fatto. Poi Warner Fox, subito dopo il suo insediamento, se l'era portata alla Casa Bianca come viceconsigliera alla sicurezza nazionale. Ora avrebbe retto il timone del National Counterterrorism Center. Stava salendo su un gradino piuttosto alto, nella scala gerarchica.

Ed era personalmente interessata a ciò che stava combinando lui.

Era un bene o un male? Chissà.

La Residenza si trovava appena oltre la zona pedonale. Vi si arrivava da una strada che ospitava i negozi più esclusivi di Monaco: Chanel, Louis Vuitton, Prada, Hermès...

Fino al 1918, la Residenza aveva svolto la funzione di sede

del governo e di abitazione dei sovrani bavaresi, ma ormai erano passati più di cent'anni dall'ultima volta che un membro della famiglia reale aveva camminato per quelle sale. Derrick sapeva che l'edificio era stato pesantemente danneggiato durante la Seconda guerra mondiale, ma poi era stato ricostruito, e ora costituiva uno dei maggiori complessi museali della Baviera.

Un'importante attrazione turistica.

La telefonata di poco prima era una convocazione. Lui non aveva rifiutato. La persona all'altro capo della linea era la stessa che l'aveva coinvolto, e che l'aveva avvertito della presenza cinese, nonché della possibile minaccia agli Stati Uniti. Derrick aveva incluso tutte quelle informazioni nel suo rapporto, trasmesso tramite gli appositi canali, raccomandando un intervento della CIA. Ma l'unica cosa che aveva ottenuto era stata – come aveva astutamente osservato QA – l'ordine di mantenere un basso profilo. Per potersi avvalere dell'aiuto di Luke Daniels aveva mentito al procuratore generale, dicendo che gli serviva per un'operazione nella Repubblica Ceca. Di sicuro non poteva servirsi degli agenti regolari della CIA. Ora però, a quanto pareva, la sua bugia era venuta a galla. Di lì a poco, quei bastardi di Langley si sarebbero accorti anche di Cotton Malone. A quel punto, Derrick sarebbe caduto dalla padella alla brace. I tre agenti operativi che aveva usato quella sera erano liberi professionisti, non figuravano sul libro paga della compagnia, però evidentemente uno di loro era un infiltrato.

Dall'atrio ben riscaldato, venne condotto lungo una serie di corridoi in penombra. Ai due lati si aprivano sale su sale, molte delle quali lasciate al buio. Di tanto in tanto si vedeva – o si sentiva – il personale di pulizia al lavoro.

Entrò nell'antiquarium, una magnifica galleria dal soffitto a volta, ornatissima in ogni sua parte, tra due file di busti romani. All'estremità opposta c'era un uomo anziano, seduto su una sedia collocata su una pedana. Non il trono di un tempo, ma una sua copia pedissequa. Percorsi i sessantasei metri di pavimento a scacchi, Derrick si fermò davanti alla balaustrata di legno dorato.

Nell'aria aleggiava un odore esotico, muschiato.

«Benvenuto», disse il duca Albert di Baviera.

25

Cotton era diffidente nei confronti di Marc Fenn.

Era chiaramente un esperto in materia. Ma un tipo strano. Un po' fuori di testa.

«Non mi ha ancora detto per quale motivo bisogna trovare la salma di Ludovico.»

«La storia dell'Ultimo Regno è carica d'iperboli, che sono cresciute ancora di più negli ultimi cent'anni. Parla di un tesoro immenso. Degli oggetti di Ludovico, poi spariti...»

«Oggetti?»

«Dopo la deposizione, è sparita buona parte dei suoi effetti personali: libri, documenti, vestiti, ninnoli eccetera. Nessuno sa se tutta questa roba sia stata rubata dalla servitù, o intenzionalmente nascosta dal principe reggente, o una combinazione delle due cose. Si è conservata solo una piccola porzione della sua corrispondenza. Il resto dei carteggi era stato distrutto da lui stesso, poco prima dell'arresto. È convinzione comune che gran parte di queste sue proprietà sia stata nascosta insieme con la salma.»

Cotton capì. «Lei, però, non ci crede.»

«Eh, qui sconfiniamo nel campo delle congetture.»

Ma Cotton colse nel suo volto l'accenno di un sorrisetto divertito. «Che per lei sono un invito a nozze.»

«Già.»

«Anche per me, sa?»

«Per fortuna, adesso abbiamo il libro e la busta, così possiamo cominciare davvero la ricerca.»

«Lei sa cosa significano quelle righe di testo?»

«Credo di sì.»

Cotton temeva che si sarebbe pentito di quella sceneggiata. Aveva ragione Yogi Berra: *Bisogna stare attenti, quando non si sa dove si va, perché si potrebbe anche non arrivarci*. Quant'era vero! Oh, al diavolo. «Me lo dice?»

Fenn parve compiacersi di quella domanda. «Speravo proprio che la cosa le interessasse. Comunque sia, interessa a me. La busta che lei ha trovato dentro la scrivania è un indizio importantissimo.» Prese il foglio. «Queste righe sono scritte a mano. Io credo che a vergarle sia stato Ludovico III in persona. Per fortuna abbiamo molti campioni della sua scrittura. Ho commissionato un confronto grafologico per domani stesso. Ho tradotto il testo in inglese, ma mi pare di capire che lei sappia anche il tedesco.»

«La vedo informato.»

«Per non parlare della memoria eidetica. Bell'abilità.»

«L'ho ereditata dal ramo materno. Lei come fa a saperlo?»

«Me l'ha detto *Herr* Koger. Ma non si preoccupi: mi ha solo fornito qualche dettaglio, perché volevo sapere con che genere di persona avrei lavorato. È un mio vezzo, sa.»

Sì, un vezzo. Come possedere un castello ed essere a capo di una confraternita d'incappucciati in tunica nera.

«*Dove Matthias pizzica le corde. Stella alpina sulla Foresta Nera. Nessun'acqua fredda. Pulpito, croce e ghirlanda. Nord-est la corona. Fine delle danze.* La prima frase è facile: Matthias Klotz era un famoso liutaio di Mittenwald. Che si trova qui.» Fenn prese dalla scrivania una penna e tracciò un cerchiolino intorno alla località, che si trovava nell'estremo Sud della Baviera, sulle Alpi, a ridosso del confine austriaco. «La seconda riga è già più misteriosa: *Stella alpina sulla Foresta Nera*. Per adesso lasciamola da parte e passiamo alla terza: *Nessun'acqua fredda*. Questa è facile: Baden-Baden, una città ricca di sorgenti termali, che fin dal XIX secolo si pubblicizza come priva di acque fredde.» Cerchiò anche quella, nella Germania sudoccidentale, non lontano dal confine francese. «Quarta riga: *Pulpito, croce e ghirlanda*. Questa è Glücksburg, l'insediamento più settentrionale della Germania, sul mar Baltico. La sua chiesa principale è famosa per il pulpito con la croce e la ghirlanda. Quinta riga: *Nord-est la corona*. Facile, anche questa: a nord-est, lungo il confine polacco, c'è un paesello che si chiama Krone, che significa appunto 'corona'.» Fenn cerchiò anche quelle due località. «Tutto sommato, questo enigma non è poi tanto difficile. Dunque dobbiamo concluderne che la persona che l'ha creato - chiunque essa fosse - *voleva* che venisse risolto. »

Cotton notò che i quattro cerchiolini formavano, suppergiù, una X coi vertici ai punti cardinali intermedi.

Fenn, con la penna, unì il nord-ovest al sud-est, poi il nord-est al sud-ovest. Nel punto in cui le due linee s'incrociavano c'era una città.

Eisenach.

« E l'ultima riga? *Fine delle danze*? »

« Penso che sia da intendersi come 'fine del messaggio'. »

« E la frase che abbiamo lasciato in sospeso? *Stella alpina sulla Foresta Nera*? »

« Avrà pure un significato, anche quella. Ma quale sia... » Fenn scosse la testa. « Proprio non saprei. »

« E la serie di lettere? »

« Va anagrammata, mi pare ovvio. »

Cotton concordava.

HLNESRNTANME.

« Per nostra fortuna, oggigiorno abbiamo i computer », disse Fenn. « Ci sono programmi appositi in grado di trovare tutti gli anagrammi possibili. »

« In tedesco? »

« Ovvio. È la lingua che avrebbe usato Ludovico III. Ho già inviato le lettere a una certa mia conoscenza, che in questo preciso momento le sta sottoponendo a elaborazione elettronica. »

Per aiutare Stephanie, Cotton doveva dare una mano a Koger. Ma per farlo occorreva sorbirsi quel pazzoide. « Immagino che lei abbia i suoi motivi per raccontarmi queste cose. »

« Vorremmo che lei investigasse. »

Ah, sì? « Io? Non i suoi confratelli? »

Fenn rise. « Sono bravissimi a fare parate in piazza... »

« E a narcotizzare la gente. »

« Sì, anche quello. Però per questa ricerca ci serve un professionista del suo calibro. »

« Bisognerebbe che mi diceste cosa devo cercare. »

« Non gliene ha già parlato *Herr* Koger? »

« Nel discorso d'ingaggio ha omesso quella parte. Cosa ci

sarà mai di tanto importante da far muovere voi, Stefan von Bayern, i cinesi e la CIA? »

Fenn sorrise. « Ho già svelato fin troppe cose. *Herr* Koger aveva fissato un incontro per domattina. Possiamo parlarne allora? »

Neanche per idea. « O parla adesso, o me ne vado. »

« I miei confratelli potrebbero fermarla. »

Cotton ridacchiò. « Potrebbero provarci. »

Fenn scosse la testa. « *Herr* Koger ne sarà molto contrariato. »

« Tanto meglio, no? »

« Oh, senz'altro. Mi piace, questo suo spirito ribelle. È il requisito ideale di un Guglmann. »

« Non tergiversi. »

« E va bene », disse Fenn. « Venga, si accomodi, e le racconterò una storia strabiliante. »

Milioni di anni fa, dall'oceano Pacifico sono emersi getti neri di roccia fusa, preannunciati da sibili di vapore che si sprigionavano dalla superficie. Piano piano, nel corso di molti millenni, questa roccia si è espansa fino a formare una terra asciutta, con vette alte e frastagliate. Col passare del tempo, i venti vi hanno portato qualche seme, che poi è germogliato. Ed ecco spuntare una fitta vegetazione, brulicante di vita, in uno degli arcipelaghi più remoti al mondo.

Intorno al III secolo dopo Cristo, da sud sono arrivati i polinesiani. Da lì al XVIII secolo vi sono passate navi spagnole, olandesi, cinesi e giapponesi. Ma è stato James Cook, nel 1778, a collocare queste isole sulla mappa. Le ha denominate Sandwich, in onore del suo amico – nonché mecenate – John Montagu, primo lord dell'Ammiragliato e quarto conte di Sandwich.

Nel corso dei successivi centoventi anni, le isole hanno attraversato mutamenti costanti. Gli abitanti avevano passato secoli a guerreggiare tra loro, capitribù contro capitribù, in un'incessante guerra civile. Ma nel 1795 il guerriero Kamehameha ha conquistato le isole di Hawai'i, O'ahu, Maui, Moloka'i e Lāna'i, proclamandosi re. Nel 1810, le due isole rimanenti, Kaua'i e Ni'ihau, si sono volontariamente aggregate all'unione, che ha preso nome dall'isola più grande, Hawai'i. Nei successivi novant'anni, si sono susseguite due dinastie, quella di Kamehameha e quella di Kalākaua. La prima ha dato al regno cinque sovrani, l'ultimo dei quali è stato Kamehameha V, morto nel 1872. La seconda ha avuto fine nel 1893, dopo due re e una regina.

I missionari sono arrivati nel 1820.

Presbiteriani, congregazionalisti e riformisti olandesi della Nuova Inghilterra. Si sono presentati nel momento più propizio: era appena morto Kamehameha I. Suo figlio Liholiho è salito al trono, e uno dei suoi primi decreti è stato l'abolizione dell'antico sistema del kapu, un codice di condotta assai severo. Una violazione di queste norme era considerata una minaccia al potere spirituale e andava espiata tramite sacrificio umano. Infrangere una legge, anche involontariamente, spesso comportava morte immediata. Ora il kapu spariva, senza però essere soppiantato da una legge alternativa, lasciando aperta la porta al cristianesimo. I religiosi hanno colto l'occasione, inserendosi nella società locale e portandovi i loro costumi.

In seguito, a queste compagnie di missionari se ne sono aggiunte altre, che ne hanno accresciuto le file. Molti, col tempo, sono poi tornati in patria. Ma tanti altri sono rimasti e hanno lasciato la loro impronta sulla religione, sull'istruzione e sulle strutture di governo. Inoltre hanno avviato attività di agricoltura, spedizione e commercio all'ingrosso e al dettaglio. Hanno introdotto nell'arcipelago la canna da zucchero, il cocco, l'ananas e il caffè. I loro discendenti vi hanno costruito un gigantesco impero finanziario.

E volevano conservarlo. Perciò hanno organizzato un colpo di Stato.

Che è avvenuto il 17 gennaio 1893.

Gli insorti erano quasi tutti stranieri, principalmente americani. Gli Stati Uniti riconoscevano le Hawaii come regno indipendente fin dal 1846, dunque avrebbero dovuto rispettarne la sovranità.

E invece no.

La destituzione della monarchia è stata favorita dal ministro John L. Stevens, che ha ordinato alla Marina militare statunitense di sbarcare nel porto di Honolulu. L'episodio ha fatto riavvampare l'animo degli insorti, che hanno prontamente arrestato l'ultima discendente della dinastia di Kalākaua – la regina Lili'uokalani – imprigionandola nel suo palazzo. I soldati non hanno sparato neppure un colpo, ma la loro presenza è bastata a intimorire i monarchici. La sovrana, dal canto suo, voleva evitare spargimenti di sangue, perciò ha ordinato ai suoi uomini di arrendersi. La sera stessa, Henry E. Cooper – presiden-

te del Comitato di sicurezza – si è rivolto alle folle radunate di fronte al palazzo reale, leggendo ad alta voce un proclama col quale deponeva formalmente Lili'uokalani, aboliva la monarchia hawaiana e istituiva un governo provvisorio retto da Sanford B. Dole, un discendente della comunità missionaria.

L'annessione delle Hawaii agli Stati Uniti è stata dichiarata il 12 agosto 1898.

« Di fatto, avete rubato la sovranità a un regno straniero », concluse Fenn. « I grandi coltivatori di canna e ananas erano statunitensi e temevano che la monarchia hawaiana stringesse un accordo con la Gran Bretagna, portando l'arcipelago all'interno del Commonwealth britannico. Per impedirglielo, hanno messo in atto un colpo di Stato. Un *Putsch* approvato e sovvenzionato dagli Stati Uniti, che ne hanno tratto grandi benefici. Oggi le Hawaii sono il vostro cinquantesimo Stato. Ma lo avete acquisito con la forza. »

Cotton non era certo all'oscuro di quella pagina di storia americana. « Non è stata proprio la nostra impresa più pulita, eh? »

« No, infatti. »

Ma dove voleva andare a parare Fenn?

« Per caso c'è qualche attinenza con la nostra situazione? »

26

Mercoledì 10 dicembre,
ore 00.20

Derrick salì sulla pedana e si avvicinò al duca. « Ti vedo a tuo agio, sul finto trono. »

« Una volta questo palazzo era la sede del potere della mia famiglia. »

Derrick fece un sorriso e un inchino. « E io ho risposto alla regia convocazione. »

Si conoscevano da tempo. Si erano conosciuti circa vent'anni prima, ed erano amici sin d'allora. Perciò Derrick sapeva bene che quell'uomo aveva una profonda cultura e un'ottima preparazione per quanto riguardava gli affari della Germania e dell'Europa. Proprio per quello si consultava spesso con lui. Ma ora il vecchio amico aveva un'aria stanca. L'affaticamento si mostrava nelle occhiaie, più scure degli occhi stessi. L'ansia aveva trasformato la voce – che un tempo era salda e forte – in un secco gracidio.

Il cancro esigeva il suo tributo.

« Com'è andata a Herrenchiemsee? » chiese Albert.

« Non hai ancora sentito tuo fratello? »

« Oh, sì. Però ha omesso d'informarmi sulla sorte del libro. E io non potevo certo fare domande, visto che in teoria sono all'oscuro di tutto. »

Derrick raccontò all'anziano amico tutto ciò che era accaduto, compresa l'inaspettata comparsa di una nuova barca, i cui occupanti si erano messi a sparare ai ladri ingaggiati da Stefan. Non parlò dell'ingaggio di Cotton Malone: quella era una parte sulla quale si poteva sorvolare.

« Dunque al palazzo è andata bene, ma alla cripta un po' meno. » Poi Albert gli parlò del sepolcro vuoto.

«Come mai volevi che Stefan prendesse il libro e scoperchiasse la tomba?»

Albert scrollò le spalle. «Entrambe le cose l'hanno tenuto occupato.» Era stato proprio lui ad avvisare Derrick dell'imminente incursione a Herrenchiemsee: sapeva che la CIA aveva infiltrato un agente nella cerchia di suo fratello, per tenere d'occhio i suoi movimenti. Tuttavia ne ignorava il nome e altri dettagli. «Quanto all'altro oggetto nascosto nella scrivania, avevo ragione? C'era qualcosa nello scomparto opposto?»

«Ho mandato un uomo ad appurarlo. Dovrei avere una sua risposta entro breve.»

«Bene. Anzi, benissimo. Adesso, però, vorrei mostrarti una cosa.» Albert si alzò, girò dietro il trono e varcò un portale.

Derrick lo seguì. Uscirono dall'antiquarium, passando attraverso una sala che ricordava una grotta. Tra le arcate, le sottili colonne di marmo, le concrezioni di tufo, i cristalli, le conchiglie e una fontana, sembrava quasi di stare all'aperto.

«Nel 1944, questo palazzo è stato bombardato. È andato distrutto. Questa è una ricostruzione del dopoguerra.»

«Stupefacente.»

Continuarono a camminare, attraversando una sorta di giardino d'inverno ed entrando in uno spazio che, stando alla targhetta, era chiamato AHNENGALERIE: galleria degli antenati. Le pareti erano ricoperte di pannelli con dorature, e costellate di ritratti.

«Centoventuno effigi dei miei progenitori. Tutti Wittelsbach, tranne quello là in fondo. Carlo Magno, nientemeno.»

Derrick ammirò i dipinti, l'equivalente ottocentesco di un album di fotografie conservato nel cloud. Poi seguì l'anziano amico fino a una vetrinetta bianca dal fondo a specchio, nella quale erano esposti vasetti, piattini, statuette, ornamenti e medaglie.

«Questi sono effetti personali di Ludovico II. Quei pochi che gli sono sopravvissuti. Non sono molti, perciò hanno un certo valore. Prima ho chiesto al curatore di lasciare aperta la serratura. Uno dei privilegi dell'essere duca.» Albert aprì la vetrinetta e ne prelevò una piccola scatola nera, sulla quale era collocata una croce ottagonale d'argento, accompagnata da una seconda croce, appesa a un nastro rosso e bianco ormai scolorito. «Gran croce e insegna dell'Ordine reale di Kamehameha I. Una croce maltese d'argento sormontata dalla corona hawaiana.»

Derrick studiò la medaglia. Al centro della croce, un disco smaltato di bianco recava un'elaborata lettera K in oro. Tutt'intorno, in una corona circolare di smalto blu, una doratura formava il nome del re - KAMEHAMEHA I - con due fronde d'alloro.

«Quest'ordine è stato creato l'11 aprile 1865 da re Kamehameha V, in onore di suo nonno, che aveva riunito l'arcipelago e ne aveva fondato la casa reale. Gli hawaiani potevano esserne insigniti per servigi al re e al popolo delle isole; agli stranieri, invece, veniva conferito a titolo di omaggio da parte delle Hawaii al resto del mondo. Esiste ancora oggi, anche se la monarchia hawaiana è cessata da tempo.»

Era una gran bella medaglia.

Senza dubbio.

«I conferimenti a stranieri sono stati cinquantasette. Tra il 1865 e il 1881, hanno avuto quest'onore i re di Spagna, Italia, Portogallo, Belgio, Serbia e Siam, come anche gli imperatori d'Austria, Germania, Cina, Russia e Giappone, il sultano dell'impero ottomano e la regina d'Inghilterra. Ma uno dei primi, già nel 1865, è stato il giovane Ludovico II, appena salito al trono di Baviera. Questa medaglia è la sua.»

Derrick era strabiliato. «Ma il re delle Hawaii viveva a migliaia e migliaia di chilometri da qui. Come faceva a sapere che esisteva un re di Baviera? E che motivo aveva di conferirgli un'onorificenza?»

«Gli hawaiani non erano selvaggi. Tutt'altro. La loro era una società altamente evoluta. Semmai erano ignoranti gli stranieri che sbarcavano sulle loro isole. L'Ordine reale era un modo per farsi conoscere dal mondo. Stringere rapporti tra sovrani. Però è vero che, sulla scena mondiale, la Baviera era una nazione di poco conto. Ludovico non era un imperatore, non governava una grande potenza. Dunque come mai è stato *uno dei primi* a ricevere questa medaglia? Per rispondere, bisogna riflettere su un episodio avvenuto non lontano da qui, in una bella sera d'estate del 1881, quando la medaglia in questione è stata indossata per la prima volta.»

Ludovico, seduto al tavolo, scrutò l'ospite che sedeva di fronte a lui. Torce accese davano una luce vacillante e una piccola quantità di calore all'aria montana della notte. I piedi erano posati sul tappeto steso sull'erba alpina.

Il sovrano aveva atteso pazientemente che la carrozza sbucasse dalle foreste e si fermasse in riva al Walchensee. L'ospite era – a quanto gli era stato detto – un hawaiano purosangue. Ora lo vedeva dinanzi a sé: una figura tozza, un incarnato assai scuro, un naso largo, labbra piene. Re David Kalākaua aveva favoriti irsuti e capelli ricci, quasi lanosi. Portava un'uniforme con spalline, stellette e galloni, stivali lunghi e un cimiero piumato. Ai mignoli, anelli d'oro. Parlava un francese perfetto, senza traccia di accento straniero. Ludovico sapeva da Von Löher che Kalākaua aveva studiato legge e amava l'esercito, in particolare il lato sfarzoso delle parate.

In quello erano assai diversi.

« Onoratissimo di conoscervi », disse l'ospite in francese.

« Vi assicuro, caro cugino, che l'onore è tutto mio. »

« Avete scelto una località amena. Anche noi abbiamo montagne, ma non questa bella arietta frizzantina. »

« Mi dicono che state facendo grandi viaggi. »

Kalākaua annuì. « Sono stato in Giappone, Cina, Siam, Birmania, India, Egitto, Italia e Inghilterra, e adesso eccomi qui. Sarò il primo monarca ad aver fatto il giro del mondo. Quando avrò finito, sarò stato lontano dal mio regno per quasi trecento giorni. Un bel diversivo, affinché nessuno venga a sapere di questo nostro incontro. »

Un sotterfugio ammirevole.

« Chi fa da reggente in vostra assenza? »

« Mia sorella Lili'uokalani, che è anche la mia erede. »

« Io, ahimè, non ho sorelle. Ho un fratello, che però non è adatto a governare. »

« Ho avuto notizia dell'infermità del principe, e me ne dispiace sinceramente. »

Ludovico apprezzò quelle parole.

« Vedo che portate la Gran croce dell'Ordine reale di Kamehameha I. »

« Quando l'ho ricevuta, ne sono stato grandemente onorato. »

« Non vi siete mai chiesto per quale motivo vi fosse stata conferita? »

No, Ludovico non si era mai posto quella domanda, ma non volle offendere il re hawaiano. « In effetti sì. Dopotutto avevo vent'anni, ero sul trono da poco e il mio regno non è certo il più importante al mondo. »

« Eppure Kamehameha V sapeva di voi. Era un re saggio, istruito e capace, e si sforzava di fare il bene del popolo. Vestiva con sobrietà e girava notte e giorno sul suo vecchio cavallo, per far visita – senza scorta! – ai sudditi. Era rispettato, benvoluto, perfino amato. Era al corrente dell'esistenza della Baviera grazie a certi stranieri in visita sulle nostre isole, che gli avevano parlato di questo regno magico in mezzo alle montagne, pervaso di leggende su gnomi ed elfi, e con un giovane sovrano, anch'egli amato dal popolo. Queste immagini romantiche l'avevano affascinato, perciò aveva deciso che doveste essere fra i primi a ricevere quella medaglia. »

« Me ne sento onorato ancora oggi. »

Kalākaua indicò Von Löher. « Quando il vostro inviato è venuto a farmi visita, abbiamo parlato più approfonditamente di voi e del vostro regno. Mi ha parlato delle vostre gite notturne in montagna, e dell'affetto che il vostro popolo vi tributa. Pare che con gli anni siate diventato ancora più simile a Kamehameha V. Ecco perché, ascoltando Von Löher, ho provato una certa curiosità in relazione al vostro desiderio di abbandonare questi luoghi. E di trovare un nuovo regno. Ora eccomi qui con voi. »

I servitori portarono calici di vino e un vassoio di dolci. Lasciarono ogni cosa sul tavolo, poi si ritirarono dall'altro lato del prato, lontano dalla luce delle torce.

Solo Von Löher rimase a portata di voce.

« La stampa statunitense scrive che questo mio giro del mondo serve a trovare un compratore per il mio regno », riprese Kalākaua. « I giornalisti non fanno che frignare sui forti interessi del loro Paese sulle mie isole, e su quanto siano importanti per l'America. Un articolo ha 'avvisato il mondo', in toni piuttosto enfatici, del fatto che 'qualunque tentativo di annessione delle isole Sandwich', con un acquisto o con altri mezzi, 'sarà considerato dagli Stati Uniti un atto ostile'. A quanto pare questa gente non ha ben capito che le isole in questione appartengono a me. Oltretutto, non si chiamano neppure Sandwich: quello è un nome imposto dai britannici. »

Le simpatie di Ludovico per quell'uomo crescevano di minuto in minuto. « È la stessa impertinenza che devo affrontare io, in questo

Paese. I ministri non vogliono capire che il regno è il mio, non il loro. Non fanno che mettere in discussione ogni cosa che faccio.»

«Durante la visita di Von Löher mi sono reso conto della somiglianza tra voi e me», disse Kalākaua. «Siamo entrambi sognatori. Ho visto fotografie e disegni che ritraggono i vostri molti castelli. Impressionanti, devo dire. Mi piacerebbe tanto visitarli, ma purtroppo la mia presenza in questi luoghi deve rimanere segreta. Sulle mie isole non ci sono castelli. E nemmeno molti edifici in pietra. Non parliamo, poi, della vostra macchina volante!»

Ben pochi – tra cui Von Löher – erano al corrente dell'idea di Ludovico: un vagone decorato in modo da somigliare a un pavone, sollevato dall'aria calda e spinto da un motore a vapore, che lo portasse da un versante all'altro delle Alpi.

«Strabiliante», continuò Kalākaua. «E avveniristico. Anche a me piace inventare cose. Per esempio un proiettile carico di esplosivi, in grado di muoversi nell'acqua e affondare una nave. E poi un particolare tappo, capace di conservare al meglio il contenuto di una bottiglia. Inoltre mi affascina moltissimo l'elettricità. Ne è provvisto anche il mio palazzo, che è dotato di acqua corrente e telefono.»

«Ah, il telefono. Me ne hanno parlato. Funziona?»

«Mi permette di parlare con persone che si trovano a chilometri da me. La voce è trasmessa – figuratevi! – da un semplice cavo.»

Ludovico si entusiasmò all'idea, ma poi si rese conto che in tal modo i suoi ministri avrebbero impiegato ancora meno tempo a importunarlo.

«E poi c'è un'altra cosa che ci accomuna», disse Kalākaua. «Sono fortemente indebitato.»

Quell'ammissione sorprese Ludovico.

«Devo una grossa somma a un uomo di nome Claus Spreckels. Viene dalla Germania, ma ha preso la cittadinanza hawaiana. Possiede molte piantagioni di canna da zucchero. I miei oppositori dicono che mi comanda a bacchetta. Che sono il suo fantoccio.»

«E lo siete?»

Kalākaua rise. «Forse. Per certi versi, avere un creditore è come avere un padrone. Ma il pericolo che mi trovo ad affrontare è ben più grave delle minacce di un mercante avido: tutte le attività commerciali, agricole, religiose e scolastiche delle mie terre sono in mano a tremila statunitensi. Certo, questi signori garantiscono ordine, be-

nessere e prosperità, ma vogliono possedere ogni cosa. La mia paura è che prima o poi ci riescano. Per fortuna al potere resta la mia famiglia, finché io ho un'erede designata.»

Esattamente come aveva spiegato Von Löher.

Una volta scelta, la persona in questione ereditava tutto, senza possibilità di obiezione.

Il volto scuro di Kalākaua si rattristò. « Alle Hawaii viveva un uccello, il mamo. Una creatura adorabile. I miei antenati tendevano trappole per catturarlo, e gli toglievano solo le penne gialle. Ne ha pochissime, appena dietro l'ala. Le altre sono tutte nere. Dopodiché lo liberavano affinché potesse continuare a vivere, riprodursi e generare altre penne del colore dell'oro. Ne sono state usate ottantamila per creare un manto per ogni capitribù. Un indumento magnifico. Ne ho uno anch'io, ma non è fatto con penne di uccelli ancora vivi. Gli stranieri hanno introdotto un orrido animaletto, la mangusta, per contrastare le infestazioni di ratti nei loro campi di canna da zucchero. La mangusta mangia le uova del mamo. E adesso l'uccello è pressoché estinto.»

Ludovico non sapeva cosa dire.

« Allo stesso modo del mamo, sta scomparendo anche il mio regno », continuò Kalākaua. « I campi di canna da zucchero, gli allevamenti di bovini e le piantagioni di ananas stanno scalzando gli orti di taro, le riserve di pesca e le foreste. Ho fatto vari viaggi negli Stati Uniti per parlare con diversi loro presidenti. Gliel'ho letto negli occhi: vogliono le mie isole. Vogliono abolire i dazi in entrata e in uscita. Vogliono usare una delle mie insenature – che noi chiamiamo Acqua di Perla e loro Pearl Harbor – come avamposto militare. Per ottenere tutte queste cose, usano la loro stampa per mettermi in ridicolo. Insultano me e il mio popolo. Un giornale ha definito la mia patria 'regno giocattolo'.»

Ludovico scosse la testa. « Che faccia tosta.»

« Parole sante. Queste persone vivono nelle mie terre e si mettono in testa di disporne come se fossero roba loro. I giornalisti americani dicono che sono assetato di potere, pericolosamente volubile, incline a lasciarmi manipolare da mercanti e latifondisti. Nella loro arroganza, pensano che io miri a liquidare il mio regno. Ma io non ne ho la minima intenzione. Pur di non svenderlo, sarei disposto a regalarlo.»

27

Cotton era colpito dalle conoscenze storiche di Marc Fenn. Dubitava che molti americani sapessero com'era nato il cinquantesimo Stato.

«Dopo la deposizione del 1893, nel giro di due giorni ogni nazione con una presenza diplomatica alle Hawaii - tranne il Regno Unito - ha riconosciuto il nuovo governo provvisorio», continuò Fenn. «Il 4 luglio 1894 gli arroganti usurpatori hanno dichiarato ufficialmente la nascita della repubblica delle Hawaii.»

«Non ci sono state rappresaglie da parte degli hawaiani?»

«Oh, altroché. Nel gennaio del 1895 sono insorti per ben quattro giorni, nel tentativo di restaurare la monarchia. Alcuni ci hanno anche rimesso la vita, ma è stato tutto inutile: la povera regina Lili'uokalani è stata arrestata una seconda volta, trascinata davanti al tribunale militare, condannata per tradimento e imprigionata in casa sua. È stato allora che ha abdicato, ponendo formalmente fine alla monarchia hawaiana.»

Cotton doveva ammettere che quell'argomento lo affascinava. A sedici anni aveva letto per la prima volta un libro che non fosse rivolto a un pubblico di ragazzi: *Hawaii* di James Michener, uno scrittore che amava ancora. Ricordava che la trama di quel romanzo monumentale copriva secoli e secoli di storia dell'arcipelago, dall'arrivo dei polinesiani fino a quello dei missionari, dei cinesi, dei giapponesi e dei filippini. Tutti quei popoli avevano lasciato un'impronta indelebile. L'opera era stata pubblicata nel 1959, l'anno in cui le Hawaii erano state ammesse nell'Unione.

«Il presidente Grover Cleveland - bisogna dargliene atto - ha richiesto un'investigazione sul rovesciamento della monarchia hawaiana», riprese Fenn. «Dopo le indagini del caso, il Congresso ha concluso che i rappresentanti diplomatici e militari degli Stati Uniti avevano commesso un abuso di potere, e che erano direttamente responsabili del cambio di forma di governo. Il plenipotenziario americano è stato richiamato e il comandante delle forze armate locali è stato costretto a rassegnare le dimissioni. Cleveland ha ammesso in modo ufficiale che era stato perpetrato un grave sopruso, al quale bisognava porre rimedio. Nel 1893, nel suo discorso sullo stato dell'Unione, ha dichiarato davanti al Congresso: 'In considerazione dell'accaduto, ritengo che, per il nostro governo, l'unica azione rispettabile sia quella d'invalidare il torto commesso dalle persone che ci rappresentavano e restaurare, nei limiti del praticabile, la situazione preesistente al nostro atto di forza'. Ovviamente non è andata così: le isole sono state portate all'interno della sfera d'influenza degli Stati Uniti e annesse dal presidente successivo, McKinley, nel 1898.»

«Come dicevo, non è stata proprio la nostra impresa più pulita.»

«E poi sono arrivate le scuse.»

Di quelle, Cotton era al corrente. Nel 1993, a cent'anni dal rovesciamento della monarchia hawaiana, il Congresso aveva approvato una risoluzione con la quale ammetteva che si era trattato di un vero e proprio colpo di Stato organizzato con la partecipazione attiva di agenti degli Stati Uniti.

«È nota come Apology Resolution», disse Fenn. «L'ha firmata il vostro presidente Clinton. Mica male, come ammissione di colpa, per gli Stati Uniti d'America. Per giunta riconosceva che il popolo hawaiano non aveva mai direttamente rinunciato a nessuna pretesa di sovranità. Ne era stato privato con la forza.»

«Ma tutto questo discorso dove va a parare?»

«È piuttosto semplice, *Herr* Malone: nelle prime ore del mattino dell'8 agosto 1881, ad Altlach, in prossimità delle gelide acque del Walchensee, è stato stipulato un accordo formale, valido a tutti gli effetti di legge, col quale re David Kalākaua delle Hawaii ha donato il suo regno a Ludovico II di Baviera.»

«E anche se fosse? Da quel giorno sono accadute tante cose, tra cui il colpo di Stato hawaiano e la cessazione dell'indipendenza bavarese.»

«Già, ma l'Apology Resolution contiene alcuni cavilli. Sezione 1, paragrafo 6. Mi permetta di leggerglielo ad alta voce.» Fenn si alzò, si avvicinò alla scrivania e prese un foglio. «'Il Congresso riconosce come legittime e valide tutte le azioni e decisioni del regno delle Hawaii antecedenti al 17 gennaio 1893, non interessate da alcuno dei fatti avvenuti nel corso dell'illecito passaggio di poteri.' Questa formulazione s'innesta bene sul discorso fatto da Grover Cleveland nel 1893, quello in cui affermava che l'unica azione rispettabile fosse quella 'd'invalidare il torto commesso dalle persone che ci rappresentavano e restaurare, nei limiti del praticabile, la situazione preesistente al nostro atto di forza'.»

Ora Cotton cominciava a capire.

«L'arcipelago delle Hawaii, nella sua totalità, era di proprietà del re. Era roba sua. Se una parte è stata venduta a terzi prima di quella notte del 1881, è ormai irrimediabilmente perduta. Ma ciò che ne restava nel momento della stipula del contratto è diventata un possedimento di Ludovico. Abbiamo controllato: è una parte consistente. Quasi tutto l'arcipelago, in effetti. Perciò, se Kalākaua ha ceduto il suo regno quella notte, stando alle leggi hawaiane vigenti all'epoca, quella donazione ha la precedenza su ogni atto successivo.»

Cotton riempì rapidamente le lacune nella spiegazione di Koger.

«Nel 1918, la Baviera ha cessato di essere un regno ed è entrata a far parte della repubblica di Weimar. Le proprietà dei Wittelsbach sono state trasferite allo Stato e in seguito requisite dal Terzo Reich. Poi, dopo la guerra, sono passate alla Repubblica federale tedesca, che tuttora le conserva. La legittima erede di qualunque proprietà donata da Kalākaua a Ludovico II è l'attuale Germania. O, tutt'al più, l'attuale duca di Baviera.»

Cotton non credeva alle proprie orecchie. «Stiamo cercando un atto di cessione di centoquarant'anni fa?»

Fenn annuì. «Un atto al quale nessuno ha prestato attenzione fino a metà del XX secolo. I nazisti sapevano dell'Ultimo Regno e cercavano il documento, perché volevano usarlo come oggetto di scambio nelle trattative col Giappone, che ambiva alla proprietà delle Hawaii. Ma non hanno trovato niente. Per un po' l'hanno cercato anche gli Alleati, dopo la fine della guerra. Anche loro hanno fatto un buco nell'acqua. Adesso il principe Stefan è a caccia di... »

La porta della stanza si spalancò e due uomini entrarono di corsa. « Siamo sotto attacco. »

28

Dalla birreria, Luke aveva seguito Frederick, l'uomo barbuto, lungo le strade innevate di Monaco, fino a un condominio non lontano dalla stazione centrale. Camminava senza fretta, probabilmente senza temere di essere spiato. Teneva il libro in una delle tasche del cappotto, al riparo dagli elementi. Se non altro ormai Luke sapeva chi era e dove abitava. Inoltre era riuscito a scattare diverse fotografie del libro, ben nitide, che aveva già inviato a Koger.

Tutto sommato, era stata una giornata produttiva.

Era ora di tornare in albergo a dormire un po'.

Si strinse nel giaccone per ripararsi dal gelo umido che lo avvolgeva, poi si strofinò la faccia coi guanti. Si stava accingendo ad andarsene, quando con la coda dell'occhio scorse due figure. Erano dall'altra parte della strada. Ai piedi di uno dei lampioni. In cappotto e berretto, avevano un'aria minacciosa. L'espressione era determinata. Nella foschia della tarda notte non c'era in giro nessun altro. Luke non li aveva notati prima. Evidentemente erano appostati nel vicoletto di fianco al condominio. Tenne lo sguardo fisso su di loro. Entrambi estrassero una pistola e cominciarono a correre.

Verso di lui.

Ahia.

Si lanciò nella direzione opposta.

Prima la sparatoria sul Chiemsee, e adesso quei due? L'unica differenza era che sul lago non aveva avuto l'opportunità di volgere la situazione a suo favore.

Ma adesso sì.

Continuò a correre, attirandoli in una traversa fra due edifici, badando bene a non scivolare sull'acciottolato ghiacciato. Svoltò a sinistra, poi a destra, guardando avanti nel caso spuntassero altri guai. Girato un angolo scorse una scaletta antincendio che s'inerpicava sul muro di un edificio di tre piani.

Era meglio raggiungere una posizione elevata. Accelerò e con un balzo si aggrappò al piolo inferiore della prima rampa, a circa due metri e mezzo dal suolo. Lo slancio spinse in avanti il suo corpo, permettendogli di ruotarsi quel tanto che bastava a raggiungere l'appiglio successivo e issarsi sulla piattaforma metallica.

Una volta salito, si appiattì e rimase immobile.

In attesa.

Come un ragno in agguato.

I due inseguitori sbucarono da dietro l'angolo e rallentarono, forse domandandosi dove fosse sparito Luke. Il buio era un prezioso alleato, da sfruttare al massimo. Luke premeva la faccia contro il gelido metallo zigrinato. Le due ombre si avvicinavano. Il suo corpo era teso, carico come una molla, e il cervello era calmo e controllato, anch'esso pronto a colpire.

Poi comparve una terza sagoma.

Alle spalle dei due uomini armati.

Dopo aver svoltato l'angolo, la nuova figura si lanciò in avanti, attaccandoli dalla zona cieca, dando un calcio alla schiena di uno dei due e facendogli perdere l'equilibrio. Dopodiché piantò un pugno alla gola dell'altro.

Bella mossa.

L'uomo boccheggiava. Il collo è una struttura complessa: molti vasi sanguigni, trachea, esofago, corde vocali, ghiandola tiroidea. Parecchia roba delicata. L'istruttore che aveva impartito a Luke le prime nozioni di combattimento durante il servizio militare aveva definito così il pugno alla gola: « piantare le nocche in modo rapido e inaspettato nella laringe di chi ti fa girare le palle ».

Verissimo.

E l'uomo sotto di lui stava appunto scoprendo quanto facesse male.

Nel frattempo l'altro aveva ripreso l'equilibrio e si era voltato di scatto, ma la terza persona reagì nel modo giusto: partì all'attacco. Si mosse con rapidità e sferrò un pugno al lato sinistro della mandibola. Luke udì una serie di versi di dolore. Strattonò l'uomo in avanti, con un braccio gli serrò il collo, gli diede una gomitata al ventre e gli rovesciò la testa all'indietro. Si sentì un brutto rumore d'ossa. Chissà che male. Un calcio allo stomaco gli svuotò all'istante i polmoni. L'uomo barcollò di lato, però il pestaggio non era finito: un braccio, usato a mo' di ariete, lo colpì al petto, facendolo stramazzare al suolo. La pistola scivolò via.

Il suo compagno stava ancora cercando di riprendere fiato. L'aggressore non perse tempo: con un perfido scatto della gamba destra gli calciò con forza uno stinco, atterrando anche lui.

Poi rimase immobile, quasi sull'attenti, con le braccia lungo i fianchi, scrutando prima l'uno, poi l'altro. Verificò di averli messi entrambi fuori combattimento, e solo allora si rilassò.

« Puoi scendere. »

Una voce femminile.

Luke la riconobbe.

Lexi Blake.

Derrick uscì dalla Residenza.

Aveva passato un'ora col duca, il quale gli aveva dato un resoconto completo dei movimenti di Stefan von Bayern delle ultime ventiquattr'ore e di ciò che ci si poteva logicamente aspettare nell'immediato futuro. Albert aveva promesso di tenerlo informato. Dal canto suo Derrick gli aveva garantito che anche lui sarebbe andato avanti secondo gli accordi.

Diverse volte, leggendo vecchi rapporti della CIA, aveva trovato notizie sulla croce di Kamehameha. Ma vederla di persona era tutt'altra cosa. Non era un'idea campata in aria. L'atto di cessione poteva esistere davvero. Era nascosto chissà dove, ma c'era parecchia gente che lo cercava.

Derrick era stanco. Ci voleva una buona notte di sonno. Cominciava a essere troppo vecchio per tirare fino all'alba.

Si fermò davanti a un portone illuminato e guardò il cellulare, che aveva messo in modalità silenziosa un'ora prima. Era arrivata un'email da Luke, con immagini allegate. Pagine del libro appena rubato. Nel corpo del messaggio gli diceva che ne avrebbero discusso al mattino.

Non vedeva l'ora.

A piedi ci volevano circa quindici minuti per raggiungere il Charles Hotel. Nella notte, Monaco si era acquietata e un vento ghiacciato aveva svuotato le strade, lasciando soltanto i pedoni più tenaci.

S'incamminò.

La faccenda si stava complicando. Come sempre, quando c'erano di mezzo i cinesi. Tanto tempo prima, quando Derrick era una recluta, il loro modus operandi gli era stato descritto con una metafora. Mettiamo che una spiaggia sia un bersaglio di spionaggio. I russi manderebbero un sottomarino, con sommozzatori che col favore delle tenebre salirebbero in secca a raccogliere secchiate di sabbia da portare a Mosca. Gli statunitensi punterebbero i loro satelliti sulla costa e otterrebbero caterve di dati. I cinesi, invece, invierebbero mille turisti, ognuno col compito di raccogliere un granello di sabbia. Al loro ritorno, ciascuno consegnerebbe il proprio granello, e la Cina diventerebbe la maggiore esperta al mondo in fatto di sabbia.

Difficile affrontare l'instancabilità cinese.

Per sconfiggerla, bisognava sacrificare tutto.

E Derrick era già sul filo del rasoio, perché stava mettendo la Casa Bianca contro Cotton Malone, e viceversa. Poteva essere la sua ultima opportunità di fare centro e ottenere qualcosa che gli permettesse di negoziare. Detestava dover ricorrere a certi mezzi, ma era un gioco antico come il mondo. E le regole erano semplici: il potere spetta a chi ce l'ha già. Tutti gli altri restano a bocca asciutta. Lui aveva cercato di far carriera obbedendo agli ordini, agendo secondo giustizia e tutte quelle altre belle paroline. Ma non ne aveva ricavato nulla. Per fortuna era riuscito quasi sempre a tenere la testa fuori dell'acqua della depressione professionale. Però ora aveva l'impressione di annegare. Perciò, a mali estremi, estremi rimedi.

Prima occorreva trovare l'atto di cessione.

Sempre che esistesse.

Intanto era giunto all'altro capo della via commerciale, che sfociava nella cerchia di strade intorno alla Città Vecchia. Un cielo di velluto nero faceva da contrasto alla continua nevicata. Derrick inspirò il vento gelido, tentando di buttare l'aria stantia dell'ansia fuori dei polmoni. Era tesissimo. C'erano poche auto in circolazione. Rintocchi di campana in lontananza fendettero la notte come raffiche d'artiglieria dirette alla sua anima testarda. Attese il verde al semaforo, per attraversare l'ampio viale. Ma non ne ebbe il tempo: una berlina nera accostò davanti a lui.

I suoi sensi si misero in allarme.

La portiera posteriore si aprì.

Dietro di essa c'era lo sguardo penetrante di Trinity Dorner.
«Salta su.»

29

Cotton si avvicinò al monitor mentre Marc Fenn regolava la modalità multifinestra sulle videocamere in cima alle mura esterne del castello. Davanti al cancello principale c'erano tre vetture parcheggiate ad angolazioni diverse. Accanto a esse, sei uomini con armi automatiche.

Fenn alzò la cornetta del telefono fisso e premette con forza un pulsante. « L'ingresso è chiuso? » Ascoltò la risposta. « Bene. Venga con me », disse a Cotton dopo aver sbattuto giù il ricevitore.

Lui lo seguì per i corridoi del castello, fino a un atrio dal soffitto a volta, riccamente decorato a stucchi, i cui colori si riflettevano nel marmo lucido del pavimento. Lì, un valletto porse a Fenn un pesante cappotto e un paio di guanti, che lui indossò, prima di uscire al gelo. Avanzarono sull'acciottolato, badando bene a dove posavano i piedi, dato che in alcuni punti si erano formate lastre di ghiaccio. Poco oltre, una scala saliva sul muro di cinta. Fenn salì a passo svelto i gradini di legno. In cima, imboccò il camminamento usato un tempo dalle sentinelle per i giri di pattuglia, percorrendolo in senso antiorario, in modo da avere il fianco destro protetto dalle merlature.

« Cosa fa? » gli chiese Cotton.

« Risolvo un problema. » Fenn si fermò al di sopra del cancello principale.

I sei uomini erano ancora là sotto, inondati dalla luce dei fari. Ma nel frattempo erano stati raggiunti da un settimo uomo, che se ne stava in prima fila, disarmato, con le mani nelle tasche del lungo cappotto di lana. In lontananza, tra gli alberi, ardeva ancora il falò di poco prima.

« Sono Jason Rife », gridò il nuovo arrivato, in inglese.

« Dovrei conoscerla? » gli chiese Fenn.

« Non direi. Però mi pare di capire che stiamo cercando la

stessa cosa. Sono qui per accertarmi che non c'intralceremo a vicenda.»

«E per questo semplice scambio di parole occorrono sei uomini armati?» Il fiato di Fenn si condensava in nuvolette ovattate intorno al suo volto.

«Volevo assicurarmi che lei comprendesse la gravità della situazione.» Era quasi un eufemismo, considerando l'artiglieria che Rife aveva sfoderato.

«Lei fa i conti senza la pietra di queste mura. I proiettili la scalfiranno appena. E poi... abbiamo queste.» Fenn fece un gesto e quattro uomini presero posizione dietro le merlature, puntando armi automatiche verso i nuovi arrivati.

«Per fortuna che in Germania il porto d'armi è limitatissimo», commentò Rife. «Guardi qui quanta roba!»

«Buon per noi, che ce l'abbiamo. Qual è la situazione che dovrei comprendere?»

«Sto cercando l'atto di cessione del *Letzte Königreich*. E intendo trovarlo. Smetta d'interferire.»

«Ah, sto interferendo?» Fenn giocava a carte coperte, per ottenere più informazioni di quante non ne desse. Furbo.

«Facciamo i misteriosi, eh? Pensavo che un dialogo franco, onesto, faccia a faccia, potesse dare dei risultati. Ho sempre preferito l'approccio diretto.»

«Anch'io.»

«Dunque non dovremmo avere difficoltà. Io chiedo, con tutto il rispetto del caso...» Rife fece un lieve inchino, per dare più enfasi alle sue parole. «Chiedo che i Guglmänner cessino d'intromettersi in questa faccenda.»

«È una questione puramente bavarese.»

«Lo era. Adesso è un affare internazionale.»

Cotton rimase in silenzio alle spalle di Fenn, facendo attenzione a non farsi vedere dagli uomini ai piedi delle mura. Ora sapeva che nel 1881 il regno sovrano delle Hawaii era stato ceduto a Ludovico II, con un atto ancora valido, grazie alla risoluzione congressuale del 1993. Certo, una risoluzione non è una legge: è semplicemente un'espressione d'intento legislativo. Tuttavia, se gli Stati Uniti ignorassero o contraddicessero una risoluzione espressa dal loro stesso Congresso, farebbero la figura degli ipocriti. Oltretutto, se davvero il re delle Hawaii aveva ceduto il proprio regno, quell'atto aveva conseguenze legali che andavano ben oltre la risoluzione congressuale. Conseguenze che invalidavano qualunque successiva rivoluzione, incorporazione o annessione.

La mente giuridica di Cotton si mise al lavoro, come ai tempi in cui faceva l'avvocato, prima di entrare nella sezione Magellano.

Mettiamo che un uomo ceda segretamente al fratello cinque acri delle proprie terre. Anni dopo, passa a miglior vita, e gli eredi reclamano i cinque acri in questione. Il fratello del defunto esibisce l'atto di cessione, lo fa registrare al catasto e assume la proprietà di quelle terre. Gli eredi gli fanno causa, ma perdono. Se stilato e convalidato a norma di legge, l'atto ha la precedenza, indipendentemente dal fatto che nessuno ne fosse al corrente. Il caso di Ludovico era un po' diverso, ma analogo: un monarca assoluto aveva ceduto il proprio regno, com'era suo diritto all'epoca dei fatti. Ogni successiva cessione di quel regno da parte di altri perdeva ogni valore, perché il soggetto giuridico che l'aveva effettuata non era il legittimo proprietario del regno in questione. Con la stipula stessa dell'atto di cessione, il regno era già passato nelle mani del beneficiario. E ovviamente il legittimo erede di qualunque bene ceduto a Ludovico II era lo Stato. Anche se ci fossero state obiezioni, come aveva osservato Fenn, nella linea di successione sarebbero rientrati i discendenti diretti di Ludovico. Ecco perché c'era di mezzo il principe Stefan von Bayern.

Tutto quadrava.

Ma chi era quel tizio che si era presentato al castello con un commando?

«Scopra qualcosa in più su di lui», bisbigliò a Fenn.

Lui non batté ciglio, impassibile come un giocatore di poker. «Lei chi è, di preciso?» chiese a Rife. «La vedo molto informato sui miei affari.»

«Nella professione che esercitavo prima, era importantissimo conoscere ogni dettaglio sulle persone con cui avevo a che fare. Sono deciso a trovare quel documento. Ci tengo moltissimo. Da gentiluomo a gentiluomo, le chiedo di non interferire.»

« Io sono il gran maestro dei Guglmänner, un ordine creato per tutelare la memoria e il retaggio di Ludovico II. Quel documento rientra in entrambe le istanze. Lei mi sta chiedendo di venir meno al mio dovere. »

« Se non si tira indietro, alcuni dei suoi confratelli moriranno. Ricorreremo a tutte le misure necessarie per portare a termine la nostra missione. Le assicuro che non abbiamo paura di uccidere. Lei può dire lo stesso? »

Fenn rimase in silenzio.

Cotton lanciò un'occhiata a sinistra, dove i quattro Guglmänner armati miravano agli uomini ai piedi delle mura. Nessuno di loro si stava muovendo. Erano immobili, ma pronti.

« Sì, siamo disposti anche a questo », gridò Fenn in tono di sfida.

A un cenno di Rife, i sei uomini aprirono il fuoco. I proiettili rimbalzarono sulle pietre delle mura. Tutti abbassarono la testa, ma evidentemente le armi non erano state puntate abbastanza in alto da colpirli, e Fenn fece segno ai suoi uomini di non sparare.

Le mitragliate cessarono.

Con cautela, tutti si rialzarono.

« La prossima volta i proiettili finiranno in pancia a qualcuno », gridò Rife. « Quando qualcuno dei suoi confratelli ci rimetterà la pelle, non dica che non l'ho avvertita. »

I sei uomini rimasero di guardia mentre Rife si ritirava verso una delle auto e prendeva posto sul sedile del passeggero. Poi lo raggiunsero e salirono a bordo delle altre vetture, che ripartirono.

« Bello spettacolino, eh? » disse Fenn.

« Vale davvero la pena di morire? » chiese Cotton.

« Questa è una decisione che spetta ai miei confratelli. Venga. »

30

Luke rotolò sulla piattaforma gelida, rimase appeso con le mani, poi mollò la presa. Sentì una fitta di dolore agli stinchi infreddoliti nel momento in cui le suole degli anfibi toccarono a terra. Fissò Lexi. « Adesso mi dici il tuo nome. Che non è Lexi Blake. »

Lei rimase immobile nell'ombra, coi boccoli lucenti che ricadevano ribelli sulle spalle. « Mi chiamo Toni Sims. »

« E per quale agenzia lavori? »

« Tu sei qui per conto della CIA. Io della Casa Bianca. »

« Non sapevo che la Casa Bianca ingaggiasse agenti d'intelligence per conto proprio. »

« Infatti no. Sono in prestito all'NSC. »

Il Consiglio per la sicurezza nazionale? Quello deputato ad assistere il presidente degli Stati Uniti d'America in materia di sicurezza nazionale e politica estera? « In prestito... da parte di chi? »

« Dell'ASIS. »

I servizi segreti australiani. Quella era bella! Luke non aveva mai conosciuto nessuno che lavorasse là. « Certo che ne hanno fatta, di strada, per prenderti fin da laggiù. »

« Le perle rare sono difficili da trovare. »

Touché. « Riparliamone più in là. Per adesso, parliamo di questi signori. » Luke indicò le due sagome inerti sulla strada innevata.

« Ti seguivano. Ti tengo d'occhio da quando sei uscito dalla birreria per andare a casa della professoressa Ertl. »

« E loro erano già alle mie calcagna? »

« Pedinavano lo stesso uomo che pedinavi tu. Quello col libro. Ne deduco che in quel momento fossero interessati al libro stesso, e che poi, chissà per quale ragione, sia diventato più importante tu. »

Era chiaro che quella Toni Sims sapeva di lui fin dall'inizio.

Dunque l'NSC l'aveva infiltrata nella cerchia del principe *prima* che venisse coinvolto Luke. Interessante. Ma cosa significava? Koger ne era al corrente?

Improbabile.

«Non sarebbe stato meglio lavorare insieme?» le chiese Luke.

«E perdermi il grande spettacolo che hai messo in piedi a Herrenchiemsee? Con quella messinscena di sbagliare mira? Sei stato tu a coinvolgere Malone? O è stato Koger?»

«Io. Siamo amici.»

«Per non parlare poi della lite con Christophe. Impagabile. Non l'ha apprezzata per niente, sai?»

«Cosa vuoi che m'importi? È un idiota.»

Lei rise. «Vero. Ha pure provato a pedinarti.»

«Ci è riuscito?»

«Eh, gli piacerebbe. Davvero avresti pestato anche me, se avessi cercato di prendere la pistola?»

Luke ripensò all'alterco in riva al lago. «Probabile.»

«Sai che ridere.»

«Ti dirò, non è che tu abbia dato il meglio di te, quando cercavi di aprire lo scomparto della scrivania.»

Toni Sims fece spallucce. «Però a sfondarla è stato Christophe. Un idiota, l'hai detto tu. Ma a me non importava che fallisse.»

Luke mangiò la foglia. «Volevi che qualcun altro venisse a prendere il libro non appena ve ne foste andati.»

«Più o meno. Non potevo sapere che tu e Malone avevate avuto la stessa idea.»

Luke indicò i due uomini a terra. «Non ho ancora ben capito chi siano questi.»

«Un aiutino a livello locale.»

«Non è una risposta.»

«Li ha ingaggiati un certo Jason Rife, ex CIA.»

Il buio della notte aiutò Luke a nascondere la sorpresa. Ex CIA? Ma cosa diamine stava succedendo?

Si accovacciò per esaminare meglio i due uomini. Portavano un passamontagna nero, che lasciava scoperti solo gli occhi e le labbra. Luke glieli sfilò per vederli in faccia. Erano entrambi bianchi, con fattezze europee, sui venticinque-trent'anni, in jeans e anfibi, col genere di fisico che solo le macchine da palestra possono dare. Non avevano addosso documenti, né chiavi; solo due cellulari, che Luke s'intascò per ricavarne qualche informazione. Poi recuperò le loro armi, che erano scivolate poco lontano. «Se adesso mi dici...»

Un'auto sbucò rombando da dietro l'angolo e inchiodò. Ne scesero due uomini, con le pistole puntate contro di lui. Senza esitare, Luke sparò all'auto con le due armi che aveva ancora in mano. Intanto, alle sue spalle, Toni Sims stava fuggendo. La forte luce dei fanali illuminava la sua rapida ritirata nelle tenebre. Sentendosi in dovere di coprirla, Luke sparò altri proiettili verso l'auto.

I due uomini salirono di nuovo a bordo e sbatterono le portiere.

Luke sfruttò quei pochi secondi per defilarsi a sua volta.

Udì il motore salire di giri. La vettura partì a gran velocità verso di lui e passò sopra i due uomini stesi a terra, il che gli diede un'idea piuttosto chiara delle intenzioni del guidatore.

Luke svoltò un angolo e alla propria destra vide Toni premuta contro un muro.

Pronta. In attesa.

«Fermiamoli.» Luke le lanciò una delle due pistole, poi scartò a sinistra e prese posizione contro l'edificio opposto.

Quando l'auto emerse dal vicolo, entrambi spararono ai finestrini, infrangendoli. Luke liquidò l'uomo al volante, Toni il passeggero.

L'auto proseguì la sua corsa, passando l'incrocio successivo e schiantandosi contro la saracinesca di un negozio chiuso.

«Bel casino», disse Luke.

Toni aveva il respiro corto. «Ma non siamo tenuti a rimettere in ordine.»

«Concordo. Filiamocela.»

Luke scese dal taxi che avevano trovato a pochi passi dal luogo dell'incidente, e che avevano usato per allontanarsi da quella che sicuramente sarebbe stata considerata la scena di un crimine. Uccidere non gli era mai piaciuto. Non c'era niente di buono, nel togliere la vita a qualcuno. Ma a volte era necessario. Rientrava nel mestiere. Ed era un modo per sopravvivere. Oltretutto, quei due nell'auto se l'erano cercata con ogni mezzo. Erano letteralmente andati a tutta velocità incontro alla morte. Lui non aveva fatto altro che accontentarli.

E Toni Sims?

Lei aveva sparato senza esitare un solo istante.

Erano a Marienplatz, davanti al Municipio Nuovo, un edificio riccamente decorato, delle dimensioni di un campo da calcio, illuminato da una serie di lampade ad arco in posizioni strategiche. La piazza era occupata dai chioschi del mercatino di Natale, che però a quell'ora erano chiusi. Non c'era nessuno in giro. Lievi fiocchi di neve calavano dal cielo e si accumulavano sul suolo ghiacciato. Luke infilò le mani nelle tasche del giaccone e si strinse nelle spalle per ripararsi dal freddo.

« Hai mai visitato il municipio? » gli chiese Toni Sims.

Durante il tragitto, lui non le aveva fatto domande: preferiva che fosse lei a decidere il tono del loro dialogo. In fin dei conti, fin dal momento in cui si era presentato sulla scena, era stata lei ad assumere tacitamente il comando. Inutile cambiare le cose proprio ora. « No, non ho mai avuto il piacere. »

« Pensavo fossi un patito di storia. Sai, dal modo in cui osservavi la cripta di San Michele... Ti brillavano gli occhi. »

Durante l'obbligatorio periodo d'inattività che Stephanie Nelle imponeva a tutti i suoi agenti più o meno ogni sessanta giorni, di solito Luke si rintanava nel suo appartamento di Washington a leggere romanzi storici. Li adorava.

Toni Sims indicò la facciata. La fascia superiore era popolata di figure barocche scolpite nella pietra e appoggiate a piccole balze. « Quelle statue, lì davanti, sono quasi tutti i Wittelsbach che hanno regnato nell'arco di ottocento anni. E lì, al centro, c'è il principe reggente Luitpold, che ha governato la Baviera al posto di Ludovico II e di Ottone, fino al 1912. Se ora siamo qui, è anche a causa sua. »

Evidentemente era più informata di Luke, il quale era ben contento di farsi aggiornare da lei. Eppure... « Prima hai detto che quei tizi erano stati ingaggiati da un ex CIA. In che senso? »

« Tu sai cos'è una falce? »

« Un attrezzo agricolo con una lama ricurva, molto affilata, fissata in cima a un lungo manico. Serve a tagliare il frumento, o l'erba. »

Toni Sims annuì. « A meno di non essere il Tristo Mietitore. In quel caso, serve a raccogliere anime. »

Vero.

« Un anno fa, prima dell'insediamento di Warner Fox, precisamente negli ultimi tre mesi di presidenza di Danny Daniels, all'interno della CIA c'è stata una specie di purga, che ha fatto saltare più di una quarantina di teste. Persone che erano lì da tanto tempo. Alcune occupavano posizioni di grande rilievo. Altre erano risorse operative. E non l'hanno presa bene. »

Ovvio. Essere licenziati non piaceva a nessuno. Men che meno alle spie che si credevano invincibili.

« Hanno formato un gruppo: la Falce », proseguì Toni Sims. « E stanno facendo casino. »

« Koger non me ne ha parlato. Lo sa? »

« Lo saprà a breve. È per via della Falce che è stato coinvolto l'NSC. Per ovvie ragioni, la Casa Bianca non può affidarsi alla CIA. Ha un problema di sicurezza interna. Ecco perché sono stata chiamata io: per lavorarci da un versante diverso, come stai facendo tu con Koger. »

Luke alzò lo sguardo verso l'orologio in cima al municipio. Erano le tre del mattino.

« Quei tizi che ti hanno sparato dalla barca sul lago erano della Falce. Volevano il libro. »

L'istinto gli diceva di camminare coi piedi di piombo. Quella faccenda stava diventando sempre più intricata, e Toni Sims non gli stava presentando uno straccio di prova. Forse diceva il vero. O forse no. L'adrenalina cresceva, portando con sé un misto di sospetto, paura, vigilanza e diffidenza. Ma anche di entusiasmo: il brivido del pericolo aveva sempre esercitato una certa attrattiva su di lui. Però doveva resistere e restare razionale. Era una delle cose che aveva imparato da Cotton Malone.
« Ti chiederei qualche informazione in più, ma magari ne ri-

parliamo dopo aver dormito un po'. Il principe ci attende tra poche ore. Il sepolcro era vuoto, ed è chiaro che lui non se l'aspettava. Quindi in mattinata dovremo avere la mente fresca.»

Lei sorrise. «Concordo.»

«Io torno alla mia camera. Ci vediamo tra qualche ora.» Luke fece per allontanarsi.

«Se vuoi compagnia...»

Fu colto alla sprovvista. Cos'era, la notte delle sorprese?

Toni sorrise. «È da diverse settimane che fai di tutto per attirare la mia attenzione. E va bene, adesso ce l'hai. Oltretutto, ho l'ordine di darti un aggiornamento completo, e non possiamo andare da me: Christophe sa dove alloggio.»

Luke non se lo fece ripetere. «Logica ineccepibile.»

S'incamminarono insieme.

31

Derrick prese posto sul sedile posteriore e fissò Trinity Dorner, seduta accanto a lui. Il fatto che QA si trovasse lì, anziché alla Casa Bianca, significava che c'erano guai grossi. Evidentemente gli aveva telefonato da Monaco. Tipico di lei. Sempre sul pezzo.

« A cosa devo l'onore? » le chiese.

« Alle tue stronzate. » Pessimo esordio. Derrick fece per aprire bocca, ma lei alzò una mano per zittirlo. « Non dire una parola. È per il tuo bene. »

Lui decise di accettare il consiglio e rimase in silenzio per tutto il tragitto.

Dopo aver attraversato la città deserta, finalmente varcarono i cancelli del consolato statunitense. Era di nuovo in terra natia, ma ciò lo rassicurava ben poco.

Trinity lo condusse all'interno dell'edificio, che era immerso nella quiete, dato che non erano neppure le quattro del mattino. Lo stava portando dal console generale? Derrick lo conosceva. Era stato nominato di recente da Warner Fox, proprio perché era molto allineato con lui. E infatti Derrick si era tenuto ben lontano dal consolato, anche se in quella stessa sede lavorava un suo contatto nella CIA.

Entrarono in una sala riunioni deserta, con un ampio schermo acceso, sul quale, al loro ingresso, comparve il volto del presidente degli Stati Uniti. Trinity fece segno a Derrick di sedersi, poi uscì.

« Non ci conosciamo, ma Trinity mi dice che lei è una specie di cane sciolto », disse Warner Fox. « In questo siamo simili. Adesso le racconto una storia. Mi dicono che le piacciono. »

Derrick rimase in silenzio, per una volta. Obbediente.

« Quand'ero piccolo, la bambinaia mi portava spesso al parco. Sì, lo so, la bambinaia... Ma i miei genitori erano ricchi, e non erano esattamente affettuosi coi figli. La bambinaia, in compenso, era un angelo. Baba, la chiamavo. Le volevo molto bene. Al parco c'era uno stagno, dove spesso trovavamo una vecchietta che se ne stava lì, sulla riva, con una gabbia di metallo. Baba mi aveva spiegato che era una trappola. E infatti ecco che un giorno ho visto che ci erano finite due tartarughe. Ce n'era anche una terza, che la vecchietta teneva in grembo per spazzolarle il guscio. Mi ha detto che la stava ripulendo dalle incrostazioni di alghe e sporcizia: se ce ne sono troppe, riducono la capacità della tartaruga di assorbire calore e la intralciano mentre nuota. Inoltre corrodono e indeboliscono il guscio. Perciò lei faceva così, per aiutare le povere creaturine. 'Ma passano tutta la vita col guscio incrostato di alghe e sporcizia?' le ho chiesto. Lei mi ha risposto di sì. Io ho pensato che fosse un bellissimo gesto da parte sua, però, essendo nato in una famiglia per la quale ogni minuto aveva un valore pecuniario e il solo scopo dell'esistenza era quello di guadagnare soldi, non ho potuto trattenermi dal domandarle se non avesse nulla di meglio da fare. In fin dei conti, al mondo c'erano milioni di tartarughe, e lei ne spazzolava una parte infinitesimale. Che differenza poteva mai fare? Lei mi ha riso in faccia, ha finito di spazzolare la tartaruga che teneva in grembo, poi mi ha detto: 'Se questa creaturina avesse la parola, ti direbbe che per lei fa tutta la differenza del mondo'. » Fox tacque. Evidentemente la scena che aveva appena rievocato era un ricordo piacevole. « La morale, Derrick, è che noi *possiamo* cambiare il mondo. Non tutto in una volta, certo. Però, una tartaruga alla volta, sì. Le nostre azioni *devono* fare la differenza. È per questo che mi sono candidato alla presidenza. Lo so, che tu mi odi a morte. E so anche che stai cercando la tua brava tartaruga da spazzolare, per così dire. »

Derrick decise per la risposta diretta. « È per questo che mi ha fatto portare qui? Ha paura di ciò che potrei trovare? »

« Ti ho fatto portare lì perché il nostro Paese sta affrontando un'emergenza. Un'emergenza gravissima. E io sono il presidente degli Stati Uniti! Il mio mestiere è proteggerli! Io amo questo Paese. E mi dicono che lo ami anche tu. Fin qui siamo d'accordo, giusto? »

« Senz'altro. »

« Bene. Allora mettiamo da parte il tuo odio nei miei confronti, così come il fatto che tu abbia disobbedito a un ordine diretto della Casa Bianca riguardo a Cotton Malone, e concentriamoci sull'emergenza in questione.»

Disorientato da quel discorso, Derrick tacque. Poi ricordò le buone maniere. «Sono d'accordo, signor presidente. Il mio obiettivo è sempre stato questo.»

«Trinity ti descrive come un uomo pragmatico.»

«Posso esserlo. Quando ha detto 'emergenza', allude a quello che chiamano Ultimo Regno?»

«Sai qualcosa al riguardo?»

«Abbastanza da poterle dire che la Germania potrebbe avanzare pretese legittime sulle Hawaii. Il fratello dell'attuale duca di Baviera sta cercando l'atto di cessione. Il duca mi ha chiesto di trovarlo prima di lui.»

«È da parecchio tempo che c'è gente cui interessa quel documento. Lo volevano Hitler, Truman, Eisenhower... Come mai credi di poterlo trovare tu?»

«Perché io ne sono capace.»

Fox ridacchiò. «Me l'aveva detto, Trinity, che eri modesto. Sei stato tu a ingaggiare Malone?»

«Non in prima battuta, ma col tempo mi sono reso conto che è una buona idea.»

«Perché anche lui mi odia, giusto? Potete fare comunella, eh? Cosa gli hai promesso? Di salvare Stephanie Nelle?»

«Più o meno.»

«L'odio è un incentivo potente. Sono il primo ad ammetterlo. Vedi, Derrick, io sono un essere umano, con le mie imperfezioni, che nascondo dietro una facciata costruita dopo anni di duro lavoro. Però non posso certo essere accusato di fingermi diverso da quel che sono. Come Braccio di Ferro: 'Sono quel che sono, e questo è tutto ciò che sono'. Ma questo non è un affare tra me, te e Malone. È una cosa molto più grossa. C'è di mezzo il futuro del Paese. Ed è nostro dovere proteggerlo.»

Negli anni, Derrick era diventato piuttosto bravo a leggere tra le righe, a decifrare i pensieri celati dietro un discorso. Ora quel suo talento gli diceva che Fox non stava recitando. Non c'erano bugie, né infiorettature tipiche di chi vuol far passare per vero ciò che non lo è. C'era soltanto sincerità.

Un sentimento che lui poteva solo rispettare.

« Nel poco tempo trascorso dal mio insediamento, ho imparato una cosa. Sto per fare una confessione che ti sconvolgerà, però questa carica richiede un carattere più moderato del mio. Non bisogna essere soltanto amministratori, ma anche diplomatici. Ispirare fiducia, non controversie. Ci vuole una figura paterna dalla voce salda, che però non offenda. Purtroppo, io non possiedo nessuna di queste qualità. Sono un elefante in una cristalleria. Sono sempre stato quello che gridava più forte. »

Derrick non sapeva cosa dire, perciò tacque.

« Tre mesi fa, l'NSC mi ha fatto sapere che i cinesi stavano negoziando coi tedeschi in relazione a un certo principe bavarese. Tutti loro vogliono una certa cosa, che alla fine ci costerà cara. »

Era la stessa cosa che aveva detto il duca, quando Albert aveva richiesto l'aiuto di Derrick. Ma alla storia mancava ancora qualche dettaglio. « Cosa c'entrano i cinesi? »

« È la stessa domanda che ho fatto io, appena ho saputo che c'erano di mezzo anche loro. » Fox fece un cenno a qualcuno che si trovava fuori dell'inquadratura.

Pochi istanti dopo, la porta alle spalle di Derrick si aprì. Era Trinity, che gli porse una cartelletta e poi se ne andò.

« Lì c'è la risposta che è stata data a me », disse Fox. « Leggila. Poi faremo una chiacchieratina, di quelle serie. »

Le seguenti informazioni vengono fornite a titolo di rapporto generale operativo, ai fini di una corretta valutazione della contingenza attuale.

PREMESSA

Le terre rare sono diciassette elementi chimici dalle proprietà magnetiche e conduttive: cerio, disprosio, erbio, europio, gadolinio, itterbio, ittrio, lantanio, lutezio, neodimio, olmio, praseodimio, promezio, samario, scandio, terbio e tulio. Sono relativamente abbondanti, e si definiscono « terre rare » perché sono dispersi nella crosta terrestre, non concentrati in giacimenti economicamente sfruttabili.

Fino alla metà del XX secolo, buona parte delle terre rare

era estratta in India e in Brasile. Nel 1950, il Sudafrica è diventato il principale produttore. Dagli anni '60 agli anni '80 questo primato è stato ottenuto dagli Stati Uniti, grazie alla California. Tuttavia, dopo il Duemila, il 70% delle forniture mondiali di terre rare proviene dalla Cina. Cosa ancora più importante, la Cina procura agli Stati Uniti l'80% del loro fabbisogno di terre rare.

PANORAMA POLITICO

A partire dal 2006, la Cina ha cominciato a fissare dazi e quote per l'esportazione di terre rare. Nel 2010, quando le quote sono state tagliate del 40%, è sorta una controversia. La Cina sosteneva che la riduzione fosse a salvaguardia dell'ambiente, minacciato dallo sfruttamento indiscriminato dei giacimenti. Ma gli Stati Uniti hanno ribattuto che si trattava di protezionismo, dal momento che il divario di prezzo delle terre rare all'interno e all'esterno della Cina dava un ingiusto vantaggio alle imprese cinesi.

Nel 2010, la Cina ha bandito qualunque esportazione di terre rare in Giappone in seguito a un incidente diplomatico relativo a una collisione tra due imbarcazioni. In tal modo, ha dimostrato di non farsi scrupoli a sfruttare il suo quasi monopolio come arma di ricatto.

Gli Stati Uniti hanno aperto una disputa con l'organo di conciliazione dell'Organizzazione mondiale del commercio. A loro si sono affiancati il Giappone e l'Unione europea. Il comitato ha deliberato contro la Cina. E una commissione di revisione d'appello ha convalidato tale disposizione. Nel gennaio del 2015, la Cina ha fatto cadere le restrizioni all'esportazione. Da quella data, i prezzi delle terre rare oscillano di continuo, a capriccio dei cinesi.

FORNITURE

La ricerca di fonti alternative di terre rare continua negli Stati Uniti e in Australia, Brasile, Spagna, Canada, Sudafrica, Tanzania e Groenlandia. In tutti questi Paesi, le precedenti miniere sono state chiuse in seguito ai prezzi concorrenziali cinesi dell'ultimo decennio del XX secolo. Per riavviare l'estrazione occorreranno anni, oltre che investimenti per milioni di dollari.

A ciò si aggiungono le restrizioni ambientali che vigono in tutti questi territori, ma non sul suolo cinese.

La crescita della domanda pesa sull'offerta, e c'è un crescente timore di un'imminente penuria globale di terre rare. Entro cinque anni, il fabbisogno annuale di questi elementi eccederà di quarantamila tonnellate la relativa fornitura, a meno di non trovare nuove fonti di approvvigionamento. Una di esse potrebbe essere il riciclo dei rifiuti elettronici. In Giappone e in Francia sono già attivi stabilimenti deputati proprio a questo. Qui, negli Stati Uniti, esiste un settore di riciclo, che però non è sufficiente a produrre quantità significative.

IMPIEGHI

Le terre rare sono ampiamente usate nella produzione di leghe, vetri e componenti elettronici. Alcune vengono sfruttate come catalizzatori nella raffinazione del petrolio o come additivi nel carburante diesel. Altre sono importantissime per la fabbricazione di magneti, motori elettrici, generatori, dischi di memoria, elettronica tascabile, microfoni, computer, telefoni e altoparlanti. Altre ancora servono a produrre pile a combustibile, batterie, schermi piatti, fibre ottiche e laser. Certe si possono addirittura utilizzare in agraria, per incrementare la crescita delle piante, la produttività e la resistenza alle sollecitazioni. Nell'allevamento, i mangimi addizionati di terre rare danno maggiori dimensioni dell'animale e una più alta produzione di uova e latte. Nessuno degli strumenti elettronici dai quali ormai il mondo è del tutto dipendente può essere fabbricato senza questi elementi. Inoltre, la loro presenza è fondamentale per il mantenimento delle difese nazionali, dal momento che quasi tutti i sistemi di armamenti richiedono l'impiego di terre rare.

SITUAZIONE ATTUALE

Al largo delle Hawaii, all'interno delle loro acque territoriali, ci sono cento miliardi di tonnellate di minerali che contengono terre rare. Si stima che un solo chilometro quadrato di questi depositi possa venire incontro all'attuale fabbisogno globale annuo. I minerali si trovano a una profondità di 3500-6000 m.

Grande, ma non insormontabile per l'estrazione mineraria. Buona parte è costituita da noduli delle dimensioni di una patata, ricchi di nichelio, cobalto e terre rare. Questi noduli sono miliardi e miliardi, e aspettano solo di essere raccolti dal fondale oceanico. Una loro comparsa sul mercato metterebbe fine al quasi monopolio cinese e alla nostra dipendenza dai fornitori stranieri. Inoltre abbasserebbe i prezzi di questi elementi a livello globale.

32

Cotton e Fenn percorsero a ritroso il camminamento in cima alle mura e rientrarono nel castello, seguiti a ruota dai quattro uomini armati.

Fenn fece strada lungo il pianterreno fino a una porta di servizio che dava su un cortile fiocamente illuminato, dopodiché prese da parte Cotton. «*Herr* Malone, da qui in poi devo fare da solo. Però, *bitte*, vada nel mio studio e visualizzi il segnale della videocamera del salone d'onore. Voglio che lei veda e senta tutto.»

Cotton decise di non controbattere e annuì.

«Conosce la strada?»

Lui sorrise. «La trovo.»

Fenn si allontanò insieme coi confratelli armati.

Cotton tornò al chiuso e in tutta fretta raggiunse lo studio. Sul monitor c'era un elenco delle videocamere, e lui cliccò su quella etichettata SALONE D'ONORE.

Lo schermo venne riempito dall'immagine di uno spazio ben illuminato, occupato da circa cinquanta figure di ogni forma fisica, tutte in tunica nera e cappuccio. A un'estremità della sala c'era una pedana.

Da destra comparve una figura solitaria, che salì sulla piattaforma e dalle fessure nel cappuccio scrutò l'adunanza. Si distingueva da tutti gli altri per la fascia dorata che portava sul petto. Allargò le braccia. «È giunta l'ora di riunirci in consiglio. Potranno presenziare solo i gradi più alti.»

La voce di Fenn.

Parlava in tedesco.

Uno degli altri incappucciati si fece avanti. «Maestro, i cancelli del castello sono serrati, le porte sono chiuse a chiave, le sentinelle sono di guardia e tutti i presenti hanno titolo per restare.»

Fenn annuì. «Fratelli, l'opera dell'Ordine dipende da voi.

Avete in mano - ognuno nel proprio ambito - la pace e la prosperità del regno. Dimostrate di essere degni della fiducia riposta in voi. Siate saggi nel giudizio, cortesi nell'atteggiamento, saldi e vigili nell'osservanza del dovere, prudenti e rispettosi nel dibattere. Non lasciatevi andare, per eccesso di zelo o di convinzione, a parole poco controllate, che metterebbero a rischio la pace e la prosperità dell'Ordine. Fratelli tutti, ricordate il giuramento di segretezza verso il mondo esterno in merito agli affari discussi presso questo consiglio.»

All'altro capo della sala comparve un altro incappucciato, che a passo solenne si avvicinò alla piattaforma. Gli altri si scostarono per aprirgli un varco. Si fermò davanti a Fenn. «Maestro, ho visto che al cancello esterno c'è un estraneo. Una delle sentinelle lo tiene sott'occhio.»

«Scopri subito il motivo della sua intrusione.»

L'incappucciato annuì, si voltò e se ne andò.

Fenn riprese il discorso. «Fratelli, questa costante vigilanza è il prezzo della pace e della sicurezza. Dobbiamo essere sempre in guardia, che l'estraneo sia un nemico o no. Se è un amico, si compiacerà della nostra coesione e della nostra forza. Se è un nemico, le temerà. Dunque, che ognuno faccia il proprio dovere, come se da lui solo dipendesse il benessere dell'Ordine, e il visitatore scoprirà che la nostra fratellanza è tenuta unita da un legame tutt'altro che ordinario, fatto di lealtà, coraggio e forza. Questo è il volto con cui ci presentiamo a chiunque si avvicini ai nostri cancelli. Capitano d'armi! Prepara i nostri fratelli ad accogliere il visitatore.»

Uno degli uomini gridò: «Disporsi in doppia fila!»

Gli incappucciati si allinearono come ordinato, lasciando un passaggio tra loro. A quel punto fece il suo ingresso un altro incappucciato, ma in tunica bianca, accompagnato da altri due in nero, che stavano ai suoi fianchi e lo tenevano per le braccia. I tre marciarono tra le due file di Guglmänner, poi fecero due giri della sala. Nulla sembrava forzato: l'uomo in tunica bianca camminava liberamente.

Tutti intonarono un canto.

In saldezza, confratelli,
raccolti qui in gioiosa adunanza,
accogliamo gli amici con musica e danza,
e con canti e saltarelli.
Lieti accogliamo nel branco
tutti coloro che, solidali,
difenderanno i nostri ideali
e resteranno al nostro fianco.

Sembrava una sorta di rito iniziatico. Evidentemente l'uomo in bianco era un nuovo membro. I tre interruppero la loro parata davanti alla piattaforma, e tutti gli altri si disposero a semicerchio, in più file, dietro il postulante.

«Sentinella, cosa ci dici di questo estraneo?» chiese Fenn.

«L'ho trovato al fossato, disarmato e con un ramoscello d'ulivo. Mi ha rivolto un saluto amichevole. Ora attende l'onore del tuo cospetto, maestro.» La sentinella porse all'uomo in bianco un altro rametto d'ulivo. «Ti affido, qui presente in abito straniero, al gran maestro. Prendi questo. Altrimenti la nostra vita sarà in pericolo: la tua, in quanto intruso ostile, e la mia perché ti ho aperto la porta.»

Fenn avanzò fino al bordo della piattaforma e da un piccolo tavolo prese una spada. «Qual è lo scopo della tua venuta?»

«Una richiesta di discussione», rispose l'uomo in tunica bianca. «E la prospettiva di contribuire alla vostra causa.»

Fenn levò la spada. «Il tuo nome e il tuo scopo sono in parte rivelati. Buone parole ci sono giunte su di te. Vero, vieni da estraneo, ma abbiamo ragione di crederti sincero e onorabile, degno di essere accolto nel nostro Ordine. La nostra confraternita è stata fondata da brave persone, dedite a portare avanti i saldi principi fissati dal nostro defunto sovrano Ludovico II: amicizia, lealtà, aiuto reciproco, protezione. Prima di accedere al castello, eri pienamente consapevole di questi quattro capisaldi?»

«Lo ero.»

«E sei in sintonia con essi?»

«Lo sono.»

«Non tutti coloro che professano amicizia e recano rami

d'ulivo sono amici. Perciò imponiamo una prova, per smascherare chi finge. Quando l'avrai superata, sarai a tutti gli effetti uno dei confratelli del nostro Ordine, e solo allora la tua anima sarà vincolata alle nostre, grazie agli anelli della catena mistica. Non prima.»

Una benda venne legata intorno al cappuccio bianco, coprendone le fessure per gli occhi.

«Tu vieni tra noi con la veste di un estraneo. Ha un significato simbolico: vuol dire che ti vediamo nella piena luce del sole di mezzogiorno, e che tu ci appari candido. Il bianco è emblema d'innocenza, verità e virtù. Noi non ci aspettiamo che tu sia perfetto, ma solo coloro che aspirano con onore e coraggio alla somma eccellenza diventano confratelli a tutti gli effetti.»

Le luci si abbassarono.

Fenn prese dal tavolo un calice d'oro. «Quando il dovere chiama, noi obbediamo. Se sei sincero e coraggioso, non ne avrai alcun male. Se invece sei una spia, o comunque hai cattive intenzioni nei confronti del nostro Ordine, questo liquido rivelerà all'istante il tuo vero carattere. È un distillato incantato, scoperto da un antico stregone. Gli ingredienti sono noti a un'unica persona, di cui non faremo il nome. Non c'è farmaco che possa contrastarlo. È amaro come l'assenzio, ma solo sulla lingua di chi ha un cuore falso. Se invece si è onesti, genuini e coraggiosi, sarà gentile al palato, dolce come acqua di fonte. Se tu sei ciò che professi, bevilo senza tema, e non ti nuocerà.»

Non appena l'iniziato ebbe il calice, lo levò in alto, poi ne sorseggiò il contenuto.

Non accadde nulla.

«Bravo, figliolo», disse Fenn. «Il veleno sta nella coscienza sporca, che si ritrae davanti a ciò che è puro. La tua sincerità e il tuo coraggio sono comprovati. Confratelli dell'Ordine! In nome della purezza, dichiaro quest'uomo un vero amico, degno dell'onore e della fiducia del nostro giusto regno.»

Scroscio di applausi.

La benda venne tolta e Fenn levò la spada. «Ti sei condotto bene. Ti accogliamo nell'Ordine.» Calò la lama fino a piegare la punta del cappuccio e sfiorare il cranio dell'iniziato. «Ora sei membro di quest'ordine, con tutti i diritti e i privilegi di pertinenza.» Risollevò la spada. «In assenza di altri doveri d'adempiere in consiglio, possiamo concludere la serata. Raccogliamoci fuori, intorno al falò, per goderci la reciproca compagnia. Ma prima rivestiamo il nostro nuovo confratello come si deve.»

Il nuovo membro venne spogliato della tunica bianca e se ne vide consegnare una nera. La stessa cosa avvenne col cappuccio. Quando se lo tolse, Cotton lo vide in faccia.

Era il ladro di Herrenchiemsee.

Quello che stava con Luke.

E che lavorava per il principe Stefan.

33

Derrick alzò lo sguardo dalle due pagine che aveva letto. Stava elaborando la situazione, valutando le opzioni. Per istinto – e per formazione professionale – capiva che era bene non sbottonarsi troppo. Lo stavano manipolando? Difficile a dirsi. Avevano un netto vantaggio su di lui. Meglio farsi furbi, rivelare il meno possibile e vedere cosa succedeva. Era sempre stata la strategia vincente. A lasciarsi guidare dalla fretta e dalle emozioni del momento, si finiva quasi sempre nei guai. Le decisioni sagge richiedevano raziocinio, disciplina e soprattutto tempismo.

Già. Tempismo.

«Tu credevi di dover solo fare un favore a un amico, proteggere il cinquantesimo Stato e procurarti uno strumento per ricattarmi», gli disse Fox dallo schermo. «Ora sai perché quell'atto di cessione è così importante per il Paese.»

Altroché, se lo sapeva.

«A pensarci, è incredibile. Quando il re delle Hawaii ha deciso di privarsi delle sue terre, le conseguenze non andavano al di là del controllo dell'arcipelago stesso. Ma adesso quelle isole sono uno Stato. Un'entità politica. Se la Cina trovasse il modo di acquisirle, avrebbe tutto il diritto di rivendicare il possesso di quei giacimenti di terre rare. Se finora non ha prelevato dal fondale quei minerali, è perché si trovano nelle nostre acque territoriali. E non è la sola a volerli: ci sono anche la Russia e il Giappone. Solo che la Cina, a differenza loro, ha trovato un escamotage per impossessarsene.»

«Ma quel fantomatico atto di cessione sarebbe valido?»

«Non fa differenza. Nel 1993 abbiamo dichiarato al mondo intero di aver preso le Hawaii con la forza, e ci siamo scusati. Abbiamo detto anche che la monarchia locale era legittima e che avremmo rispettato ogni sua risoluzione antecedente al colpo di Stato. Certo, potremmo rimangiarci la parola, ma faremmo una pessima figura davanti a tutto il pianeta. E non possiamo permettercelo. È da più di dieci anni che insidiamo l'egemonia di Pechino sul mar Cinese Meridionale, sostenendo davanti a ogni tribunale che le rivendicazioni della Cina su quelle acque non hanno validità proprio perché non ci sono documenti che le comprovino. E finora l'abbiamo avuta vinta. Ma cosa credi che succederebbe se saltasse fuori quest'altra storia? »

Derrick sapeva della contesa sul mar Cinese Meridionale. La disputa territoriale era tra il Brunei, la Cina, Taiwan, l'Indonesia, la Malaysia, le Filippine e il Vietnam. Era importante, perché su quelle acque passava ogni anno un terzo del commercio marittimo globale, per un valore di migliaia di miliardi di dollari. Sulle sue rotte correva l'80% dell'importazione petrolifera della Cina, e il 40% del suo traffico complessivo di merci. Inoltre c'erano di mezzo anche la pesca e l'estrazione di petrolio. Controllare quel mare significava avere in mano tutto quel commercio. Al momento erano acque internazionali, ma la Cina era ricorsa all'ingegno e aveva cominciato a costruire isole da usare come punti d'appoggio. Gli Stati Uniti avevano obiettato e un tribunale dell'ONU aveva deliberato che la Cina non aveva titoli per reclamare quell'area. Derrick ricordava una circolare della CIA nella quale si sanciva espressamente che non esisteva la minima base documentaria su cui fondare quelle pretese territoriali cinesi. E ora eccolo lì, a caccia di un documento che avrebbe potuto sancire la liceità di reclamare il possesso delle Hawaii.

Aveva ragione Fox: era un bel problema.

« Ci rinfacceranno tutte le nostre dichiarazioni sul mar Cinese Meridionale », disse Derrick.

« Precisamente. Faremo la figura degli ipocriti davanti al mondo intero. Già immagino l'opinione pubblica: 'L'America parla e parla, ma quando a rischiarci la pelle è lei si rimangia tutto'. Senza contare le conseguenze legali su tutte le proprietà terriere hawaiane. Le nostre leggi immobiliari sono chiare: la catena di passaggi di proprietà deve essere ininterrotta. Con quell'atto di cessione, la catena si spezza. Ne nascerebbero dispute senza fine. Il re delle Hawaii ha ceduto terre che appartenevano a lui. Era roba sua, poteva farne quel che gli pareva. È appunto il bello di essere re! »

La cosa non lasciava presagire nulla di buono.

« Per noi, la Germania è una spina nel fianco. Una spina che i tedeschi adorano rigirare nella piaga. Non possiamo permettere che facciano un accordo coi cinesi. Ci sono già fin troppo vicini. Se ci riescono, sarà impossibile affrontare un asse sino-tedesco. »

« Quindi dobbiamo metter loro i bastoni tra le ruote? »

« Direi. »

Derrick fissò lo schermo. « Cosa devo fare? »

« Intanto, scordati di fregarmi. Non ne vale la pena. Era una lotta all'arma bianca, e tu l'hai fatta diventare uno scontro d'artiglieria. Ma io posso ripescarti: fai questa cosa, torna vincitore, e sarò in debito con te. Decidi tu in che modo vorrai essere ripagato. Non voglio insultare la tua intelligenza promettendoti una promozione. Agiamo per il bene della nazione, e poi vediamo cosa fare. »

Okay. Il ragionamento filava.

« Ho letto il tuo dossier e Trinity mi ha detto tutto di te. Hai una carriera brillantissima. Il tuo impegno nel mettere fine all'uso della tortura è ammirevole. Non ho mai approvato certe cose. Oltretutto sono inutili: se si tortura una persona, quella sarà disposta a confessare anche il falso. »

Derrick fu sorpreso da quell'ammissione.

« La gente crede di conoscermi. E invece no. È difficile avere a che fare con me, perché a volte faccio lo stronzo, o mi lascio andare all'arroganza, ma non ricorrerei mai alla tortura, per nessuna ragione. Su questo sono d'accordo con Obama. Hai fatto bene a contribuire all'abolizione di certi metodi. »

« L'ho pagata cara. »

« Immagino. Se una cosa ha un valore, ha anche un prezzo. »

« E in questo caso il prezzo qual è? »

« Il tuo amor proprio. »

Ottimo argomento. E Derrick si sentì un po' stupido, il che era probabilmente lo scopo del colloquio. Fox veniva sempre dipinto come un uomo che, ovunque andasse, consumava tutto l'ossigeno. Uno abituato a non essere mai preso sottogamba.

Uno che parlava anziché ascoltare. Derrick non si sarebbe mai aspettato di vedere in lui tanta ragionevolezza.

E patriottismo.

«Coinvolgendo Malone, hai disobbedito a un mio ordine diretto», riprese Fox. «La prossima volta che mi scavalchi in questo modo, ti distruggo. Ma questa non è una situazione ordinaria. Tutt'altro. Perciò, per stavolta, passi. Io so perché è entrato in scena Malone. Vuole aiutare Stephanie Nelle.» Il presidente era fastidiosamente ben informato. «Diciamo che adesso vi sgombro la strada. Al contrario di quanto pensa Malone, nutro un grande rispetto per lui e per Stephanie Nelle. Malone mi ha salvato la vita. Te l'ha detto?»

Neanche una parola. Tipico di lui.

«È successo nel giorno dell'insediamento. È coperto da segreto, non lo sa nessuno. C'è stato anche un grosso contributo di Stephanie Nelle. Ho un debito di gratitudine anche con lei, non solo con Malone. Sì, tutti e due mi danno sui nervi. Ma sai, Derrick, a me non piace avere debiti.»

Ci credo.

«Negli ultimi tempi li ho trattati maluccio. Colpa mia. In Germania e in Polonia avevano ragione loro.» Tacque per un istante. «Derrick, ho fatto uccidere un uomo. Un amico. Ho esagerato, ho sottovalutato la situazione. Avrei dovuto lasciar fare Malone. Ho fatto una cazzata. E io *detesto* fare cazzate, Derrick. La stampa mi etichetta come impulsivo, ingovernabile, testardo e arrogante. Incapace di ammettere i propri errori. E sarà pure vero, in parte. Ma nessuno mi dà dello stupido. Non di persona, almeno. Malone però l'ha fatto.» Fox si fece pensieroso. «Me lo meritavo, quella volta. Se te ne parlo, Derrick, è perché Trinity mi ha detto che anche tu sei uno che va dritto al punto. Non ripeterò quell'errore. Stavolta la posta in gioco è troppo alta. Il mio compito è proteggere il Paese, ed è quel che ho intenzione di fare. Se porterai a termine il tuo compito, te ne sarò debitore. Noi - cioè tu, io e Malone - dobbiamo fermare questa minaccia. È l'unica cosa da farsi. Non abbiamo scelta. Questo Paese campa sull'elettronica. Tutto ciò che facciamo dipende da quella. Non posso permettere che cada del tutto sotto il dominio dei cinesi, che già controllano quasi tutte le terre rare del pianeta. Ne va della nostra sicurezza nazionale. La Cina sarebbe capace di spegnere gli Stati Uniti, letteralmente. Stiamo facendo scorta, per quanto possiamo, ma i quantitativi non bastano. Questa battaglia va vinta.»

Ancora una volta, Fox rivolse un cenno a qualcuno fuori dell'inquadratura. La porta si aprì e Trinity rientrò, sedendosi al tavolo, davanti a Derrick.

«È tutto tuo», le disse Fox. «Digli il resto. Per favore, e dico a entrambi: non fatemene pentire.»

«D'accordo.»

«C'è una cosa che mi servirebbe», disse Derrick a Fox.

«Prego.»

«Avrei bisogno di accedere agli archivi militari segreti, qui in Baviera. Li ho visitati qualche settimana fa, ma ho potuto consultare ben poco. Mi occorrono tutte le informazioni. Senza censure.»

«Perché?»

«Sospetto che non siamo i primi a seguire questo sentiero. E so per esperienza che da chi apre una pista si possono apprendere parecchie cose.»

«Concordo. Ti fornirò l'accesso. Ah, Derrick... le cose di cui abbiamo appena parlato restano fra noi tre. A Malone, neanche una parola. Lui è fuori del circuito. Non voglio che sappia che ci sono di mezzo io. Alla fine otterrà il ripescaggio di Stephanie, ma non occorre che sappia come o perché.»

«D'accordo.»

Lo schermo si fece nero.

«Non è così male come credevi, eh?» disse Trinity.

«Non ho mai fatto commenti in proposito.»

«Non occorreva.»

Le gelide dita dell'apprensione gli stringevano lo stomaco. Quell'impresa era rischiosa in ogni sua parte. Era nuda, come si diceva nel gergo di settore, cioè senza rete, senza sostegno di squadra, senza coperture diplomatiche. Ognuno per sé, Dio per tutti. Ma per lui cosa cambiava? Tanto la sua carriera era già in pezzi. E comunque i patti erano chiari. Se avesse fallito, la Casa Bianca l'avrebbe disconosciuto e Langley l'avrebbe licenziato. Se però avesse avuto successo, forse gli sarebbe stata data un'opportunità di recuperare le perdite e riacquistare la voglia di fare. E però, però... «Cos'è che dovresti dirmi?»

«C'è una cosa, che è emersa qualche mese fa e che adesso è giunta a maturazione. Si fa chiamare Falce, e ti vuole morto.»

34

Cotton si sedette sul bordo del letto.

Era passata un'ora dall'incontro dei Guglmänner. Fenn gli aveva offerto ospitalità per la notte, e lui aveva deciso di accettare. Perché no? Aveva sonno, e gli serviva tempo per riflettere. Stavano succedendo troppe cose, troppo in fretta. Ma non era strano, date le circostanze.

Doveva fare rapporto a Koger, annunciandogli che aveva trovato i famosi rinforzi. E anche Jason Rife, chiunque diamine fosse. Occorreva che Koger sapesse. Prime impressioni? Rife parlava come un agente dell'intelligence. Ex, a quanto aveva detto lui stesso, dunque la principale sospettata era, ancora una volta, la CIA. Ragione di più per informare Koger. Certo che Fenn non aveva battuto ciglio, davanti alle armi da fuoco. Bel fegato. Ma per cosa? Un ideale? Un ricordo? Una salma nascosta tanto tempo prima? Una leggenda? Una storia?

Era tutto pazzesco. Se lo stava sognando? No: i suoi sogni erano razionali. Perfino gli incubi avevano un contenuto logico, in confronto a quella faccenda. Cotton si considerava un buon ascoltatore, in grado di captare dettagli, catalogarli nel modo corretto e poi prendere decisioni azzeccate. Certo, anche lui aveva commesso errori. Ma la sua risolutezza gli aveva sempre salvato la pelle. Aveva tre regole di base, alle quali gli piaceva aderire: uno, organizzarsi; due, raccogliere le forze; tre, metterle alla prova prima di usarle. In quel frangente, però, nessuna delle tre cose sembrava possibile.

Era tutto un gran guazzabuglio.

Tranne la camera che gli avevano assegnato. Quella era tutt'altro che caotica. Sconfinava in una delle torri, aveva un elegante soffitto a cassettoni e un enorme letto dalle gambe bulbose, tipiche dello stile giacobiano. Un grazioso specchio barocco cinto dalle ali di una coppia di angeli in volo reggeva lampade dalla luce calda.

Cotton prese il cellulare, visualizzò l'elenco dei numeri preferiti e trovò quello di Cassiopea. Lo premette e fece partire la chiamata. Era notte fonda, perciò non si aspettava che lei rispondesse, ma voleva ugualmente sentire la sua voce che chiedeva di lasciare un messaggio. Lo rasserenava sempre. Faticava ad ammettere di aver bisogno di un'altra persona. Andava verso i cinquanta, viveva da solo e si ritrovava sempre trascinato in qualche turbinosa avventura. Per fortuna Cassiopea era altrettanto irrequieta. Erano affiatatissimi. Lei, per lui, c'era sempre.

E lui per lei.

Se con l'ex moglie si era scontrato fin troppo a lungo, con Cassiopea le cose si sistemavano da sé: nessuno dei due faceva pressioni sull'altro. Il muro emotivo che all'inizio della loro relazione era stato tanto alto e robusto ora si era ridotto a una garza delicata. Entrambi avevano superato la propria paura di legarsi. Anzi, il bisogno reciproco dava loro un senso di sicurezza.

Stare insieme era soltanto un piacere.

Era il caso di sposarla?

Ultimamente Cotton si era posto quella domanda sempre più spesso. Nel primo matrimonio, come marito non era stato un granché. C'erano state infedeltà da entrambe le parti. E da un tradimento era nato un figlio, Gary, al quale Cotton voleva molto bene. Il ragazzo cresceva in fretta, stava per finire le superiori e ancora parlava di entrare in Marina e fare il militare di carriera.

Come suo padre.

E suo nonno.

La madre non faceva salti di gioia, ma si rendeva conto di poter fare ben poco: per quanto Gary non avesse il sangue dei Malone, ne aveva comunque lo spirito.

Cotton chiuse la chiamata senza lasciare messaggi.

Qualcuno bussò alla porta.

Era Fenn, con un laptop in mano. Prima l'aveva congedato in tutta fretta, per allontanarlo dai confratelli, perciò non c'era stato il tempo di parlare. «Scusi se la disturbo, ma ho visto che ha ancora la luce accesa e ho una cosa da mostrarle.»

« Come mai ha voluto che io assistessi all'iniziazione? Sembrava una faccenda privata, dalla quale andavano esclusi i profani. »

« Infatti di solito è così. Ma in questo caso era necessario che lei vedesse. »

Cotton capì. « Lei sa che quel tizio lavora per il principe Stefan. »

Fenn annuì. « Già. Ci ha dato a intendere che sarebbe stato il nostro infiltrato nei ranghi del principe, ma io non ci casco: fa il doppio gioco, l'unica persona cui è fedele è Stefan. Gli ho permesso di entrare nelle nostre file e gli ho concesso l'iniziazione, ma non è un confratello. »

« L'avete raggirato per bene. »

Fenn annuì. « Proprio il verbo che stavo cercando. »

« È stato lui a segnalarvi il furto del libro? »

« *Ja.* Ci ha anche prospettato la possibilità di recuperarlo. Ma io non me la bevo. Secondo me, il principe vuole che noi prendiamo il libro per risolverne l'enigma al posto suo, così la sua spia può riferirgli tutto. »

« Questo significherebbe che Stefan è molto indietro nella sua ricerca. »

« Infatti. Lui e suo fratello sono ancora in alto mare. Io sospetto che Stefan abbia solo una manciata di pezzi del puzzle. Gli altri, spera di ricavarli da noi. »

« Dunque la spia non deve venire al corrente della busta? »

« Esatto. Quella, la teniamo per noi. Però in sua presenza ho messo bene in chiaro che intendiamo recuperare la salma di Ludovico. Solo che non ho voluto fargli sapere nulla riguardo a lei, *Herr* Malone. I quattro uomini che erano sulle mura insieme con noi sono fidatissimi, non riveleranno niente. » Fenn si sedette sul bordo del letto e si posò il laptop in grembo. « Come le dicevo, ho fatto analizzare in digitale la sequenza di dodici lettere, per vedere quanti anagrammi se ne potevano ricavare. »

Sullo schermo comparve la stringa:

HLNESRNTANME

«Ho impostato il programma sulla lingua tedesca. Come vede, le parole che si ottengono attingendo a queste lettere sono parecchie.»

Cotton scorse l'elenco. Era davvero lungo.

«Però c'è un solo anagramma che le contenga tutte quante. Ed eccolo lì. È l'ultimo.»

ERNST LEHMANN

«Dunque abbiamo un nome», disse Fenn. «E grazie alle linee che s'incrociano sulla mappa abbiamo anche un luogo: Eisenach.»

«Immagino che lei sappia già cosa lega questi due dati.»

«Naturale. Su Ludovico II sono un esperto. Ho letto tutti i libri che parlano di lui, li ho quasi tutti nella mia biblioteca. Inoltre possiedo una parte dei suoi carteggi; o, almeno, quelli che si sono conservati. Ernst Lehmann era un avvocato. Ha esercitato la sua professione dal 1868 fino alla morte, avvenuta nel 1929. Il suo studio si trovava a Eisenach. Questi indizi sono stati lasciati per dirigere chiunque li avesse trovati verso l'avvocato di Ludovico.»

«Lehmann?»

Fenn annuì. «Ha rappresentato la famiglia Wittelsbach durante il regno di Ludovico II, poi durante la reggenza di Luitpold e il breve regno di Ludovico III. Era il loro legale personale. Ha svolto buona parte del lavoro giuridico legato ai progetti di costruzione di Ludovico II: acquisti di terreni, prestiti da terze parti, contratti edili. Tutto il necessario. Il suo nome compare su un numero incalcolabile di documenti legali che ho visto coi miei occhi.»

«Peccato che sia morto da un bel pezzo. Quasi cent'anni.»

«Ah, ma *Herr* Malone, non le ho ancora mostrato il pezzo forte.» Fenn digitò qualcosa, poi indicò lo schermo.

Aveva aperto il sito di una ragione sociale che portava il nome di Lehmann.

Cotton lesse la breve presentazione sotto il logo:

Lo studio legale Lehmann è uno dei più grandi al mondo, con oltre ottomila giuristi presenti in cinquantasette Paesi, e un fatturato annuale che supera i quattro milioni di euro. Ha distaccamenti a Pechino, Londra, Dubai, Washington e Hong Kong. La sede principale è a Monaco di Baviera. La ditta è stata fondata nel 1873 da Ernst Lehmann. Alla sua morte, avvenuta nel 1929, è passata in eredità ai tre figli, e ha avuto una rapidissima espansione che l'ha condotta alle proporzioni globali odierne.

« Ho controllato », disse Fenn. « Gli eredi di Ernst Lehmann occupano ancora posizioni di grande rilievo in questo studio legale, e ne possiedono la maggioranza delle quote. Una nipote è attualmente socia accomandataria. »

Cotton capì. « E lei vuole che io le faccia una visita. »

« Le dispiacerebbe? »

« Cosa le fa credere che ci sia davvero qualcosa da trovare? Questa è storia antica... »

Fenn sorrise. « Appunto: una storia creata apposta per chi sarebbe venuto dopo. Se questi indizi portano a Ernst Lehmann, vuol dire che una pista c'è. E il fatto che una cosa sia esistita cent'anni fa non significa che oggi non esista più. »

« Ma potrebbe anche essere tutta una montatura. »

« Su, abbia un briciolo di fede. »

« Non mi accompagna? »

« No, perché la mia presenza invaliderebbe le sue domande: molti mi considerano una semplice caricatura. Le bizzarrie dei Guglmänner portano la nostra causa all'attenzione del pubblico, ma la espongono anche al ridicolo. Devo confessarle che è anche colpa mia, se le nostre manifestazioni sconfinano nell'assurdo. D'altronde gli eventi recenti mi convincono che la faccenda è serissima. »

« Allude a Jason Rife? »

Fenn annuì. « Quell'uomo è un assassino. Nell'affrontare quel genere di persona, lei ha molta più esperienza di me o dei miei confratelli. Sugli enigmi e sulle ricerche storiche, l'aiuto volentieri. Ma non voglio che i miei ragazzi si facciano male. Perciò, se può, vada a Monaco, faccia un salto alla Lehmann e veda se c'è qualcosa da trovare. Il mio istinto mi dice di sì. »

Cotton ammirava la sincerità di quell'uomo e la sua dedizione ai compagni, e concordava con la sua intuizione. Ma c'era ancora la questione di Luke, che restava infiltrato. E chissà cosa stava combinando Koger. « Anch'io ho un favore da chiederle. »

« Dica. »

« La spia del principe Stefan è stata utile, ma potrebbe costituire un problema. Va tagliata fuori. Con clamore, però senza tracce che possano far risalire a voi. La sua utilità è minima, ma ho bisogno di poter lavorare in campo aperto, senza paura di essere beccato. È ora di allontanare il principe dai vostri affari. »

Fenn sorrise. « Sarà fatto. »

35

Monaco di Baviera,
ore 06.35

Jason Rife stava facendo colazione con *gaufre* belga e bacon glassato allo sciroppo d'acero. Certo che quei tedeschi ci sapevano fare, sia con le une, sia con l'altro. Tuttavia, a parte quei due loro talenti, gli stavano antipatici. E non c'era di che stupirsi: per due volte in meno di un secolo avevano cercato di conquistare l'intera Europa.

Decisamente ambiziosi.

Finì la *gaufre* e il caffè. Il cameriere gli propose un rabbocco, che lui declinò con un gesto. Lì allo Strada, il servizio era di prim'ordine. D'altronde, era uno dei migliori alberghi di Monaco. Altro che quei pulciai nei quali gli era toccato alloggiare ai tempi della CIA. Al contrario di quanto pensava il Congresso - e l'opinione pubblica -, le spie non avevano rimborsi illimitati. James Bond ordinava costosissimo champagne e caviale? Ma per favore! C'erano delle regole. C'era una diaria. Le spese erano monitorate. E chi sforava pagava. Per fortuna lui non era più soggetto a certe norme.

Aveva dedicato alla CIA trentaquattro anni.

Un'intera carriera. Una vita.

Poi era stato licenziato.

Niente preavviso. Niente motivazioni. Semplicemente, i suoi servigi non erano più necessari, perciò il suo contratto era stato rescisso con effetto immediato. Lui e altri quarantacinque avevano perso il lavoro dalla sera alla mattina.

Sospettava che fosse perlopiù una questione di politica, ossia che il cambio di amministrazione presidenziale avesse dato all'agenzia l'opportunità di liberarsi di coloro che considerava problematici. Rife era salito al grado di agente operativo senior e aveva gestito situazioni molto delicate. Certo, anche lui aveva avuto i suoi incidenti di percorso. Chi non li aveva? Ma non era stupido. Perciò trovava che i suoi superiori fossero stati ingenui a pensare che lui avrebbe accettato il benservito come se niente fosse. Incredibilmente, alcuni dei licenziati erano passati ad altro, senza fare storie. Però ce n'erano altri - quattordici, tra uomini e donne - che avevano deciso che, se l'agenzia aveva mosso guerra a loro, tanto valeva ricambiare il favore.

Così avevano formato la Falce.

Avevano dibattuto su dove e quando cominciare a colpire, e avevano deciso che il bersaglio iniziale sarebbe stato in Germania, nella fattispecie qualcosa che veniva chiamato Ultimo Regno. Rife ne aveva sentito parlare ai tempi in cui lavorava ancora per la CIA. E sapeva che Derrick Koger era lì per lavorare a un'operazione riguardante proprio il *Letzte Königreich*. Sapeva anche che c'era di mezzo la Casa Bianca, per il tramite dell'NSC, che aveva inviato un agente. Siano benedetti gli amici altolocati! Ad averne abbastanza, non c'è segreto che tenga.

L'Ultimo Regno era un'eredità del passato, come ce n'erano tante, nascoste a Langley. La CIA era talmente estesa, talmente compartimentata, e il suo passato era talmente carico di ombre, che una rassegna dei suoi archivi sarebbe stata un lavoro inesauribile.

Ma i veri segreti, quelli che contavano davvero...

Quelli non erano mai messi su carta. Mai.

Uscì dall'albergo, si mise al volante e si allontanò da Monaco, dirigendosi verso le colline ai piedi delle Alpi, una trentina di chilometri a sud. Ogni curva della strada gli offriva una nuova veduta invernale. La strada correva lungo una successione di vallate ampie e boscose, con uno sfondo di abetaie innevate che si estendeva a perdita d'occhio. Quasi ci si aspettava di veder comparire elfi danzanti o coboldi. Il traffico era moderato, con un leggero strascico dell'ora di punta del mattino, perciò servì quasi un'ora per raggiungere il gruppetto di chalet in legno dagli eleganti spioventi carichi di neve. Era un paesaggio da cartolina natalizia, un luogo sereno e accogliente, in mezzo ai boschi. Quella zona era popolata da modesti impiegati, famiglie operaie e anziani che si erano guadagnati la pensione lavorando nelle manifatture poco distanti. Lì, nel corso della settimana passata, si era radunato un gruppo di membri della Falce. Era uno dei tre distaccamenti sparsi per la Baviera meridionale, in attesa di ordini.

Rallentò, uscì dalla strada statale e imboccò un varco in una bassa palizzata. Lungo il tragitto aveva telefonato per annunciarsi. Era una giornata fredda ma assolata, con un cielo terso. La foschia del mattino si era già diradata. Lì, a sud di Monaco, l'altitudine era maggiore, e la neve della notte precedente era accumulata in modo ancora più copioso.

Scese dall'auto.

La porta si aprì e ne uscì uno dei suoi soci.

Terry Knight aveva cinquantatré anni, era bassetto e tarchiato, con capelli ispidi, castani ma con una spolverata di grigio. Si conoscevano da quindici anni. Knight aveva molte specializzazioni: scassinatura, contraffazione, intrusione, sorveglianza elettronica, sabotaggio e più o meno qualunque altra cosa servisse a un agente operativo per portare a termine il proprio compito. Era stato uno dei tuttofare della divisione tecnica.

« Come stanno gli altri due? » chiese Rife, guardando le volute di fumo che si levavano dal comignolo.

« Dormono ancora. Dicono che l'acqua era molto fredda. »

Rife ridacchiò. « Immagino. Ma adesso è ora che tu ti metta al lavoro. »

« Sono pronto. Tu cos'hai? » Era bello vedere che il vecchio amico aveva conservato l'ottimismo, l'impazienza di agire, e anche un pizzico di malizia.

« Le cimici che hai installato in tutto il castello di Fenn si sono dimostrate utili. La notte scorsa, dopo aver pungolato il can che dorme, ho ascoltato un po': c'è Cotton Malone. »

L'attacco sul Chiemsee non era andato secondo i piani. L'idea era quella di uccidere i ladri e impossessarsi di ciò che avevano rubato dal palazzo. Ma ci si era messo di mezzo quel traghetto, e gli uomini di Rife si erano visti costretti ad abbandonare l'impresa, gettandosi in acqua. Per fortuna erano entrambi provvisti di muta di neoprene, che li aveva protetti dal gelo e aveva permesso loro di raggiungere a nuoto la riva senza finire in ipotermia. La manovra del traghetto era un intervento orchestrato con cura, a opera di qualcuno che sapeva benissimo cosa stava facendo.

Qualcuno come Malone.

Il quale, a quanto pareva, si era affrettato a prendere contatto con Marc Fenn.

Di sicuro c'era lo zampino di Koger.

«Dopo la mia visita, il gran maestro non se n'è stato con le mani in mano. Ha decifrato gli indizi scoperti da Malone, poi ne ha parlato a lungo con alcuni dei suoi incappucciati. Stamattina Koger è venuto al castello a prelevare Malone, e ha fatto una lunga chiacchierata con lui e Fenn.» Rife s'interruppe per un istante. «Abbiamo avuto un colpo di fortuna: Koger e Malone hanno appuntamento con Paul Bryie e Randy Miller tra poche ore. È stato Koger a organizzare tutto.»

Knight sembrò compiaciuto, tanto quanto lo era stato Rife quando i famosi amici altolocati gli avevano parlato dell'incontro, fornendogli anche l'ora e il luogo.

«È necessario che i nostri avversari sappiano a cosa vanno incontro», disse Rife. «Non credo che ci considerino una minaccia importante.»

Knight sorrise. «Essere sottovalutato mi è sempre piaciuto. Cos'hai in mente?»

«Te e un elicottero.»

«Visto che il pilota sei tu, la mia parte qual è?»

«L'incontro è alla Meridian Technology. Bryie e Miller ci stanno già andando.»

«Conosco l'indirizzo.»

Lo conosceva anche Rife. «Dammi accesso dalla piattaforma per gli elicotteri che c'è sul tetto.»

«Quando?»

Rife gli diede un orario indicativo. Poi prese di tasca un cellulare. «Ti mando un sms su questo. Appena lo ricevi, conta cinque minuti, poi apri la porta del tetto.»

«Mi chiedi molto, considerando che mancano solo poche ore.»

«Puoi farcela.»

Knight rise. «A fregare questi bastardi? Puoi scommetterci le chiappe.»

36

Luke si svegliò.

L'altra metà del letto era vuota, ma la porta del bagno era aperta e la doccia scrosciava. Lanciò un'occhiata all'orologio. Le 08.40. Erano passate cinque ore da quand'era tornato in albergo insieme con Toni. In parte le avevano trascorse a parlare e lei l'aveva aggiornato sulla situazione. Nel resto del tempo, si erano dedicati ad attività più personali. Sembrava che entrambi cercassero una distrazione irresponsabile. D'altronde, che diamine, erano adulti e vaccinati. Poi si erano concessi due ore di sonno. Un breve riposo prima di cominciare una nuova giornata. Di norma, al risveglio, Luke faceva una rapida e vigorosa sequenza di piegamenti sulle gambe e sulle braccia - appena dieci minuti - seguita da una doccia caldissima e da una rasatura. Quel giorno no. Forse era il caso di raggiungere Toni? Il rubinetto si chiuse.

Troppo tardi.

Toni ricomparve, col fisico atletico avvolto da un telo da bagno e un asciugamano intorno ai capelli bagnati. «Giù dalle brande, soldato!»

«Ti vedo bella pimpante, già al mattino.»

«È l'orario migliore.»

Luke scostò il piumone e si levò a sedere. «Io sono più un animale notturno.»

Lei gli scoccò un sorriso. «Sì, me n'ero accorta.»

Non appena erano entrati nella camera, Luke aveva messo il cellulare in modalità silenziosa, per avere qualche ora di tranquillità. Ora trovò varie chiamate perse da parte di Koger. Niente messaggi di testo, né vocali. Non erano nel suo stile. A lui piaceva digitare il numero e parlare con un essere umano vivente. E continuava a riprovare. «Cosa gli dico di te?» chiese a Toni.

«A questo punto, penso che di me sappia già tutto.»

Evidentemente c'erano ancora tante cose che lei sapeva e Luke no. E questo non gli faceva piacere. Sbloccò il cellulare e digitò il numero.

« C'è una donna, qui a Monaco », gli disse Koger. « Lavora per il principe, ma è dell'NSC. »

« Lo so. L'ho conosciuta. » Luke gli riferì l'accaduto e gli spiegò le vicende del libro, della sua avventura notturna e delle immagini che aveva inoltrato. Inoltre gli parlò dell'aggressione e dei quattro uomini morti.

« Certo che ci sai fare, eh? » gli disse Koger.

« Avevo un'aiutante. »

« Ci sa fare anche lei? »

Luke lanciò un'occhiata a Toni. « Direi. »

« Siamo tutti nella stessa squadra. E, sicuramente, la tua amica ne è già informata. Come si chiama? »

« Usa due nomi, ma quello vero è Toni Sims, agente dell'ASIS. »

Lei gli rivolse uno scherzoso saluto militare, poi lasciò cadere il telo da bagno e cominciò a vestirsi, senza il minimo pudore. Lui la guardò infilarsi la biancheria intima e far scivolare le gambe affusolate in un paio di jeans attillati.

« Un'australiana? »

« A sentirla non si direbbe, se è questo che intendi. »

« Assicurati che sia aggiornata. »

« Io la vedo già aggiornatissima. Siamo noi due a non esserlo. »

Lei gli rivolse un altro sorriso, il che non gli dispiacque.

« Concordo », disse Koger. « Fatti dare un po' d'informazioni sulla Falce. Ti servono. Nuova giornata, nuova partita, nuovi giocatori. Ah, Malone è ancora dei nostri. »

Luke ci rimase di sasso. « Era lui, ieri sera, sul traghetto? »

« Già. L'ho reclutato subito dopo. Guardati le spalle e tienimi informato. »

Fine della telefonata.

Luke si era incuriosito. « Mi vuoi dire qualcosa in più sulla Falce? »

Lei finì d'infilarsi il maglione. « Senz'altro. Intanto facciamo colazione. Te ne ha parlato Koger? »

Lui annuì.
Entrambi i loro cellulari emisero un *ding*.
Luke guardò lo schermo.
Un sms.
Da parte del principe.

Stefan era in casa di Christine Ertl.

L'appartamento era stato palesemente perquisito: i libri erano sparsi ovunque, e la porta d'ingresso era danneggiata. Christine gli aveva telefonato poche ore prima per raccontargli tutto, ma lui aveva aspettato fin quasi alle nove del mattino per convocare i suoi uomini. Christophe era già lì, e ribadì che le aveva consegnato il volume la sera precedente, subito dopo essere uscito dalla chiesa. Lei confermò, aggiungendo che aveva chiuso il libro nella scrivania prima di uscire. Quand'era rincasata aveva trovato la porta scardinata, e il libro era sparito.

« Ne avevi parlato con qualcuno? » chiese Stefan.

Lei scosse la testa. « No, con nessuno. »

Stefan si rivolse a Christophe. « E tu? »

« Lo sapevano solo Lexi e Smith. Ho portato il libro direttamente qui. »

Dal pianerottolo giunse un rumore di passi che salivano le scale. Pochi istanti dopo, alla porta comparvero Lexi e Smith.

Stefan aveva contattato entrambi via sms, dicendo loro di presentarsi immediatamente a quell'indirizzo. « Voglio sapere se uno di voi due ha parlato del libro con qualcuno. »

Entrambi scossero la testa. Cos'altro avrebbero potuto rispondere?

« Cos'è successo? » chiese Lexi.

« È stato rubato », disse Stefan. « Evidentemente tra i miei collaboratori c'è una spia. »

« Concordo. E io so chi è », ribatté Lexi.

37

Derrick svoltò dalla strada principale e scese a gran velocità la rampa di cemento che conduceva ai parcheggi sotterranei del grattacielo. Malone era seduto accanto a lui. Derrick l'aveva prelevato dal castello di Marc Fenn, a sud di Monaco. Era indispettito dal fatto che Fenn avesse agito di propria iniziativa. I piani non erano quelli. Si era scusato con Malone per l'inatteso maltrattamento. Aveva preteso un rapporto dettagliato sull'accaduto, e Fenn gli aveva fornito un resoconto, al quale aveva contribuito anche Malone, spiegandogli cos'altro era stato trovato all'interno della scrivania e mettendolo a parte del messaggio decifrato da Fenn.

Trinity gli aveva dato tutte le informazioni del caso sulla Falce, compreso il nome del capo: Jason Rife. Ora, considerato che quel Rife si era preso il disturbo di contattare Fenn di persona con tanto di dimostrazione di artiglieria, Derrick aveva deciso che era il caso d'informare anche i suoi superiori. Fatto ciò, aveva dovuto rispondere a una lunga serie di domande sul proprio operato, dopodiché aveva richiesto un colloquio con gli ufficiali dell'agenzia. E Langley gliel'aveva accordato.

Con un montacarichi salirono al diciottesimo piano, al quale Derrick ebbe accesso digitando un codice su un tastierino numerico. Appena la doppia porta automatica si aprì, percorsero un ripostiglio ingombro e un dedalo di ampi corridoi moquettati, sui quali si aprivano innumerevoli uffici. Raggiunto l'angolo opposto dell'edificio, trovarono un'altissima porta a vetri che dava su un open space con cubicoli, controsoffitti e luci a giorno, scrivanie e computer.

« Ufficialmente questi sono gli uffici della Meridian Technology », spiegò Derrick. « Una compagnia che produce software di analisi del testo in più di quaranta lingue. Applicazioni utilissime, per carità. Ma la ditta è finanziata dalla CIA, che ogni tanto usa questa sede per coordinare le proprie attività locali.

Oggi gli impiegati hanno ricevuto l'ordine di presentarsi al lavoro soltanto a mezzogiorno. Dunque possiamo stare in santa pace per un paio d'ore.»

Erano molte le aziende compiacenti che accettavano di fare da copertura alla CIA. Storicamente quella collaborazione veniva offerta in cambio di ghiotti contratti governativi. Le ditte preferite dall'agenzia erano quelle di elettronica e software.

Nell'open space, una vetrata delimitava un'area che conteneva due scrivanie in mogano. Da qui, una porta con scritto PRIVATO si apriva su un ampio ufficio ammobiliato, di cui due pareti esterne erano in vetro oscurato, mentre una di quelle interne era in vetro trasparente. Il sole del mattino stendeva un broccato di luce su ogni cosa.

Li attendevano due uomini. Uno, azzimato nel suo completo scuro con camicia bianca e cravatta di seta, aveva un collo talmente lungo da sembrare un animale da circo. L'altro aveva il naso a patata, guance cascanti e capelli grigi opachi. Portava un paio di pantaloni scuri con le pinces retti da bretelle che si curvavano sul ventre prominente, e una camicia piuttosto ordinaria. Niente cravatta.

«Derrick!» disse quest'ultimo. «Ti trovo malissimo.»

«E tu sei sempre più largo che alto.»

L'omone rise. «E cosa ti aspettavi?»

Derrick si rivolse a Malone. «La palla di lardo è Randall Miller, capobase della CIA in Germania. La costoletta invece è Paul Bryie, dell'antiterrorismo.»

Malone si presentò e seguì il rituale giro di strette di mano.

«Sediamoci», disse Derrick. «Abbiamo un problema. Cosa sapete della Falce?»

«Dove l'hai sentita, questa?» chiese Miller, perplesso.

«Ho le mie fonti. Sono a capo delle operazioni speciali, ma nessuno mi ha fatto parola della Falce. Perché?»

«Perché ci sta già pensando il controspionaggio», disse Bryie. «In tutta discrezione.»

Derrick l'aveva sempre avuto in antipatia, e quel sentimento era ricambiato. L'antiterrorismo era un po' come gli affari interni in un dipartimento di polizia: una parte del lavoro consisteva nello scovare le mele marce. Se poi si finiva per gettarne via qualcuna di quelle buone, pazienza.

Lui era già stato gettato via una volta. Ma non quel giorno.

«Spiegaci un po' in che modo.»

Bryie scosse la testa. «Non hai un grado abbastanza alto per saperlo. Langley non mi ha mandato a ragguagliarti, ma a rimediare ai tuoi danni. E Malone non dovrebbe neppure essere qui. Lo sai quali sono gli ordini su di lui.»

«Malone è un problema mio, non vostro.» Derrick lo fulminò con lo sguardo. Era di cattivo umore. Stavano accadendo tante cose di cui lui capiva poco e niente. Già da molto tempo aveva imparato ad affrontare la cocciutaggine e la pedanteria dei burocrati, soprattutto quelli come Paul Bryie, che non avevano mai lavorato sul campo.

Bryie era stato un analista, la sua vita era ordinatissima in ogni aspetto, ogni cosa era perfettamente inquadrata, la sua agenda era organizzata al minuto. Un passacarte nato. E lo sarebbe rimasto sino alla fine dei suoi giorni: il suo mondo era fatto di elementi accuratamente incolonnati, come paragrafi su una pagina. QA aveva detto a Derrick di fare ciò che gli riusciva meglio: scatenare l'inferno. La Casa Bianca l'avrebbe sostenuto. Perciò ora si accigliò fino ad assumere l'espressione fissa di una maschera funebre.

Ed estrasse la pistola.

Mirando dritto a Paul Bryie.

Cotton osservò la scena.

Percepiva la tensione e capiva che fra quei tre uomini c'erano attriti pregressi. Ma Koger sembrava diverso. Calmo. Misurato. Aveva il coltello dalla parte del manico?

Bryie raddrizzò la schiena, senza alzarsi dalla sedia.

Ovunque ci si trovi, per quanta esperienza si abbia, davanti a una pistola puntata non si può restare calmi. Cotton lo sapeva per esperienza. Era improbabile che Koger premesse il grilletto, però con le armi da fuoco non si sa mai.

«Qui ci siamo solo noi», disse Koger. «Questi uffici aprono solo tra due ore. Ho reso l'idea?»

Bryie tacque.

La pistola era ancora puntata.

« Vuoi uccidermi? » chiese Bryie.

« Ferirti, più che altro. Farti davvero male. »

Nessuno disse una parola.

« Ho richiesto un incontro informativo », riprese Koger. « Langley ha approvato e mi ha mandato voi due. Non mi servono lezioni su come fare il mio lavoro. Mi occorrono informazioni. Ieri sera, questa Falce ha interferito in un'operazione in corso, sparando ai miei uomini, dopodiché ha tentato d'intimidire cittadini tedeschi, anche stavolta con l'uso di armi da fuoco. Ovviamente, fino a poco fa, non sapevo neppure che questo gruppo esistesse. Altrimenti mi sarei premunito. Non mi piace farmi trovare impreparato. »

« E non accadrà », disse Bryie. « Questa è una faccenda dalla quale rimarrai escluso. »

La pistola sparò. Il botto fu rumoroso e spaventò tutti. Il proiettile sfrecciò di fianco a Bryie e rimbalzò sulla parete interna trasparente, che evidentemente era in vetro balistico.

« Porca troia! » gridò Bryie, rattrappendosi sulla poltroncina. « Ti ha dato di volta il cervello? »

« Non voglio perdere tempo », disse Koger. « Al prossimo sparo finisci al pronto soccorso con una bella emorragia. »

« Tu sei fuori di testa! » gridò Bryie, cercando di riprendere compostezza. « Una mina vagante. »

« No, sono solo esasperato, e mi servono informazioni. »

« Io sono nel controspionaggio », disse Bryie. « Lo sai cosa potrei farti. »

Koger si rivolse agli altri due. « Se sparo al ginocchio di questo stronzo, voi cosa dite? »

Miller scosse la testa. « Che a me è sembrato un colpo accidentale. »

Anche Cotton conosceva la risposta giusta, e levò le mani in un finto gesto di resa. « Io non dovrei neppure essere qui. »

Koger sogghignò. « Pare che tu sia in minoranza, Paul. »

Bryie parve capire la gravità della propria posizione. « Va bene. Metti giù la pistola e parliamo. »

Koger posò l'arma sul tavolo, ma la tenne a portata di mano.

« Tu sei pazzo. Da camicia di forza. »

« Ne ho sentite di peggio », disse Koger.

« Immagino. » Bryie tacque per un istante e fece qualche rapido respiro per calmare i nervi. « Al tramonto dell'amministrazione Daniels, il direttore della CIA ha fatto le pulizie di primavera: quarantasei agenti operativi, analisti e manager - di tutte le divisioni, in tutte le parti del mondo - hanno perso il lavoro. Per carità, ognuno di loro aveva alle spalle una lunga storia di problemi disciplinari. Per quel che mi riguarda, erano tutti da licenziare. Non ce n'era neppure uno che valesse la pena di tenere. »

« Ma a Langley non erano tutti di questo avviso », indovinò Koger.

« Infatti. C'era chi ne faceva una questione politica e diceva che erano licenziamenti selettivi, mirati solo a togliersi qualche sassolino dalla scarpa. O che erano stati i collaboratori di Daniels, che al termine della presidenza facevano ciò che non avevano avuto le palle di fare prima. E c'è un fondo di verità. Perciò gli esodati hanno fatto appello alla nuova direttrice della CIA, nominata da Fox. La quale però - che sorpresa! - ha confermato i licenziamenti. Tutti, dal primo all'ultimo. Così è scoppiata una sorta di guerra civile interna all'agenzia, che imperversa ancora. E che sta avendo ripercussioni qui, in Germania. »

« Come mai nessuno mi aveva avvertito? »

« Abbiamo fatto di tutto per insabbiare la cosa. »

Le labbra grassocce di Randy Miller s'incurvarono in un sogghigno, che - pensò Cotton - avrebbe potuto ingannare parecchia gente. « Dobbiamo stare attenti. La Falce ha ancora molti amici nell'agenzia. Quegli agenti licenziati erano nella CIA da tanto tempo. »

« Questo significa che i segreti d'agenzia trapelano di continuo », aggiunse Bryie. « Tutti quegli agenti avevano accesso a informazioni delicatissime. Prendiamo misure sempre nuove, contro le talpe arrivate dall'esterno. È il nostro lavoro. Ma contro quelle che erano già all'interno? Contro le persone cui noi stessi abbiamo dato fiducia? Per noi è una novità. Insomma, per farla breve, ci troviamo di fronte a quarantasei agenti incazzati. »

« Tutti nella Falce? » chiese Koger.

« No, solo una decina, ma non ne conosciamo il numero preciso », disse Miller. « Hanno formato questo gruppo e si sono dati un nome romanzesco, però finora se ne sono stati buoni. Eravamo sul chi vive, ma non è accaduto niente di particolarmente preoccupante. »

« Fino a stanotte », disse Koger. « È chiaro che mi hanno preso di mira. »

« In qualità di... cosa? » chiese Bryie. « Ho controllato: non ci sono operazioni ufficiali in corso, qui in Baviera. »

« La Falce è di gran lunga più informata di me. Sapeva dov'ero e cosa stavo facendo. »

« A differenza di Langley. Come dicevo, Derrick, quelli hanno ancora contatti con gli ex colleghi, e il risultato è che abbiamo una fuga d'informazioni. Fai presto, tu, a fare il duro con la pistola. Ma il nostro rapporto deve essere una strada a doppio senso, altrimenti niente. Vedi tu: o resto e ti dico qualcosa in più, oppure me ne vado. Decidi. »

Cotton vide Koger soppesare le varie opzioni, ma per lui la scelta era ovvia. « In questa faccenda, io faccio solo da spalla, però è necessario che tu sappia le stesse cose che sanno loro. »

Koger parve cogliere il messaggio: allentare la morsa. Perciò raccontò della richiesta d'aiuto da parte del duca di Baviera, della presenza cinese, dell'interesse del governo tedesco e di ciò che era accaduto la notte precedente. « Tutto d'un tratto questo fantomatico Ultimo Regno è diventato il fulcro di ogni cosa. » Dopodiché spiegò che la Cina era interessata a un gigantesco giacimento di terre rare situato sul fondale oceanico nelle acque territoriali hawaiane.

Miller annuì. « Una logica c'è. La Cina è il primo alleato della Germania, con la quale commercia per più di duecento miliardi di euro annui. In più, a differenza nostra, bilanciano l'importazione con l'esportazione. Ed è appunto la domanda cinese di prodotti tedeschi ad aver rafforzato l'economia tedesca, negli ultimi tempi. Mentre tutti, per ragioni di sicurezza, mettevano al bando i prodotti tecnologici cinesi per una nuova rete di telecomunicazioni, la Germania ha chiuso un occhio e li ha comprati. La maggior parte delle importazioni tedesche proviene dalla Cina. A questo si aggiunge un'enorme quantità d'investimenti aggiuntivi. Berlino e Pechino hanno un rapporto di mutuo beneficio. Un rapporto che dobbiamo tenere costantemente sott'occhio. Quanto al resto, hai ragione tu: da diversi mesi sappiamo che la Cina sta lavorando a una specie di operazione congiunta con la Germania. Solo che non riusciamo a capire di cosa si tratti di preciso. I tedeschi non hanno molti riguardi nei nostri confronti, perciò è difficile farsi fornire i dettagli. Tuttavia, sappiamo che ieri sera il principe Stefan ha avuto un incontro col capo della Cancelleria e il presidente del Bundestag.»

«E cosa si sono detti?» chiese Koger.

«Non lo so.»

«Be', scopritelo», disse Koger. «Potrebbe essere importantissimo.»

Cotton sapeva che da qualche tempo i rapporti tra la Germania e gli Stati Uniti erano tesi. La cosa era cominciata già durante l'amministrazione Daniels, ma si era aggravata sotto Warner Fox. Di recente, lui stesso si era trovato al centro di quelle tensioni, in occasione delle ultime elezioni nazionali.

«Fox se ne frega, di quel che i tedeschi pensano di lui», disse Miller. «Anzi, gli piace tenerli a distanza. E non è una cattiva politica, a mio parere. Ma questo nuovo governo di coalizione è fragile, e per consolidarsi cerca alleanze a livello internazionale. La Cina gliene sta offrendo una. Ecco tutto quello che sappiamo.»

Koger annuì. «Il duca Albert mi ha detto che Stefan vuole l'atto di cessione per usarlo come gettone di scambio e ottenere un plebiscito secessionario in Baviera. È convinto che i bavaresi voterebbero per l'indipendenza dalla Repubblica federale. E potrebbe avere ragione. Se la secessione avvenisse, Albert diventerebbe re. Ma non durerebbe a lungo: è malato terminale di cancro. Nella migliore delle ipotesi, gli restano pochi mesi. Dopodiché il trono andrebbe a Stefan. Ecco spiegato tutto questo suo interesse. Sospetto che i tedeschi abbiano già fatto un accordo coi cinesi per consegnare loro l'atto di cessione, in cambio di chissà cosa. Ci guadagnano tutti, tranne noi.»

«E adesso avete un gruppo di fuoriusciti della CIA che vogliono la stessa cosa», disse Cotton. «Ma perché?»

«Per ripicca!» disse Bryie. «O per venderla ai tedeschi. O ai cinesi. O per ricattarci. Le possibilità sono infinite. Qualunque sia la loro intenzione, non è benevola.»

«Chi li capeggia?» chiese Koger.

«Jason Rife.»

Cotton lanciò un'occhiata a Koger.

«Che c'è?» chiese Bryie. «Cos'è che sapete?»

«Quei tedeschi di cui parlavo prima... Quelli che sono stati contattati ieri sera... La cosa era stata orchestrata personalmente da Rife.» Poi Koger raccontò l'episodio dei sei uomini armati.

«Ecco la conferma», disse Miller.

Bryie annuì. «C'è di mezzo la Falce.»

38

Rife spinse in avanti la cloche e l'elicottero MD 520N fendette l'aria gelida e tersa, a ottocento metri di altitudine sopra Monaco. L'aveva noleggiato presso un aeroporto locale ed era stato felice di trovarne uno disponibile. Era un due posti impiegato regolarmente dai dipartimenti di polizia di tutto il mondo, perché al di sopra dei centocinquanta metri il suo rumore era così esiguo da poter essere coperto da quello del traffico delle strade.

L'addestramento che aveva seguito alla CIA comprendeva anche numerose lezioni di volo su ogni genere di aeromobile militare, elicotteri compresi. I controlli di quel MD 520N avevano una formidabile risposta al tocco. Era insolita l'assenza di un rotore di coda, ma l'aria pressurizzata che passava dall'albero motore offriva un ottimo controllo direzionale, e riduceva ancora di più il rumore.

Attraversò a gran velocità i cieli del centro di Monaco. Sotto di lui sfrecciavano nastri d'autostrada, tetti di case, palazzi di uffici, condomini e alberghi. Oltrepassata la Città Vecchia, si diresse verso la periferia nord, dove c'erano quartieri più moderni, con una successione di grattacieli.

Ed ecco l'edificio che interessava a lui: venti piani a uso misto, ma occupati soprattutto da uffici aziendali, studi di avvocati o commercialisti, e una moltitudine di altre attività. Al diciottesimo piano aveva sede una ditta belga, sussidiaria di un gruppo olandese. L'aveva visitata diverse volte, e conosceva bene la distribuzione delle stanze.

Così come la conosceva Terry Knight.

Al pari di qualunque altro grande complesso di uffici, anche lì c'era un servizio di guardia che controllava gli accessi degli impiegati o dei loro accompagnatori accreditati. Niente di che, era la normale misura di sicurezza che ci si sarebbe aspettati al giorno d'oggi. Quello permetteva alla CIA di operare da lì con un certo anonimato e un discreto livello di protezione.

Sorvolò il tetto e cominciò a volare in cerchio, senza calare di quota, in modo da sfruttare il sole del mattino e l'altitudine per non dare nell'occhio. Appena scorse la piattaforma per gli elicotteri, prese il telefono e inviò a Terry Knight l'sms che aveva già digitato.

Poi contò alla rovescia cinque minuti.

Luke era curioso di sentire quale sarebbe stata la prossima frase di Toni. Era rimasto sconcertato dalla sua ammissione di conoscere l'identità della spia che si annidava tra gli sgherri del principe.

Si preparò a reagire.

«Spiega, prego», disse Stefan.

Toni puntò un dito contro Christophe. «Lui è una Tunica Nera.»

Stefan scrutò le tre persone che aveva reclutato.

Conosceva Christophe da molto tempo. Ma gli altri due? Erano perfetti estranei, ingaggiati su consiglio di Christophe dopo accurati controlli. Sapeva che Smith era un ex militare, congedato con disonore. Un uomo con tutti i requisiti necessari e un pessimo carattere. Perfetto. Fino a quel momento si era dimostrato abile. E Lexi Blake? Anche lei aveva superato i controlli. A quanto ricordava Stefan, era una freelance che aveva lavorato per varie corporazioni private, accollandosi compiti che non si potevano svolgere alla luce del giorno. Una mercenaria, fedele soltanto al suo giusto compenso. E non si poteva certo fargliene una colpa. La venalità non era rara, nelle persone che possedevano le abilità che servivano a lui. Anzi, era un tratto che lui poteva gestire facilmente.

«Sentivo che non ce la raccontava giusta», disse Lexi. «Così, tre giorni fa, l'ho pedinato, e l'ho visto incontrarsi con certi tizi, che poi ho scoperto essere Guglmänner.»

Stefan scrutò Christophe, ma non ottenendo risposta si rivolse di nuovo a lei. « Cos'è che ti ha insospettito? »

« Non mi piace chi fa troppe domande. E quello lì ficca il naso ovunque. Per non parlare delle mani. »

Stefan ridacchiò. « Come biasimarlo? »

« Non mi piacciono quelli che allungano le mani. »

« Su questo non ho nulla da eccepire. Ma lui è il caposquadra. Fare domande è il suo lavoro. »

« Non la vedo granché sorpreso dall'accusa di Lexi », disse Smith.

« No, infatti. Ma noi *volevamo* che il libro cadesse nelle mani dei Guglmänner. »

Luke lanciò un'occhiata a Toni.

Sembrava sorpresa quanto lui.

« È una faccenda complicata », disse Stefan. « I Guglmänner esistono da tanto tempo. E sono forse la fonte più attendibile, in Germania, su Ludovico II. »

« Non la sua famiglia? » chiese Luke.

« È sorprendente quante cose ignoriamo sui nostri antenati. Colpa degli ultimi cent'anni d'indifferenza e compiacenza. »

« Lo dice con risentimento », osservò Toni.

« E sono proprio risentito. È appunto per questo che tutti voi siete qui. I Guglmänner non mi riveleranno mai nulla di loro spontanea volontà. Ho già provato a chiederglielo con le buone, ma non c'è stato verso. Perciò qualche mese fa, quando ho cominciato ad architettare quest'operazione, ho infiltrato Christophe nel loro gruppo. Poche ore fa l'hanno accolto come membro a pieno titolo. Lo credono un *loro* infiltrato nei *miei* ranghi. Perciò ho fatto consegnare il libro qui, e Christophe li ha informati di quest'opportunità. E loro, da bravi, sono prontamente venuti a rubarlo. »

« Per farne che? » chiese Toni.

« Non lo sappiamo », rispose Christophe. « Non ancora, perlomeno. »

« Al momento non abbiamo modo di sapere cosa faranno », disse Stefan. « Ma io credo che sul significato del libro sappiano più cose di quante io potrei mai scoprirne da solo. Quindi il modo più semplice per venire a saperle è lasciar fare a loro. »

« Fin qui, la seguo », disse Luke. « Anzi, è un gran bel gioco d'astuzia. Però ieri sera lei ci è rimasto di sasso, quando ha visto che la tomba era vuota. »

« Speravo che le voci fossero infondate. » La voce del principe era bassa, ma salda e sicura. « Ripeto: io credo che le Tuniche Nere possano portarci dritti da Ludovico. »

« Ma quello che lei cerca si trova davvero qui? » chiese Toni.

Ottima domanda.

« Credo di sì. È l'unico posto possibile. Sarà compito di Christophe tenerci informati sui progressi delle Tuniche Nere. »

« Lei è sicuro che andranno sino in fondo? » chiese Luke.

Il principe sorrise e si voltò verso la professoressa Ertl. « Glielo dica. »

L'anziana sorrise. « È l'unica cosa che sappiamo per certo. »

39

Cotton frugò nella memoria in cerca di qualche dettaglio su Jason Rife, ma non gliene venne in mente neppure uno. La cosa era molto strana, per lui. D'altronde non era mai entrato in contatto con quell'uomo, e nessuno gliene aveva parlato. « Potrei sapere qualcosa su questo Rife? »

Bryie scosse la testa. « Lei non dovrebbe neppure essere qui. »

Koger fece per impugnare la pistola.

« Va bene, va bene. Carriera nella CIA. Missioni in India, Libano, Siria, Sudan, Marocco. Per un periodo è stato di stanza nell'ex Jugoslavia. Alla fine degli anni '90 è stato inviato in Iraq a fomentare le proteste contro Saddam Hussein, poi è stato necessario richiamarlo in patria, perché si è scoperto che stava complottando per ucciderlo. Col senno di poi non era una cattiva idea, ma ormai abbiamo smesso di far ammazzare la gente. »

Cotton sapeva che la CIA, ai suoi albori, era regolarmente ricorsa all'assassinio.

« Rife ha spinto l'amministrazione Clinton ad appoggiare un gruppo iracheno che mirava a rovesciare Hussein », continuò Bryie. « Tra i congiurati c'erano diversi ufficiali militari sunniti, qualche curdo, e vari membri del Congresso nazionale iracheno. Noi dovevamo fornire assistenza sotterranea. Manco a dirlo, è stato un fiasco: sono stati scoperti e giustiziati, dal primo all'ultimo. A quel punto, Rife è stato mandato in America Latina. »

« Di male in peggio », commentò Miller. « Ha continuato a operare presentandosi come *attaché* presso la nostra ambasciata a Buenos Aires. Poi è diventato capobase a Panama, in Messico e nella Repubblica Dominicana, e infine direttore della divisione America Latina. Ma ci è toccato rimuoverlo anche da lì, perché era intervenuto in Messico per aiutare un amico arrestato per droga.»

Cotton sorrise. «Sembra che non gli piacciano le regole.»

«Bell'eufemismo», disse Bryie. «Mi creda, il dossier di Rife sembra la sceneggiatura di un film catastrofico. In altri tempi, questo genere di cavaliere solitario sarebbe stato assai apprezzato. Ma ora no. Il mondo è troppo complicato, troppo interconnesso. Rife non bada alle ripercussioni di ciò che fa, però purtroppo contano anche quelle.»

«E adesso ha preso un gruppo di ex agenti arrabbiati, l'ha trasformato in una forza di combattimento e lo usa per mettere i bastoni tra le ruote a Derrick.»

«Così pare», disse Bryie. «Devo confessare che non l'avevamo mai considerato una minaccia concreta... fino a oggi.»

«Be', quella di ieri sera si può senz'altro definire una minaccia», disse Koger. «Tra l'altro, uno dei miei agenti ha appena ucciso quattro uomini, qui a Monaco, e ho motivo di credere che facessero parte della Falce. O perlomeno che fossero stati ingaggiati da essa.»

«Se mi fornisci i dettagli, verifico con le mie fonti qui a Monaco», disse Miller.

«L'agente sarebbe Luke?» chiese Cotton.

Koger annuì. «Li ha tolti di mezzo.»

«Lui sta bene?»

«Neppure un graffio.» Koger si rivolse a Bryie. «Il controspionaggio tiene d'occhio la Falce?»

Bryie scosse la testa. «Questi signori sono usciti dal giro non appena sono stati licenziati. Abbiamo commesso un errore, a non sorvegliarli. Ma provvederò immediatamente.»

Già da molto tempo Cotton aveva imparato che ciò che si ottiene dalla gente è proporzionale a ciò che le si dà. E ora aveva l'impressione che Randy Miller avesse una gran voglia di aggiungere qualcosa. Perciò gli chiese: «Cos'è che vorrebbe dire?»

«Cosa le dà questa idea?»

«La mia lunga esperienza nel campo.»

Miller lo scrutò a lungo.

«Che c'è, Randy?» gli chiese Koger.

« Devi tenere la bocca chiusa », disse Bryie.

Koger impugnò la pistola e la puntò. « Chiudila tu, Paul. »

« Vaffanculo, Koger. Io la chiudo qui. Non ci sto più. » Bryie si alzò e puntò un dito contro Miller. « Quello che stai per fare ti costerà il posto di lavoro. Potresti anche essere arrestato. È già abbastanza grave la presenza di Malone. Ma io me ne chiamo fuori. A differenza di te, io rispetto le regole. I miei superiori mi hanno detto chiaramente cosa posso rivelare e cosa no. E anche i tuoi. Ho già passato il limite. Ma adesso basta. Arrangiati. » E con quelle parole se ne andò sbattendo la porta.

« Che melodrammatico », commentò Koger.

« È molto ligio alle regole », rispose Miller, a bassa voce. « Lo è sempre stato. E ha ragione: ci è stato ordinato di non essere troppo collaborativi. Ascoltare e fare domande, sì, ma senza parlare granché. » Il suo sguardo vacillò per una frazione di secondo, esacerbando la tensione crescente. Sembrava che ognuno di loro stesse mettendo alla prova gli altri, saggiandone i punti di forza e di debolezza, valutando le possibili tattiche.

« Avanti, dica quello che voleva dire », lo incalzò Cotton.

« È da diversi anni che mi occupo della questione del *Letzte Königreich.* »

« E ne parli solo adesso? » sbottò Koger.

« Era un progetto minore. Ma ultimamente ha acquisito molta più importanza. L'ho studiato nel dettaglio. Se n'è occupato già l'Office of Strategic Services. E poi, dopo la guerra, la CIA. » Miller sganciò due bottoni della camicia, rivelando una catenina con pendente. « Questa era negli archivi della Seconda guerra mondiale. »

Era una chiavetta in ottone.

Koger si sporse a guardarla. « Cosa apre? »

Miller si strinse nelle spalle. « Non ne ho idea. Ci sto ancora lavorando. Non so nemmeno da dove provenga. Era in mezzo a uno dei vecchi dossier. »

« Ma perché l'hai presa? »

« Ho pensato che con me fosse più al sicuro. »

« Sei stato tu a censurare tutto il materiale che avevo richiesto? » chiese Koger.

Miller annuì. « Sì. Ma adesso mi rendo conto che questa faccenda è più grossa di quanto non immaginassi. »

« E Bryie non voleva che tu ce lo dicessi? »

« È Langley a non volerlo. Però penso che abbiate il diritto di saperlo. A casa mia ho molte altre informazioni. Ci avete visto giusto: non possiamo lasciare che quell'atto di cessione finisca in mano ai cinesi. Per me era solo una curiosità storica, ma adesso è diventata una questione importantissima. Qualche settimana fa, Rife mi ha contattato, chiedendomi di parlarne. L'ho mandato a quel paese. »

« E tu hai messo a rapporto questo contatto? »

« Certo. »

« Mi faccia indovinare il destinatario del rapporto », disse Cotton. « Bryie? »

Miller annuì.

« Hai già occhi e orecchie dentro la mia squadra, vero? » gli chiese Koger.

« Ti osservo da un po'. »

Koger era molto agitato. E ne aveva tutti i motivi: i suoi superiori gli celavano informazioni e gli giocavano scherzi. Di quelli pesanti, pure. E ora scopriva che lo spiavano. Ciononostante manteneva la sua compostezza. In qualunque altro momento, avrebbe dato in escandescenze.

Non in quello.

Cotton era insospettito.

Chi tirava le fila di quell'uomo? Poteva essere soltanto qualcuno più in alto del direttore della CIA. E a quel livello c'era una sola opzione.

La Casa Bianca.

Koger fece un cenno con la pistola e puntò i suoi occhi da predatore su Miller. « Ho bisogno che tu mi dica tutto quello che sai. Subito! »

40

Rife manovrò la cloche e diede inizio alla calata. La piattaforma di atterraggio era larga circa sei metri ed era attraversata da un'enorme X rossa. Per fortuna, in quella giornata di sole, la cima del palazzo era ben illuminata. Si posò dolcemente sulla spianata di cemento e spense la turbina.

Prese dal sedile passeggeri una borsa in vinile, poi aprì lo sportello in plexiglass. Un vento freddo frustava le pale ancora in movimento, ma la piattaforma era riparata dal parapetto in muratura che correva lungo i margini del tetto. Rife scese di bordo e andò dritto verso la porta di metallo grigio dalla quale si accedeva alle scale. Sul lato esterno erano stampate le parole tedesche che significavano TENERE CHIUSO.

La porta si aprì.

« Cinque minuti, come volevi », disse Terry Knight.

Rife entrò.

Mura grigie e spoglie racchiudevano il pianerottolo rettangolare alla sommità del corpo scale illuminato e riscaldato. Rife sbirciò giù dalla ringhiera, nella tromba centrale che spariva venti piani più in basso. I pannelli alogeni collocati nei punti in cui le rampe giravano di centottanta gradi erano tutti accesi.

Knight si era messo una divisa del servizio di sicurezza.

« Come hai fatto? » gli chiese Rife.

« Mi si è presentata un'opportunità. L'ho colta. » Knight non si smentiva mai.

« C'è un cadavere? »

Knight scrollò le spalle. « Davvero lo vuoi sapere? »

No, che non voleva. « Loro sono ancora al diciottesimo piano? »

Knight annuì. « Nell'ufficio principale. Sai già dov'è. »

Sì, che lo sapeva. Era stato lì diverse volte, ai cosiddetti bei tempi. « Con loro c'è qualcun altro? »

« No, che io sappia. Ho appurato che il personale non si presenterà al lavoro prima di mezzogiorno. Immagino che Koger abbia fatto in modo di avere l'intero piano per sé, almeno per un po'.»

«Possiamo accedervi da questa scala?»

Knight gli mostrò un mazzo di chiavi. «Ho aperto la porta mentre salivo.»

«Per caso una di quelle controlla gli ascensori?»

Knight annuì e gli indicò la chiave giusta.

Rife frugò nella borsa in vinile fino a trovare un fucile semiautomatico a canna corta, che appese alla spalla sinistra. Dopodiché, estrasse due pistole automatiche provviste di silenziatore. Ne tenne una per sé e diede l'altra a Knight. «Tu resta qui e fai la guardia all'elicottero.»

Scese due piani, fino alla porta in acciaio col numero 18. Girò la maniglia, dischiuse appena, e dal sottile spiraglio sbirciò nel corridoio. Sapeva che lì non c'erano videocamere a circuito chiuso: la CIA non voleva certo che qualcuno potesse osservare elettronicamente tutto ciò che avveniva a quel piano dell'edificio. Lì, la sicurezza stava nell'anonimato.

Nessuno in vista.

Sgusciò dentro e girò l'angolo. Raggiunti gli ascensori, premette il pulsante di discesa. Trenta secondi dopo, una delle due porte si aprì. Cabina vuota. Con la chiave fornita da Knight, Rife bloccò l'ascensore. Poi premette il pulsante di salita. Un minuto dopo, arrivò l'altra cabina, che lui prontamente disabilitò. Sapeva che all'estremità opposta del piano c'era un montacarichi, che però era ad accesso riservato. Forse Koger era in grado di usarlo, perciò occorreva sbarrare anche quella via di fuga, oltre alle quattro scale.

I bersagli erano sul lato sud del palazzo.

Rife impugnò di nuovo il fucile semiautomatico, tenendo il dito sul grilletto, e avanzò a passo cauto. Oltrepassò decine di porte chiuse. Provò qualche maniglia. Tutte chiuse a chiave. Bene. Al primo angolo diede un'occhiata furtiva. L'ufficio principale era dritto in quella direzione. Ma all'improvviso Paul Bryie uscì da una porta a vetri e venne verso di lui, palesemente diretto agli ascensori.

Rife si affrettò a tornare indietro.

Lungo il tragitto trovò una nicchia con una porta che recava il simbolo dei gabinetti degli uomini. Entrò e attese. Pochi secondi dopo, udì Bryie passare. Si rimise il fucile in spalla, impugnò la pistola col silenziatore e tornò in corridoio. Sbucò dall'angolo e affrontò Bryie davanti agli ascensori.

Lui si voltò. « Via libera. »

Rife annuì. « Sul tetto c'è Knight con l'elicottero. »

« Esco da dove sono entrato. Buona caccia. » Bryie entrò nel corpo scale e scese.

Rife tornò verso l'ufficio.

41

Cotton guardò fuori della finestra, verso gli edifici in lontananza. Il palazzo sorgeva nei pressi del vecchio Olympiapark. Non lontano da lì, nel 1972, otto terroristi palestinesi avevano ucciso undici atleti israeliani. Nel tentativo di salvare gli ostaggi, la polizia locale aveva ucciso cinque degli aggressori. Gli altri tre erano stati catturati. Il che aveva portato, un mese dopo, al dirottamento di un volo della Lufthansa, in seguito al quale il governo della Germania Ovest aveva rilasciato i prigionieri. Ma poi gli israeliani avevano rintracciato e ucciso ognuno dei palestinesi sospettati di essere implicato nel massacro.

E se ci fate un torto, non dobbiamo vendicarci? scriveva Shakespeare.

Era esattamente ciò che stava accadendo di nuovo.

Pan per focaccia, ma tra spie.

Randy Miller era in piedi accanto alla finestra, mentre Koger era ancora seduto. Continuavano a discutere sul da farsi. Koger aveva messo via la pistola. Cotton si sentiva un terzo incomodo. Dalla porta aperta colse un movimento nell'anticamera dell'ufficio. Le porte a vetri che davano sull'open space si aprirono, poi si chiusero, e apparve un uomo che reggeva un fucile semiautomatico. Una stranezza? Quello era territorio della CIA. Ma quella faccia - rigida e determinata, con lo sguardo puntato dritto avanti a sé - non gli era nuova.

L'aveva vista la sera prima.

Jason Rife.

Prima che Cotton avesse il tempo di aprire bocca, Rife fece irruzione nell'ufficio. La prima raffica di proiettili si piantò nell'enorme corpo di Randy Miller, come in una tavola da freccette. Sulla camicia bianca tesa dal ventre prominente eruppero fiori rossi di sangue. Il rumore sembrava quello di una vecchia stampante ad aghi, ma più forte. Una seconda raffica mitragliò il robusto vetro delle finestre, senza però infrangerlo. Miller andò a sbattere contro il muro, e i vetri vibrarono come la superficie di uno stagno. Un'ultima raffica lo finì: i proiettili gli spappolarono la carne del viso e le ossa sottostanti, rimbalzarono contro il vetro e fecero schizzare il sangue come vernice su una tela candida. Koger fece per impugnare la pistola, ma Rife diresse contro di lui la raffica successiva. Cotton reagì: sollevò la poltroncina più vicina e la scagliò addosso all'aggressore. La manovra diede a lui e a Koger i pochi secondi necessari per fuggire dall'unica altra porta disponibile: quella della sala riunioni adiacente.

Entrarono e richiusero.

Niente serratura. Si poteva solo sperare che il pannello di legno fosse robusto.

« Giù! » gridò Cotton.

Si gettarono sulla moquette proprio mentre i proiettili mitragliavano l'altro lato della porta, che sembrava abbastanza massiccia. Spinto dall'adrenalina, Cotton si alzò e tirò il pesante tavolo da riunioni, che trascinò con sé alcune delle sedie. La poltroncina a capotavola si schiantò contro la porta, seguita dal tavolo stesso.

Poteva bastare a rallentare l'avanzata di Rife.

Cotton corse all'estremità opposta della sala, dove c'era una seconda porta. Intanto Rife spinse con forza la porta e capì all'istante che qualcosa gli sbarrava la strada.

La porta batté violentemente contro il tavolo, più e più volte, spostandolo di qualche centimetro.

« L'hai visto in faccia? » chiese Cotton.

« Molto chiaramente. »

Entrambi corsero fuori della sala riunioni.

Rife prese a spallate la porta fino a far scivolare ciò che la bloccava quel tanto che bastava per infilarsi in uno spiraglio. Osservò la sala riunioni. C'erano sedie sparse ovunque, la stanza rettangolare era vuota, la porta all'estremità opposta era chiusa. Tornò indietro fino all'anticamera dell'ufficio principale, e lungo il tragitto ne approfittò per verificare che Randy Miller fosse morto.

Tanti saluti.

Ci mancava solo che quel tizio andasse in giro a spifferare tutto.

Uscendo, scorse Malone e Koger che entravano nell'open space da una porta a vetri.

Puntò la pistola e sparò.

I proiettili si schiantarono contro il vetro, che però non s'infranse.

Koger si girò di scatto.

A una decina di metri da lui, nell'ampio open space, fiammeggiava la bocca di un'arma da fuoco. Ringraziò chiunque a Langley avesse avuto la lungimiranza d'installare vetri antiproiettile. « Muoviamoci. »

Si precipitarono lungo il corridoio e svoltarono l'angolo.

Bisognava rispondere. Koger non era affatto disposto ad arrendersi a quei traditori, ma era sempre meglio scegliere una buona posizione. « Idee? » chiese a Malone.

Intanto erano arrivati a un'intersezione tra due corridoi.

« È stato Bryie. Ci ha attirati in trappola », disse Malone.

« Fin lì ci ero arrivato da solo. Ma di lui mi occuperò più tardi. Al momento abbiamo un problema più immediato. »

« Io lo attiro verso di me e tu lo abbatti. »

« Affare fatto. »

Rife si fermò.

Era lì per uccidere non solo Randy Miller, ma anche Koger e Malone. Miller faceva parte della commissione interna che aveva raccomandato il licenziamento di Rife e di tutti gli altri quarantacinque. Lo conosceva da tempo, e il loro rapporto era stato tutt'altro che cordiale. E infatti Rife non si era stupito quando Miller si era rifiutato di aiutarlo. Chissà quanto ci aveva goduto, il bastardo, a fargli perdere il lavoro. Probabilmente tanto quanto ci aveva goduto lui, ora, ad abbatterlo. E adesso doveva eliminare Koger e Malone: la posta in gioco era troppo alta per concedere a quei due di restare in vita. Non erano come Miller. No: erano agenti operativi competenti, e lui non poteva permettersi di risparmiarli, considerando ciò che lo attendeva. Almeno uno dei due era sicuramente armato. E non era da loro tirarsi indietro davanti a una battaglia.

Tutt'altro.

Perciò bisognava partire dal presupposto che lo stessero aspettando.

Bene.

Era da un po' che Rife non andava a caccia.

42

Cotton svoltò l'angolo e continuò ad avanzare.

Da qualche parte davanti a lui, Rife aspettava con un fucile semiautomatico. Lui, invece, era disarmato. Dunque, in caso di confronto diretto, le prospettive erano tutt'altro che buone. Koger era andato nella direzione opposta, con l'idea di costringere l'aggressore a scegliere tra loro.

Angolo successivo.

Ecco Rife.

A una quindicina di metri.

Cotton si ritirò in tutta fretta nel corridoio dal quale era appena sbucato, acquattandosi proprio mentre una mitragliata polverizzava il cartongesso della parete. Ma il corridoio era lungo. Troppi metri allo scoperto. Impossibile raggiungere la curva successiva prima che arrivasse Rife. Però c'era una nicchia dalla quale si accedeva a due gabinetti, che erano separati da un distributore d'acqua. Cotton si rialzò e sgusciò nel bagno degli uomini, poi sbirciò fuori dallo spiraglio della porta. Dieci secondi dopo, ecco Rife fare rapidamente capolino da dietro l'angolo, col fucile puntato e l'aria guardinga: di sicuro si stava domandando dove fosse la sua preda, e se fosse armata. Ma soprattutto: dov'era Koger? Con un po' di fortuna, il rumore della mitragliata gli aveva rivelato la posizione di Rife. Cotton poteva solo sperarlo.

Ma ora doveva attirare l'attenzione su se stesso.

Non appena Rife fece di nuovo capolino, Cotton spinse la porta verso l'esterno, poi lasciò che si richiudesse da sé. Infine la riaprì di qualche millimetro e, sbirciando fuori, vide Rife venire dritto verso il bagno degli uomini.

Si voltò a guardare cosa c'era dietro di lui.

Pannelli al neon illuminavano un bancone di marmo nero con due lavabi e rubinetti in metallo opaco, e uno specchio a parete rifletteva la luce verso i servizi igienici. Sul pavimento, anch'esso in marmo nero, erano installate quattro tazze, separate da tramezzi in pietra. Sicuramente Rife stava procedendo con cautela, il che avrebbe dato a Koger il tempo di agire. Ora Cotton sapeva come si sentiva una volpe braccata.

Non era una gran bella sensazione.

Decise che la miglior difesa era un attacco a sorpresa. Rimase in piedi accanto alla porta, da sotto la quale sfuggiva uno spiraglio di luce che si stava facendo sempre più scuro. Per aprire, Rife avrebbe dovuto prendere la maniglia e tirare verso di sé.

Cotton si preparò.

Lo spiraglio di luce sparì del tutto.

Rife era proprio dietro la porta.

Avanti, figlio di puttana. Apri.

La porta si smosse.

Cotton si mise sul piede sinistro e col destro diede un calcio violento alla porta, spingendola verso l'esterno.

Rife fu spinto all'indietro e per poco non gli cadde di mano il fucile.

La porta si era spalancata all'improvviso, cogliendolo alla sprovvista.

Non si aspettava un attacco così aggressivo da parte di Malone. Ma forse avrebbe dovuto.

Barcollò per qualche passo, fino a recuperare l'equilibrio.

E riprese saldamente il fucile.

Cotton eruppe dalla porta e si scagliò contro Rife prima che avesse il tempo di sparare.

Cadde insieme con lui sulla moquette.

Doveva disarmarlo, ma la cinghia del fucile glielo impediva. Perciò decise di piantargli un pugno in faccia. Poi rotolò di lato, in modo da trovarsi sopra di lui. Solo allora notò che Rife si era premunito: indossava un giubbotto di kevlar.

Ottimo contro i proiettili.
Un po' meno contro i pugni.

Koger corse nella direzione degli spari, che provenivano dall'estremità opposta del diciottesimo piano.

Udì rumori di lotta.

Sempre più vicini.

Rife si girò di scatto, scrollandosi di dosso Malone. Guadagnò i secondi necessari a impugnare di nuovo l'arma, preparandosi a liquidare l'aggressore. Però Malone, ben consapevole del proprio svantaggio, corse a rifugiarsi nei bagni. Prima ancora che la porta finisse di richiudersi, Rife piantò una scarica di proiettili nel legno.

Passi in avvicinamento.

Da dietro.

Si voltò e puntò il fucile. Se Malone avesse avuto un'arma, l'avrebbe usata.

No.

La vera minaccia era quella che stava arrivando.

Koger drizzò le orecchie nell'improvviso silenzio.

Aveva udito rumori di lotta, seguiti da spari a ripetizione, dietro l'angolo avanti a lui. Poi più nulla. Si avvicinò e sbirciò oltre il muro.

Niente.

Nessuno.

«Malone? Dove sei?»

Cotton udì Koger che lo chiamava.

Si era appiattito sul pavimento in marmo nero, aspettandosi gli spari di Rife. Ma ora la minaccia doveva essersi allontanata. Si alzò e riaprì la porta. L'altro lato era crivellato di proiettili.

«Qui!»

Koger sbucò da dietro l'angolo e corse da lui. «Tutto bene?»

«Sopravvivrò.»

«Dobbiamo trovare quel bastardo.»

Già.

S'incamminarono nell'unica direzione in cui poteva essere andato Rife, seguendo i corridoi fino all'atrio degli ascensori.

Koger premette il pulsante di discesa ed entrambi gli ascensori si aprirono. «Non è andato di qui.»

Fissarono la porta delle scale.

Koger l'aprì.

Passi pesanti.

Sopra di loro.

Rife stava salendo due scalini alla volta, verso il tetto. Aveva fatto fuori Miller. Con Koger e Malone aveva fallito. Inutile correre altri rischi. Quei due erano mine vaganti. Meglio rimandare la battaglia.

In cima alle scale lo attendeva Knight.

«Cambio di programma», disse Rife. «Non sono riuscito a eliminare Malone e Koger. Dobbiamo andarcene.» Gli porse il fucile, corse fuori, balzò a bordo dell'elicottero e accese la turbina. «Tieniti pronto.»

Cotton entrò nella tromba delle scale.

Koger lo seguiva a ruota, con la pistola in mano.

Due piani più sopra, una porta si aprì e si richiuse. Cotton salì di corsa fino a raggiungerla. Da fuori si sentiva il rombo di un rotore. Dischiuse appena la porta metallica. L'elicottero era sulla piattaforma, col globo di plexiglas della cabina rivolto verso di lui. Le pale giravano veloci e i pattini si stavano già sollevando.

Cotton spinse la porta un pochino di più. Lo investì un soffio d'aria gelida. Ai comandi c'era Rife. Al suo fianco era seduto un altro uomo, che aprì il portello e puntò una pistola verso Cotton. Lui arretrò, sbattendo addosso a Koger, e si lasciò cadere sul pavimento in cemento, lasciando che la porta si richiudesse da sé.

I proiettili tintinnarono contro il lato esterno.

Il rombo del rotore crebbe.

E poi si allontanò.

Cotton si rialzò e riaprì la porta.

L'elicottero era volato via.

43

Stefan stava cercando di godersi la sua colazione.

Aveva rispedito Christophe dai Guglmänner. Era giunto il momento di scendere in pista contro quei fanatici. L'attuale incarnazione della fratellanza esisteva da una settantina d'anni: era stata rimessa in piedi nel dopoguerra, durante la ricostruzione, in qualità di organizzazione sociale specializzata. Una cosa da dare in pasto ai media una volta ogni tanto. Al momento, l'unico motivo per cui le Tuniche Nere erano rilevanti era la quantità d'informazioni di cui erano in possesso, tramandate di decennio in decennio, fin dai tempi della morte di Ludovico II. Molte più di quante non ne possedesse la famiglia di Stefan.

«Christine, voglio che tu sappia quanto ti sono grato per tutto quello che stai facendo.»

Lui e la professoressa Ertl erano usciti dall'appartamento di lei e avevano fatto una breve passeggiata fino a quel caffè. I Guglmänner non avevano perso tempo, nell'impossessarsi del libro. Proprio come aveva previsto Christophe. Stefan aveva preavvertito Christine Ertl, la quale aveva acconsentito a fare da esca. Ecco perché, dopo essersi fatta consegnare il volume da Christophe e averlo chiuso nel cassetto, era uscita di casa. Doveva creare l'opportunità ideale. Ora che le Tuniche Nere avevano in mano il libro, forse sarebbero riuscite a risolvere il mistero. Quello stesso mistero che Christine aveva studiato al meglio delle sue capacità. Quello stesso mistero di cui il padre e gli zii di Stefan non parlavano mai.

Con lui, almeno.

La colazione consisteva in un caffè forte e in qualche fetta di pane fresco con una deliziosa marmellata danese.

«Ho dato un'occhiata al libro, subito dopo che Christophe me l'ha portato», disse Christine. «È un'edizione del 1875. *Tannhäuser und der Sängerkrieg auf Wartburg*. Niente segni, su nessuna pagina. Però il sigillo c'è. Il cigno col collo diviso da due linee.»

Ludovico III aveva avuto una biblioteca privata di tutto rispetto: diverse migliaia di volumi, ognuno marcato con un cigno goffrato nella carta, a mo' di *ex libris*. Un'idea mutuata dal cugino Ludovico II, che aveva amato molto i cigni. Ma era comunque una stranezza: nella tradizione tedesca, il cigno era presago di sventura. Eppure lo si ritrovava nelle decorazioni di tutti i castelli e palazzi, tanto che Ludovico II era stato soprannominato il Re Cigno.

«Negli Archivi nazionali ci sono altri volumi provenienti dalla biblioteca di Ludovico III», riprese la professoressa Ertl. «Tutti con la stessa goffratura sul frontespizio.»

Dunque non c'erano dubbi, il libro era autentico.

Christine Ertl era un'esperta della storia della Baviera dopo Ludovico II, quella della reggenza di Luitpold e del breve regno di Ludovico III. Stefan l'aveva conosciuta una decina d'anni prima, quando aveva cominciato a nutrire interesse per quel periodo. Poi, da qualche mese, aveva ripreso i contatti, e lei si era dimostrata ben disposta ad aiutarlo.

«Dobbiamo trovarne un'altra copia», le disse. «È possibile?»

«Adesso che sappiamo cosa stiamo cercando, sì. Magari in una delle biblioteche di Stato.»

«Trovala, per favore. Con urgenza.» Le conoscenze di entrambi sull'aura di leggenda che circondava Ludovico II erano assai lacunose, ma Christine Ertl aveva scoperto tra le carte di Ludovico III un'allusione a un possibile nascondiglio all'interno della scrivania. Perciò Stefan aveva mandato due persone a investigare, e aveva fatto centro. «Adesso sarà il caso che Marc Fenn e i suoi confratelli si rimbocchino le maniche.»

«Lo faranno. È lo scopo stesso delle Tuniche Nere.»

Tipo interessante, quel Fenn. Aveva ereditato il patrimonio del nonno, che si era arricchito fondando una fabbrica di prodotti di pulizia domestica alla fine del XIX secolo. Il padre aveva trasformato l'azienda in un impero chimico di portata globale, che a un certo punto aveva avuto stretti legami coi nazisti. Ma, come molte altre ditte che nel dopoguerra erano necessarie alla ricostruzione della Germania, anch'essa era stata perdonata per i suoi peccati e aveva prosperato. Negli anni '90, Fenn aveva avuto la lungimiranza di passare al settore dei cavi, delle antenne e dei ricevitori per la telefonia mobile. Ora, con un patrimonio netto di diversi miliardi, aveva tutto il tempo - e il denaro - del mondo.

E Stefan glieli invidiava.

Una volta re, si sarebbe occupato di Marc Fenn e di qualunque altro industriale che avesse voluto trarre profitto dalla *sua* Baviera. Per quel privilegio ci sarebbe stato un prezzo da pagare. Come ai vecchi tempi. «La prossima mossa spetta ai Guglmänner», disse a Christine Ertl. L'aveva già ragguagliata sugli eventi della notte precedente. «Tutto quello che avevamo, gliel'abbiamo fornito. Che lo usino!»

«Se c'è anche solo una possibilità di recuperare la salma, lo faranno. È da un bel po' di tempo che vanno in giro a raccontare che Ludovico II è stato assassinato. Se trovassero il corpo, coi metodi scientifici di oggi potrebbero finalmente dimostrare di aver ragione. E legittimarsi. Hai visto il loro filmato?»

Stefan annuì. Un video di trenta minuti, nel quale le Tuniche Nere esponevano tutte le circostanze della morte di Ludovico II che facevano pensare a un omicidio. Perlopiù supposizioni. Ben poche prove concrete. Era stato caricato in rete due anni prima, e aveva totalizzato più di due milioni di visualizzazioni. Un bel successo, per un manipolo di squinternati incappucciati.

«Nessuno ha mai avuto l'opportunità di studiare le spoglie di Ludovico», disse Christine. «L'autopsia condotta all'epoca è stata interamente manovrata dal governo, che aveva tutto l'interesse a nascondere la verità.»

«Secondo te, è vero che stato ucciso?»

La professoressa si strinse nelle spalle. «Ne dubito. Sarebbe stato troppo difficile mantenere il segreto. È più probabile che sia colpa sua, se è morto proprio al momento giusto. Era un uomo sconsiderato e imprudente.»

Anche Stefan la pensava così.

Ma contava ugualmente sui progressi di Marc Fenn. Di fatto, erano la sua unica possibilità.

Cotton avanzò lungo il corridoio, oltrepassando i bagni dove si era rifugiato, e tornò nell'ufficio principale. Koger lo seguì. I divisori di vetro portavano i segni di decine di proiettili. Su ogni cosa si era stesa una quiete innaturale, lo sfondo ideale della scena macabra di Randy Miller steso sulla moquette, reclinato contro la vetrata esterna, tutta impiastricciata di sangue e sfregiata da ragnatele d'incrinature. La morte aveva lasciato il suo fisico obeso in una postura contorta. L'aria era appestata dall'odore dei fluidi corporei.

«Ci serviva vivo», disse Koger.

«È appunto per questo che l'hanno ammazzato.» Cotton trattenne il respiro e si accovacciò accanto al cadavere. In corrispondenza dei fori d'entrata dei proiettili, la camicia era ridotta a brandelli. Attraverso una delle lacerazioni nel tessuto, qualcosa luccicava sul petto insanguinato. Era la catenina con la chiave. Cotton sciolse il nodo della cravatta, aprì il colletto della camicia e con uno strattone fece saltare la catenina. Si mise in tasca la chiave. «Potrebbe servirci.»

«E non solo quella.» Koger si accovacciò e perquisì le tasche di Miller fino a trovare la carta d'identità e un portachiavi. «Questa roba mi serve per accedere al suo appartamento e agli archivi.»

Cotton guardò l'orologio. «Io faccio una visitina a quello studio legale e vediamo cosa trovo.»

«Intanto io chiamo la squadra di pulizia. Guarda qui che disastro. In tutti i sensi.»

Vero.

«Ti rendi conto che, se Rife sapeva che eravamo qui, potrebbe essere al corrente anche di quello studio legale?» disse Koger.

«In effetti l'idea mi aveva già sfiorato.»

«Fa' attenzione.»

44

Con sorpresa di Luke, il principe volle a tutti i costi che lui riaccompagnasse Christophe dai Guglmänner. Toni non era stata inclusa, e la cosa l'aveva contrariata un po', ma Stefan aveva messo bene in chiaro che le Tuniche Nere erano un circolo esclusivamente maschile, sempre a caccia di nuove reclute.

« *Herr* Smith sarebbe una graditissima aggiunta ai loro ranghi », aveva detto a Christophe. « Così avremmo ben due infiltrati. »

« Il gran maestro si chiama Marc Fenn », disse Christophe a Luke, mentre camminavano. « È molto ricco, intelligente e fanatico. »

« Intelligente mica troppo, se non si è accorto di avere in casa un doppiogiochista. »

Christophe sorrise con quell'arroganza che cominciava a dargli sui nervi. « O magari io sono bravo a non farmi scoprire. »

In Tennessee, quel presuntuosetto sarebbe stato bollato come *redneck*, un ignorante del Sud. Non era sempre un insulto: Luke stesso aveva portato con fierezza quell'etichetta per tutta l'adolescenza. Ancora oggi, di tanto in tanto, si sentiva chiamare così, e non gli dava fastidio. Ciò non significava che si trovasse a suo agio in mezzo agli altri *rednecks*, ma a volte bisogna turarsi il naso e tirare via dritti.

« Sì, mi sa che sei tu a essere bravo. » Luke diede soddisfazione all'idiota, nella speranza di sciogliergli la lingua. « Dove andiamo, di preciso? »

« Fenn vuole vedermi. I Guglmänner fanno progressi, proprio come speravamo. È il momento di diventare gli amichetti del cuore di questi stupidi. »

Camminavano per le strade di Monaco, lungo i marciapiedi affollati. Mancavano appena due settimane a Natale e la città fremeva d'impazienza. Erano passate da poco le dieci del mattino. Il pallido globo del sole invernale riluceva nel cielo annuvolato, sforzandosi d'illuminare il mondo. Tutta l'animosità della notte sul Chiemsee sembrava svanita. Ecco un'altra caratteristica dei *rednecks*: la memoria corta. Erano subito pronti a occuparsi d'altro.

Toni era andata con Stefan, e Luke si domandava cos'altro avesse in mente il principe. Stando alle informazioni che aveva su di lui, Stefan von Bayern era un donnaiolo. Improbabile che ci provasse con Toni – la quale, dal canto suo, era capacissima di badare a se stessa –, ma per qualche ragione Luke non si sentiva a proprio agio con l'idea che lui tentasse un approccio.

Svoltarono in una zona di mercato. Sopra l'ingresso, un'insegna dipinta a mano e ornata di rametti di pino diceva MITTELALTERMARKT. Sembrava di essere stati trasportati nel Medioevo, con tanto di stendardi, costumi d'epoca, cibi, bevande e antichi mestieri. L'atmosfera era movimentata e festiva. C'erano danzatori in abito rinascimentale, bancarelle con venditori che recitavano la parte del mercante medievale, fabbri che forgiavano spade, soffiatori di vetro, un uomo che arrostiva un maiale allo spiedo. Le frittelle alle mele avevano un'aria appetitosa. Christophe si fermò a ordinare due boccali d'idromele.

« Cos'è? » chiese Luke.

« Un alcolico ricavato dalla fermentazione del miele. È ora che tu impari a bere come gli antenati. »

Il liquido dorato era servito in boccali di terracotta che sembravano fragilissimi, con manici talmente sottili da dare l'idea di potersi staccare da un momento all'altro. Luke prese un sorso. Il sapore era intenso, dolce, con note fruttate e speziate. Non era il suo genere di bevanda, ma non era il caso di dirlo ad alta voce. Perciò, imitando Christophe, trangugiò tutto.

Riprendendo la passeggiata nel mercato, trovarono un capanno nel quale due uomini vestiti con colori sgargianti confezionavano scarpe di cuoio alla maniera medievale. Lo percorsero da parte a parte, fino a una pesante cortina che si apriva su una grossa tenda, una sorta di area di lavoro. Lì trovarono ad attenderli un uomo sulla cinquantina, con capelli corti, grigio ferro, pettinati all'indietro. Portava un elegante cappotto di cashmere e una sciarpa scura di Louis Vuitton.

« Lui è il tizio di cui ti parlavo », gli disse Christophe, in inglese. « Jonathan Smith. »

L'uomo non accennò a tendere una mano per stringere quella di Luke, perciò lui tenne le sue ben infilate nelle tasche del giaccone.

« E lui è Marc Fenn, gran maestro dei Guglmänner », continuò Christophe.

« Mi hanno detto che lei non parla tedesco », disse Fenn.

« Sono statunitense fino al midollo », rispose Luke. « Ma so fare il mio mestiere. Christophe mi dice che lei ha bisogno di un aiuto specialistico, per così dire. Posso fornirglielo io... al giusto prezzo. »

« Un prezzo c'è sempre, con gli americani. »

« È il capitalismo. A noi piace. Fa girare il mondo. » Luke non aveva informazioni su quel tizio, ed era un po' insospettito dal fatto che il gran maestro dei Guglmänner si degnasse d'incontrare un perfetto sconosciuto. Sapeva per esperienza che assai di rado i colloqui di reclutamento in un gruppo venivano condotti dal capo supremo. Generalmente erano demandati ai subalterni. Dunque cosa stava succedendo? Forse Christophe non era poi così bravo come credeva.

« Mi hanno anche detto che le piacerebbe entrare nei nostri ranghi », continuò Fenn.

Luke si strinse nelle spalle. « Non sono uno che s'iscrive a tutti i circoli che trova, però il mio amico mi ha detto che ci sono dei vantaggi. E a me i vantaggi piacciono. »

« Noi teniamo molto al legame tra confratelli. È quanto abbiamo di più caro. » Fenn stava cercando di arruffianarselo, o era davvero convinto di ciò che diceva? « Ho un compito che va portato a termine. E presenta certi... vantaggi. Un compito che preferirei non affidare agli altri confratelli. »

« Ma *lui* è un confratello », disse Luke, indicando Christophe.

« Lui è un caso a parte, perché lavora anche per il principe. È la nostra spia. Christophe mi ha garantito che lei avrebbe capito la necessità di questo doppio gioco, dato che anche lei è al soldo del principe. »

« A me interessano i soldi. E non ho nessun obbligo nei confronti del principe. »

Fenn annuì. « Nemmeno nei miei. Ma io ne avrò nei suoi, quando lei avrà portato a termine il compito che le affiderò. »

« Mi piace, questa cosa. »

« Accettiamo! » disse Christophe, con entusiasmo.

« Ciò di cui ho bisogno è difficile da ottenere », disse Fenn.

« Mah, se i vantaggi sono proporzionati ai rischi... » Luke recitava la parte che ci si aspettava da lui.

« Venticinquemila euro a testa, in caso di successo. Per un lavoro di poche ore. »

« E in caso d'insuccesso? » chiese Christophe.

« Il carcere, probabilmente. A quel punto, io negherò di avervi mai conosciuti. »

Christophe scrollò le spalle. « Niente di nuovo. Io ci sto. »

« Anch'io », disse Luke.

Stefan non gradiva il fatto che nessuno lo riconoscesse.

Ormai erano in pochi a fare caso ai Wittelsbach. Loro, che erano stati una delle dinastie reali più prestigiose d'Europa! Un tempo erano stati sovrani di Baviera - una terra fiabesca, ammirata da tutti - e oggi non erano nulla. Suo fratello aveva un minimo di notorietà, ma nulla di più: ormai si era ritirato dalla vita pubblica, e preferiva starsene recluso a Nymphenburg coi suoi francobolli. Quando avesse esalato l'ultimo respiro, ben pochi avrebbero dedicato un solo pensiero al duca di Baviera. Niente funerali di Stato. Niente elogi pubblici. Nulla di tutto ciò. Solo un cadavere trascinato in una cripta e sepolto. Certo, le cose sarebbero state ben diverse, non appena Stefan avesse trovato quell'atto di cessione e stretto un patto con Berlino.

I re venivano trattati diversamente, c'era poco da farci.

Lui e Lexi Blake si stavano già muovendo. Christophe e Smith stavano prendendo contatto con le Tuniche Nere, entrando ancora di più nelle simpatie della confraternita. Era importante mantenere contatti stretti, soprattutto da quando Stefan aveva permesso loro d'impossessarsi del libro. Christine Ertl si stava occupando di procurarne una seconda copia, per ogni evenienza. Aveva ragione lei: Marc Fenn e le sue schiere avrebbero fatto progressi. Nessun dubbio. Grazie a Christophe, ora Stefan sapeva che i Guglmänner avevano molte più informazioni di quante ne avrebbe mai raccolte lui. E quello era già un indice dell'interesse pressoché nullo che la famiglia Wittelsbach nutriva per la questione. Stefan aveva tenuto Lexi con sé perché gli faceva comodo un secondo paio d'occhi e di mani. Se poi quegli occhi e quelle mani erano installati in una gran bella carrozzeria, ancora meglio.

Poco prima aveva ricevuto una telefonata da un suo contatto presso la Residenza, scoprendo che Albert era andato là nel cuore della notte per incontrare un uomo alto, magro, dai capelli grigi, americano. Si erano trovati nell'antiquarium e da lì avevano proseguito nella galleria degli antenati. Stefan non ci andava da tanto. Per i Wittelsbach, la Residenza significava ben poco, tanto più che era in buona parte una ricostruzione tardonovecentesca. Dell'epoca dei suoi progenitori non restava quasi nulla, il palazzo era solo un'attrazione turistica.

Ma in quanto tale aveva comunque una sua ragion d'essere.

Lui e Lexi entrarono nella Residenza da un ingresso laterale riservato al personale.

La sua spia, che li attendeva, li condusse al piano superiore, alla galleria degli antenati, e si avvicinò a una delle teche in vetro. «Il duca era interessato a questa.»

Stefan conosceva bene quella medaglia. Ludovico II l'aveva avuta nel 1865 dal re delle Hawaii. La vera sorpresa era il fatto che fosse stata di nuovo esposta lì. «Come mai è uscita dai magazzini?»

«Il duca ha voluto rimetterla in mostra.»

Inquietante. Per molti versi. Cos'era venuto a fare Albert? Perché aveva sfoggiato quella medaglia? La sera prima, come al solito, si era mostrato indifferente a qualunque cosa. Eppure, chissà perché, dopo il loro incontro era venuto lì per parlare con un americano.

A quale scopo?

« L'uomo che era qui col duca... hai idea di chi fosse? »

La spia sorrise. « Non so come si chiami, ma uno dei guardiani notturni ha riconosciuto il duca e ha fatto una foto a tutti e due. »

Interessante. « Ce l'hai? »

« Sì. »

45

Cotton uscì dall'ascensore ed entrò nell'ampio atrio della Lehmann. Aveva raggiunto in taxi quel grattacielo nel cuore della parte più moderna di Monaco. Memore dell'avvertimento di Koger riguardo a Jason Rife, aveva scelto con attenzione il tragitto e, una volta arrivato, aveva tenuto gli occhi bene aperti. Nel frattempo aveva usato lo smartphone per cercare informazioni sullo studio legale.

La ditta portava ancora il nome del fondatore, Ernst Lehmann, ma la proprietà era frammentata tra centinaia di *equity partners*. Tra i dipendenti c'erano migliaia di avvocati che operavano in cinquantasette Paesi, specializzandosi in casi fiscali, immobiliari, sanitari, edili, dispute tra privati, immigrazione, diritto commerciale e del lavoro. Un servizio a tutto tondo, a livello globale. A seconda della situazione, lo studio poteva patteggiare o affrontare un processo. Il suo ampio arsenale di talenti legali si appoggiava a un esercito di segretari, consulenti, impiegati, capufficio e ragionieri, a loro volta sostenuto da centinaia e centinaia di metri quadri di uffici, caterve di materiali di ricerca e tutto l'assortimento di strumenti che occorreva per portare a compimento il lavoro. Stando a uno dei siti internet aziendali, il giro d'affari dell'anno precedente aveva superato i quattro miliardi di euro. Un bel progresso dai tempi dell'avvocato solitario della fine del XIX secolo.

Il piano ferveva di attività. L'arredamento era un oceano bianco di elegantissimo e modernissimo *minimal*. Acrilico, metallo e vetro a specchio. Non un solo angolo di novanta gradi: ogni cosa era liscia, curva, inclinata. Le verniciature in tonalità calde di grigio e violetto imitavano la pietra e il legno. I pavimenti in pino erano ben lucidati, chiari e ariosi. Due enormi litografie impressionistiche occupavano un'intera parete. Cotton si avvicinò al bancone della reception, sul quale spiccava un vaso di cristallo ricolmo di fiori profumati. Dietro di esso lavoravano tre persone, che si occupavano delle linee telefoniche e dei visitatori. Le vetrate a parete intera lasciavano entrare a fiotti la luce del sole, ma a Cotton davano - comprensibilmente - un certo nervosismo. Un giovanotto dallo sguardo vivace e dal completo chiaro gli chiese in tedesco se potesse essergli d'aiuto. Cotton aveva già imparato il nome del membro più anziano della famiglia Lehmann, ancora a capo dell'azienda.

«Vorrei vedere Dianne McCarter», disse in tedesco.

«Ha un appuntamento?»

Lì occorreva un bluff. «Sì.»

«Il suo nome, prego.»

Meglio fornire il dato completo. «Harold Earl Malone.»

Il giovane digitò su una tastiera. «Mi dispiace, ma non risulta nell'elenco degli appuntamenti di oggi.»

Eh, grazie tante, pensò Cotton. *Va be', ci ho provato.*

Era il momento del piano B.

Lungo il tragitto aveva riflettuto sulle sei righe dell'enigma. *Dove Matthias pizzica le corde. Stella alpina sulla Foresta Nera. Nessun'acqua fredda. Pulpito, croce e ghirlanda. Nord-est la corona. Fine delle danze.* Tutti quei versi indicavano un punto specifico sulla mappa, tranne il secondo, che a ben vedere non aveva molto senso: *Stella alpina sulla Foresta Nera.* La stella alpina era un fiore di montagna, che cresceva prevalentemente sulle Alpi. Ma allora cosa ci faceva sulla Foresta Nera?

Forse il verso aveva un'altra funzione.

Quella di chiave?

«Le dica: *Edelweiß über Schwarzwald.*»

L'uomo gli rivolse uno sguardo perplesso.

«La signora capirà.» Poi, dato che il giovane non aveva l'aria di avere abboccato, Cotton aggiunse: «Mi dia retta, è meglio anche per lei. Le passi questo messaggio».

Si augurava vivamente di averci azzeccato.

Dopo una ventina di minuti, una signora anziana in tailleur di lana scuro lo raggiunse. Il ragazzo gli aveva detto di aspettare su una poltroncina davanti all'indaffaratissima reception e, non avendo altro da fare, Cotton aveva obbedito.

Durante l'attesa aveva cercato sullo smartphone informazioni su Dianne McCarter: ottantatré anni, figlia minore del secondogenito di Ernst Lehmann, avvocata da quasi sessant'anni, aveva ereditato le redini della ditta nel 1986, quando il fratello e due cugini erano morti in un incidente aereo. Aveva tre figli - due femmine e un maschio - e un certo numero di nipoti e pronipoti, alcuni dei quali erano avvocati come lei. Aveva un curriculum di tutto rispetto: addirittura, per un certo periodo, aveva rappresentato la Baviera nel Bundestag. Ormai aveva smesso di esercitare, ma manteneva un ufficio a Monaco e il titolo di partner esecutiva senior. Probabilmente era una rainmaker, una figura rispettata e conosciuta che serviva soltanto a conservare i clienti più ricchi. A quanto pareva, dedicava la maggior parte del proprio tempo a tenere conferenze di legge e politica presso vari atenei.

«*Herr* Malone?» disse la donna.

Cotton si alzò.

«Sono l'assistente personale di *Frau* McCarter», continuò la donna, in tedesco. «Se vuole seguirmi...»

Evidentemente l'intuizione era corretta: se Ludovico III aveva scritto quei versi per indirizzare una persona verso Ernst Lehmann a Eisenach, era logico che Lehmann avesse a sua volta un metodo per capire se la persona in questione fosse stata guidata da Ludovico III. E il modo migliore era stabilire una parola d'ordine. Banale, ovvio. Ma a volte le cose banali erano quelle che funzionavano meglio. Certo, quando l'enigma era stato concepito la posta in gioco non era alta come adesso. All'epoca era soltanto un modo per trovare la salma di un monarca. Ora era diventata una gara internazionale, il cui premio era ben altro che un cadavere.

La donna lo condusse in un ascensore e premette il pulsante di discesa. Dopo un certo numero di soste ai piani intermedi, si ritrovarono in un parcheggio sotterraneo, dove li attendeva una Mercedes coupé col motore acceso e la portiera posteriore aperta.

La donna gli fece cenno di accomodarsi. «*Bitte.*»

«Andiamo da qualche parte?»

«Io no. Lei sì.»

«Dove, di preciso?»

«Da *Frau* McCarter. La sta aspettando.»

46

Derrick decise di cominciare dall'appartamento di Randy Miller, ma prima fece tappa all'albergo di Luke per prelevare una busta di carta Manila che era stata lasciata lì per lui. All'interno c'erano i cellulari dei due uomini che avevano aggredito Luke la sera prima. Era opportuno farli esaminare. Chissà cosa potevano rivelare. Con un po' di fortuna, se quei tizi erano legati alla Falce, i loro telefoni avrebbero potuto fornire una pista che portasse a Rife e ai suoi uomini,

Randy Miller era stato messo a capo della divisione tedesca diversi anni prima, perciò ormai era ben ambientato a Monaco. Era divorziato e viveva da solo in un appartamento nei quartieri orientali, non lontano dalla tangenziale.

Malone ci aveva visto giusto: l'improvvisa fuga di Paul Bryie non era un caso. Evidentemente Bryie era legato a Rife, e faceva parte di quegli amici della Falce che ancora lavoravano nell'agenzia. Altrimenti non si sarebbe spiegato perché Rife non gli avesse sparato mentre raggiungeva l'ufficio. I due dovevano per forza essersi incrociati lungo il percorso.

Il taxi si fermò davanti al condominio.

Che disastro.

Che cosa ci faceva Derrick in quel posto gelido?

Chiunque, parlando con una persona comune, avesse dichiarato di lavorare per la CIA, sarebbe stato accolto da una reazione di meraviglia, e d'incredulità. *Davvero? Scherzi? Roba da pazzi!* Quella professione era associata a immagini stereotipate di agenti segreti hollywoodiani, ma la realtà era diversa: niente frac, niente eleganti case da gioco, niente giri del mondo col jet set. Il compito della CIA consisteva semplicemente nel raccogliere dati e analizzarli. Cioè, in parole povere, studiare libri, periodici, bollettini industriali, giornali, siti internet, post su Twitter o Facebook, trasmissioni televisive o radiofoniche, qualunque cosa potesse fornire informazioni. Tutta quella lettura generava rapporti di migliaia di pagine, che di solito non venivano neppure sfogliati e finivano in un archivio in vista di una futura consultazione. Il 90% del personale lavorava in uffici open space come quelli della Meridian Technology, e passava le giornate davanti a un computer. Nulla di scintillante, nulla di emozionante. Solo analisti che detestavano i loro supervisori, supervisori che invidiavano i vicedirettori, e vicedirettori convinti di avere tutti i numeri per diventare direttori generali. Ma allora perché lui voleva un ufficio a Langley? Come premio? Come riconoscimento per un lavoro ben svolto? Neanche per idea: lo voleva perché se lo *meritava*.

Una chiusura in bellezza.

Dopo tanti fallimenti.

Il peggiore dei quali era probabilmente il suo matrimonio. Era stato pesante, quando la moglie l'aveva piantato e se n'era andata soltanto coi vestiti che portava addosso. Vent'anni insieme, e neppure un addio, un semplice ciao, o anche solo un vaffanculo. Sparita, così. Senza una parola. Chi ama ha gli occhi di un falco: scorge perfino i dettagli più piccoli. Jody era così. Non le sfuggiva niente. Il suo sguardo registrava ogni cosa.

E lui aveva le sue colpe.

Era sempre stato un uomo chiuso, sempre preoccupato, con frequenti sbalzi d'umore. Di rado le aveva dedicato attenzioni. Stupidamente si era illuso che sarebbero rimasti insieme per sempre. Che lei non l'avrebbe mai lasciato. Ebbene, si era sbagliato.

Dopo di allora, non c'era stata un'altra donna nella sua vita: nessuna era degna di prendere il posto di Jody. Se solo si fosse degnato di dirglielo - anche una volta sola - magari le cose avrebbero preso una piega diversa.

Detestava lo sport e il movimento fisico in generale, perciò si era seppellito nel lavoro: la sua più frequente compagnia erano i libri, i film e i musei, in quell'ordine. Conduceva una vita solitaria, continuando a ripetere a se stesso che un giorno sarebbe stato felice. *La vita, la libertà e il perseguimento della felicità*, giusto? Sbagliato. Più che altro, era *vita, delusioni e ancora delusioni*. Per tanto tempo si era sforzato di trovare un senso in quella lunga serie di rivolgimenti di buona e cattiva sorte. Ora sembrava che finalmente la fortuna gli sorridesse.

Stava lavorando a qualcosa di grosso!

E aveva per alleato il presidente degli Stati Uniti!

Aveva operato in tutte le «zone calde» del pianeta, affrontando farabutti di ogni sorta. Adesso era direttore delle operazioni speciali. Solo che ormai in Europa non accadeva granché di speciale: la guerra fredda era finita da un pezzo, e la sua posizione era considerata pressoché trascurabile, un lavoretto di tutto riposo, senza grossi rischi. Il che la diceva lunga sull'opinione che le alte sfere della CIA avevano di lui. Forse aveva ragione Trinity: Derrick Koger aveva fatto il suo tempo. Dunque perché non concedersi un addio col botto, con un'impresa che cambiasse davvero le cose? Nella sua carriera pluridecennale aveva imparato l'arte della pazienza, della pianificazione e dell'astuzia. Ma, soprattutto, aveva imparato che bisognava giocare sul serio.

Altrimenti tanto valeva non giocare affatto.

Pagò il tassista, entrò nel condominio e salì a piedi fino al terzo piano. Si era fatto dare l'indirizzo durante il tragitto tramite un messaggio criptato, subito dopo aver fatto rapporto sulla morte di Miller. Il palazzo non aveva nulla di speciale, niente che attirasse l'occhio. Era solo uno degli innumerevoli casermoni che sorgevano in tutta Monaco. Il comune aveva un milione e mezzo di abitanti, cui si aggiungevano i quattro milioni e mezzo dell'area metropolitana. Una grande città in continua espansione. Era facile perdersi, ma anche far perdere le proprie tracce.

Appena trovò l'interno giusto, le sue antenne si drizzarono.

La porta era socchiusa.

Si guardò intorno. Sul pianerottolo non c'era nessuno. Estrasse la pistola. Dall'appartamento non proveniva alcun rumore. Col piede destro spinse la porta. L'abitazione era completamente a soqquadro. Qualcuno l'aveva perquisita a fondo. Niente libri, niente raccoglitori, niente computer in vista.

Perlustrò le altre stanze.

Idem.

Se lì c'era stato qualcosa d'importante, ormai non c'era più.

C'era una sola spiegazione possibile.

La Falce.

47

Rife era soddisfatto di come stava andando la giornata.

Aveva fatto fuori Randy Miller, aveva quasi ucciso Malone e Koger, ed era riuscito a recuperare tutte le informazioni raccolte da Miller sull'Ultimo Regno. Non appena Koger aveva richiesto quell'incontro, Miller aveva parlato con Paul Bryie dell'interesse di Koger per la storia bavarese, in particolare per il *Letzte Königreich*. Gli aveva dato parecchie informazioni, soprattutto quelle che era riuscito a scovare negli archivi militari della Baviera meridionale, in mezzo a documenti caduti nel dimenticatoio fin dai tempi della guerra: centinaia di migliaia di pagine di registri dell'esercito tedesco e di quello statunitense. Materiale di poco interesse, ormai, se non per gli storici.

Miller aveva raccolto una vasta quantità di fonti, perlopiù rapporti di una squadra dell'OSS inviata in Baviera nel 1945 per investigare sull'Ultimo Regno. L'OSS era il precursore della CIA e aveva operato durante la Seconda guerra mondiale come agenzia d'intelligence primaria. Era comandato dal generale William Donovan e si occupava principalmente di coordinare le attività di spionaggio dietro le linee nemiche, in tutti i rami. Al suo apice lavoravano decine di migliaia di persone. Truman l'aveva sciolto nel 1945, ma molti dipendenti - anche ai piani alti - avevano poi formato, due anni dopo, quella che sarebbe diventata la CIA.

Poco prima aveva mandato a casa di Miller una squadra che aveva fatto sparire qualunque documento relativo all'Ultimo Regno. Aveva abbandonato l'elicottero fuori città, in mezzo ai campi, dopodiché era tornato con Terry Knight alla casa a sud di Monaco. Lì i suoi uomini gli avevano consegnato tutto ciò che avevano trovato nell'appartamento di Miller, annunciandogli che erano arrivati sul posto per primi.

Benissimo. Aveva previsto che Derrick Koger sarebbe andato subito là.

«Io gliel'avevo detto, a Miller, di farsi gli affari suoi», disse Paul Bryie, che li aveva appena raggiunti in auto da Monaco. «Ma lui voleva a ogni costo dire tutto a Koger.»

Appunto per quello il trippone doveva morire. «Non è più un problema.»

«No, però lo è il fatto che tu abbia mancato Koger e Malone.»

Come se ci fosse stato bisogno di ricordarglielo. «Vero, ma di loro mi occuperò più tardi. Al momento abbiamo un bel vantaggio, e credo che grazie a Miller faremo ulteriori progressi.»

Rife aveva già sfogliato i vecchi faldoni che Miller aveva prelevato dagli archivi, un mucchio di carte fragili dall'inchiostro sbiadito. Alcune, di varia data, erano state separate. Miller le aveva raccolte in una cartella a parte, con scritto IMPORTANTE. Tutte recavano l'intestazione OFFICE OF STRATEGIC SERVICES, DISPACCIO INTERUFFICIO. SEGRETO.

DESTINATARIO: gen. William Donovan
MITTENTE: ten. Mike Burke
OGGETTO: cooperazione Germania/Giappone
DATA: 5 aprile 1943

1. Nuove intercettazioni confermano il deteriorarsi dei rapporti tra Giappone e Germania. I piani di guerra di entrambi i Paesi stanno fallendo. Ognuno dei due vuole che l'altro gli dia man forte. In più, è ormai ordinaria amministrazione che i rispettivi rappresentanti di governo, l'uno di fronte all'altro, ingigantiscano vittorie trascurabili e minimizzino sulle perdite. Fonti autorevoli ci comunicano che la Germania sminuisce sistematicamente l'importanza delle proprie sconfitte. I tedeschi affermano che l'offensiva sovietica sta per esaurirsi, e che in qualunque campagna di terra la Wehrmacht avrà vittoria certa, ma laddove le truppe devono essere trasportate oltremare le cose si fanno più difficili. Questa dichiarazione va letta come un segnale della riluttanza della Germania a prendere parte ai conflitti nelle aree del Pacifico.

2. Il Giappone si rifiuta sistematicamente di rivelare alla Germania la vera posizione strategica delle proprie forze nel Pacifico, e anche d'interferire con gli sbarchi statunitensi a Vladivostok, permettendo così la partenza di grandi quantità di truppe e approvvigionamenti verso la Siberia orientale, e da lì verso il confine occidentale dell'Unione Sovietica.
3. Varie fonti confermano che Hitler e l'alto comando tedesco sono furibondi per via del rifiuto da parte dei giapponesi d'interferire con quegli sbarchi americani, perché la cosa permette un flusso continuo di rinforzi alle truppe sovietiche da est. Pare che Hitler abbia dichiarato, a proposito dei giapponesi: «Mentono spudoratamente, e tutte le loro dichiarazioni si rivelano poi un inganno».
4. Parte dell'attrito fra Giappone e Germania è incentrato sul continuo interesse giapponese per le isole Hawaii e sull'incapacità tedesca di offrire un ausilio a quell'interesse. Diverse fonti parlano di un documento che la Germania starebbe cercando fin dal 1939, e che avrebbe qualche attinenza con la famiglia Wittelsbach. I dettagli sono poco chiari, stiamo ancora lavorando per fare luce su questa faccenda.

A quanto pareva, il Giappone voleva che la Germania trovasse quell'atto di cessione. In cambio, offriva ulteriore sostegno alle forze dell'Asse in Europa. Evidentemente l'OSS, nel 1943, sapeva ben poco. Ma ecco un dispaccio dell'anno successivo:

DESTINATARIO: gen. William Donovan
MITTENTE: ten. Mike Burke
OGGETTO: autorizzazione di nuova operazione
DATA: 9 gennaio 1944

1. Fonti vicine all'alto comando tedesco confermano la continua ricerca, all'interno della Baviera, di un documento relativo alla famiglia Wittelsbach, che potrebbe avere un impatto sugli Stati Uniti. L'attuale duca di Baviera, Rupprecht, vive in Italia, esiliato dai nazisti nel

1939. Al momento è impossibile contattarlo direttamente, poiché è ospite personale di re Vittorio Emanuele. La moglie e i figli abitano in Ungheria.
2. Rupprecht si è opposto alla repubblica di Weimar e, come il padre, Ludovico III, non ha mai abbandonato le proprie pretese al trono di Baviera. Alla morte del padre, nell'ottobre del 1921, Rupprecht si è proclamato re, facendo presente che Ludovico III non aveva mai rinunciato formalmente alla corona.
3. Rupprecht non ha mai appoggiato l'estrema destra tedesca, benché Hitler avesse cercato il suo sostegno dietro promessa di una restaurazione reale. Alcune fonti confermano che nessuno dei due piaceva all'altro. A Rupprecht è attualmente vietato di tornare in Germania. È assai interessato a un ritorno della monarchia bavarese. Ha addirittura ventilato l'idea di un'unione con l'Austria per formare una «Germania meridionale» indipendente. Nel maggio del 1943 ha firmato un documento nel quale asseriva con convinzione che la Germania avrebbe perso la guerra. Inoltre si offriva di portare la corona tedesca, che in un lontano passato è stata sulle teste dei Wittelsbach.
4. Pare che il principale motivo di attrito fra Rupprecht e Hitler sia un documento degli anni '80 del XIX secolo, che riguarderebbe Ludovico II, e sul quale i tedeschi vogliono mettere le mani. Lo stanno attivamente cercando in tutta la Baviera, ma non hanno ancora trovato nulla. Rupprecht si rifiuta di prestare qualsivoglia aiuto ai tedeschi. Stiamo lavorando per procurarci informazioni più dettagliate e chiediamo autorizzazione ad avviare una nuova operazione volta a questo scopo.

Sembrava proprio che Randy Miller avesse fatto centro. Altri tre dispacci parlavano delle ricerche naziste a Monaco e in tutto il Sud della Baviera, nella primavera e nell'estate del 1944. Poi ce n'era uno, inviato dal generale Donovan in persona, stampigliato TOP SECRET.

DESTINATARIO: gen. Dwight Eisenhower
MITTENTE: gen. William Donovan
OGGETTO: rapporto su operazione in corso
DATA: 24 ottobre 1944

Mi è giunta notizia che da qualche tempo i nazisti conducono un'investigazione ad ampio raggio in tutta la Baviera. Sappiamo che stanno cercando un documento appartenente alla famiglia Wittelsbach, che risale al 1881 e riguarda re Ludovico II. Data la delicatissima natura di quest'informazione, ti chiedo di fissare un incontro per parlarne di persona, preferibilmente il prima possibile, considerando l'urgenza della situazione. Finora, che noi sappiamo, i tedeschi non hanno ancora trovato nulla di sostanziale, ma la loro determinazione mi turba. Per favore, fammi sapere quando possiamo discuterne.

La lettura di Rife venne interrotta dal ronzio di un telefono. Era quello di Bryie, che rispose, rimase in ascolto per qualche istante, poi ringraziò la persona all'altro capo della linea e chiuse la chiamata.

« Malone ha un cellulare », disse Bryie. « L'abbiamo tracciato. »

Rife sorrise. Quanto amava la tecnologia! « Dimmi dove. »

48

Cotton ammirò dai finestrini la sede dell'Università Ludwig Maximilian, un complesso di edifici raggruppati intorno a due ampi spiazzi quadrati lungo la Ludwigstraße. Quella via prendeva nome da Ludovico I, il re che ne aveva fatto il viale più grandioso di tutta la città, un luogo per palazzi rinascimentali in stile italiano, parate di Stato e processioni funebri.

L'auto della Lehmann si era fatta strada nel traffico della tarda mattina. Per un istante, Cotton si domandò se la destinazione fosse l'università, ma poi vide che la vettura proseguiva verso un altro palazzo, tutto a finestre ad arco, talmente lungo da occupare un intero isolato: la Biblioteca di Stato bavarese. L'autista si fermò davanti all'ingresso. Un uomo che attendeva sul marciapiede aprì la portiera di Cotton e gli fece cenno di scendere.

Lui obbedì ed entrò nella biblioteca.

Vinto dalla curiosità, si concesse qualche istante per leggere le poche righe della targa informativa collocata nell'atrio: quell'istituto, fondato nel 1558, inizialmente aveva raccolto i libri della corte dei Wittelsbach, ma oggi era la biblioteca centrale di Stato. La sua collezione di trentatré milioni di unità, di cui oltre dieci milioni di volumi, cinquantasettemila periodici e centotrentottomila manoscritti ne faceva uno dei più importanti depositi di conoscenza al mondo.

Impressionante.

L'uomo, che si era fermato ad aspettarlo, gli fece segno di seguirlo. In fondo all'atrio c'era un ascensore. Da lì in poi Cotton proseguì da solo. Salì al terzo piano, dove lo attendeva una donna anziana, snella, coi capelli bianchi in un'acconciatura elaborata che accentuava la delicatezza dei lineamenti. Le guance erano scavate e gli occhi azzurri opachi, con le palpebre cascanti. Era abbigliata con gusto: tailleur pantalone nero, stivaletti, giro di perle.

« A quanto ho capito, lei ha tre parolette da dirmi », disse la donna, in perfetto inglese.

« *Edelweiß über Schwarzwald.* »

« Sarò sincera: non credevo che le avrei mai sentite. »

Cotton uscì dall'ascensore. « Lei è Dianne McCarter? »

« In persona. Lieta di conoscerla, *Herr* Malone. La mia assistente mi ha telefonato appena lei si è presentato al mio studio. Anche lei attendeva da tanto tempo di sentir pronunciare quelle parole. Prego, mi segua. Ho molte cose da raccontarle. »

Luke e Christophe entrarono nella Frauenkirche, la maestosa Cattedrale di Nostra Signora, che occupava una posizione centrale all'interno della Città Vecchia, non lontano da Marienplatz. La struttura in mattoni era talmente imponente che i dettagli si perdevano nel volume. I contrafforti necessari a rinforzare le mura svettanti erano nascosti all'interno. La facciata si elevava in due campanili sormontati da cupole in ottone a forma di cipolla, che costituivano uno dei tratti distintivi di Monaco. Luke e Christophe erano venuti lì a piedi dopo aver passato quasi mezz'ora con Marc Fenn. L'uomo aveva spiegato loro cosa voleva che facessero, e in quale momento.

Non era un'impresa facile.

La navata era lunga e alta, con due file di torreggianti colonne ottagonali che portavano all'altare maggiore, così fitte che dal nartece non si vedevano le finestre. Ogni cosa era troppo lustra per essere antica: con ogni probabilità era una ricostruzione postbellica. A pochi metri da loro, diverse persone si erano assiepate a osservare un punto del pavimento.

In uno dei riquadri c'era l'impronta concava di un piede.

Luke ascoltò la guida turistica che spiegava in inglese: « La leggenda vuole che il diavolo avesse fatto un patto col costruttore di questa chiesa. Gli avrebbe pagato interamente i lavori, a condizione che le mura non avessero finestre ».

In effetti, da lì, le finestre non si vedevano.

« Quando il diavolo venne a ispezionare il tutto, la chiesa era già stata consacrata, perciò lui non poteva entrare nella navata. Rimase qui, nel nartece. L'astuto costruttore l'aveva ingannato posizionando le colonne in modo che le finestre non fossero visibili da questo punto. Scoperto l'imbroglio, il diavolo pestò un piede a terra, con tanta forza da lasciare quest'impronta.»

Luke sorrise a quell'arguta storiella. Cosa non s'inventava la gente, pur di alimentare il flusso turistico!

Christophe stava studiando il cartellone con la piantina della chiesa. Indicò l'altare. «È dietro il presbiterio.»

La cattedrale brulicava di visitatori che ammiravano le decorazioni e scattavano fotografie. Ma senza flash, come ingiungevano i molti cartelli. Gravi note d'organo rimbombavano tra le mura. Luke e Christophe si accodarono a una piccola comitiva che si dirigeva verso l'altare maggiore, sopra il quale pendeva un gigantesco crocifisso fissato alla volta superiore. Dietro, da un varco in un cancello di metallo, c'erano i gradini che scendevano alla cripta. Fenn aveva detto che sotto la cattedrale c'erano molte sepolture dei Wittelsbach, alcune addirittura risalenti al XIII secolo. Lì giacevano le spoglie mortali di Ludovico III, ultimo membro della famiglia ad aver avuto il titolo di re. Riposava con la moglie, ma non in un ornatissimo sepolcro creato appositamente per loro, bensì in un loculo nelle mura, senza troppi onori o sfarzi.

Scesero nella cripta coi mattoni a vista. In una delle pareti erano inserite sei lapidi rettangolari disposte a formare un quadrato perfetto, separate da linee nette e scure. Cinque di esse recavano i nomi degli occupanti. Quattro donne. Un solo uomo. KÖNIG LUDWIG III VON BAYERN.

Fissarono la lastra.

Nessuno in giro.

Fenn era stato chiaro su ciò che occorreva fare: «Ho bisogno che apriate la tomba di Ludovico III e recuperiate un orologio da tasca».

Né Luke né Christophe avevano sollevato obiezioni: venticinquemila euro a testa sarebbero bastati a tenere a bada la loro curiosità.

«Come l'apriamo?» bisbigliò Christophe.

Luke si avvicinò, esaminò la pietra e decise di mostrarsi collaborativo. «Non penso che sarà un problema.»

49

Cotton seguì Dianne McCarter lungo i corridoi del terzo piano della biblioteca, fino a una sala di lettura. Il sole entrava a fiotti dalle finestre. Due lunghi tavoli in rovere erano carichi di pile di volumi.

«Si accomodi, *Herr* Malone, *bitte.*»

Le vecchie abitudini sono dure a morire, perciò Cotton non poté fare a meno di osservare i libri. Molti erano antichi, con copertina in pelle. Dalle dimensioni, dalla foggia e dalla rilegatura capì che erano edizioni del XIX secolo e dei primi del XX. Ogni epoca aveva portato innovazioni nell'arte della legatoria. Un occhio allenato sapeva distinguerle e datare l'opera. Ma il fatto stesso che i volumi fossero impilati indicava che non erano rari, né preziosi: metterli gli uni sugli altri rovinava la rilegatura e riduceva il valore dell'oggetto. Perciò i tesori librari venivano sempre conservati separatamente.

«Lei è un bibliofilo?»

«Possiedo una libreria antiquaria a Copenhagen.»

«Oh, che meraviglia. Anch'io amo i libri. In famiglia teniamo da diverse generazioni una biblioteca privata piuttosto ricca. E mi piace godermi i miei anni di pensione in questo posto.»

«Però, a quanto ho visto, lei è ancora a capo di uno dei maggiori studi legali al mondo.»

Dianne ridacchiò. «'A capo' non direi, però sono tra i soci di maggioranza.»

«Allora come ho fatto a meritarmi un incontro con lei?»

«Ogni cosa a suo tempo, *Herr* Malone. In primo luogo, per cortesia, mi dica chi è lei, e in che modo è venuto a conoscenza delle parole che ha pronunciato.»

«Mi perdoni, ma il suo cognome... non è tedesco, vero?»

«Ho avuto la grande fortuna d'innamorarmi di un bell'irlandese. Mio padre non approvava, ma Kevin è stato l'amore della mia vita. Purtroppo l'ho perso una decina d'anni fa. Ma ho la consolazione del suo cognome, e dei tre figli che abbiamo avuto.»

Che simpatica, quella signora. Sembrava proprio una persona sincera.

Perciò Cotton le raccontò del furto a Herrenchiemsee, della scoperta del libro e della busta, e di tutto ciò che sapeva sul principe Stefan, su Marc Fenn e sui Guglmänner. Omise soltanto la storia dell'atto di cessione.

«Le Tuniche Nere sono una specie di paradosso», disse Dianne. «Stia attento con quella gente. I fanatici possono essere imprevedibili e pericolosi.»

«Immagino.»

«Non mi ha ancora spiegato come mai si sta interessando a questa faccenda.»

«Sono qui per conto degli Stati Uniti.» Cotton temeva che le menzogne fossero controproducenti, perciò spiegò il motivo preciso per cui era stato coinvolto.

Il volto dell'anziana sembrava scolpito nel granito. «Gli Stati Uniti vogliono l'atto di cessione, vero?» disse dopo qualche secondo.

Cotton rimase sorpreso. «Lei ne è al corrente?»

«Certo. Durante l'ultima guerra lo cercavano tutti, americani e tedeschi. Ma poi la Germania ha perso e gli Stati Uniti hanno gettato la spugna, così nessuna delle due nazioni ha mai fatto tutti i progressi che ora ha fatto lei.»

«Se n'era occupato suo padre?»

Dianne annuì. «I nazisti hanno setacciato l'intera Baviera per cercare ciò che Ludovico III aveva nascosto. Per fortuna il re era furbo e loro erano degli incapaci, a differenza di lei.»

«Però il principe Stefan sapeva del libro nascosto nella scrivania. Dunque come mai non l'avevano scoperto i nazisti?»

«Elementare: i Wittelsbach detestavano Hitler. Non avrebbero rivelato nulla ai nazisti, men che meno avrebbero collaborato con loro. Mio padre mi ha raccontato che il duca Rupprecht – che all'epoca era a capo del casato – sapeva ben poco di ciò che aveva fatto suo padre, Ludovico III. Pare che i due non fossero molto legati. Insomma, Ludovico III si è portato i suoi segreti nella tomba. Rupprecht, per riavere il trono, ha tentato di venire a patti con la Germania e gli Stati Uniti, ma entrambe le nazioni hanno rifiutato. E probabilmente è un bene, perché Rupprecht non ha mai saputo molto sul *Rätselspiel.*»

«Il... 'gioco degli enigmi'?»

«Ah, lei sa il tedesco?»

Cotton annuì.

«*Ja,* il gioco degli enigmi. È come Ludovico III aveva chiamato la sua caccia al tesoro.»

«Ma lei racconta tutte queste cose a un perfetto estraneo?»

«Lei non è un estraneo. Ludovico III ha lasciato a mio nonno istruzioni precise: cooperare con chiunque pronunci quelle tre parole. Lei le ha pronunciate, e questa è già una garanzia. Significa che lei ha risolto la prima parte dell'enigma. E io sono tenuta a ottemperare a quelle istruzioni, non a metterle in dubbio, o addirittura modificarle.»

Cotton annuì. «Capisco, sono avvocato anch'io.»

«Allora comprenderà quello che sto dicendo.»

«Fin troppo bene.»

Dianne indicò i libri sul tavolo. «Diceva che è un bibliofilo? Durante l'ultima guerra, molto di questo materiale è stato messo in salvo, eppure è andato perso più di mezzo milione di volumi. Quasi il novanta per cento di questo edificio è stato distrutto dai bombardamenti.»

«Ma lei cosa fa, di preciso, qui?» Cotton era sinceramente incuriosito.

«Pongo rimedio.»

Che strana risposta.

«Sono a capo del progetto di restituzione dei materiali acquisiti illegalmente.» Dianne prese un libro avvolto nella plastica. «Questo, per esempio. La biblioteca l'ha comprato all'asta nel 1973, in perfetta buona fede, ma ora siamo venuti a sapere che era stato rubato dai nazisti nel 1940. Stiamo cercando il proprietario - o piuttosto gli eredi - per ridarglielo. Questo lavoro è finanziato dal mio studio legale.» Ne sembrava fiera. «Stiamo controllando tutto il fondo librario alla ricerca di acquisizioni illegittime. Finora abbiamo esaminato circa sessantamila volumi, di cui quasi cinquecento giunti in questa biblioteca per vie che si potrebbero definire illecite. Più di metà è già stata restituita ai rispettivi proprietari. »

« Un lavoro importante. » Cotton parlava sul serio.

Lei sorrise. « Mi dà molta soddisfazione. E tiene occupato il mio vecchio cervellino. »

Cotton si chiese perché quella donna facesse di tutto per mantenere quella simpatia disarmante.

« Ci sono molti misteri, qui. Qualche anno fa, uno studioso italiano ha trovato, in mezzo ai nostri manoscritti di Johann Jakob Fugger, un codice greco dell'XI secolo contenente ventinove scritti omiletici inediti, nientemeno che di Origene di Alessandria. S'immagina? Un tesoro! »

Cercava d'intortarselo, per esaminarlo. Strato dopo strato. E carpire più informazioni possibile, senza sembrare troppo interessata.

Lui decise di accontentarla. « Da quanto tempo aspettava che qualcuno pronunciasse quelle parole? »

« Da tutta la vita. Questo compito mi è stato trasmesso da mio padre, così come a lui era stato trasmesso dal suo. Finora non si era presentato nessuno. »

« Ma cosa sta succedendo? Come mai tanta segretezza? »

« Mio nonno ha avuto l'onore di essere l'avvocato personale di re Ludovico II, poi del principe reggente Luitpold, e infine di re Ludovico III. A cavallo tra il XIX e il XX secolo, la Baviera era un posto molto movimentato. Sono capitate tante cose. Alcune buone. Alcune meravigliose. Altre orribili. »

« Non ha ancora risposto alla mia domanda. »

« *Nein*, infatti. »

« Io sospetto che lei mi abbia fatto portare qui per capire fino a che punto sono informato... e forse anche per soddisfare una curiosità tutta sua. Nonostante la sua pretesa di essere una semplice messaggera. Un'avvocata senza legami personali con questa faccenda. »

Dianne sorrise. « E forse ha ragione. »

Rife fissava la Biblioteca di Stato bavarese dall'auto. Al volante c'era Terry Knight. Procedevano lungo l'ampia carreggiata della Ludwigstraße, riempita dal traffico della tarda mattinata. Il cellulare di Malone risultava in mezzo a quelle mura. A quanto Rife aveva appurato, l'edificio era molto grande e aveva una pianta rettangolare, divisa al centro da un'ala interna. Migliaia e migliaia di metri quadrati, divisi su vari piani. Contrariamente a quanto si vedeva nei film, nessun tracciamento a distanza poteva restringere il campo a un punto specifico all'interno di un fabbricato. In più, Rife sapeva soltanto *dove* si trovava Malone, ma ignorava il *perché*.

E questo lo turbava ancora di più.

Già immaginava cos'avrebbe fatto Koger: avrebbe cercato Paul Bryie, sapendo che l'aveva tradito. E in effetti era vero, ma da lì a trovare Bryie e dimostrare qualcosa... tanti auguri! Bryie si era eclissato e non sarebbe ricomparso finché non fosse morto Koger. Dopodiché si sarebbe avvalso della protezione dei suoi amici ancora all'interno dell'agenzia. Amici che non avrebbero fatto una piega davanti alla notizia della morte di Koger, e che avrebbero collaborato con Bryie per far credere che a uccidere Randy Miller fosse stato Koger stesso. Per fortuna il problema di Miller era risolto e tutti i materiali da lui raccolti sull'Ultimo Regno erano stati confiscati. Gli archivi avevano senz'altro bisogno di una visitina e di una cernita, ma al momento Rife non aveva tempo per quelle cose: la minaccia più immediata era Malone. Rife non aveva previsto che quell'uomo fosse implicato così tanto. Tutto ciò che sapeva di lui faceva pensare a un agente operativo competente e ben addestrato, che poteva di certo costituire un pericolo. Bella fortuna per Koger: l'uno e l'altro, presi separatamente, erano ancora arginabili.

Ma insieme erano un problema.

Era il momento di togliere di mezzo Malone.

Cotton si mise comodo sulla poltroncina e ascoltò ciò che Dianne McCarter aveva da dirgli.

«Ludovico III era, per molti versi, una persona ancora più triste del suo defunto cugino, Ludovico II. Ha regnato per soli cinque anni, dal 1913 al 1918. Nel 1914, allo scoppio della Prima guerra mondiale, Ludovico ha decretato che la Baviera dovesse essere solidale con la Germania. Era determinato a ottenere una vittoria tedesca. Col progredire del conflitto armato ha mostrato sempre più fedeltà alla Germania, cosa che ai bavaresi non piaceva affatto. Poi, alla fine della guerra, è scoppiata la Rivoluzione di novembre, l'imperatore è stato rovesciato ed è stata istituita la rappresentanza proporzionale per tutti gli Stati. Ludovico III è stato costretto a farsi da parte. Anche se con riluttanza, il 12 novembre 1918 ha firmato la dichiarazione di Anif, con la quale abbandonava la corona.»

Cotton ripensò a ciò che gli aveva detto Koger. «Non ha abdicato. Ha solo rinunciato alle prerogative statali, civili e militari.»

«Esatto. Il che me lo rende particolarmente simpatico. Anche lui, come Ludovico II nel 1886, non aveva scelta. Però, a differenza del cugino, Ludovico III era in pieno possesso delle proprie facoltà mentali e non è morto all'indomani della perdita del trono.»

Ottimi argomenti.

«Ludovico III è morto tre anni dopo. Aveva avuto la fortuna di un buon matrimonio. La moglie era ricca. Possedevano terre in Baviera, Moravia e Ungheria. Avevano avuto tredici figli, uno dei quali era il nonno dell'attuale duca, Albert. Dal 1919 al 1921, Ludovico III ha lavorato ogni giorno per recuperare il suo regno, ma non era destino. Mio padre mi ha raccontato che a un certo punto Ludovico III è venuto al corrente del tentativo del cugino di procurarsi, decenni prima, un secondo regno. Anzi, un *ultimo* regno. Com'era venuto a saperlo? Mio padre non me l'ha mai detto. Ma è stato Ludovico III a nascondere la salma di Ludovico II.»

«E a nasconderne l'ubicazione con un gioco degli enigmi?»

Dianne annuì. «Esattamente.»

Cotton era perplesso. «Ma perché?»

«Ludovico III si sentiva molto legato a Ludovico II. È facile capire il perché: entrambi hanno vissuto il grande smacco di venire deposti. Il primo ha scelto la parte sbagliata in una guerra mondiale, il secondo ha perso il contatto con la realtà. A quanto mi ha detto mio padre, Ludovico III voleva assicurarsi che il ricordo della sua famiglia non tramontasse, soprattutto quello di Ludovico II. Inoltre voleva che i suoi discendenti avessero la possibilità di reclamare, un giorno, ciò che apparteneva loro di diritto. Aveva visto il mondo andare in fiamme intorno a lui, nella follia di una guerra totale. Dunque è logico che pensasse al futuro, ai posteri.»

«Ma in tutto questo dove si collocano i Guglmänner?»

«Francamente non lo so. Però mio padre era uno di loro.»

«Sono molto informati su questo gioco enigmistico.»

Lei rifletté per qualche istante. Sopra le mezzelune degli occhiali che portava sulla punta del naso, i suoi occhi azzurri si persero in lontananza. «Probabilmente è colpa di mio padre. Non era molto bravo a mantenere i segreti.»

«Pessima caratteristica, per un avvocato.»

Dianne ridacchiò. «Verissimo. Ma chissà, magari non è stato lui. Vede, il problema è proprio questo: si sono conservati soltanto frammenti, sparsi su molti luoghi e molte fonti. Nessuno è in possesso del quadro d'insieme. Il segreto è stato mantenuto - fin troppo, forse - ed è possibile che nel tramandarlo ne siano andate perse certe parti.»

«Abbiamo scoperto un certo libro...» Malone le parlò della copia di *Tannhäuser e la gara dei cantori della Wartburg* trovata nella scrivania di Herrenchiemsee, e del fatto che il principe Stefan sapesse fin dall'inizio dell'esistenza di quel volume.

«Ecco, vede? Questa è un'altra cosa che io ignoravo, ma evidentemente i Wittelsbach no. Bisogna proprio dirlo: Ludovico III ha fatto un bel po' di confusione.»

«Magari noi stiamo rimettendo tutto in ordine.»

«Pare che il suo compito sia questo. Ho ragione?»

Cotton annuì.

«Va bene, adesso lei mi ha trovata, ha pronunciato la parola d'ordine, abbiamo parlato e ho l'impressione che sia sincero, perciò posso darle questa.» Dianne McCarter indicò una busta sul tavolo. «È per lei. L'ha preparata mio padre, tanto tempo fa. Ho chiesto alla mia assistente di portarla qui, subito dopo che lei si è presentato in ufficio. Era in cassaforte da molti anni. »

« Lei non ne conosce il contenuto? »

« Certo che no. Io, a differenza di mio padre, sono brava a mantenere i segreti. Il mio compito era soltanto quello di consegnare questa busta a chi avesse pronunciato le parole giuste. »

50

Stefan entrò nell'edificio in cui aveva sede il consolato generale cinese. Si trovava in Romanstraße, a poca distanza dal palazzo di Nymphenburg. La Cina era uno dei centoquattro governi stranieri che mantenevano una presenza diplomatica a Monaco, il che bastava a dimostrare l'importanza della città. Era bello vedere che la Baviera aveva una tale varietà di rapporti internazionali, e Stefan aveva tutta l'intenzione di espanderli, non appena fosse stato re. Non più consolati, ma ambasciate a tutti gli effetti.

Andare lì era un rischio, però poco prima, mentre usciva dalla Residenza, una telefonata aveva richiesto la sua presenza a quell'indirizzo, a mezzogiorno in punto. Considerando l'identità del chiamante e la posta in gioco, non avrebbe potuto rifiutare.

Ma aveva portato con sé Lexi Blake, per due ragioni.

In primo luogo, voleva darle una prova tangibile del fatto che tutta quella faccenda ruotasse intorno a lui. E poi, in qualche modo, voleva preparare il terreno per conquistarsi una signorina dall'aspetto molto attraente e dalle grandi abilità professionali. Per lui, le donne belle e pericolose avevano un grande fascino. Forse era per quello che gli piacevano tanto le escort? Ci voleva coraggio ad andare a letto con perfette sconosciute, sempre diverse, e farle sentire speciali. Recitazione su larga scala. E anche le ragazze, dal canto loro, erano esperte non soltanto nelle arti dell'amore, ma anche nel convincere il cliente di essere qualcosa di più di una semplice fonte di guadagno. Lexi Blake offriva tutto quello e anche di più, dato che non era in vendita.

O forse sì?

Era solo questione di prezzo.

Ce l'avevano tutti, no?

« Aspettami qui », le disse, non appena furono nell'atrio del consolato.

Lei annuì e andò a sedersi all'estremità opposta della sala.

Stefan si avvicinò alla guardia per annunciarsi.

Stefan si sedette in una stanza spaziosa e luminosa, con affaccio sulla strada e arredamento d'artigianato cinese, a partire dai pannelli per finire con gli armadi e i tavoli. A una parete era appeso un ricamo in seta con ideogrammi in filo d'oro. Uno dei grandi tavoli in legno pregiato era adornato di bronzi e finissimi intagli in giada. Sembrava che il luogo fosse stato allestito per dare al visitatore l'impressione di trovarsi in Cina. E per certi versi era così, dato che l'edificio era da considerarsi parte della Repubblica popolare. Ironica, come denominazione, se si considerava che in Cina il popolo non aveva nessun potere.

Un inserviente in giacca bianca gli chiese se desiderasse qualcosa da bere. Stefan declinò l'offerta. Poco dopo entrò un uomo di mezza età, dall'aria austera e dal volto sottile e curatissimo, con un completo blu perfettamente adattato al suo fisico. Zoppicava e si reggeva a un bastone laccato di rosso.

Stefan si alzò, per una questione di educazione.

« È stato gentilissimo a venire », gli disse l'uomo, in perfetto tedesco. L'espressione facciale non tradiva alcuna emozione. Gli occhi erano scuri e gentili. Come la voce.

Tutto quello allarmò Stefan. « Lei è...? »

« Il mio nome non è importante. » L'uomo indicò un vaso di porcellana bianco e azzurro. « Mi chiami pure Ming, in onore di questa splendida opera d'arte. » Non gli tese la mano.

Stefan non se la prese. Non aveva particolari simpatie per i cinesi. Li considerava un male necessario.

« Sono al corrente del colloquio che lei ha avuto ieri sera con due importanti membri del governo tedesco », disse Ming. « Alla luce di ciò, ho ritenuto che fosse il caso di parlarci a quattr'occhi. La situazione è cambiata. »

Pessima premessa. « Da ieri sera? Mi avevano detto che avevo ancora tre giorni. »

« Ed è così. Ma sono stato informato di un recente coinvolgimento dell'agenzia centrale d'intelligence degli Stati Uniti, che cerca la stessa cosa che sta cercando lei. »

Stefan ci rimase di sasso. « Coinvolgimento... per decisione di chi? »

« Di suo fratello? »

Albert? « Sta scherzando? »

« Il duca conosce personalmente un agente della CIA di nome Derrick Koger. » Ming prese di tasca un cellulare, sul quale visualizzò l'immagine di un uomo che andava per la sessantina. « Lei l'ha mai visto? »

Sì, che l'aveva visto: nella fotografia scattata poco prima dal suo uomo alla Residenza. Annuì, spiegò, poi chiese: « Come mai gli americani fanno accordi con mio fratello? Sta per morire! Gli restano solo pochi mesi ».

« Intanto è vivo, e molto interessato a quel che sta facendo lei. »

Va bene. E allora? « Posso gestirlo io. »

Ming batté due volte il bastone contro il pavimento in legno duro. La porta si aprì ed entrò un uomo. Petto robusto, folti capelli biondi con una spolverata di bianco alle tempie, mandibola volitiva, naso leggermente rincagnato, mento prominente, aria combattiva, e la camminata di chi aveva avuto le esperienze più varie e conosceva il mondo.

« Lui è Jason Rife », disse Ming, stavolta in inglese. « Ex CIA. »

« Lei lavora coi cinesi? » chiese Stefan, passando anche lui all'inglese.

Rife scrollò le spalle. « Il nemico del mio nemico è mio amico. »

« Volevo presentarvi. È stato Jason a informarmi su Derrick Koger e sull'interesse della CIA. » Ming si voltò verso Rife. « Diglielo. »

« Washington sta ficcando il naso nei suoi affari », disse Rife. « Per sua fortuna, ce lo sto ficcando anch'io. In questo preciso momento un agente di nome Cotton Malone sta combinando qualcosa nella Biblioteca di Stato bavarese. Lei lo sapeva? »

Stefan scosse la testa.

« Allora meno male che lo so io. Ho un uomo sul posto, pronto ad affrontare Malone. So anche che tra i suoi uomini c'è una spia. Si presenta come Jonathan Smith, ma in realtà si chiama Luke Daniels, ed è un agente dell'intelligence degli Stati Uniti. È stato mandato da Koger a tenere d'occhio le vostre attività. »

Non poteva essere.

« Ora capisce quanto si sono complicate le cose? » disse Ming.

Sì, Stefan lo capiva.

Ming parlò a Rife dell'incontro tra Koger e Albert alla Residenza, confermando così ciò che Stefan aveva appreso dal suo uomo.

« Ma lei non aveva idea del rapporto tra suo fratello e Koger? » chiese Rife a Stefan.

Lui scosse la testa. « Non sospettavo nulla. »

« Allora meno male che abbiamo unito le forze. Dobbiamo affrontare anche i Guglmänner. »

« Ho già una spia in mezzo a loro. »

Rife sembrò colpito. « Ah, sì? »

« Cosa faccio con questo Luke Daniels? Lo uccido? »

Ming alzò una mano. « No. Esistono altre soluzioni. Prima, però, deve sapere un'altra cosa. »

« Che non le piacerà », aggiunse Rife.

51

Cotton aprì la vecchia busta, la seconda in due giorni, ne estrasse un foglietto di carta e lesse le parole scritte a macchina in tedesco, traducendole mentalmente.

> Quando il Venerdì Santo cadrà nel giorno di San Giorgio, Pasqua nel giorno di San Marco e il Corpus Domini nel giorno di San Giovanni, piangerà il mondo intero. Ma laddove il menestrello dirige la sua ode e Parsifal punta lo sguardo, il veggente e la colomba porgeranno aiuto da lassù. La fedeltà veglia giorno e notte, anche se il cancello si apre e si chiude con Wagner.
>
> krty ognm isql nbcd zioh lwdp dsgr aloc
> 050 16 19 2

Un nuovo enigma.

Lo mostrò a Dianne McCarter. « Non potevano parlare chiaro, questi signori? Perché tanti sotterfugi? »

« Sarebbe stato poco pratico. L'idea era quella di fare dell'enigma una sfida: l'avrebbe risolto solo chi avesse posseduto le conoscenze giuste. Certo, chi l'ha creato non poteva prevedere l'avvento della tecnologia. Tenga presente che Ludovico III è vissuto in un'epoca assai turbolenta: una sconfitta in guerra, lo smantellamento politico della Germania, la cacciata del Kaiser, la rivoluzione, l'abolizione della monarchia e la cessazione dell'indipendenza bavarese. Non aveva nessuno di cui fidarsi. Sì, forse la moglie, che però è morta nel 1919, pochi mesi dopo la deposizione. Era un uomo perso, senza più nulla, a parte il titolo - vuoto - di re di Baviera. Non poteva fare altro che aggrapparsi al passato e sperare nel futuro. È in quest'ottica che ha nascosto la salma del cugino, insieme con qualcosa che non si sa cosa sia, e che ha acquisito importanza soltanto negli anni '40. »

« A me sembra ridicolo. »

« Forse. Però sa, la realtà è quella che è. »

« Non c'è garanzia che l'atto di cessione sia stato nascosto insieme con la salma di Ludovico II. »

« *Nein*, infatti. Però è la sua collocazione più logica, sempre che quel documento esista ancora. Magari è stato distrutto tanto tempo fa. »

« Già. » Cotton indicò il foglio. « Lei ha idea di cosa significhi quest'ultimo indovinello? »

Le labbra di Dianne s'incresparono in un sorriso. « Credo di poterla aiutare a risolverlo. »

Koger stava tornando verso il centro di Monaco. Dalla visita all'appartamento di Randy Miller aveva ricavato solo un pugno di mosche. Non aveva ancora avuto notizie di Malone. Decise che non valeva la pena di fare un viaggio a sud fino agli archivi militari. Era in taxi e stava raggiungendo Malone, che gli aveva mandato un sms dicendogli che era al terzo piano della Biblioteca di Stato e l'avrebbe aspettato lì.

Il cellulare vibrò.

Sullo schermo c'era un numero sconosciuto.

Rispose ugualmente.

« Ho un po' di notizie per te. » Trinity Dorner.

« Ti ascolto. »

« Il telefono di Malone è tracciato dalla CIA. Ce l'hanno appena riferito i nostri agenti in loco. Opera degli amici di Rife ancora interni all'agenzia. Li espelleremo non appena sarà finita questa storia, ma per adesso ci servono. »

« Un'idea di Fox? »

« Certo. Se c'è una cosa su cui è d'accordo con Danny Daniels, è questa: dentro la CIA c'è un cancro che sta crescendo in fretta. Daniels ne ha tagliato via una parte. Noi sbatteremo fuori il resto. »

Non era un problema di Koger. « Dove risulta Malone? »

« Alla Biblioteca di Stato bavarese. »

Bingo.

« Ed è lì anche Terry Knight », riprese Trinity.

Koger sorrise. «Chi di tracciamento ferisce...»
«Esatto. Guardati le spalle, Derrick.»
Fine della telefonata.
Il taxi svoltò in Ludwigstraße e passò davanti all'università. Koger disse al tassista di rallentare, oltrepassare la biblioteca, poi fare il giro dell'isolato e tornare indietro. Il viale era molto trafficato in entrambi i sensi di marcia. Il semaforo appena prima dell'edificio diventò rosso, e Koger colse l'occasione per osservare il lato opposto della strada.
E scorse Terry Knight.
Che stava attraversando.
Diretto verso la biblioteca.
«Mi dica quanto le devo», disse Koger. «Scendo qui.»

Cotton attendeva una spiegazione da Dianne McCarter.
«Re Massimiliano, padre di Ludovico II, è morto il 10 marzo 1864. A quanto mi ha raccontato mio padre, ha passato il suo ultimo giorno su questa Terra a parlare col figlio maggiore, augurandogli che anche lui, al momento della morte, provasse la sua stessa serenità. E ha anche fatto cenno a una profezia di Nostradamus: *Quand le Vendredi Saint tombera sur le jour de Saint Georges, Pâques sur le jour de Saint Marc, et la Fête Dieu sur le jour de Saint Jean, tout le monde pleurera.*»
Dianne parlava un francese eccellente, e Cotton non faticò a capirla: *Quando il Venerdì Santo cadrà nel giorno di San Giorgio, Pasqua nel giorno di San Marco e il Corpus Domini nel giorno di San Giovanni, piangerà il mondo intero.*
Le stesse parole scritte sul foglietto.
«Qui in Baviera, questa profezia è ancora molto viva nella memoria dei superstiziosi. Anche Massimiliano credeva in certe cose. Ha ripetuto queste parole a Ludovico appena prima di morire. Mio nonno era presente e le ha sentite.»
«È un chiaro riferimento datario.»
«Già, e l'anno in cui si sono verificate tutte quelle condizioni è il 1886.»
«Lo stesso in cui è morto Ludovico II.»
Dianne annuì. «Precisamente. La profezia si è avverata.»

Ma lui era ancora perplesso. « Tutte queste cose sono molto interessanti, ma lei ha idea del motivo per cui suo nonno e suo padre abbiano deciso d'includere quella data nell'enigma? »

Lei si strinse nelle spalle. « La profezia era strettamente associata ai Wittelsbach ben prima che nascesse Ludovico II. Perché? Non si sa. Però tutti sono rimasti sbalorditi dal fatto che Ludovico fosse morto proprio nell'anno predetto. Se la cosa può esserle d'aiuto, nella mia famiglia tutti sapevano che la profezia alludeva all'anno 1886. Dunque la soluzione dell'enigma non può essere questa. Però forse è rilevante ciò che si può ricavare dalle cifre che lo compongono. »

Cotton ammirò la sua logica. Il ragionamento filava. « E le altre parti del messaggio? »

Dianne sorrise. « Quelle, le lascio a lei. »

« Non sa decifrarle? O non vuole? »

« Uno dei doveri di chi pronuncia le parole che ha pronunciato lei sta nel trovare autonomamente la soluzione dell'enigma. Il fatto che io le abbia parlato della profezia non conta: è un fatto storico ben noto. Tocca a lei scoprire il resto... o *non* scoprirlo. »

« Scommetto che lei è stata un'ottima avvocata. »

« Lo ero, in effetti. »

« Nostalgia? »

« Nessuna. Ormai la ditta è in mano ai miei figli e nipoti. » L'anziana allargò le braccia. « Io resto qui, in mezzo ai libri, a cercare di raddrizzare un torto. E lei, *Herr* Malone, cos'altro fa, oltre a possedere una libreria? »

Cotton pensò a Stephanie Nelle, sua ex superiore e attuale amica, finita nei guai ma troppo orgogliosa e ostinata per chiedere aiuto. « Anch'io cerco di raddrizzare torti. »

52

Derrick varcò l'ingresso principale della biblioteca, ma si fermò nell'atrio esterno, prima della seconda porta. Lì, da una posizione defilata, scrutò attraverso il vetro e scorse Terry Night, che aveva preso posizione più all'interno, in un punto dal quale poteva comodamente tenere d'occhio l'uscita e anche gli ascensori.

C'era gente che andava e veniva.

Abbastanza da tenere occupata l'attenzione di Knight.

L'idiota stava aspettando Malone. Avevano tracciato il telefono, ed ecco apparire Knight. Prima, Rife aveva cercato di far fuori Malone e Derrick. Knight era venuto per finire il lavoro? Senz'altro. Ma intanto di sicuro si stavano domandando cosa stesse combinando Malone.

Derrick rimase nascosto a osservare.

Meno di cinque minuti dopo, Malone uscì dall'ascensore e andò dritto verso l'uscita, con le mani nelle tasche del giaccone. Derrick si ritirò in una nicchia dalla quale si accedeva ai gabinetti. Sgusciò in quello degli uomini, ma continuò a sbirciare dallo spiraglio della porta. Malone spinse i battenti di vetro interni e percorse l'anticamera dell'ingresso, dirigendosi verso le porte esterne. Knight era a buona distanza, ma lo stava chiaramente seguendo. Derrick arretrò, prese il cellulare e inviò un sms a Malone.

Hai compagnia.

Pochi secondi dopo, arrivò la risposta.

Lo so.

Rife aveva concluso il colloquio col principe Stefan ed era uscito dal consolato cinese. Ognuno dei due aveva rivelato tutto ciò che sapeva, dopodiché, insieme, avevano deciso una linea d'azione. Poi lui aveva preso commiato ed era tornato verso il centro della città. Prima aveva lasciato Terry Knight davanti alla biblioteca col compito di scoprire cosa stesse combinando Malone. Ora Knight gli aveva mandato un sms dicendogli che Malone era uscito dall'edificio e si era incamminato lungo il marciapiede orientale della Ludwigstraße, dirigendosi verso l'università. Il caso voleva che Rife, in quello stesso momento, stesse percorrendo quella stessa via, dallo stesso lato.

Ma ecco un problema.

Derrick Koger, sullo stesso marciapiede, intento a pedinare Knight.

Cotton continuò a camminare senza neppure sapere dove stesse andando, o quale sarebbe stata la sua prossima mossa. Aveva una gran voglia di mettere all'angolo l'uomo che lo stava pedinando. Koger gli aveva inviato un nuovo sms, dicendogli che lo stava seguendo, e che l'uomo in questione si chiamava Terry Knight. Ex CIA. Sicuramente un membro della Falce. Appena era uscito dall'ascensore della biblioteca, aveva fatto ciò che gli era stato insegnato ai tempi in cui era un agente operativo: osservare la stanza. Nell'atrio c'erano parecchi volti, ma lui ne aveva riconosciuto subito uno: quello dell'uomo che aveva sparato a lui e a Koger dall'elicottero in volo. Non dimenticava mai una faccia.

Per fortuna.

Era uscito dalla biblioteca come se niente fosse, fingendosi ignaro di essere osservato. Ora, con quel secondo sms di Koger, sapeva che Knight era chiuso in mezzo a loro, come in un panino.

Poco più avanti svettava una chiesa, con due campanili gemelli che proprio in quel momento rintoccavano l'una. Ai lati c'erano dei colonnati aperti, tra cui passava gente. Cotton salì l'ampia gradinata in pietra fino al portico, e da lì entrò.

Era il momento di allestire una trappola.

Derrick vide Malone girare a destra ed entrare nella chiesa di San Ludovico. Ci era passato davanti in macchina un milione di volte, ma non l'aveva mai visitata. Se un professionista come

quel Maloney, che sapeva di essere seguito e di avere rinforzi, entrava in una chiesa, sicuramente aveva le sue buone ragioni.
Perciò Knight lo seguì.
Ma un rumore di frenata attirò la sua attenzione.

Rife sterzò bruscamente a destra, invadendo il marciapiede e frenando una quindicina di metri davanti a Koger. Sul sedile destro c'era la pistola. La impugnò, sbloccò la portiera e tenne lo sguardo fisso su Koger, attraverso il finestrino.
I passanti si dispersero, atterriti.
Uscì al sole di mezzogiorno, si raddrizzò e puntò la pistola, usando l'automobile come barriera tra sé e Koger.

Derrick era stato colto alla sprovvista dalla comparsa dell'auto, però solo momentaneamente: ormai da tempo aveva imparato che il pericolo non era l'effetto sorpresa, ma la velocità nel riprendersi. Arte in cui lui era maestro. E comunque, sapendo che c'era Knight in giro, aveva già previsto che Rife non sarebbe stato lontano.
E infatti eccolo.
Infilò una mano sotto il soprabito, prese la pistola e la sfilò dalla fondina. Tra lui e l'auto c'erano diverse persone. Rife era dietro la vettura e stava già puntando l'arma. Derrick non si era mai tirato indietro da una battaglia. Mai. E non lo fece neppure in quel momento.
Sparò due volte.
Ma la linea di tiro era ostruita dai passanti, alcuni dei quali si gettarono a terra. Un proiettile infranse il finestrino destro. L'altro rimbalzò sul bordo della portiera del conducente, ancora aperta.
Rife si ritrasse per mettersi al riparo.
Voleva Derrick morto, era chiaro.
E va bene.
Provaci.

Rife si rialzò di scatto, sempre tenendosi al riparo dell'auto, e prese la mira.

Ma Koger era sparito.

Derrick scartò a destra e si rifugiò nella nicchia di un portone. I passanti fuggivano in tutte le direzioni, alcuni addirittura si gettavano in mezzo alla carreggiata.

Il traffico cominciava a ingorgarsi.

Gli venne la tentazione di sparare altri due colpi in direzione di Rife, ma poi rinsavì: rischiava di fare del male a qualcun altro. Perciò aprì la porta a vetri in fondo alla nicchia ed entrò nell'edificio.

Rife sapeva di dover rincorrere Koger, ma un urlo di sirene gli fece cambiare idea. L'attacco di sorpresa era stato un azzardo, ma doveva servire solo a distrarre Koger, levarlo di torno e dare a Knight il tempo di agire.

E aveva funzionato.

Con un po' di fortuna, Knight sarebbe riuscito a togliere di mezzo Malone.

53

Cotton entrò nella chiesa a tre navate. Era lunga una sessantina di metri e larga un terzo, e le volte erano decorate da pitture a tema religioso, impressionanti per profondità e ricchezza. Dietro l'altare maggiore c'era un gigantesco affresco del Giudizio Universale che gli ricordava un po' la Cappella Sistina. Diversi visitatori si aggiravano nei pressi, ammirando la magnifica opera d'arte. Cotton aveva solo pochi istanti prima che Knight lo raggiungesse, ma scorse subito ciò che aveva sperato di trovare.

Un confessionale.

Una struttura in legno a tre cabine, chiuse da uno sportello a griglia. Le due laterali erano sormontate da una lampadina, che nel primo era rossa, a indicare che era occupato, ma nel secondo era verde. Nelle panche vicine c'erano diverse persone inginocchiate, forse in attesa del loro turno. Cotton aveva ricevuto un'educazione cattolica e molte volte, da ragazzo, si era accostato al sacramento della riconciliazione. Era sempre un'esperienza strana, inginocchiarsi al buio su quella tavola in legno durissimo senza neppure una parvenza d'imbottitura. A ripensarci, gli facevano ancora male le ginocchia. Ma era fatta apposta: non doveva essere una cosa piacevole. Il prete, invece, era comodamente seduto nel compartimento centrale, dietro una griglia che celava i volti ma lasciava passare le voci. Non era proprio l'attività cui preferiva dedicare il sabato mattina, però bisognava pur confessarsi per fare la comunione durante la messa della domenica.

Erano le regole.

Il confessionale, con le sue forme semplici e disadorne, stonava in quell'ambiente neoromanico, ma se non altro era relegato in un angolo. Cotton si avvicinò, aprì la porta sotto la lucetta verde ed entrò. Sbirciando tra i listelli ebbe modo di osservare Knight che entrava nella navata principale e si guardava intorno.

Nel divisorio, un pannello scivolò di lato.

Cotton girò la testa.

Il prete aveva aperto lo sportello della griglia.

Cotton conosceva il rito. Avrebbe dovuto dire: *Benedicimi, padre, perché ho peccato. È da trentacinque anni che non mi confesso, e i miei peccati sono...*

Ma sarebbe stata solo una commedia, perciò decise di non dire nulla.

Knight percorse la navata centrale, dirigendosi verso l'altare maggiore. Ora gli dava le spalle.

« Posso aiutarti, figliolo? » gli chiese il prete, in tedesco.

« Oggi no, padre. » Cotton aprì la porta e sgusciò fuori.

Knight era a una quindicina di metri da lui, rivolto verso l'altare. Il pavimento era in pietra lucida: l'ideale per nascondere il rumore dei passi, soprattutto se si camminava con attenzione.

Come stava facendo Cotton.

Si avvicinò di soppiatto a Knight e gli posò una mano su una spalla. Non appena lui si voltò, Cotton lo stese con un gancio destro. Si fece male alle nocche: Knight era massiccio come un idrante, di sicuro era abituato a quello e ben altro. Ma gli attacchi di sorpresa non piacciono a nessuno. Knight rotolò sul pavimento e infilò una mano sotto il giaccone.

Eh, no, eh?

Con un calcio, Cotton gli fece saltare di mano la pistola. « Vogliamo davvero giocare così? »

I visitatori si precipitarono verso l'uscita. Anche quelli che pregavano parvero sconvolti da quello scoppio di violenza. Knight rimase immobile, e Cotton ne fu sorpreso: si era aspettato maggiore resistenza. Poi notò che Knight guardava alle sue spalle. Si voltò. All'ingresso della chiesa c'era Koger, con una pistola puntata.

L'anziano prete eruppe dal confessionale. « Cosa sta succedendo? Questa è la casa di Dio! »

Knight balzò in piedi.

« Resta dove sei », gli disse Koger. « Altrimenti ti faccio saltare la testa. »

Cotton andò a recuperare la pistola che aveva calciato via – una 9 mm – e prese posizione alle spalle di Knight, in modo da bloccargli ogni via d'uscita. Certo, l'uomo avrebbe potuto andare a destra o a sinistra, in mezzo alle panche, ma gli sarebbe servito a ben poco. Non c'era scampo.

« Chiamo la polizia », disse il prete, stavolta in inglese.

« Non ce n'è bisogno. Ce ne andiamo », gli rispose Koger.

Imperterrito, il prete infilò una mano sotto la tonaca ed estrasse un cellulare.

Koger glielo tolse. « Scusi, padre, ma la polizia non è opportuna. »

« Muoviti », disse Cotton a Knight.

Il portone si spalancò e quattro agenti in uniforme fecero irruzione nella chiesa. Koger li guardò. Loro videro la sua pistola e fecero per estrarre le armi.

« Fermi », disse Koger.

Ma gli agenti non gli diedero retta. Puntarono le pistole e gli gridarono in tedesco di gettare la sua. Poi si accorsero che era armato anche Cotton, e gli diedero lo stesso ordine.

« Io non credo che sia il caso di contraddirli », disse Cotton.

Koger posò lentamente a terra la pistola e il cellulare, poi alzò le mani. Cotton fece altrettanto, quindi avanzò di un passo, per dimostrarsi collaborativo. Knight, che era già disarmato, tese in alto le braccia e indietreggiò piano verso l'altare.

« Giù! Faccia a terra! Tutti quanti! » sbraitò uno dei poliziotti.

Cotton lanciò un'occhiata a Koger, il quale scrollò le spalle, come per dire: *Abbiamo scelta?*

« Obbedisci », disse Cotton a Knight, inginocchiandosi.

Ma Knight scattò verso l'altare.

Cotton capì cosa stava per accadere e si appiattì sul pavimento. Gli spari rimbombarono. Knight si tuffò in avanti, scivolando sul marmo lucido come un giocatore di baseball che si lanci a capofitto verso la seconda base. I proiettili si piantarono nel legno delle panche. Knight strisciò fino a esse, per trovare riparo.

Cotton fece per alzarsi e rincorrerlo.

« No! » gli gridò Koger.

Voltandosi, Cotton si rese conto che Koger aveva ragione: i poliziotti li stavano ancora tenendo sotto tiro.

Nel momento stesso in cui si fosse alzato, gli avrebbero sparato.

Knight era ancora a terra. Strisciando raggiunse la tenda che chiudeva l'ingresso della sacrestia. Due agenti corsero verso l'altare, in cerca di un punto dal quale avrebbero avuto una migliore linea di tiro. Altri spari. Ma anche stavolta le panche fermarono i proiettili. E intanto Knight sparì dietro la tenda.

« Restate giù! » ordinò un agente. « Non muovetevi. »

Due colleghi si precipitarono in sacrestia.

Cotton girò la testa verso Koger.

Lui scosse la testa.

Il terrore gli piovve addosso come acqua da uno scarico.

Le cose si mettevano male.

54

Stefan aveva la mente in subbuglio.

Durante la visita al consolato cinese gli erano piovute addosso parecchie cose. La CIA? Spie in mezzo ai suoi uomini? Un doppio gioco da parte di suo fratello? Non aveva previsto nulla di tutto ciò. Per fortuna aveva nuovi alleati. Gente con un po' di sale in zucca, parecchio fegato e molte risorse. *Il nemico del mio nemico è mio amico.*

Puoi scommetterci.

Appena uscito dal consolato, era risalito in auto e aveva percorso il breve tragitto fino a Nymphenburg e alla sede del casato. Suo fratello non c'era: si era assentato, ma sarebbe rientrato a momenti. Stefan aveva mandato Lexi Blake a raggiungere Jonathan Smith e Christophe, per occuparsi dei progressi di Christophe coi Guglmänner. Gliel'aveva suggerito l'ex agente della CIA – Jason Rife – dopo avergli detto che Jonathan Smith non era l'unica serpe in seno: era una spia anche Lexi Blake. Smith era stato mandato dalla CIA, Lexi dalla Casa Bianca.

« Come mai il presidente degli Stati Uniti s'interessa alle mie faccende? » aveva chiesto Stefan.

« Non vuole che lei metta le mani su quell'atto di cessione. Non vuole che, grazie a lei, se ne impossessi la Germania. E, soprattutto, non vuole che lo abbiano i cinesi. »

A quanto pareva, aveva attirato l'attenzione di gente molto in alto. Il che era gratificante, ma anche preoccupante. Però, che delusione Lexi Blake. Stefan aveva avuto progetti su di lei. Ora non più.

« La mandi a raggiungere Smith e il suo uomo, Christophe », aveva detto Rife. « Del resto mi occupo io. »

Stefan si era domandato cosa intendesse, ma non aveva fatto domande.

A caval donato...

Udì la porta d'ingresso aprirsi e richiudersi. Uno dei servitori accorse a salutare il padrone e ad aiutarlo a togliersi il cappotto.

Pochi istanti dopo, Albert entrò nello studio. «Sei venuto a rovesciare di nuovo la scrivania e distruggere i miei francobolli?»

«Perché mi metti i bastoni tra le ruote?»

Il volto avvizzito di Albert assunse un'espressione confusa. «In che senso?»

«Hai coinvolto la CIA e gli Stati Uniti nei miei affari.»

Lentamente, con comodo, Albert si sedette su una delle poltroncine. «Sono appena stato dal dottore. Le notizie non sono buone.»

Non erano mai stati molto legati. La differenza d'età li aveva separati fin dall'inizio: Stefan era ancora piccolo, quando Albert era entrato nell'adolescenza, ed era appena un ragazzo quando suo fratello si era laureato. Le loro vite avevano seguito percorsi divergenti: diversi interessi, amici, cerchie sociali, idee politiche. Albert aveva sempre teso a destra, mentre lui si considerava un progressista. Anzi, no: un radicale. Il cambiamento era una cosa buona. Eppure...

«Cos'ha detto?»

«Come se te ne importasse qualcosa. T'interessa solo la data del mio imminente decesso, quando diventerai duca.»

«Se non vuoi che te lo chieda, perché me ne parli?»

Albert aveva un'aria affaticata. «Tra due settimane è Natale. Lo festeggerò per l'ultima volta. Dopo, starò sempre peggio e sarò costretto a letto. Il dottore dice che il dolore sarà enorme e renderà necessaria una pesante sedazione. Non credo che sarò in grado di parlare, o di comunicare in altro modo. Con ogni probabilità finirò in coma. Entro l'Epifania sarò morto.»

Il 6 gennaio. Meno di un mese.

«Fratello... contrariamente a quanto pensi, io non ti ho mai augurato la morte. È stata la sorte a caricarti addosso questo fardello. Non io», disse Stefan.

«Già, tu ti limiti ad approfittarne.»

«Cerco solo di recuperare ciò che appartiene di diritto alla nostra famiglia, e che ci è stato portato via con la forza. Sbaglio? »

Albert tacque.

« Sbaglio? » ripeté Stefan, a voce più alta.

« No, non sbagli. » Un'ammissione sconvolgente, soprattutto perché accompagnata da uno sguardo che, per la prima volta in assoluto, sembrava comprensivo.

« Dici sul serio? »

« Io non vivrò abbastanza a lungo da vedere ripristinato il diritto di nascita della nostra famiglia. Ma tu sì. »

« Sai cosa sto facendo? »

« Gli Stati Uniti mi hanno informato. Stai cercando l'atto di cessione dell'Ultimo Regno. Ti confesso che non capisco bene il lato politico della cosa, ma pare che sia il prezzo da pagare alla Germania per ottenere un plebiscito di secessione. Però io ho fatto presente agli americani che quel documento potrebbe anche non esistere. »

« Ed è quello che credi? »

« Francamente non so. Però trovare Ludovico II mi sembra un buon modo per scoprirlo. »

« Ma tu *vuoi* che io lo faccia? »

« All'inizio non volevo. Adesso sì. »

Stefan ci rimase di sale. « E perché hai tirato in ballo gli Stati Uniti? »

« Perché facessero quello che non potevo fare io: fermarti. Adesso, però, credo che possano anzi aiutarci, anche se non se ne rendono conto. Hanno accesso a risorse e informazioni a noi precluse. »

Prima la rivelazione della presenza di spie tra i suoi collaboratori, poi suo fratello - che lui aveva sempre disprezzato - diventava un suo alleato?

Era proprio la giornata delle sorprese.

« Ho riflettuto molto sul papà e sul nonno », disse Albert.

Nessuno dei due era diventato re. Nonno Rupprecht era morto negli anni '50, carico di risentimento. Stefan non l'aveva mai conosciuto. A differenza di Ludovico III, che nella Prima guerra mondiale si era schierato con la Germania, Rupprecht e il casato di Wittelsbach si erano attivamente ribellati ai nazisti. E ne avevano pagato le conseguenze. La nonna era stata arrestata e imprigionata a Dachau. Era sopravvissuta a quell'orrore, ma dopo la liberazione si era trasferita all'estero, giurando di non rimettere mai più piede in Germania. Rupprecht si era rivolto agli statunitensi, facendo pressioni per una restaurazione della monarchia bavarese, però era rimasto inascoltato. Nel corso della sua vita aveva visto avvicendarsi il regno indipendente di Baviera, l'impero tedesco, la repubblica di Weimar, il Terzo Reich, la Germania occupata e poi le due Germanie, Est e Ovest. Nel frattempo, aveva cresciuto undici figli.

Anche il papà aveva avuto una vita piena.

Tuttavia, come molti altri membri della famiglia, era stato un uomo tetro e solitario. Allo stesso modo di Ludovico II, anche lui aveva preferito la montagna alla città, i boschi alla gente. Amava cacciare e allevare cani. Era morto al castello di Berg, da solo, ed era stato sepolto in un'abbazia sul lago di Starnberg. Il momento più luminoso della sua vita era stato l'ottocentesimo anniversario della fondazione del casato di Wittelsbach. Pochi frammenti: ecco tutto ciò che lui e il nonno avevano goduto della monarchia.

Stefan la voleva tutta.

« Non preoccuparti degli americani », disse Albert. « Si credono dalla nostra parte. E lo sono. Ma se il documento viene trovato, non possiamo lasciarlo a loro. Dobbiamo usarli, senza permettere che vincano. » Si alzò. « Vieni, fratello. Voglio mostrarti una cosa. »

55

Rife svoltò bruscamente e si allontanò a gran velocità dalla Ludwigstraße. Terry Knight gli aveva inviato due sms, nei quali gli comunicava nel dettaglio la sua posizione. E infatti eccolo, poco più avanti. Rife accostò e, non appena Knight fu a bordo, gli chiese: «Cos'è successo?»

«Eh, è successo che sono arrivati gli sbirri. Hanno preso Malone e Koger. Sono sfuggito per un pelo.»

Rife sorrise, sapendo che gli agenti della CIA detestavano la notorietà più di ogni altra cosa. Per la natura stessa del loro mestiere, dovevano volare basso. Essere conosciuti dalla polizia locale era l'ultima cosa che volevano. Se Malone e Koger erano in arresto, c'erano buone probabilità che venisse avvertito il BND, il servizio d'intelligence della federazione. La cosa avrebbe destato parecchia attenzione, mettendo a repentaglio l'intera operazione di Koger. Rife sapeva che il BND e la CIA non andavano d'accordo. Da sempre. Considerando ciò che ora sapeva su Koger e sulla Casa Bianca, era pronto a scommettere che nessuno dei due volesse attirare troppi sguardi. Gli Stati Uniti avevano ficcato il naso negli affari della Germania. Alla grande. Ed erano stati scoperti. L'avrebbero pagata cara.

Già altre volte Rife aveva lavorato a operazioni compromesse, perciò sapeva quanto potessero complicarsi. Ma la presenza della Casa Bianca era una novità assoluta. Di rado l'intelligence coinvolgeva il presidente in persona. Ecco perché esisteva la CIA. Dopo il 1948, tutti i presidenti si erano avvalsi di quella forma d'isolamento spionistico. Ma Warner Fox no. Lui ci si era tuffato a capofitto, ordinando al Consiglio per la sicurezza nazionale d'inviare un proprio agente. Poteva significare una sola cosa: la faccenda era molto, molto importante.

E in effetti era così.

«Speriamo che il BND ci tolga le castagne dal fuoco», disse, mentre ripartiva. « Abbiamo già fin troppo lavoro senza doverci occupare anche di Koger. »

Randy Miller era morto. Malone e Koger erano in arresto. Le spie nell'entourage del principe Stefan stavano per essere tolte di mezzo.

Le cose volgevano al meglio.

Derrick era in ginocchio, con le mani intrecciate sul cranio. Malone era nella stessa posizione, a una quindicina di metri da lui, lungo la navata centrale, dalla parte dell'altare. Due degli agenti di polizia tedeschi li tenevano sotto tiro. Il terzo, con la pistola nel fodero, parlava col prete. Gli altri erano usciti dalla chiesa. Avevano già comunicato via radio che la situazione era sotto controllo, ma avevano richiesto un aiuto supplementare. Con un po' di fortuna, i rinforzi avrebbero impiegato qualche minuto ad arrivare.

Derrick incrociò lo sguardo di Malone.

E vide che stava pensando la stessa cosa.

Ora o mai più.

Gli rivolse un lieve cenno. Poi lanciò un urlo belluino. Ottenne l'effetto desiderato: una momentanea confusione negli agenti. Sciolse le mani dalla cima della testa e fece lo sgambetto al poliziotto più vicino, facendolo cadere a terra. La principale preoccupazione era la pistola, perciò Derrick gli diede un calcio al polso destro finché non mollò la presa.

L'arma scivolò via.

Scattò di nuovo, piantandogli un pugno. L'agente si accasciò e rimase inerte sul pavimento.

Ora bisognava occuparsi del poliziotto accanto al prete. Derrick si gettò verso la pistola a terra.

Cotton reagì nel momento stesso in cui Koger lanciò il grido: sfilò la pistola di mano al poliziotto, dopodiché si gettò in avanti e gli piantò il duro metallo dell'arma contro lo zigomo destro. Frastornato, l'agente perse l'equilibrio. Cotton saltò in piedi e lo colpì di nuovo sulla testa, mettendolo a terra. Poi si voltò di scatto e vide che Koger aveva già neutralizzato il terzo poliziotto e lo stava tenendo sotto tiro.

« Fatto? » gli chiese Koger.

« Credo. » Cotton raccolse l'arma dell'agente, ansimando per lo sforzo.

« Non morirmi qui, per favore », lo prese in giro Koger, avanzando verso il poliziotto e alleggerendolo anche della radio. « Preferirei non fare del male a nessuno, quindi vi suggerisco di entrare in confessionale, uno per cabina, e chiudervi dentro. Ah, padre... avrei proprio bisogno del suo cellulare. »

Il prete raccolse il telefono dal pavimento e glielo consegnò. Poi lui e l'agente entrarono nelle cabine del confessionale e richiusero le porte.

Koger fece un cenno.

Cotton capì cosa doveva fare.

Knight era entrato in sacrestia, dove evidentemente c'era un'altra uscita. Un'uscita che potevano sfruttare anche loro.

Corsero entrambi in quella direzione.

Rife e Knight si stavano allontanando a gran velocità da Monaco.

Erano diretti a sud, verso la casa in collina nella quale alloggiavano Knight e gli altri. Doveva esserci anche Bryie. Rife aveva lasciato il volante a Knight, per poter riprendere a leggere il materiale raccolto da Randy Miller, in particolare la cartelletta con scritto: IMPORTANTE. Prima di uscire aveva fotografato col cellulare tutto il contenuto, ed era impaziente di riesaminare un documento preciso:

DESTINATARIO: gen. Dwight Eisenhower
MITTENTE: gen. William Donovan, OSS
OGGETTO: Confidenziale, TOP SECRET
DATA: 18 luglio 1945

Abbiamo interrogato diciannove prigionieri, nell'ambito dell'Operazione Ultimo Regno. È certo che l'alto comando nazista stava cercando documenti relativi al presunto atto di cessione di cui parlavamo io e te. Uno degli interrogati ci ha detto che la tomba di Ludovico II è stata profanata, ma era vuota: le spoglie del re sono sparite. Dobbiamo ancora appurare fino a che punto la cosa sia significativa, però pare che loro la considerino tale. Gli attuali membri del casato di Wittelsbach ci hanno offerto assistenza, ma in cambio vogliono la restaurazione della monarchia e l'indipendenza della Baviera, e questo è impossibile, almeno nell'attuale scenario politico, dato che la Germania è divisa in quadranti distinti, sotto il controllo degli Alleati. Una secessione non è praticabile. Rupprecht, attuale duca di Baviera e capo del casato, rifiuta con decisione ogni aiuto fino a quando non si verificheranno quelle due condizioni. Ci tocca procedere senza di lui. A mio avviso, senza l'ausilio dei Wittelsbach rischiamo di non fare ulteriori progressi. I prigionieri tedeschi non hanno molte informazioni di cui noi non fossimo già in possesso. Può darsi che la strategia migliore sia quella di lasciare nascosto l'oggetto della nostra ricerca, qualunque sia la sua natura: è possibile che la guerra abbia cancellato le tracce al punto di rendere impossibile qualunque svelamento. Sarebbe già un esito accettabile, considerando il rischio di essere smascherati. Per ora, sospendo l'Operazione Ultimo Regno fino all'affiorare di qualcosa di più concreto, sempre che esista.

56

Stefan seguì Albert fino all'estremità opposta del pianterreno del castello, fino alla vecchia camera da letto dei genitori. Le camerette della loro infanzia erano al primo piano; la mamma e il papà, invece, dormivano al piano terra. Ormai erano morti da tanto tempo, ma la loro stanza era rimasta pressoché immutata. Dal momento che Albert viveva in solitudine, e che Stefan non aveva nessuna intenzione di trasferirsi in quel luogo tetro, in quella sorta di mausoleo nessuno aveva toccato nulla.

Albert accese la luce. Stefan colse l'odore muschiato e stantio del tabacco di suo padre, che ancora permeava tutti i tessuti. La camera era spaziosa, arredata in un'eclettica commistione di stile bavarese e oggetti personali cui i genitori erano sempre stati legati. Alle alte finestre pendevano ricchi tendaggi in velluto. Una parete era dominata da un ritratto a olio di Guglielmo II con tutti i paludamenti imperiali del caso. Il papà era un suo grande ammiratore. Su un comò erano esposte fotografie di famiglia: la mamma, il papà, zii e zie, Albert e Stefan. Luoghi diversi, diverse epoche. Una profusione di baffoni, girocolli e croci di ferro. Alcune erano piuttosto vecchie: uomini in uniforme dal taglio in uso ai tempi del Kaiser, ufficiali con l'elmo chiodato e il petto carico di medaglie. Moltissimi parenti. I Wittelsbach erano noti per le loro famiglie numerose: non era insolito che da ogni matrimonio nascessero otto figli, o anche più. Nell'ultima generazione, però, ne erano nati solo due.

Albert si avvicinò al ritratto di Guglielmo II e lo fece ruotare sui cardini. Dietro c'era una cassaforte a muro. Girò a sinistra e a destra la manopola numerata. Stefan sapeva dell'esistenza di quel nascondiglio, ma non ne aveva mai conosciuto la combinazione. E che motivo avrebbe avuto? I secondogeniti non venivano messi a parte di quelle cose.

Non abitava lì da decenni: nel giorno stesso del ventesimo compleanno era andato a vivere per conto proprio. Per fortuna la famiglia di sua moglie possedeva grandi ricchezze e aveva badato a fornirle una cospicua dote. Principalmente in liquidità. Lui aveva il bernoccolo degli investimenti, e inoltre era ricorso a uno dei più esperti servizi finanziari tedeschi. Così aveva moltiplicato quel denaro, trasformandolo in un patrimonio di tutto rispetto. Non appena fosse diventato re, avrebbe avuto il controllo di tutti i beni mobili e immobili che erano stati confiscati ai Wittelsbach, e che lui intendeva reincorporare nel capitale di famiglia.

Albert finì di selezionare la combinazione e aprì la cassaforte.

All'interno c'era un solo oggetto: un volume dalla rilegatura in pelle inaridita dal tempo.

«Questo è il diario del bisnonno.»

«Ludovico III?»

Albert annuì. «L'ha iniziato nel 1918, dopo la cacciata dal trono. L'ha scritto per la famiglia: l'ha passato al nonno, che l'ha passato al papà, che l'ha passato a me.»

Messaggio ricevuto: lettura riservata ai duchi.

«Tra non molto sarai duca, forse anche re», riprese Albert. «Perciò è ora che tu conosca ciò che vi è scritto.»

Stefan cominciò a capire. «È per questo che conosci i segreti?»

Albert annuì. «Informazioni di prima mano.»

«Quindi non è stato il papà a dirti che la tomba di Ludovico era vuota?»

«Sì, ma lo sapeva da questo diario.» Albert posò il volume sul letto e sciolse i lacci di cuoio che lo tenevano chiuso. «Non vivrò abbastanza a lungo da vedere i frutti delle tue fatiche, ma non è un buon motivo per non desiderare che tu riesca nel tuo intento. Anzi.»

Stefan era un po' innervosito. Tra lui e Albert non c'era mai stato nulla di fraterno, se non nella pura biologia. Si erano sempre trattati con freddezza. Se lui era nella linea di successione, era solo perché Albert, discostandosi dalla tradizione dei Wittelsbach, non si era mai sposato.

Una rarità, a ben pensarci.

«Cosa stai dicendo?» chiese Stefan, concentrando tutta la sua attenzione sul fratello.

«Io non ho la forza, né la salute, per questa battaglia. Ieri sera mi hai rimproverato di non voler essere re. Ti sbagli. Ci avrei tenuto moltissimo. Per me è molto importante recuperare ciò che è nostro. Ma adesso è compito tuo.»

Stefan non credeva alle proprie orecchie. «Ma allora perché mi hai sgridato per aver aperto la tomba di Ludovico? Non bastava mostrarmi subito questo diario?»

Albert gli posò una mano su una spalla. «Fratello, non prenderla per il verso sbagliato, ma io ti ho sempre considerato vanitoso, arrogante, manipolatore e incapace di qualunque cosa che non fosse l'appagamento dei tuoi desideri personali. Hai una brava moglie, eppure la tradisci di continuo. Hai tre figlie meravigliose, e a malapena le conosci.»

Stefan si sforzò di tenere a bada la rabbia che montava in lui, per una volta.

«Ma ieri sera, quando hai ribaltato la scrivania... Quella è stata la prima occasione in cui ho scorto qualcosa nella tua anima. Tu ami la Baviera. La rivuoi così com'era: una nazione attiva e indipendente. Tu punti al recupero di ciò che appartiene alla nostra famiglia. Vuoi soddisfazione per tutte le ingiustizie che si sono accumulate su di noi. Te l'ho letto negli occhi.»

Era vero, Stefan voleva tutto quello.

«Solo allora ho capito che è giunto il momento di collaborare. Con quel poco che mi resta da vivere, non posso combinare granché. Ma tu, fratello, sì.»

«Ma è fattibile?»

«Certo. È per questo che ho coinvolto gli americani. Nel 1886, quell'atto di cessione delle Hawaii non aveva nessuna importanza. Ma nel 1918, all'epoca di Ludovico III, ce l'aveva eccome. In questo diario, Ludovico racconta che gli Stati Uniti cercavano quel documento. Ormai l'arcipelago era diventato un loro protettorato. E volevano tenerselo. Poi, durante la Seconda guerra mondiale, americani e nazisti hanno provato a mettere le mani sull'atto di cessione. Nostro nonno ha provato a barattarlo coi vincitori, in cambio del nostro regno, ma quelli hanno rifiutato. E allora lui ha mantenuto il segreto. Che è rimasto tale per decenni. Fino a ora.»

Stefan decise di giocare a carte scoperte. « Lo vogliono i cinesi. A tutti i costi. »

« Lo so. La posta in gioco è alta, per loro, per gli Stati Uniti, per la Germania e soprattutto per la Baviera. Tutti sulla stessa barca, anche se per fini molto diversi. »

« Dobbiamo costringere il Bundestag a concederci un plebiscito secessionario », disse Stefan. « È l'unico modo per ottenere qualcosa. È appunto a questo che sto lavorando. »

« Lo so, fratello, lo so. E mi scuso per averti ostacolato. Ma ora non più. Devi sapere ciò che sapeva il bisnonno. Spero che con queste informazioni - e con la tua determinazione - saremo noi a mettere le mani su quel documento. » Albert fece un cenno verso il diario. « È tuo, ora. »

57

Cotton entrò in sacrestia, seguito a ruota da Koger. Avevano solo pochi istanti. Si scambiarono uno sguardo: sapevano entrambi cosa bisognava fare. Lì le luci erano spente, Terry Knight poteva essere in agguato, ma la minaccia più immediata era alle loro spalle. Da un gancio fissato nel muro pendeva un cordone dorato con le estremità chiuse da nappe. Probabilmente serviva a chiudere i varchi nella balaustrata di pietra che circondava l'altare maggiore. Cotton lo prese. Gli era venuta un'idea.

Oltrepassò un vestibolo ad arco e fece cenno a Koger di acquattarsi da un lato. Lui si appostò dall'altro, poi gli gettò un capo del cordone, segnalandogli di lasciarlo toccare il pavimento. Koger capì all'istante qual era il piano. Di lui si poteva dir tutto, ma non che non sapesse mantenere il sangue freddo. Entrambi riposero le armi nelle tasche del giaccone.

Passi in avvicinamento.

I due poliziotti sapevano che Cotton e Koger erano armati, dunque di sicuro avrebbero proceduto con cautela. Non sarebbero certo entrati di corsa in sacrestia. Chi mai sarebbe stato tanto imprudente?

Loro, appunto.

Fecero irruzione dal tendaggio e si precipitarono verso il vestibolo ad arco. Con un tempismo perfetto, Cotton e Koger tesero la corda. Il primo agente inciampò e cadde in avanti. Il secondo aveva troppo slancio per fermarsi e finì a terra anche lui. Cotton aggredì l'uno, Koger l'altro. A suon di pugni in faccia, li tramortirono. Poi li disarmarono.

«Siamo pieni di pistole!» commentò Koger. «Adesso andiamocene, però.»

Cotton concordava. «Direi che abbiamo un minuto o due, prima che questa chiesa diventi una trappola.»

Avanzarono in tutta fretta fino a una porta di servizio che si apriva su un vicolo. Probabilmente Knight era passato di lì. Continuarono a correre fino a una strada trafficata, dove si dileguarono tra la folla, cercando di mettere più distanza possibile tra loro e la chiesa, e badando bene alle videocamere di sicurezza, che di certo erano ovunque. Le pistole erano ancora nelle tasche dei giacconi, lontane dalla vista.

Dopo qualche minuto, Koger si fermò accanto a un bidone dei rifiuti. «Spegni il telefono e dammelo.»

Cotton obbedì. Aveva già capito in che modo l'avevano tracciato.

Koger prese il proprio cellulare, lo spense e lo gettò a terra insieme con quello di Cotton. Li calpestò entrambi, più e più volte, facendoli a pezzi. «Con questi, è come avere un bersaglio addosso.»

Cotton raccolse dal marciapiede i due telefoni fracassati e li lasciò cadere nel bidone, aggiungendovi una delle pistole.

Anche Koger si liberò di una delle armi. «Cos'hai scoperto in biblioteca?»

Cotton gli riferì tutto quello che gli aveva detto Dianne McCarter.

Dopodiché Koger fece un resoconto di quello che aveva scoperto in casa di Randy Miller.

«E con questo abbiamo un altro pezzo del puzzle», disse Cotton. «Però ci serve aiuto.»

Koger parve capire a cosa alludesse. «Torniamo al castello degli squilibrati incappucciati?»

Cotton sorrise. «Già.»

Luke era seduto su una delle panche della cappella.

Toni Sims gli aveva telefonato dicendo che il principe voleva che lei lavorasse con loro, perciò lui le aveva detto dove si trovavano. E perché no? Più si è, meglio è.

Da un'ora erano nella cripta sotto la Frauenkirche, seduti a riflettere, mentre i visitatori andavano e venivano. Le spoglie di Ludovico III, di sua moglie e di altre tre persone riposavano in quei loculi dietro il muro di mattoni, ma quasi nessuno dei turisti vi faceva caso. Luke si domandò come si potesse essere così famosi e al tempo stesso così ignorati: quell'uomo era stato re, eppure ben pochi - al di fuori degli storici e di qualche irriducibile bavarese - sapevano che fosse mai esistito. Luke si augurava di lasciare dietro di sé qualcosa di significativo, dopo la morte. D'altronde, come diceva Theodore Roosevelt: « Non conta chi avanza critiche, né chi fa notare come l'uomo forte inciampi o come chi ha compiuto un'impresa avrebbe potuto fare di meglio. Il merito spetta a chi è davvero nell'arena, chi ha il volto insozzato dal sudore, dalla polvere e dal sangue. Chi si batte con valore. Chi sbaglia, chi fallisce più e più volte. Chi conosce i grandi entusiasmi, le grandi devozioni, e s'immola a una causa degna. Chi, se vince, conosce il trionfo della conquista; e chi, se perde, almeno ha perso dopo avere osato tutto, così che il suo posto non sia mai nella schiera delle anime tiepide e timide che non conoscono vittoria né disfatta ».

Giustissimo, e Luke lo sapeva bene. Purtroppo pareva che Ludovico III fosse da annoverarsi in quest'ultima categoria.

Christophe si attardava all'estremità opposta della cappella, mescolandosi ai visitatori. Toni non era ancora arrivata. Koger aveva detto a Luke di restare vicino al principe, fare rapporto e collaborare con lei. Ma ora Luke era anche al soldo delle Tuniche Nere, per operare dietro le linee nemiche. E quello era tutt'altro compito. A preoccuparlo era la prontezza con cui Fenn l'aveva accettato. Certo, l'uomo aveva già Christophe alle proprie dipendenze, e c'era un lavoro da compiere. Non era la prima volta che Luke vedeva una persona ingaggiare il primo che passava senza neppure verificare, convinta che il denaro bastasse a comprare la lealtà. Ma lì c'era qualcosa che non quadrava. E se...? Se...?

Se, se... Se le rane avessero le ali, non picchierebbero il culo quando atterrano, gli diceva sempre suo padre.

Eh, già.

Altri visitatori entrarono, mentre i precedenti risalivano la scala che portava alla navata della chiesa.

Christophe si avvicinò e si sedette accanto a lui. « Dobbiamo aprire quel loculo. »

« Prega, direbbe mia madre. »

« Che devota. »

« Una santa. » Luke le telefonava ancora tutte le domeniche, da qualunque punto del pianeta.

« Però, visto che noi non siamo proprio in odore di candele, ci vuole un'altra idea. »

« Quand'ero ragazzo, è morto un mio zio », raccontò Luke, a voce bassissima. « Invece di metterlo sottoterra, l'hanno sepolto in una specie di mausoleo verticale, in un loculo come quelli. Io ero lì, quando la bara è stata infilata nella nicchia. È stato un mio amico a sigillarla. Il coperchio è fatto in modo da sembrare una sezione di muro, ma non lo è. Ha una parte interna che s'infila nel loculo, come un tappo di bottiglia, e resta lì, ben fissata. Però, così come la s'infila, si può anche sfilarla. Scommetto che queste tombe sono fatte allo stesso modo. »

Fenn aveva detto loro che quel giorno la chiesa chiudeva alle quattro per una cerimonia speciale. L'opportunità perfetta.

« Là dietro c'è un corridoio », disse Christophe, indicando. « È dall'altro lato dell'altare, e porta a una stanza. Tu sei capace di scassinare una serratura? »

« Tu? »

Christophe tacque. Dopo un po', finalmente rispose: « L'apro io ».

Ai piedi della scala comparve Toni. Non appena li vide, venne a sedersi sulla panca davanti alla loro. « Allora, cosa combiniamo qui? »

Luke sorrise. « Profaniamo tombe. »

58

Stefan non sapeva a che santo votarsi.

Era mollemente adagiato su una poltrona e si sentiva a pezzi, umiliato. Gli occhi fissavano un punto imprecisato nella penombra, pensieri confusi gli vorticavano nella mente stanca. A quanto pareva, quel diario era una miniera d'informazioni sul bisnonno.

Ludovico III, nato a Monaco, discendente di Luigi XIV di Francia e di Guglielmo il Conquistatore, era stato battezzato col nome del nonno paterno, Ludovico I di Baviera. Era cresciuto alla Residenza. All'età di sedici anni era entrato nell'esercito col grado di tenente. A diciassette era stato ammesso all'università, dove aveva studiato legge ed economia. Nel 1866, quando la Baviera era entrata in guerra contro l'Austria, si era arruolato. Come del resto molti altri. Giovani, ingenui e poco addestrati, parecchi di loro erano caduti in battaglia. Ludovico si era preso soltanto una pallottola nella coscia, per cui aveva ottenuto la Croce di Cavaliere di prima classe dell'Ordine militare al merito di Baviera. Ma quella brutta esperienza gli aveva lasciato un'avversione per il mondo militare, un disgusto che più volte emergeva dal suo diario.

Parlava con sentimento della moglie - Maria Teresa, figlia dell'arciduca d'Austria-Este - dalla quale aveva avuto tredici figli, tra cui Rupprecht, nonno di Stefan. Il loro era stato un matrimonio d'amore, e dopo la morte di lei, avvenuta nel febbraio del 1919, le pagine del diario si tingevano di profonda mestizia e rimpianto. Una di esse, scritta nella stessa curiosa calligrafia non corsiva di tutto il resto del volume, catturò lo sguardo di Stefan:

> Ora che me ne sto seduto qui a meditare sulla mia sorte e su quella del mio regno, mi rendo conto che potrei essere il primo monarca ad avere avuto quattro titoli. Da giovane, mentre era ancora vivo mio padre, ero

sua altezza reale il principe Ludovico di Baviera. Morto lui, sono diventato sua altezza reale il principe reggente di Baviera. Per cinque brevi anni, dopo la deposizione di mio cugino Ottone, sono stato sua maestà il re di Baviera. Un appellativo che mi piaceva alquanto. Una volta deposto, sono stato ridotto a duca di Baviera, un titolo puramente onorario, senza un vero significato.

Stefan non faticava a capire il rammarico del bisnonno. Era davvero un titolo vuoto.

Albert l'aveva lasciato solo nella camera dei genitori, per concedergli la solitudine necessaria a riflettere sul diario. Un foglietto strappato era stato messo tra le pagine, a mo' di segnalibro, a marcare un'annotazione dell'ottobre del 1918.

La Grande guerra è perduta, ne sono certo. Sentimenti rivoluzionari suppurano e infettano tutta la Baviera. Si avvicina il giorno in cui sarò costretto ad andare via. Ho sempre mirato a mantenere una sorta di equilibrio tra la Baviera e la Prussia, cercando al contempo di preservare il glorioso impero tedesco. Ma ormai è perduto anche quello. Temo che non vi sia più nulla di sacro, che ogni cosa del passato verrà gettata al vento, per costringere il popolo a passare ad altro, sotto chissà quale governo parlamentare radicale, alla maniera moderna. I re e i Wittelsbach cadranno nell'oblio, premeditatamente cancellati dalla memoria collettiva. Non sono più nella posizione di guidare il governo. Il mio popolo è smarrito. Ma è mio dovere proteggere il retaggio del casato. Triste a dirsi, ma pare che sarò l'ultimo dei re Wittelsbach. È mia sincera speranza che un giorno la nostra famiglia riacquisti ciò di cui sta per essere privata. Quando verrà quel giorno? Impossibile saperlo. Forse mai. Il mio defunto cugino, re Ludovico II, aveva un grande sogno. Un grande progetto. Voleva un nuovo regno, un luogo dove governare così com'è giusto che governi un re. E l'aveva trovato, ma non se n'è più fatto nulla. Un Ultimo Regno. Che pensiero meraviglioso. Purtroppo non l'avrò neppure io. Ma ne ho creato una versione tutta mia, un luogo dove la nostra famiglia possa riposare in pace, col suo retaggio di grandi imprese. È in un luogo sicuro, custodito dal *Sängerkrieg*, protetto dal *Rätselspiel*, in attesa di un'epoca in cui saremo di nuovo rispettati.

Parole criptiche, senz'altro. Ma il messaggio era chiaro.

L'atto di cessione era lì?

Possibile.

Sängerkrieg era un chiaro riferimento alla leggendaria gara dei cantori avvenuta presso la Wartburg nel 1207. Nessuno sapeva se fosse un evento reale o immaginario, ma i poeti ne avevano parlato per secoli. A quanto si narrava, sei cantori avevano gareggiato tra loro al cospetto del langravio di Turingia e di sua moglie, sfidandosi alla ricerca del miglior canto di lode a un principe. Uno di loro, Enrico, si era dimostrato il più eloquente, attirando però su di sé l'invidia degli altri menestrelli, che avevano tramato per farlo condannare a morte. Ma Enrico aveva ottenuto la protezione della moglie del langravio, che gli aveva concesso un anno di sospensione della pena, durante il quale Enrico si era recato in Ungheria per chiedere aiuto allo stregone Klingsor. Il *Rätselspiel,* « gioco degli enigmi », era il successivo duello poetico tra un altro dei menestrelli - Wolfram von Eschenbach - e lo stregone ungherese.

Una storia epica, peculiarmente tedesca, messa in musica da Richard Wagner nel *Tannhäuser und der Sängerkrieg auf Wartburg.*

L'edizione a stampa era stata nascosta nella scrivania di Herrenchiemsee.

Ora Stefan sapeva.

Ludovico III aveva creato un *Rätselspiel* tutto suo, con tanto d'indizi misteriosi e relative ricerche. Cimentarvisi richiedeva una conoscenza del mondo simile a quella che era occorsa a Wolfram per vincere il duello poetico.

I Wittelsbach avevano sempre avuto una passione per le idee romantiche, spesso a loro detrimento.

Ma forse quella volta no.

Albert rientrò nella camera.

« L'hai messo tu, questo segnalibro? » gli chiese Stefan.

Albert annuì. « Volevo assicurarmi che leggessi quella pagina. Papà mi aveva detto del libro nella scrivania, però purtroppo non ha mai fatto parola delle fasi successive del *Rätselspiel.* Mi sa che non le conosceva nemmeno. Ma altri ti stanno superando, e hanno un grande vantaggio su di te. Ho appena parlato al telefono con un mio contatto, che mi ha aggiornato sulla situazione: ora gli americani sono pienamente al corrente del gioco degli enigmi e sono vicini alla meta. Il tempo stringe. Dobbiamo a tutti i costi tornare in testa.»

«Sul serio mi stai aiutando?»

«Sul serio.»

«Allora dimmi cosa dobbiamo fare.»

59

Derrick era sul sedile del passeggero del fuoristrada Mercedes guidato da Marc Fenn. Malone era seduto dietro, da solo. Avevano preso un Uber da Monaco al castello di Fenn, e lì l'avevano atteso per quasi novanta minuti. Quando finalmente li aveva raggiunti, gli avevano spiegato tutto ciò che avevano appena appreso e gli avevano chiesto consiglio.

« Astuta, la scelta di quelle parole: *Laddove il menestrello dirige la sua ode e Parsifal punta lo sguardo, il veggente e la colomba porgeranno aiuto da lassù* », aveva detto Fenn. « Può capirle solo chi conosce certe cose. D'altronde, immagino che il loro scopo sia proprio questo. »

« E c'è qualche possibilità che lei ce le spieghi senza tergiversare? » aveva chiesto Malone. « Sa, avremmo una certa fretta. »

« Ma via, signori, qui siamo di fronte a una meravigliosa rivelazione. Ciò che finora era leggenda sta diventando un fatto storico. Il *Rätselspiel* di Ludovico III. »

« Lei ne è al corrente? »

« Ho sempre creduto che tutta questa caccia al tesoro fosse stata architettata da lui. Ma adesso ne abbiamo le prove. L'avvocato Lehmann, consigliere privato di Ludovico III, conferma che è tutto vero. »

« Ma cosa significa quest'indovinello? »

« Dovrete vederlo di persona, e ci vuole un viaggetto in macchina, ma non è lontano. »

Si erano addentrati fra le prime alture delle Alpi, procedendo a gran velocità lungo una striscia nera di asfalto che serpeggiava tra prati innevati. Dal cielo sempre più scuro calavano bianchissimi petali di ghiaccio, visibili nei coni di luce dei fanali. Passata una curva, a pochi chilometri da loro si aprì una veduta spettacolare.

Neuschwanstein.

Luccicante nell'aria cristallina del tardo pomeriggio.

Una delle tre meraviglie di Ludovico II.

Torri, torrette, merlature, una posizione apparentemente inaccessibile, mura di pietra calcarea illuminate da fari abbacinanti che le facevano sembrare incandescenti. Sorgeva a ottocento metri di altitudine e si ergeva da una cima rocciosa con la grazia solenne di un castello di cavalieri tedeschi d'altri tempi. L'armonia della struttura era dovuta alla sapiente combinazione di corpi architettonici di diversa altezza, e dal tetto a guglie, incarnazione di antichi sprezzi e poteri signorili, secondo tutte le possibili concezioni di come dovrebbe essere una roccaforte regia. E probabilmente Ludovico II mirava appunto a quello. Se è vero che l'appetito vien mangiando, quello di Ludovico era insaziabile. Non era difficile capire come mai Walt Disney, che aveva visitato quei luoghi negli anni '30, avesse modellato su Neuschwanstein il castello della *Bella addormentata nel bosco*.

« Andiamo lì? » chiese Derrick.

« Sì. Sono amico del curatore. Ci aspetta. »

« Per fare cosa? » chiese Malone.

« Tutto ciò che avete trovato porta all'ultimo luogo in cui ha dimorato Ludovico II prima di essere deposto », spiegò Fenn. « Il suo ultimo rifugio. È qui che l'hanno preso in custodia. In questo castello. Non c'è che dire, Ludovico III ha calcato molto sul simbolismo, nella scelta degli elementi del suo gioco degli enigmi. »

Proseguirono lungo la strada buia che correva tra argini di neve. Fenn rallentò davanti a un gruppo di edifici: negozietti di souvenir, alberghi e parcheggi. Tutti servizi per i visitatori. Ma ce n'erano pochi: non era la stagione giusta. Però si vedeva che era quasi Natale: sulle pittoresche case e sui lampioni c'erano decorazioni colorate e fronde di sempreverdi. Oltrepassarono una carrozza a cavalli sulla quale sei persone si stringevano sotto coperte di lana.

« Normalmente si può salire solo a piedi, in carrozza o col bus navetta, ma noi abbiamo il permesso di arrivare in macchina. » Fenn svoltò a sinistra e imboccò una stradina ripida, dalla quale stavano scendendo altri intrepidi visitatori appiedati. La lieve nevicata continuava. Alla fine Fenn parcheggiò in un vicolo cieco che probabilmente serviva agli autobus per fare manovra prima di ridiscendere. «Da qui proseguiamo a piedi.»

Uscirono all'aria gelida e secca. Derrick abbottonò il cappotto e sollevò il bavero. Malone fece altrettanto. Neuschwanstein torreggiava su di loro. Niente fossato né cinta muraria, eppure l'impressionante castello irradiava una fiera gloria reale, apparentemente inespugnabile in ogni sua parte. Salirono un vialetto asfaltato, e Derrick notò che da tre lati la roccia discendeva in una profonda scarpata. L'unico lato accessibile era quello meridionale, sul quale si trovavano loro. In lontananza si sentiva un rumore di una cascata, che però non era visibile.

Si fermò e tese l'orecchio.

«In fondo alla gola del Pöllat c'è una cascata alta una cinquantina di metri», spiegò Fenn. «Massimiliano II, padre di Ludovico II, vi ha fatto costruire un ponte di legno, il Marienbrücke, così chiamato in onore di sua moglie, Maria di Prussia. Ludovico II l'ha fatto rifare in ferro quando ha dato inizio ai lavori di edificazione di Neuschwanstein. Passa a un'altezza di novanta metri sopra la gola.»

«Non è illuminato?» chiese Malone.

«Solo d'estate. In questa stagione no. Da lì, la veduta del castello è impressionante.»

Ripresero la marcia.

«Ai tempi di Ludovico II, il vialetto era sterrato», continuò Fenn. «Questo è il punto preciso in cui la commissione venuta a prendere in custodia il re ha dovuto affrontare i contadini armati. Ludovico osservava tutto da lassù.» Indicò la grande torre a pianta rettangolare.

«Se ne intende, lei», commentò Derrick.

«Da tanto tempo m'interesso di queste cose. E finalmente mi tornano utili.»

Continuarono a camminare lungo il ripido vialetto.

«La costruzione di questo capolavoro ha richiesto tredici anni di lavori ed è costata venti milioni di marchi. Una spesa astronomica, nonché un grosso peso sulle finanze di Ludovico, che l'aveva sborsata di tasca propria. Contrariamente all'opinione comune, Ludovico non ha mai prosciugato il tesoro di Stato per realizzare i suoi sogni: usava il denaro che gli veniva erogato ogni anno per il suo mantenimento, e in più chiedeva prestiti. Però, per ironia della sorte, i castelli che hanno mandato Ludovico in bancarotta ora procurano alla Germania un reddito annuo di milioni di euro.»

Derrick alzò lo sguardo sulla facciata in mattoni a vista, riccamente ornata dagli archi delle finestre, dai parapetti dei balconi, dagli spioventi del tetto, dalle torri di guardia laterali. Sopra il portale principale pendeva lo stemma di Baviera. Ne stavano uscendo due coniugi a braccetto, stretti nei pesanti cappotti.

Si voltò a scrutare la campagna buia, che si estendeva per chilometri e chilometri a occidente, punteggiata di luci, alcune stazionarie - probabilmente case o fattorie -, altre in movimento lungo la strada dalla quale erano arrivati loro. Qua e là, il paesaggio silenzioso e argentato aveva una luminosità tutta sua. I puntolini di luce del traffico erano un turbinio bianco sulla sua retina.

Ripensò a quel che era appena accaduto a Monaco.

All'aggressione da parte di Rife.

Una di quelle vetture portava guai?

60

Rife ingranò la quarta e accelerò. I cellulari di Koger e Malone non erano più rilevabili: evidentemente i due si erano accorti di essere tracciati. Ma quello di Marc Fenn sì. Inoltre le cimici piazzate nel castello di Fenn erano ancora attive e avevano rivelato che Koger e Malone erano andati da lui, avevano appreso una buona quantità d'informazioni, dopodiché erano ripartiti insieme con lui, diretti a sud. L'ultimo rilevamento del cellulare di Fenn risultava a Neuschwanstein. Dunque, a quanto pareva, la loro meta era quella.

Sul sedile del passeggero c'era Terry Knight.

Rife aveva anche parlato al telefono col principe Stefan, il quale gli aveva annunciato che sarebbe andato a sud anche lui, insieme col fratello, Albert, che ora stava dalla sua stessa parte.

Bene.

C'erano progressi.

L'inattesa alleanza tra Koger e Malone aveva costituito una minaccia. Senza contare le due spie nell'entourage del principe Stefan. Poi c'erano i quattro uomini uccisi la scorsa notte. Due erano mercenari, gli altri erano membri della Falce. I primi erano stati investiti da un'auto, i secondi si erano presi un proiettile in testa. Erano stati mandati a occuparsi di Luke Daniels, ma evidentemente era stato Daniels a occuparsi di loro. E quello era già un campanello d'allarme.

I nemici pullulavano ovunque.

Nulla di nuovo, del resto. Ormai il gioco duro era un'abitudine. Se non altro, non c'erano regole o autorità che limitassero il suo campo d'azione. Non c'era nessuno che gli stesse addosso o gli dicesse come agire. Poteva fare qualunque cosa ritenesse necessaria, e intendeva approfittare di quella libertà. Tutti gli indizi scoperti fino a quel momento portavano al favoloso castello che ora vedeva dal parabrezza. Ironico, considerando il pandemonio che lui stava per scatenare.

Si sentì pervadere da una sensazione familiare.

Che i nodi stessero per venire al pettine.

Stefan era ancora sconvolto da ciò che aveva letto sul diario del bisnonno, l'utile punto di vista di un settantaquattrenne amareggiato. A quanto pareva, Ludovico III aveva cercato di preservare il più possibile il retaggio dei Wittelsbach. Gli orrori della Prima guerra mondiale, la Rivoluzione di novembre e infine la perdita del trono e del regno avevano avuto su di lui un effetto deleterio. Era logico che prendesse le sue misure per proteggere il patrimonio spirituale di famiglia.

Un *Rätselspiel.*

Un gioco degli enigmi.

Altroché.

Stefan era seduto nel compartimento passeggeri di un Eurocopter EC 135 arredato con eleganza: tessuti originali di Hermès e fodere in pelle, morbide come burro. Un divisorio in vetro chiudeva la cabina di pilotaggio, garantendo un alto livello di privacy. Quando Stefan aveva chiesto ad Albert cosa occorresse fare, il fratello gli aveva risposto che bisognava andare a sud. Subito. Ed era stato ugualmente criptico quando lui gli aveva domandato a chi appartenesse l'elicottero: si era limitato a dirgli che il mezzo era a loro disposizione.

Aveva un'aria stanca.

Tutti quegli sforzi lo affaticavano molto.

« Dovevi lasciar fare a me », disse Stefan. « Non stai bene. »

« Apprezzo la tua premura, ma voglio fare la mia parte, per piccola che sia. Da tanto tempo sospettavo che Neuschwanstein avesse un ruolo chiave in questa ricerca. Certo, alla morte di Ludovico II non era ancora stato completato, però è il più enigmatico dei tre castelli che ha fatto costruire. »

Filavano veloci nell'aria gelida. La luce diurna era quasi scomparsa, la bassa coltre di nubi lasciava cadere una nevicata leggera ma costante. A sud, la fila frastagliata di aspre vette lacerava il cielo all'orizzonte. Sotto si estendeva un mare di neve, interrotto solo da dense macchie boscose, qualche casa o fattoria qua e là, e le distese aperte dei laghi ghiacciati.

Neuschwanstein sorgeva in prossimità della cittadina di Füssen, ad appena un chilometro dal confine austriaco. Füssen aveva una lunga tradizione di liuteria, ma a renderla famosa era stato Ludovico II, che aveva trascorso l'infanzia insieme col fratello Ottone nel vicino castello di Hohenschwangau. Quando poi, con la morte del padre, la corona era passata a lui, Ludovico aveva acquistato un'antica rovina in cima a un picco nei pressi, l'aveva fatta radere al suolo e vi aveva fatto erigere Neuschwanstein, in un punto visibile dalla dimora in cui era cresciuto. I due castelli erano tuttora in piedi. Uno completo e uno no. Uno celebre in tutto il modo, l'altro all'ombra del primo.

Come Stefan e Albert.

In molti sensi.

Strana, quella nuova alleanza. Tra i due fratelli c'era sempre stato dialogo, ma mai affetto. Il divario ideologico che li separava non era mai stato colmato. Due mondi diversi, due ere diverse, votate all'ostilità reciproca. Stefan era riformista e progressista, mentre Albert era più tradizionalista, paziente, soddisfatto dello *status quo*. Due opposti inconciliabili.

Ma ormai non più.

« Ho sempre creduto che le storie del papà sul *Letzte Königreich* fossero solo fantasie, castelli in aria. Ma dal diario appare evidente che Ludovico III le prendeva sul serio, e che aveva creato qualcosa di concreto. »

Già.

È in un luogo sicuro, custodito dal Sängerkrieg, *protetto dal* Rätselspiel, *in attesa di un'epoca in cui saremo di nuovo rispettati.*

« Hai idea di cosa intendesse con 'custodito dal *Sängerkrieg*'? » chiese Stefan.

Albert sorrise. « No. Ma qui c'è gente che lo sa. »

61

Luke guardò l'orologio.

Le 17.20.

Lui, Toni e Christophe si erano nascosti in una stanza sotterranea appena dietro la cappella, una sorta di ripostiglio per le attrezzature di pulizia e altre cose, sperando che nessuno avesse bisogno di accedervi. Per fortuna erano rimasti indisturbati. La cattedrale aveva chiuso i battenti quasi un'ora e mezzo fa per una cerimonia privata o qualcosa del genere. Di sopra, nella navata, l'organo stava suonando da una quindicina di minuti.

« Adesso », disse Luke.

Toni socchiuse la porta e sbirciò cautamente fuori. « Sembra tranquillo. »

Uscirono dalla stanza e tornarono alla cappella. Lì la musica era più alta, le onde sonore entravano indisturbate dal cancello della cripta, in cima alla scala. I toni gravi dell'organo sarebbero stati un'ottima copertura per eventuali rumori.

« Prima, però, vediamo se il cancello è chiuso. »

Toni salì la scala, esitò per qualche istante, poi scese e scosse la testa. « Chiuso, ma non a chiave. »

Bene. Dunque la via di fuga era pronta.

Il piano prevedeva di aprire il loculo e prelevare l'orologio da taschino che, secondo Fenn, doveva essere lì dentro. Se poi avessero trovato qualcos'altro di « fuori dell'ordinario », avrebbero dovuto prendere anche quello. Sul serio? Qualcosa di « fuori dell'ordinario » in una cassa che conteneva un cadavere di cent'anni prima? Tutta questa storia sembrava incentrata sull'andare a cercar rogne. Eppure Christophe sembrava non farci neppure caso. Toni, in compenso, aveva lanciato a Luke diverse occhiate: anche lei sentiva odore di guai. Certo, una volta compiuto il misfatto, doveva pur essere possibile andarsene mescolandosi alle persone che partecipavano alla cerimonia, lassù. A meno che la cerimonia stessa non avesse previsto una visita alla cripta.

« Va bene », disse Christophe. « Non è un problema, dici? Fa' un po' vedere. »

Luke si avvicinò ai loculi. « Dammi una mano. Ah, Lexi, tieni d'occhio il cancello, prima che scenda qualcuno. »

Lei annuì e rimase ai piedi della scala, mentre lui e Christophe concentravano l'attenzione sulla lastra rettangolare che sigillava il luogo dell'ultimo riposo di Ludovico III. Prima, con tutta la gente che c'era, non aveva avuto modo di studiarla meglio. Ma in quel momento vide che era proprio come aveva pensato lui: una fuga tra la pietra e il muro indicava l'assenza di malta. Anche Christophe capì. Cominciarono ad agire sullo stesso lato della lapide, infilando le dita nella fuga e tirando. Era una gran fatica, però la lastra aveva abbastanza gioco da permettere loro di smuoverla fino ad allargare la fessura. A quel punto poterono prenderla saldamente, uno per lato. Piano piano, la sfilarono e la posarono a terra.

« Ma quanto pesa! » commentò Christophe.

E aveva ragione.

Luke si rialzò e scrutò nel loculo.

Vuoto. Niente feretro. Niente ossa.

Nulla.

Accidenti.

Perfino peggio del previsto.

Cotton stava ammirando una delle porte del corpo di guardia di Neuschwanstein. Sopra di essa c'era la figura di un cane, con un'iscrizione che diceva: BEI TAG UND NACHT, DIE TREUE WACHT. « La fedeltà veglia giorno e notte. » Quella frase figurava anche nell'indovinello di Dianne McCarter.

« A quanto pare, siamo nel posto giusto », disse Cotton.

« Io l'ho capito quando lei è venuto al mio castello e mi ha mostrato quel foglietto », disse Fenn. « Quelle parole puntano dritto qui. »

Vero.

Oltre il corpo di guardia c'era un ampio cortile interno a più livelli. Al momento, non c'era nessuno. Cotton sentiva di trovarsi faccia a faccia con le vestigia di un mondo fantastico, morto da tanto tempo. Lo spazio aperto era illuminato da fari. I tornelli e i cordoni che servivano a disporre i visitatori in una coda a serpentina erano deserti. L'aria ghiacciata era pervasa da un silenzio inquietante, che metteva ancora più in evidenza il rumore del respiro. Cotton detestava il freddo. Era cresciuto al caldo umido della Georgia centrale, tra moscerini, zanzare e cipolle.

In lontananza, in un punto imprecisato in mezzo alle tenebre, si sentiva ancora il rumore della cascata.

Fenn fece strada fino a un negozio di souvenir dove li attendeva un uomo di bassa statura, con capelli tra il castano e il biondo, sopracciglia angolose che gli davano un'aria minacciosa e un grosso neo sulla guancia destra. Si presentò come curatore della struttura, aggiungendo un sorriso che aveva la stessa affabilità di una pianta grassa.

« Siamo vecchi amici », spiegò Fenn. « Non è un Guglmann, ma è una persona fidata. »

« Marc mi ha spiegato cosa sta accadendo Che emozione! Mi ero sempre domandato se quelle storie fossero vere. » L'uomo aveva una voce nasale.

Cotton sorrise. « Be', scopriamolo. »

Luke non tardò a fare due più due. « Il tuo amico Fenn ci ha mandati qui per un motivo preciso », disse a Christophe. « Che non è l'apertura di questa tomba. »

Toni si avvicinò e vide che il loculo era vuoto.

« Ma ha detto che qui dentro c'era un corpo! » protestò Christophe.

« Il che la dice lunga », commentò Toni.

« Dobbiamo filarcela », disse Luke. Però, nella remota possibilità che davvero Fenn non sapesse che la tomba era vuota, era meglio rimettere a posto la lapide. « Prima richiudiamo tutto. »

Tutti e tre sollevarono la pietra e la collocarono in posizione, poi salirono la scala e Toni aprì piano il cancello. Dato che l'ingresso della cripta si trovava dietro l'altare, per raggiungere il portone avrebbero dovuto percorrere l'intera navata, e con quella cerimonia in corso - qualunque ne fosse la natura - non potevano sperare di passare inosservati. Ma non c'era altro da fare.

Uscirono.

L'organo continuava a suonare a tutto volume.

Cinque o sei chierichetti stavano preparando l'altare. Le panche erano ancora vuote. Che fortuna! La cerimonia non era ancora incominciata. Forse c'era modo di sgusciare via in tutta fretta? Quella speranza fu ben presto disattesa.

Dal portone erano appena entrati cinque poliziotti in uniforme.

Il che confermava che era una trappola.

Luke e Toni si voltarono a cercare un'altra via di fuga. Ma Christophe aveva altri programmi: infilò una mano sotto il giaccone, estrasse una pistola e sparò in direzione degli agenti.

«Qui finisce male», borbottò Luke.

62

Cotton seguì Koger e il curatore nella parte più interna di Neuschwanstein. L'atmosfera fiabesca gli riportava alla mente scene di altri luoghi ed epoche. Quasi si aspettava di veder comparire cavalieri in armatura, con tanto di scudiero al seguito. Era passato l'orario di chiusura, perciò il castello era deserto.

Presero una scala a chiocciola e salirono al terzo piano.

«Laggiù c'è la sala del trono», disse il curatore. «Ma quel che cercate voi è da quest'altra parte.» Indicò un lungo corridoio. Da un lato si aprivano finestre buie, dall'altro archi a tutto sesto, che davano su spazi illuminati. «Le visite turistiche cominciano davanti al trono. Il giro prosegue nella sala da pranzo e nella camera da letto, dopodiché torna indietro lungo questo corridoio, fino alla scala. Ma al momento non c'è nessuno, quindi possiamo imbrogliare un pochino e fare il percorso a ritroso.» Quel piccolo strappo alle regole sembrava dargli un certo godimento.

Imboccarono il corridoio. Le sale lungo il lato destro erano una fiammante sinfonia di colori, abbellita di legni rari e pregiate pitture murali, tutte di soggetto wagneriano. A tutto quello splendore contribuivano i lussuosi lampadari di ottone. Cotton si domandò quanti intagliatori, pittori, orafi e ricamatori ci fossero voluti per creare quella magnificenza. Regnava una quiete assoluta, come in un mausoleo. L'illuminazione era data dalle applique a incandescenza e dai fasci di luce dei fari esterni, che filtravano dalle finestre divise da colonnine.

A metà del percorso, il curatore si fermò. «Questo era lo studio del re.»

Come nelle altre stanze, anche lì le pareti erano rivestite in rovere o in noce. Dal centro del soffitto pendeva un lampadario d'ottone placcato in oro con lampadine elettriche dalla luce potente. Sotto di esso c'era una massiccia scrivania con una sedia a schienale alto dalle fodere ricamate. Sul piano di scrittura c'erano due lampade di bronzo e un portacalamaio. Dietro la scrivania, una doppia porta dava su un'altra stanza. Cotton inspirò l'aria calda, pervasa da un odore di polvere e di lucidanti.

« Tu sai cosa stiamo cercando qui? » chiese Koger al curatore.

« Marc mi ha ragguagliato. *Laddove il menestrello dirige la sua ode e Parsifal punta lo sguardo, il veggente e la colomba porgeranno aiuto da lassù*. Astuta, la scelta di queste parole. »

Era lo stesso commento che aveva fatto Fenn. E la cosa incuriosì Cotton.

A chi era venuto in mente per primo?

« La scrivania non è sempre stata lì », disse Fenn. « Era nel corridoio, contro la finestra. Tanto non intralciava nessuno, visto che Ludovico viveva solo. Oltretutto, tutti i suoi soggiorni a Neuschwanstein, messi insieme, ammontano ad appena centosettanta giorni. Quando era qui, si sedeva alla scrivania a guardare il panorama delle valli coi maestosi pini e i boschetti di betulla. Chissà che veduta! In tempi successivi, quando è stato necessario liberare il corridoio per le migliaia di turisti che visitano ogni giorno il castello, la scrivania è stata spostata nello studio. »

Il curatore indicò le coloratissime pitture murali. « Queste sono opere di Joseph Aigner, un artista di Monaco. Le ha dipinte su ampie tele fissate al muro. Ma lavorava con lentezza, e Ludovico era impaziente, perciò lo ha sostituito con un altro pittore. Gira voce che questa 'interferenza nella sua visione artistica' abbia spinto Aigner alla follia. »

« E c'è un fondo di verità? » chiese Cotton.

Il curatore si strinse nelle spalle. « Non si sa. Aigner si è ucciso nel 1886, cinque mesi prima della morte di Ludovico. Ma prima di essere licenziato aveva cercato d'ingraziarselo. Osservate. » Si avvicinò a un'ampia pittura murale che occupava la metà superiore di una parete laterale. « Queste scene raccontano una storia. C'era una volta un cavaliere errante, un cantore di nome Tannhäuser, che si era innamorato di Elisabeth, nipote del langravio di Turingia. Ma la loro differenza di ceto gli impediva di sposarla. Perciò, disperato, vagò fino alla montagna sulla quale dimorava Venere, e lì trascorse un anno, godendosi i piaceri del reame della dea.» Per illustrare quanto stava raccontando, il curatore indicò altri dipinti. «Dopo un po', stancatosi di Venere, Tannhäuser ripartì e arrivò alla Wartburg, dove si stava tenendo una gara di menestrelli. Vi partecipò anche lui, ma sconvolse tutti, cantando le lodi dell'amore carnale. Così venne cacciato. Sconsolato, Tannhäuser fece un pellegrinaggio a Roma per chiedere al papa l'assoluzione, ma non la ottenne, perciò tornò alla montagna incantata di Venere. L'intera storia è raffigurata qui, in tutta la sua vividezza. Wagner compose un'opera lirica ispirata alla leggenda di Tannhäuser, ma concedendosi qualche piccola licenza. Però Ludovico voleva che i dipinti del suo castello rispecchiassero la tradizione originale del menestrello-crociato e della grande gara canora della Wartburg, perciò le scene che vediamo qui non sono tratte dalla reinterpretazione wagneriana.»

Koger era trepidante. Cotton lo capiva: lui stesso cominciava a perdere la pazienza. Con tutte le cose che stavano accadendo, e con tutte le persone animate da cattive intenzioni che c'erano in giro, non era il caso di perdere tempo con le leggende. Perciò, dato che il curatore e Fenn sembravano tanto immersi nel loro mondo di fantasia, decise di riportarli all'argomento principale. «Il libro trovato a Herrenchiemsee parla di Tannhäuser e della gara dei cantori della Wartburg. È un indizio che porta qui?»

Fenn annuì e tirò fuori il volume dalla tasca del cappotto. «L'ho portato, nell'eventualità che ci servisse. Non è solo il libro a portare dritto in questo posto, ma anche il riferimento alla fedeltà che veglia giorno e notte. E poi ci sarebbe un'altra cosa.»

Cotton non poté fare altro che chiedere: «Quale?»

«Il *Parsifal*. Un'altra opera wagneriana che Ludovico II amava molto. Era ispirata a un poema epico medievale, che parlava della ricerca del Santo Graal.»

«Ludovico era affascinato da quel poema», spiegò il curatore. «In qualità di mecenate di Wagner, l'ha incoraggiato a comporre un'opera basata su di esso. E lui ha obbedito. La sala dei cantori, al quarto piano, è decorata con arazzi e dipinti che raffigurano scene di quella storia. Ludovico ha commissionato otto esecuzioni private dell'opera lirica, solo per lui.» Si avvicinò a una delle pitture murali più ampie. «Era un melomane. Amava i temi avventurosi, romantici, le battaglie tra il bene e il male, tra l'amore e l'odio. Aveva il vezzo di paragonarsi a Parsifal. Si sono conservate molte sue scritture autografe nelle quali soprannomina se stesso così. E poi c'è questo.»

Indicò l'angolo superiore sinistro del dipinto. In quel punto si vedeva Tannhäuser cantare durante la gara tra menestrelli, davanti a otto spettatori - tre seduti e cinque in piedi - tutti in abiti medievali. Tra quelli spiccava un volto barbuto, proprio al centro del gruppo.

«Vi dicevo che Aigner era caduto in disgrazia agli occhi di Ludovico. Per riguadagnarsi il suo favore, ha incluso l'immagine del re in uno dei suoi dipinti. Questo. Quel volto, lassù, con la barba e i baffi, è di Ludovico II.»

Cotton si avvicinò e studiò le fattezze del personaggio. «Una somiglianza c'è.»

«È lui», disse Fenn. «Parsifal in persona.»

Nella mente di Cotton balenarono di nuovo le parole di Ernst Lehmann. *Laddove il menestrello dirige la sua ode e Parsifal punta lo sguardo, il veggente e la colomba porgeranno aiuto da lassù.*

Fu allora che capì.

Puntò un dito. «*Laddove il menestrello dirige la sua ode.*»

Il cantore dai capelli rossi, ben eretto, braccio levato, manto azzurro, era rivolto a sinistra.

«E Parsifal punta lo sguardo...»

Anche Ludovico II guardava a sinistra.

Cotton si avvicinò al lato destro del dipinto. Ai piedi di esso c'era un'ornata stufa di maiolica, bianca e verde. «Vogliono indicarci questa?»

Fenn sorrise. «Quel *punto*, sì, ma non la stufa: quella è stata aggiunta solo pochi anni fa. Dobbiamo pensare a ciò che stava al suo posto agli inizi del XX secolo, quando Ludovico III ha concepito il suo gioco degli enigmi.»

«E lei sa cosa c'era qui?» chiese Koger.

Fenn annuì.

63

Col favore delle tenebre, Rife e Terry Knight raggiunsero Neuschwanstein. La nevicata era cresciuta d'intensità, candide falde emergevano dal nero alla forte luce dei fari del castello. Intorno a loro sorgevano file di pini coperti di brina. Si stavano facendo le sei del pomeriggio. Proseguirono sino alla fine della strada e parcheggiarono accanto a un'altra vettura, probabilmente quella con cui erano arrivati Fenn, Malone e Koger. Con un po' di fortuna, almeno gli ultimi due non avrebbero avuto bisogno di un viaggio di ritorno. O, comunque, non in auto. A meno che non fosse quella delle pompe funebri.

Rife si fermò.

Dal vialetto asfaltato non arrivava nessuno. A quanto pareva era già passato l'orario di chiusura. Ma all'interno doveva pur esserci ancora del personale. E dovevano esserci anche videocamere di sicurezza. Parecchie, probabilmente. Anche all'esterno.

Perciò occorreva procedere con cautela.

Fece strada fino all'ultima curva e si avvicinò al portone di accesso. Al di là del corpo di guardia c'era un ampio cortile dove le mura in mattoni e in pietra calcarea bianca erano illuminate da lampade alogene. La neve copriva buona parte dell'acciottolato e delle tegole. C'erano diverse porte e molte finestre, quasi tutte buie. A destra, dietro una fila di porte a vetri, c'erano luci accese e movimenti.

Dipendenti del castello.

Rife indicò davanti a sé.

Knight salì una scalinata di pietra fino al cortile superiore. Lui lo seguì, guardandosi intorno nell'eventualità che arrivasse qualcuno. In cima a un'altra scala esterna trovarono una doppia porta in legno, con un catenaccio in ferro, non bloccato. Sgusciarono dentro. Prima di richiudere la porta, Rife osservò il cortile: nessuno in vista.

« E adesso? » gli chiese Knight.

Poco prima, Rife si era concesso qualche minuto per studiare uno schema sommario degli interni del castello. Ora si trovavano all'interno di un corridoio dal soffitto a volta, fiocamente illuminato, che conduceva all'interno dell'edificio. In fondo a esso doveva esserci una scala a chiocciola che saliva al terzo piano.

« Aspettiamo. »

Ma prima...

Prese il telefono e inviò un sms a un uomo che aveva piazzato all'esterno del castello affinché stesse di guardia, in caso d'imprevisti.

Pochi istanti dopo, arrivò la risposta.

Sono venuti qui.

Rife si voltò verso Knight e disse sotto voce: « Possiamo andare. Vieni con me ».

Stefan scese dall'elicottero, all'aria gelida. Albert lo seguì, ma a fatica. Entrambi si allontanarono mentre le pale rallentavano. Erano atterrati su una piattaforma illuminata, con una spolverata di neve, in mezzo agli alberi, non lontano da Neuschwanstein. Quella spianata di cemento serviva per far atterrare i visitatori di alto profilo, come il duca di Baviera e suo fratello. Albert fece strada verso un sentiero lungo il quale correva una fila di faretti da terra a basso voltaggio. Stefan sapeva che si trovavano al di là del castello, su un'altra altura rocciosa. Il ruggito della cascata nella gola del Pöllat era vicinissimo.

La neve scricchiolava sotto le loro scarpe.

Si sentiva come Ludovico II che si aggirava in chissà quale sua avventura notturna, nell'illusione che il buio, in qualche modo, lo proteggesse. Casomai le tenebre permettevano ai pericoli di muoversi più facilmente, senza farsi notare. Eppure ecco che Stefan percorreva quel sentiero alpino, in cima a una rupe, in compagnia di un fratello col quale non aveva mai avuto un buon rapporto, per dirigersi a un castello fatto costruire con molti sforzi da un loro antenato, e mai completato. Pareva che il destino dei Wittelsbach – imperatori, re e duchi - fosse quello di dover lottare con le unghie e coi denti ogni volta che volevano ottenere qualcosa. Ogni santa volta. Era incredibile che fossero riusciti a tenersi la Baviera per ottocento anni. Ora il loro dominio era tramontato da più di un secolo. Ma forse la situazione stava per rovesciarsi. E proprio grazie all'azione congiunta di due Wittelsbach. L'uno al tramonto della vita, l'altro ancora nel pieno delle forze.

Appena emersero dai boschi, davanti a loro si aprì una veduta spettacolare di Neuschwanstein, a un paio di centinaia di metri da loro. La sapiente collocazione delle luci mostrava il castello in tutta la sua gloria.

« Ludovico guardava lontano », disse Albert. « E in modi che si possono apprezzare solo in quest'epoca. »

Stefan concordava. Ma c'erano questioni più urgenti. « Entriamo? »

« Non ancora. »

Eppure Ming, al telefono, aveva detto a Stefan di andare lì *subito*. « Cosa aspettiamo? »

« Ho una certa confidenza col curatore del castello. Mi ha detto di aspettare una sua chiamata. »

« Perché? »

« E io che ne so? » Albert fece un cenno verso il castello. « Intanto godiamoci la veduta dal ponte. Mi è sempre piaciuta tanto. »

Stefan aveva freddo, e la nevicata stava crescendo d'intensità, ma era meglio non fare nulla che potesse rovinare la loro ritrovata complicità.

Soprattutto per questioni di poco conto.

« Va bene. »

64

Luke non aveva avuto il tempo di fermare Christophe, il quale aveva appena puntato l'arma e sparato due colpi verso il portone. I poliziotti si erano gettati sul pavimento, dando loro un vantaggio di qualche secondo per fuggire nella direzione opposta.

«Questo ci fa ammazzare», disse Toni a Luke, mentre correvano.

«Dici?»

I chierichetti intenti a preparare l'altare, atterriti, stavano scappando verso il portone. Luke lanciò un'occhiata alle proprie spalle. Christophe si attardava, alternando lo sguardo tra le due direzioni. Gli agenti si rialzarono però non si lanciarono all'inseguimento, consapevoli del fatto che almeno una delle tre persone da catturare era armata. Intanto, Luke scrutò rapidamente gli interni della chiesa. Le tre navate apparivano strette e confinate, ma era solo l'effetto dell'impressionante altezza del tetto: in realtà c'era parecchio spazio di manovra.

Troppo, perfino.

Serviva un'altra via di fuga, ed eccone una a sinistra: un grosso portone sotto una finestra colorata, oltre la quale c'era solo il buio. Lo vide anche Toni, che corse in quella direzione. Christophe era rimasto indietro, ma non importava: quell'uomo era da evitare come la peste. Certo, magari Fenn non sapeva che la tomba era vuota, ed era un puro caso che la polizia fosse arrivata proprio al momento giusto, però, come diceva la madre di Luke quando lui era bambino e s'inventava qualche storia assurda per sfuggire a un castigo, le coincidenze sono il metodo con cui Dio mantiene l'anonimato. Santa donna, per carità; lì, però, Dio non c'entrava: era stato Fenn a metterli in trappola. La polizia era arrivata con intenzioni precise.

Che non erano buone.

Toni tirò il pesante catenaccio di ferro.

Non era fissato.

Aprì la porta e uscì. Luke la seguì.

Christophe li raggiunse poco dopo. Erano su un piccolo pianerottolo, con una breve gradinata che scendeva su una piazzetta chiusa tra edifici a quattro o cinque piani, nei quali correvano diversi passaggi coperti. Da uno di essi arrivarono due auto di pattuglia, che frenarono bruscamente. Ne scesero vari agenti, che fecero per impugnare le armi d'ordinanza.

Accidenti. Facevano sul serio.

Christophe puntò di nuovo la pistola e sparò un colpo. Luke capì cosa stava per accadere e si gettò su Toni, trascinandola sul gelido lastricato proprio mentre i poliziotti scaricavano verso di loro una raffica di proiettili.

Alcuni colpirono Christophe.

Con un'espressione sorpresa, Christophe fece qualche passo malcerto in avanti, sforzandosi di mantenere l'equilibrio, poi cadde all'indietro, stramazzando a terra.

« Strisciamo via. Subito! » disse Luke.

Toni parve capire che, finché la polizia si occupava della minaccia più immediata, restare a terra era la strategia migliore. Trascinandosi sul ventre, sfruttando come riparo una serie di grandi coprivaso in pietra, raggiunsero il successivo passaggio coperto, alla loro destra. Distava appena cinque o sei metri. E i poliziotti erano una buona trentina di metri alle loro spalle. Lì regnava il buio, interrotto solo da radi lampioni dalla luce ambrata. Luke richiamò alla memoria il suo addestramento nei ranger, in particolare i « sei passi per salvarsi il culo ». In primo luogo, allontanarsi dalla linea di tiro. Poi, trovare subito un riparo. Non lasciarsi prendere dal panico. Ragionare lucidamente. Continuare a rivalutare la situazione. E, soprattutto, riflettere prima di agire.

Aveva eseguito i primi cinque punti.

Era il momento del sesto.

« Resta a terra e riparati dietro l'ultimo coprivaso, poi rotola nel passaggio coperto. »

Toni annuì. Non aveva esitazioni, né tentennamenti. Era bravissima a lavorare sotto pressione.

Luke azzardò un'occhiata alle proprie spalle e vide che i poliziotti stavano riconsiderando la situazione, forse si stavano accertando che Christophe non fosse più un problema. Intanto Toni strisciò fino al coprivaso successivo. Luke la seguì. Entrambi si sforzavano di non fare rumore. I gradini che salivano all'ingresso laterale della chiesa erano un ulteriore riparo, dato che gli agenti si trovavano dall'altra parte.

Raggiunto l'ultimo coprivaso, Luke rotolò sulla schiena e vide che la polizia non aveva ancora dato inizio all'avanzata. « Adesso. »

Lei si alzò sulle ginocchia e, china in avanti, si lanciò nel passaggio buio. Non ci furono spari. Toni si dileguò fra le tenebre. Luke si rigirò e si preparò a fare altrettanto, ma un rumore alle sue spalle catturò la sua attenzione. Cominciò ad avanzare, restando a schiena curva. Uno sparo riecheggiò. Un proiettile rimbalzò sul lastricato. Molto vicino.

« *Halt!* »

Non ci voleva una laurea in lingue per capire cosa significava.

« *Hände in die Luft!* »

« Non parlo tedesco! » gridò Luke.

« Mani in alto! Subito! » gli intimò un'altra voce.

Non c'era scelta. Luke alzò le braccia, aprì le mani per mostrare che erano vuote, e si alzò. I quattro poliziotti erano sui gradini di pietra e puntavano le pistole verso di lui. Toni non si vedeva da nessuna parte. C'era solo da sperare che si fosse allontanata.

« In ginocchio », ordinò qualcuno.

Luke esitò, cercando di capire se poteva cavarsela con l'astuzia. Improbabile: erano già pronti a scaricare le armi su di lui. E almeno uno dei proiettili avrebbe fatto centro. Christophe era inerte, palesemente morto. Se l'unica alternativa era quella, di sicuro era preferibile l'arresto. Che però, con tutta probabilità, avrebbe comportato la sua estromissione dall'operazione: era raro che un agente, una volta compromesso, rientrasse in gioco. Di solito veniva spostato su un'altra missione.

All'improvviso l'intera piazzetta s'inondò di luce.

In cima agli edifici che la racchiudevano, file di fari dissipavano le tenebre, illuminando a giorno ogni cosa. Non erano alogeni, ma lampade del vecchio tipo, accese a piena intensità. I poliziotti reagirono alzando le mani per proteggersi gli occhi abituati alla penombra. Luke, invece, li chiuse del tutto, si voltò e si precipitò nel passaggio. Una volta al riparo delle ombre, li riaprì e vide Toni accanto a un quadro elettrico aperto.

« Mio padre faceva l'elettricista. Me la cavo bene con gli interruttori magnetotermici. Mi sono detta: 'Vediamo un po' se funzionano...' »

« Sia benedetto Thomas Edison. Ma quei poliziotti non resteranno fermi a lungo. »

« Concordo. »

Corsero via entrambi.

65

Cotton fissava Marc Fenn, in attesa di una spiegazione.

«Pochi anni dopo la morte di Ludovico II, il principe reggente ha fatto aprire al pubblico questo castello, e i visitatori sono arrivati a frotte, per vedere cos'aveva creato il loro defunto re. In un primo momento le cose sono state lasciate così com'erano, per una questione di rispetto, ma poi è diventato sempre più difficile mantenere l'assetto originario. Molti arredi e oggetti personali di Ludovico sono stati portati via, per fare spazio al flusso di turisti.» Fenn uscì dallo studio e oltrepassò l'arcata per tornare in corridoio.

Un vento fischiante premeva sui vetri delle finestre, facendoli tremare.

«Sono stati messi nel seminterrato», spiegò il curatore. «È lì che si trovano i magazzini. Gli stessi in cui i nazisti, durante la guerra, nascondevano le opere d'arte che avevano rubato.»

Fenn indicò la scrivania. «Quella, come dicevo, in origine era qui, in corridoio, a ridosso della finestra. L'armadietto in rovere, lì a destra, prima era a sinistra, dove adesso c'è la stufa di maiolica.»

Cotton attraversò la stanza per avvicinarsi al mobile in questione.

«Serviva come archivio», disse il curatore. «Ludovico ci teneva i progetti architettonici del castello. È del 1881.»

«Lo usava il re in persona?» chiese Koger.

Fenn annuì. «È uno dei pochi pezzi rimasti qui.»

«Ma soprattutto, lo usava anche Ludovico III?» chiese Cotton.

«Era qui anche durante il suo breve regno», disse il curatore. «E i registri indicano che Ludovico III visitava il castello assai spesso.»

Cotton ispezionò la parte anteriore dell'armadietto: era un mobile elaborato, con quattro ornatissime antine separate da sette colonnine di legno finemente intagliate, e retto da quattro archetti chiusi da pannelli. Il tutto era coronato di pinnacoli, piccoli spioventi, torrette e croci. « Che bello », commentò, ammirando la maestria artigiana. « Chi l'ha fatto? »

« Un certo Hofmann, artefice anche di una scrivania esposta nello studio di Herrenchiemsee. »

Cotton notò la coincidenza. La conosceva, quella scrivania.

« Sì, siamo decisamente nel posto giusto », disse Fenn.

Cotton concordava. Gli tornò in mente il messaggio di Lehmann: *Quando il Venerdì Santo cadrà nel giorno di San Giorgio, Pasqua nel giorno di San Marco e il Corpus Domini nel giorno di San Giovanni, piangerà il mondo intero.* E poi la seconda parte: *Ma laddove il menestrello dirige la sua ode e Parsifal punta lo sguardo, il veggente e la colomba porgeranno aiuto da lassù.* « Dunque il cantore e Parsifal indicano questo mobile, che agli inizi del XX secolo si trovava dall'altra parte della stanza, nel punto osservato dalle figure del dipinto. »

Già, ma cosa significava *il veggente e la colomba porgeranno aiuto da lassù*?

Si avvicinò al mobile e aprì le quattro antine. I due vani laterali erano divisi da ripiani a intervalli di una trentina di centimetri. Vuoti. Quelli centrali, invece, contenevano quattro cassettini ciascuna, l'uno sopra l'altro, ognuno marcato con una cifra incisa nel legno: il primo - in alto a sinistra - recava il numero 1, mentre l'ultimo - in basso a destra - era il 32.

« E questo cos'è? »

« Volendo tirare a indovinare, direi che serviva a riporre oggettini vari, minuterie, cose così », disse il curatore.

Koger scosse la testa. « Ma noi cosa ce ne facciamo? »

Cotton sorrise. « È un enigma. »

« Non ho abbastanza pazienza. »

« Io sì, per fortuna. »

Koger scrollò le spalle. « D'accordo, Maloney, usa il tuo superpotere. »

Cotton concentrò nuovamente l'attenzione sull'armadietto. Aveva ragione Fenn: tutti gli indizi portavano lì. Dunque le risposte dovevano essere nascoste in quel punto. « La prima parte del messaggio di Lehmann indica un anno. La seconda avrà a che fare con questo mobile, no?»

1886. Il veggente e la colomba porgeranno aiuto da lassù.

Tornò alla scrivania, prese la sedia a schienale alto, la portò accanto al mobile e vi salì per poter osservare gli intagli dall'alto. La cima dell'armadietto era carica di decorazioni a forma di piccole guglie, torrette e... ecco! Due colombe, ai lati del punto centrale. Erano scolpite nel rovere, appollaiate e col collo ben teso. Invisibili, a meno di non guardare dall'alto.

Tese una mano e le saggiò. Entrambe ruotavano liberamente sull'asse centrale, senza opporre resistenza. Giravano e giravano, emettendo appena un lieve cigolio. Cotton scese dalla sedia e scrutò i cassettini numerati.

Dall'1 al 32.

Passò in rassegna le varie possibilità.

1-88-6?

18-86?

188-6?

Nessuna di esse funzionava. Ma 18-8-6? Questa aveva una sua logica. Anzi, era l'unica combinazione plausibile, data la presenza di due 8. Aprì i cassettini che recavano quei numeri. Tutti e tre erano vuoti. Ma cosa si era aspettato? *Rifletti: il veggente e la colomba porgeranno aiuto da lassù.* L'uomo che aveva fabbricato quel mobile era lo stesso che aveva costruito la scrivania di Herrenchiemsee, coi due scomparti nascosti.

Montò nuovamente sulla sedia in rovere e posò entrambe le mani sulle colombe. Notò all'istante che non ruotavano più: erano pressoché fisse. Fece forza a sinistra e a destra, ma avevano pochissimo gioco in entrambe le direzioni. Restava una sola possibilità. Le tirò verso l'alto. Si staccarono dalla cima del mobile, trascinando con sé una barretta di metallo, che cigolò via via che usciva allo scoperto. Dopo una quindicina di centimetri, le due barrette finirono e si udì uno scatto.

Nella parte bassa del mobile, dal lato sinistro, si aprì un pannello.

Lo videro anche gli altri, che si avvicinarono.

Cotton scese dalla sedia.

«Che mi prenda un colpo!» disse Koger. «L'hai trovato!»

66

Stefan seguiva il fratello lungo il vialetto di ghiaia che portava al Marienbrücke. Avanzavano con circospezione. Se fosse stata una sera d'estate, avrebbero trovato gente ovunque e una lunga coda di turisti in attesa di passare il ponte, il punto migliore dal quale fotografare Neuschwanstein. Il Marienbrücke era stato costruito ai tempi di Ludovico, e prendeva nome da sua madre. Aveva ancora il parapetto originario, e gli archi erano rimasti pressoché immutati. Ma quella sera non c'era nessuno, il ponte non era neppure illuminato, e spariva nel buio invernale.

«Ti ricordi di quando siamo venuti qui con papà?» disse Albert.

All'epoca aveva venticinque anni e frequentava l'università, mentre Stefan non era ancora entrato nell'adolescenza. Quella era stata l'unica gita che avevano fatto da soli col padre, e per Stefan era stata la prima volta a Neuschwanstein. Avevano fatto una visita serale privata, senza turisti, e lui era rimasto a bocca aperta dinanzi agli intricati intagli nel legno, alla fantasmagoria di colori, alle dorature e alle pitture murali. A incuriosirlo era stata soprattutto la grotta: una stanza vicina allo studio del re, allestita con stalattiti di cartapesta, meravigliose luci colorate e perfino un ruscello d'acqua che mormorava tra le rocce artificiali. Un ambiente irreale, magico. A ripensarci, forse quella era stata la prima occasione in cui Stefan aveva pensato a se stesso come a un membro di una famiglia reale.

E adesso c'era la possibilità che diventasse re.

Albert passò dal terreno roccioso al metallo zigrinato del Marienbrücke, coperto da uno spesso strato di neve fresca. Era facile capire per quale motivo in quella stagione fosse chiusa ai visitatori. Insieme camminarono fino a metà dei trentacinque metri di lunghezza del ponte, e si fermarono lì, nel punto in cui li aveva portati il padre, tanti anni prima. Novanta metri più in basso, nella gola del Pöllat, le acque di montagna - non ancora ghiacciate - si abbattevano contro le rocce, producendo un rombo continuo. Un'aria pungente toglieva il fiato e raggelava la pelle perfino attraverso i pantaloni di lana, almeno nella parte che non era coperta dal cappotto. Rimasero fermi così, fianco a fianco. Erano i membri di rango più alto di tutta la famiglia Wittelsbach, che al momento contava circa cinquecento persone. Solo una piccola porzione viveva in Baviera. Quasi tutti erano sparsi per l'Europa, l'Asia e gli Stati Uniti. Il patrimonio degli avi manteneva soltanto loro due: tutti gli altri dovevano fare da sé.

« Ludovico II pretendeva che le stanze del castello venissero illuminate da milleduecento candele », disse Albert. « Ogni tanto si piazzava qui, sopra questa gola, e passava ore a guardare lo splendore fiabesco che aveva creato. »

Per qualche istante, calò un silenzio teso.

Il gelo, per quanto pungente, aveva anche un effetto corroborante.

« Tu cosa ne farai? » Albert fece un gesto verso il castello illuminato, che sembrava sospeso in un mare di tenebra.

« Niente. »

« Io lo completerei. »

« Perché? Già così com'è genera un giro d'affari di milioni di euro, e dà alla gente qualcosa da vedere e apprezzare. »

« Ma è anche un simbolo del fallimento. Come Herrenchiemsee. Vanno completati entrambi. Chiedono a gran voce un punto fermo, a fine frase. E poi sarebbe un gesto di rispetto verso i grandi sogni di Ludovico II. »

« Ma costerebbe centinaia di milioni di euro, e non avrebbe neppure una grande utilità. »

« Dici? Immagina il risultato. Questo è forse il castello più famoso al mondo, replicato e imitato in innumerevoli occasioni. Quando è stato costruito, tutti dicevano che era una follia. Però, a distanza di un secolo e mezzo, è ancora qui a servire la nazione. »

Era vero anche quello.

« Merita di essere completato. »

Stefan era poco convinto dai ragionamenti di suo fratello.

Non erano da lui. Albert era sempre stato pragmatico, ai limiti dell'indifferenza. Pensava solo a collezionare i suoi francobolli, e al resto non badava. Neppure alla famiglia. « È la malattia a parlare? »

« No, Stefan, è il duca di Baviera. »

Stefan sentì una vibrazione sotto i piedi: qualcun altro era salito sul ponte. Voltandosi, vide due sagome emergere dalle ombre e venire verso di loro.

Capì all'istante.

« Li aspettavi? » chiese ad Albert.

« Credo che tu ne conosca uno. »

Stefan attese che le sagome si avvicinassero.

« Buonasera. » La voce di Jason Rife. L'altro era uno sconosciuto. « Lui è il mio socio, Terry Knight. Siamo venuti a occuparci di ciò che sta accadendo all'interno del castello. »

« Vi manda Ming? » chiese Stefan.

« No, mi ha chiamato lui. » Rife indicò Albert.

« Non immaginavo che vi conosceste. »

« Penso che ci siano parecchie cose che lei non immagina. »

Stefan non gradì il tono paternalista di Rife.

« È ora che tu conosca la verità », disse Albert. « Su molte cose. »

Erano tutti lì, sospesi in alto, nell'aria gelida della notte. Esposti. Vulnerabili. Eppure l'atmosfera era sorprendentemente intima. Il luogo era stato scelto apposta?

« Caro fratello, io credo che stanotte metteremo le mani sull'atto di cessione dell'Ultimo Regno. Lo passeremo a Rife, il quale lo consegnerà ai cinesi. In cambio, Berlino concederà alla Baviera l'opportunità di votare per la propria libertà. Il 'sì' vincerà a mani basse, e sarà una vittoria per tutti noi. » S'interruppe per un istante. « A quel punto, io sarò re. »

Stefan non capiva. « Ma non farai in tempo... »

« Veramente sì, Stefan. Vedi, in realtà non sono moribondo. Anzi, sono in perfetta salute. Ho inventato la malattia, di concerto col mio medico, per sfruttarti un po'. Sapevo che la tua ambizione poteva essere messa a frutto. »

Stefan ci rimase di sasso. « Non sei malato? »

Albert scosse la testa. « Ho costruito a tavolino tutta quella storia, per... incentivarti, ecco. E ha funzionato. La sola idea di poter diventare re è bastata a farti fare ciò che a me era impossibile. »

« Mi hai usato? »

Albert ridacchiò. « Certo. Dovevo pur verificare che la tomba di Ludovico fosse vuota. C'erano voci a questo riguardo, e il diario le confermava, ma dovevo accertarmene. E poi mi serviva il libro di Herrenchiemsee. Così ho fatto in modo che ti giungessero all'orecchio certe notizie. Quel tanto che bastava a pungolarti. E non mi hai deluso. Vedi, fratello, ti conosco fin troppo bene. »

Stefan si sentì incredibilmente stupido.

« Pensa che all'inizio volevo tirare ancora più in lungo. Pensavo che ci volesse più tempo. Ma poi la situazione si è evoluta in modo più rapido del previsto. Ed è un bene, visto che siamo già a questo punto. »

« Cos'è che ha fatto accelerare le cose? »

Fu Rife a rispondere. « La CIA. È intervenuta e ha risolto l'enigma. »

« Ma lei non è un ex della CIA, ora al soldo dei cinesi? »

« Certo, però i miei ex colleghi ci sanno fare, bisogna dargliene atto. »

L'altro uomo, Knight, restava zitto e immobile. Un po' snervante. Come l'intera situazione, del resto.

« Io me ne vado. » Stefan si voltò, ma Knight gli sbarrò la strada.

« No, Stefan, tu non vai da nessuna parte », disse Albert. « È ora di venire a un accordo. »

67

Luke e Toni sbucarono dal passaggio e svoltarono, raggiungendo una via trafficata che passava dietro la cattedrale. Ormai gli occhi si erano riabituati alla penombra. Erano quasi le sei e mezzo, e Monaco si era ravvivata con le attività serali natalizie: le strade traboccavano di gente allegra e si sentivano le musiche del mercatino principale, che si teneva a pochi passi da lì, e si estendeva per oltre un chilometro. Luke l'aveva attraversato più volte, nel corso dell'ultima settimana, ma non l'aveva mai osservato bene, perché era troppo impegnato a svolgere commissioni per conto del principe. Ora la vicinanza di quelle bancarelle cadeva a fagiolo: erano il luogo ideale per dileguarsi tra le migliaia di persone che sicuramente le stavano visitando.

Lanciò un'occhiata alle proprie spalle e vide i poliziotti uscire dal passaggio. Notando che uno di essi stava indicando lui e Toni, disse: « Andiamo al mercatino. E in fretta ».

Sgomitarono tra i passanti, svoltarono un angolo e si misero a correre in mezzo alla carreggiata. Tanto era una zona pedonale. La strada portava dritta alla calca di festaioli che si ammassavano tra le bancarelle dell'artigianato, delle cibarie e del *Glühwein*. Il volume delle musiche natalizie sovrastava il vociare della gente. Da qualche parte nelle vicinanze c'era una banda di ottoni. Luke si guardò alle spalle e vide che i poliziotti erano ancora all'inseguimento. Gli tornò in mente una frase che gli aveva detto suo padre, quando lui aveva appena preso la patente: *Non puoi correre più veloce delle radio*. Ci aveva provato, e in più di un'occasione. Ma aveva ragione suo papà. E infatti non l'aveva mai scampata.

« Idee? » chiese a Toni mentre continuavano ad avanzare.

« Andiamo verso Marienplatz. Dovrebbe esserci un sacco di gente. »

Svoltarono a sinistra e seguirono il flusso di persone fino alla piazza del municipio, la stessa dove si erano ritrovati la notte precedente, dopo che tutti erano tornati a casa. A quell'ora della sera, lo slargo era un mare di attività, tutte le bancarelle erano aperte. Davanti a loro si stagliava il triangolo di un sempreverde addobbato con luci e decorazioni, alto una decina di metri. La fonte della musica era un palco allestito in prossimità del municipio.

Luke si fermò. « Non è che per caso ci stanno *spingendo* in questa direzione? »

« In effetti non ci stanno inseguendo come dovrebbero. »

Luke ripensò alla notte precedente, quando aveva notato la miriade di vicoli e stradine che si dipartivano dalla piazza. Non erano soltanto possibili vie di fuga per loro, ma anche possibili vie d'accesso per la polizia. Certo, lui e Toni erano in mezzo a diverse migliaia di persone che si godevano i lazzi del mercatino di Natale, ma ora si sentiva più vulnerabile che mai. « Non appena usciremo dalla piazza, li troveremo ad aspettarci. Così come alla cattedrale. Secondo me, Fenn ha capito che Christophe era al soldo del principe, e così ci ha mandato là per farci arrestare... o peggio, considerando la fine che ha fatto Christophe. »

Era vero che Christophe era un idiota, però Luke non voleva certo vederlo morto.

« Fenn sa di te? » chiese Toni. « O di me? »

« Non saprei, l'ho conosciuto solo oggi. Però il fatto che abbia mandato con Christophe sia me che te è una coincidenza sospetta. »

« Ma vorrebbe dire che il principe e questo Fenn stanno lavorando insieme. »

« Non ha senso, me ne rendo conto, però non abbiamo modo di sapere chi sta con chi. Almeno finché le persone non si smascherano da sé. »

« Questo vale anche per me? » I riccioli di Toni si agitavano al vento, il mento infreddolito era infilato nel colletto del cappotto di lana.

« 'Esclusi i presenti'. Non si dice così? »

Lei sorrise. « Va bene. »

Luke scandagliò con lo sguardo la folla, ma non riuscì a vedere granché, in tutta quella massa di corpi pressati l'uno contro l'altro. Perciò si avvicinò a un coprivaso in cemento e vi salì per guadagnare qualche spanna di statura. Che gli fu utile. Alla luce dei potenti fari che illuminavano il mercatino, scorse diversi agenti in uniforme che entravano nella piazza dall'estremità opposta e si disperdevano. Già sapeva che dietro di loro ne sarebbero arrivati altri.

Saltò a terra. « Arriva compagnia. Parecchia. »

« Magari tutta questa gente può darci una mano. »

Perché no?

Stefan era in trappola. Aveva la mente in subbuglio, i pensieri paralizzati dall'angoscia. Non era da lui. L'unica cosa da farsi era stare al gioco, ma senza mostrare debolezze. Perciò, dato che Knight continuava a sbarrargli la strada, gli voltò le spalle.

« Sei sempre stato impetuoso », disse Albert. « Una testa calda, un lunatico. Sempre perso a rimuginare su qualche progetto irrealizzabile. Mai nulla di nuovo, d'inaspettato, in te non c'è mai niente da scoprire. Quindi, a questo punto, sono curioso: cosa ti faceva credere che saresti mai diventato re? »

« Tu. »

« Già, io, ma prima di smascherarmi da me. Cosa credevi? »

Stefan s'irrigidì e si erse in tutta la sua statura. « Credevo di essere l'unico Wittelsbach con un minimo di spina dorsale. Tu pensi solo ai tuoi francobolli e a cosa si mangerà per cena. Io, per la Baviera, volevo qualcosa in più. »

« No, Stefan, tu volevi qualcosa in più *per te stesso.* »

« Certo, vorrei essere re, non ne ho mai fatto mistero. A chi non piacerebbe? A parte te, dico. »

« Oh, ma a me piacerebbe eccome. È proprio per questo che ho lavorato così tanto, pur di raggirarti. Davvero credi che saresti un buon re? »

« Certo. Migliore di te. »

« È qui che ti sbagli. Per essere re, non basta volerlo. Ci vuole competenza. Intelligenza. E soprattutto pazienza. Quando questo Paese avrà votato per la secessione, affronterà sfide enormi. L'economia verrà messa a dura prova. La cittadinanza si aspetterà servizi di alto livello. Dovremo sedere al tavolo delle nazioni del mondo. Io rifletto da tanto tempo su questi problemi. E tu, Stefan? Hai mai dedicato un solo pensiero a qualcosa di diverso dalla tua incoronazione?»

Davanti a tanto paternalismo, Stefan si offese. «Vaffanculo, Albert.» Si rivolse a Rife. «A cosa servivano tutti quei discorsi all'ambasciata? Tutti quei piani? Tutte le cose che volevate farmi fare? Anche quella era una messinscena?»

«Non esattamente. In quel momento era necessario che lei continuasse a fare progressi. Era un diversivo. Ma i miei ex colleghi alla CIA hanno lavorato in fretta. E proprio adesso sono all'interno di quel castello, a risolvere l'enigma.»

«Hanno trovato l'atto di cessione?»

«Forse», disse Albert. «Ma anche in caso contrario c'indicheranno la strada. È il momento.»

«Di cosa?» chiese Stefan.

«Che tu desista da tutti i tuoi sforzi. E che io prenda il timone. Ho promesso a nostro padre, sul suo letto di morte, che sarei riuscito laddove tutti gli altri avevano fallito, e avrei riportato la Baviera sotto il controllo della nostra famiglia. Da tanto tempo attendevo pazientemente che il mondo cambiasse.»

Che strana frase.

«Nel 1881, l'atto di cessione che attribuiva a Ludovico II il possesso delle allora semisconosciute isole Hawaii non aveva alcun impatto sul mondo: quell'arcipelago è a migliaia di chilometri da qui, ed era importante solo per gli Stati Uniti e la Gran Bretagna. La Baviera e la Germania erano più interessate alla dominazione dell'Europa, e per due volte hanno tentato di conquistare l'intero continente. Ma non ci sono riuscite, e quel documento è stato dimenticato da tutti.»

«Fuorché dalla nostra famiglia», commentò Stefan.

«Vero. Il bisnonno Ludovico III sembrava tenere molto ad acquisirlo. Ma nostro nonno e nostro padre hanno sempre pensato che quel suo interesse fosse dettato unicamente dal desiderio di preservare il nostro retaggio, dopo la rovina della Prima guerra mondiale. Voleva che la famiglia sopravvivesse. Voleva che la nostra memoria si perpetuasse. C'era stata una rivoluzione, la gente voleva cancellare il passato. Così lui ha trafugato le salme di Ludovico II e di suo fratello Ottone, mettendole al sicuro, insieme con certi tesori di famiglia. Quali essi siano è difficile a dirsi. Papà diceva sempre che l'atto di cessione era lì, ad aspettare solo noi. Ufficialmente dichiariamo che quasi tutte le proprietà dei Wittelsbach sono scomparse con la caduta del regno, nel 1918. Rubate, saccheggiate. Ma non è vero. Molte sono state nascoste di proposito.»

«Da chi?»

«Dai Guglmänner.»

Stefan ci rimase di sasso. «Sono stati coinvolti anche loro?»

«Sono sempre stati fedeli alla Baviera, e a noi; quindi sì, sono stati coinvolti. Sono venuti incontro ai desideri di Ludovico III, e non hanno neppure fatto molta fatica, dato il caos che regnava all'epoca della Grande guerra e della successiva rivoluzione. Ma ben pochi sapevano dove si trovasse il nascondiglio, e si sono portati nella tomba quest'informazione. Succede così, sai, quando i segreti vengono davvero mantenuti. Nel corso dei decenni, sono emersi solo indizi frammentari su dove cercare. Qualcuno, lo conoscevamo noi. Altri, li conoscevano le Tuniche Nere. Altri ancora, diversi estranei. Ma nessuno aveva il dato completo. Ecco perché non è stato possibile avviare una vera ricerca.»

«Finché non sono arrivati i nazisti.»

«Giusto. Ci hanno provato, ma anche in questo - come in qualunque altra cosa- hanno fallito. Per un certo periodo ci si sono messi anche gli americani, però non ci sono riusciti nemmeno loro. Buona parte del merito è di nostro nonno, che ha nascosto bene il segreto. Col tempo, le Hawaii sono diventate il cinquantesimo Stato, e nessuno ha più pensato a quell'atto di cessione, finché non sono venuto a sapere un po' per caso una certa cosa.»

Stefan capì. «Le terre rare?»

«Precisamente. I cinesi vogliono mettere le mani su quei giacimenti nelle acque delle Hawaii, e per ottenerli sono disposti a fare sul serio. È grazie a loro che abbiamo potuto fare pressioni sul governo federale tedesco. Ma Rife mi ha offerto una scorciatoia. I cinesi preferiscono trattare con lui. Perciò adesso facciamo qualche adattamento al piano.»

« Sono stati i cinesi a incastrarmi? »

« No, Stefan, ti sei incastrato da solo. Noi non abbiamo fatto altro che sfruttare la tua arroganza e la tua ambizione. Per fortuna i tedeschi hanno bisogno dei cinesi e noi abbiamo bisogno dei tedeschi. Alla fine sarà il popolo bavarese a decidere se rivuole la sua terra e il suo re. Io sono certo di sì. »

Ne era convinto anche Stefan.

« Ma tu resterai principe. Re, non lo diventerai mai. Quell'onore sarà mio. Mi spetta per diritto di nascita. »

Stefan non credeva alle sue orecchie. Era stato usato. Peggio: aveva madornalmente sottovalutato il fratello, il quale l'aveva manipolato con astuzia. « E se io non volessi restare principe? »

Albert scrollò le spalle. « Non è che tu possa scegliere. »

Stefan scrutò Neuschwanstein, che brillava nella notte. Accidenti. Ci era arrivato tanto vicino. Eppure... « Dovresti farti da parte e lasciare il trono a me. »

« E se io non volessi? »

« Potrei costringerti. Rivelerò tutto alla stampa. »

Albert scosse la testa. « Che tristezza. Sapevo che avresti preso questa posizione, ma speravo che potessimo giungere a un accordo diverso. »

« Mai. » Stefan parlava sul serio.

« Perdonami, Stefan. » Albert fece un cenno.

Un'esplosione di dolore. Era il pugno di Rife contro il suo naso. Sangue caldo sprizzò nell'aria, mentre i polmoni si svuotavano di colpo. Nessuno l'aveva mai colpito al viso. La sensazione era tanto di dolore quanto di sorpresa. Si sentì afferrare per i fianchi e rigirare di lato, perdendo l'equilibrio, con un braccio che gli serrava il collo, tagliandogli l'aria. Il naso si gonfiò in fretta, ostruendo ancora di più le vie respiratorie. Poi Knight lo prese per le caviglie, strattonandolo all'indietro. Stefan cercò di opporre resistenza e agitare le gambe, ma non riuscì a liberarsi.

Insieme, Albert e Knight lo sollevarono al di sopra del basso parapetto del ponte.

Tutto accadde così in fretta che Stefan impiegò qualche istante a rendersi conto che quella strana sensazione di assenza di peso era data dal fatto che stava precipitando. Il suono della cascata era sempre più vicino. L'aria gelida gli entrava a fiotti dalla gola, irritandogli i polmoni. L'adrenalina gli invase le vene, e tutta la sua vita gli passò davanti agli occhi. Il cuore martellava così tanto da sembrare sul punto di erompere dal petto. Poi il corpo si schiantò contro qualcosa di duro.

Dolore.

Rimbalzò.

Un nuovo urto.

Rocce?

Acqua gelida sopra di lui.

La mente si spogliò di ogni cosa.

E il mondo svanì.

68

Luke individuò un bidone della spazzatura e vi si avvicinò.

Aveva solo un istante per giocarsela. Non gli piaceva l'idea di ciò che stava per fare, ma non aveva scelta. Guardò dentro il bidone, poi gridò in inglese: « Bomba! C'è una bomba! Via! Subito! Scappiamo! »

Toni gli resse il gioco. « Via tutti! »

Entrambi continuarono a dare l'allarme, agitando le braccia, sperando che intorno a loro ci fosse abbastanza gente che capiva l'inglese.

Era così.

Bastarono pochi secondi affinché la minaccia diventasse reale. Tutti correvano in ogni direzione, spingendosi a vicenda. Ma lo spazio non bastava e, sentendosi intrappolati, caddero in preda al panico. Per esacerbare il loro terrore, Luke gridò di nuovo che c'era una bomba.

A quel punto scoppiò il pandemonio.

Proprio ciò che lui aveva sperato.

Quello che fino a poco prima era stato un assembramento ordinato, nel quale la polizia avrebbe potuto facilmente farsi strada, si stava ora trasformando in un muro umano impenetrabile.

« Basterà? » chiese Toni.

« Dovrebbe. »

Sul ponte, Rife scrutava nella notte, in mezzo alla nevicata.

Il principe Albert era rimasto impassibile mentre suo fratello veniva assassinato. « Sarebbe diventato un problema ricorrente. »

« Ormai è risolto. »

« Sì, infatti. »

« Ma il cadavere? » chiese Knight.

« Prima o poi qualcuno lo troverà », disse Albert. « Diremo che è stata una sua disattenzione. Per nostra fortuna, era già noto per la sua imprudenza. Adesso non abbiamo più ostacoli. »

Ottimo.

Rife era sempre stato dalla parte di Albert. Il piano prevedeva che il duca coinvolgesse Koger e tutte le risorse che la CIA poteva mettere a disposizione. Raggiunto l'obiettivo, Koger sarebbe stato licenziato o ucciso, a seconda degli sviluppi. Rife preferiva quell'ultima possibilità, dato che tra loro non correva buon sangue. Era l'ennesimo debito che gli sarebbe piaciuto saldare. E anche quello faceva parte del suo nuovo atteggiamento noncurante di fronte alla legge e alla vita stessa.

« Dobbiamo capire cosa sta accadendo al castello. » Albert era voltato di spalle e la sua voce sembrava lontana.

« Lo scopriremo a breve », disse Rife.

« E dopo? »

« Con un po' di fortuna, a seconda di cosa troveranno, potremo fare fuori Koger e Malone, così ognuno avrà quello che vuole, e tanti saluti. »

« Non la sento convinto. »

Rife scrollò le spalle. « Prima la Baviera deve votare sì all'indipendenza. »

« Lo farà. »

« Sicuro? »

« Conosco questa terra e conosco il suo popolo. Non ci siamo mai sentiti parte della Germania. Noi *vogliamo* la secessione. Alle scorse elezioni, un candidato al cancellierato ha usato lo slogan 'Ritorno al futuro'. Una scelta infelice, per la federazione, ma per la Baviera è l'ideale. Qui il popolo rivuole il suo regno e il suo re. »

« Certo che lei non si ferma proprio davanti a niente, eh? »

« Mai. E la invito a tenerne conto. »

Certo, ma a chi importava? A Rife interessava solo il suo guadagno personale. Però aveva ancora una curiosità. « Nessun rimorso verso suo fratello? »

« Mah, per quel che valeva... » Albert guardò l'orologio, che spuntava tra l'orlo della manica e quello del guanto.

Rife si accinse ad andarsene, ma vide due uomini in fondo al ponte. Figure robuste, armate di fucile automatico. Prima non c'erano. «Quelli sono con lei?»

«Più che altro stanno coi Guglmänner. Però sì, rispondono a me.»

«Buono a sapersi.» Rife fece un cenno a Knight ed entrambi s'incamminarono verso le due sagome.

«Dove andate?» chiese Albert.

«A chiudere la partita.»

Cotton scese dalla sedia.

Gli altri si assieparono intorno al mobile, nel quale si era appena dischiuso lo scomparto segreto. All'interno c'era una scatola in legno - mogano scuro, liscio come seta - con rinforzi in ottone opaco agli angoli. Al centro del coperchio c'era una placchetta con inciso: KÖNIG LUDWIG III VON BAYERN. La serratura, rivestita da una mascherina in ottone, andava aperta con una chiave. Quella che Randy Miller teneva al collo?

Cotton posò la scatola sulla scrivania e prese di tasca la chiave. «Forse adesso sappiamo cosa apre», disse a Koger.

«Da dove viene, quella?» chiese Fenn, sorpreso.

Non sono affari tuoi. Cotton ignorò la domanda e inserì la chiave e la girò. La serratura scattò. Lui dischiuse il coperchio. L'interno era diviso in vari scomparti per l'inchiostro, la sandracca, i pennini e la ceralacca.

«È una scatola da scrittura», spiegò il curatore. «Piuttosto comune, fino ai primi del Novecento.»

Cotton sapeva cos'erano quelle scatole. Ne aveva già viste diverse. Ma quella era stata nascosta per una ragione precisa. Ripensando a quelle che aveva maneggiato in passato, la saggiò al tatto fino a trovare una levetta metallica. La spinse e la fila di scomparti scivolò in avanti, rivelando uno spazio sottostante, che serviva a conservare la carta da lettere.

Ma lì non c'era neppure un foglio.

In compenso c'era qualcos'altro.

Qualcosa di strano. D'insolito.

«Cos'è?» chiese Koger.

69

Luke si accodò alla folla atterrita che defluiva da Marienplatz. Sperava che nessuno si facesse male. Il rischio c'era sempre, con le grandi folle. Insieme con Toni si mescolò alla calca. Scorse alcuni agenti che cercavano di aprirsi un varco, ma il panico collettivo stava funzionando a meraviglia: dalla piazza avevano già imboccato una delle strade laterali. Lì la folla si disperdeva via via che ci si allontanava dal municipio. Presto lui e Toni sarebbero rimasti senza copertura, e lungo un'altra strada si vedevano già diverse auto di pattuglia. Ormai erano usciti dalla zona pedonale, e il traffico si stava coagulando, addensato dall'improvvisa fiumana di persone.

«Da questa parte», disse.

Imboccarono una via di negozi chiusi. Lì i marciapiedi erano sempre meno popolati. Tutt'intorno c'era un caleidoscopio di luci e ombre. La strada sfociava in un viale trafficato, con molte automobili che sfrecciavano in entrambe le direzioni. Raggiunsero il primo passaggio pedonale, in attesa del verde. Nella notte riecheggiavano sirene, in lontananza si vedevano lampeggianti.

«Tutta la polizia di Monaco ci starà cercando», disse Toni.

«Devo parlare con Koger.» Luke estrasse il cellulare e provò a chiamare, ma trovò soltanto la casella vocale. Tentò con Malone, ma ottenne lo stesso risultato.

Allo scatto del semaforo, passarono dall'altro lato dello stradone.

Si era compromesso? La sua copertura era saltata? O l'arrivo della polizia alla cattedrale era legato solo a Christophe, l'approfittatore tra i due litiganti? Difficile a dirsi. La conclusione più logica era che Luke e Toni fossero entrambi compromessi, e che in qualche modo il principe lavorasse insieme coi Guglmänner. Però, in tal caso, perché permettere alle Tuniche Nere di rubare il libro? Bastava consegnarglielo. Il regolamento imponeva a Luke di fare rapporto, però al momento non era possibile. Il suo unico contatto era Koger.

S'incamminò lungo il marciapiede, ma quando si accorse che Toni non lo seguiva si voltò verso di lei. « C'è qualche problema? »

« Dove stiamo andando? »

« Non lo so neanche io. » C'era una sola possibilità. « Dobbiamo trovare il principe e farci dare qualche risposta. »

« So già dov'è. »

« Ah, sì? »

Toni prese il cellulare. « Ho ricevuto un sms. È a Neuschwanstein con Malone e Koger. »

« Sei un pozzo d'informazioni. Quando avevi intenzione di dirmelo? »

Lei fece spallucce. « Era troppo divertente vederti rimuginare sul da farsi. »

« Ma cosa ci fanno là? »

« Il loro lavoro, immagino. »

« Dobbiamo raggiungerli. »

Toni sogghignò. « È la stessa conclusione che ho tratto io un quarto d'ora fa. »

Un'auto sbucò da dietro l'angolo e accostò a pochi metri da loro. Toni non sembrava allarmata.

« Aspetti qualcuno? » le chiese Luke.

Lei si avvicinò alla vettura. Lui la seguì. Il finestrino destro si abbassò, rivelando il volto di una bella signora di mezza età dai lunghi capelli scuri.

« Ti presento Trinity Dorner, viceconsigliera alla sicurezza nazionale. La mia superiore. »

Luke scosse la testa. *Ma che sorpresa.*

Presero posto sul sedile posteriore e l'auto ripartì.

« Non sapevo che i dipendenti della Casa Bianca intervenissero sul campo di un'operazione », disse Luke.

« E io non sapevo che gli agenti della sezione Magellano lavorassero per la CIA. »

« Lo fanno, quando il suo capo cerca di chiudere la sezione. »

« Qui le cose si stanno complicando parecchio », disse Trinity Dorner, senza neppure degnarsi di girare la testa per guardarli.

« Le spiace spiegare? » chiese Luke.

« Stando alle nostre fonti, la polizia ha ricevuto una soffiata su un furto alla cattedrale, a opera di due uomini. Con tanto di descrizione fisica. »

« Niente donna? » chiese Luke.

« Due uomini e basta. Dunque la trappola è stata allestita quando lei e l'altro siete stati mandati alla Frauenkirche. Poi è cambiato qualcosa ed è stata aggiunta Toni. »

Luke le raccontò di Christophe, del suo doppio gioco, di Marc Fenn e della missione presso la tomba di Ludovico III. « Già all'inizio, tutta questa faccenda puzzava di bruciato. Ma non avevo scelta. Quando abbiamo visto che il loculo era vuoto, ho avuto la conferma. »

« E io l'ho salvato dall'arresto », aggiunse Toni.

« Buon per lei che c'era Toni, Mr Daniels », disse Trinity Dorner.

Luke lanciò un'occhiata a Toni, seduta accanto a lui. « Sono un fortunello, eh? »

L'auto procedeva a velocità costante nel traffico della sera. Dopo un po', imboccò la rampa d'ingresso di un'autostrada, in direzione sud.

« Dove si va? » chiese Luke.

« Lei fa sempre tante domande? »

« Solo quando sono in macchina con qualcuno che palesemente non mi trova simpatico. »

« Discorsi da nipote di un ex presidente. »

« Discorsi da dipendente della signora sulla quale si sta accanendo il suo capo. »

Solo ora Trinity Dorner si girò a guardarlo. « Per la cronaca, io non ho niente contro Stephanie Nelle. Quello che le sta capitando non mi piace. E cosa le fa credere che io non la trovi simpatico? »

« Il fatto che io abbia incasinato le cose a tal punto che lei è venuta di persona a risolvere tutto. »

Le labbra sottili della donna s'incurvarono nell'accenno di un sorriso. « Ho capito perché piace a Toni. »

« Non sapevo di piacerle. »

« È un po' il ritornello della serata, Mr Daniels: le cose che lei non sa sono tante. Perciò le suggerisco di tenere la schiena comoda e la bocca chiusa, e godersi il viaggio. »

Luke non era disposto a permettere che quel rimprovero fosse l'ultima parola, soprattutto perché ora sapeva chi aveva mandato quell'sms a Toni. « Si va al castello, vero? »

« Precisamente. »

Fu allora che Luke capì. « Koger e Malone sono nei guai. »

Trinity Dorner si voltò di nuovo verso il parabrezza, dove i tergicristalli tenevano a bada la neve. « Temo di sì. »

70

Cotton infilò una mano nella scatola e ne prelevò l'oggetto, costituito da due dischi d'ottone concentrici, su ognuno dei quali erano incise, in senso orario, le ventisei lettere dell'alfabeto latino. Quello esterno era largo cinque o sei centimetri, quello interno circa quattro. Avevano in comune il perno centrale, che permetteva loro di ruotare. Sul disco più piccolo c'erano due incisioni supplementari: CSA e SS.

Cotton sapeva già a cosa si riferivano.

CSA: Confederate States of America.

SS: Secret Service.

« È un disco cifrante, di quelli che usavano gli Stati confederati durante la guerra civile. »

Koger parve colpito. « Esperto, eh? »

« Eccome. Un mio trisnonno materno era una spia dei confederati. Si chiamava Angus Adams. » Cotton aveva diverse fotografie - molto sgranate, in bianco e nero - di quel suo antenato, un uomo basso e smilzo, con una gran chioma bionda scarmigliata e i folti baffoni in voga all'epoca. La cosa più interessante era la somiglianza tra Adams e lui, soprattutto nel mento, negli occhi, nel naso e nelle labbra. « In qualità di spia, Adams ha condotto la prima incursione sotto copertura in Pennsylvania, nella quale venti confederati si sono spacciati per un'unità unionista in cerca di disertori. Ha ottenuto informazioni sui movimenti delle truppe, e le ha passate al generale Lee, che le ha sfruttate nella sua marcia verso Gettysburg. Dopodiché è stato inviato in Indiana a fomentare un'insurrezione per spingere anche quello Stato a entrare nella confederazione. »

« Un individuo pieno di risorse », commentò Fenn.

« Senz'altro. In Indiana ce l'ha quasi fatta. È stato catturato e incarcerato in Ohio. »

Ciò che era accaduto in seguito sfumava nella leggenda. Durante la prigionia, a quanto si raccontava, Adams aveva letto *I miserabili* e aveva trovato ispirazione nella fuga di Jean Valjean attraverso le fogne parigine. Poi aveva notato che le celle del suo carcere, per quanto infossate nel terreno e perennemente buie, non avevano muffa. Questo era segno di una buona ventilazione. E infatti, scavando, Adams aveva trovato una galleria in muratura, probabilmente usata come canale di scolo. Alla fine, insieme con altri cinque prigionieri, l'aveva sfruttata come via di fuga, lasciando pure un biglietto al secondino. In francese. *La patience est amère, mais son fruit est doux.* « La pazienza è amara, ma il suo frutto è dolce. »

Il guardiano non aveva apprezzato l'evasione, né la canzonatura, perciò aveva dato il via a una caccia all'uomo. Adams era fuggito a sud, verso il Kentucky. Nei pressi del fiume Ohio, le truppe dell'Unione l'avevano messo alle strette in una piccola cittadina di confine. Aveva trovato rifugio in una fattoria il cui padrone era costretto a letto da una malattia. Impossibile scappare. Perciò Adams si era nascosto all'interno del materasso del fattore. Quando i soldati avevano perquisito la casa, avevano guardato in faccia il malato per accertarsi che non fosse Adams, ma non avevano pensato di guardare *sotto* di lui, dentro il materasso.

« Se l'è filata il giorno dopo », concluse Cotton. « Quando ha riferito l'accaduto ai suoi superiori, uno di loro ha commentato che evidentemente Adams era soffice come il cotone, se nessuno si era accorto della sua presenza dentro il materasso. D'allora in poi, il mio antenato è stato noto come Cotton Adams. »

Koger indicò il disco cifrante. « E quest'arnese? »

« Ce n'è uno alla fattoria di mio nonno, in Georgia. Lo teniamo in un baule. In tutto il mondo ce ne sono soltanto altri cinque, che si sappia. »

« E con questo siamo a sei », osservò Fenn.

« Be', se contiamo anche le riproduzioni, ce n'è una caterva in vendita su internet. A noi interessa capire cosa ci fa *qui* un originale. » Cotton rigirò l'oggetto. Sull'esemplare di suo nonno c'era scritto F. LABARRE, RICHMOND. VA. Era la firma del costruttore di tutti i dischi cifrati della guerra civile, l'orafo della Virginia Francis Labarre. Ma lì l'incisione era diversa:

A RE LUDOVICO II
PER LA SUA INCORONAZIONE
1864 JD

«Ludovico è stato incoronato nel 1864», disse Fenn. «Ma le lettere JD cosa rappresentano?»

«Sono le iniziali di Jefferson Davis», rispose Koger. «Che altro?»

Cotton concordava. «Sembrerebbe un regalo da parte del presidente degli Stati confederati a un re di Baviera appena incoronato. Volendo azzardare un'ipotesi, direi che gli inviati confederatisti stavano cercando alleati in Europa, e hanno tentato d'ingraziarsi un giovane re. Per fortuna hanno trovato ben poco sostegno alla loro causa.»

«Ma cosa ci fa nascosto qui, quest'oggetto?» chiese il curatore.

Ottima domanda. «Durante la guerra civile, i confederatisti usavano i dischi cifrati per mandare messaggi in codice. Il sistema funzionava a meraviglia perché produceva testi pressoché impossibili da decifrare per chi non fosse stato in possesso del disco giusto. E infatti è stato usato anche durante la Guerra ispano-americana e la Prima guerra mondiale.»

«Ludovico aveva la passione dei codici segreti», osservò il curatore. «E l'ha coltivata per tutta la vita. Adorava mandare messaggi cifrati.»

«Ecco spiegato come mai Jefferson Davis gli abbia regalato questo congegno», disse Koger. «Ma la domanda dell'anno è: cosa c'entra con la faccenda su cui stiamo lavorando noi?»

71

Rife avanzava nella foresta buia, ridiscendendo dall'altura innevata e tornando verso Neuschwanstein. Knight lo seguiva, coprendogli le spalle. Era quantomeno inquietante sapere che il duca di Baviera aveva una sua milizia privata. Fino a poche ore prima, Rife non aveva badato granché ai Guglmänner.

Finalmente raggiunsero il corpo di guardia del castello. Non c'era in giro nessuno, proprio come faceva comodo a loro. Tornarono alla porta in cima ai gradini di pietra e rientrarono, salendo in silenzio fino al terzo piano. Una volta lì, evitarono con cura il corridoio che portava allo studio del re e andarono a nascondersi nella sala del trono, uno spazio maestoso che occupava due piani; su quello superiore correva una galleria retta da colonne coloratissime. Rife sapeva che il corridoio appena fuori li avrebbe portati lungo una serie di stanze, facendo il giro dell'intero piano fino a tornare allo studio. Decidendo che fosse meglio avvicinarsi alla scena, rivolse un cenno a Knight, indicandogli di fare strada.

Prima di agire, meglio avere conferma.

Eliminato il fastidio del principe Stefan e garantito il pieno appoggio di Albert, ora non dovevano fare altro che aspettare e vedere se Koger e Malone avrebbero risolto l'enigma. Perché sgobbare, quando c'erano già altri a svolgere il lavoro? Sembrava un buon piano. Ma i buoni piani hanno un difetto: rischiano di andare a monte in due secondi.

Soprattutto in quel caso.

I cinesi erano impazienti, irrequieti, pretendevano risultati immediati. Non era una novità. Paul Bryie si era consultato coi suoi contatti a Langley: erano al corrente dell'attacco a Monaco e della morte di Randy Miller. Entrambe le cose erano state attribuite alla Falce. Rife capiva che ci sarebbero state ripercussioni, ma Bryie stava mettendo in atto una campagna di disinformazione per depistare le indagini. Bastava solo un pochino di tempo, e Rife avrebbe potuto mettere le mani su quell'atto di cessione. I cinesi avevano stretto un accordo con la Germania, però non appena lui era comparso sulla scena si erano resi conto che era molto più facile rinunciare al denaro che ai futuri favori politici, che avevano la pessima abitudine di diventare eterni. All'offerta di cinquanta milioni di dollari per quel documento, lui aveva accettato all'istante. Perciò loro avevano messo fretta ai tedeschi, riducendo a tre giorni il tempo a loro disposizione. Lui aveva assicurato ai cinesi che per allora avrebbe già avuto in mano l'atto di cessione. E con quello, la paga era assicurata. Ma l'*en plein* sarebbe stato lo smacco dei suoi ex superiori presso la CIA. Ed era solo il primo dei molti sassolini che voleva togliersi dalle scarpe.

Oh, sì.

Si sarebbero pentiti di averlo licenziato.

Knight camminava avanti a lui, passando di stanza in stanza. I vani erano disposti in doppia fila, interconnessi; quelli in cui si trovavano loro erano esposti a meridione, mentre gli altri davano sul corridoio che si affacciava sul lato nord. Nella sala da pranzo, si fermarono: a sinistra c'era una doppia porta, chiusa, dalla quale si accedeva allo studio. E infatti ecco un mormorio di voci dall'altro lato. Ma Rife non capiva cosa si stessero dicendo.

Fece segno a Knight di proseguire.

Lui però andò a sbattere contro il tavolo, urtandolo con tanta forza che il centrotavola in bronzo dorato si mosse lungo il piano, grattandolo rumorosamente.

Rife s'irrigidì.

Knight era impietrito.

Derrick aveva una sensazione familiare. Un sesto senso, affinato nel corso degli anni. Qualcosa non quadrava. Se lo sentiva. Come? Perché? Dove? Quelle erano incognite. Ma il cervello era all'erta, gli occhi e le orecchie valutavano ogni cosa intorno a lui. Nelle immediate vicinanze sembrava tutto tranquillo. Però nel quadro generale della situazione c'era qualcosa che non tornava. Difficile individuare cosa. Ma ormai aveva imparato a dar retta a certe sensazioni. E se si fosse sbagliato? Certo, avrebbe fatto la figura del cretino. Tuttavia, se ci avesse visto giusto e non fosse intervenuto, sarebbe finito sottoterra. Era già abbastanza grave essersi lasciato raggirare da Rife e Paul Bryie, stamattina. Ora non era disposto a ripetere quell'errore. Il fatto che lui e Malone fossero armati era già una piccola rassicurazione, però il castello sembrava un labirinto per topi da laboratorio: parecchio spazio per correre, ma nessun luogo in cui rifugiarsi.

Malone stava ancora esaminando il disco cifrante.

«Sei capace di usarlo?» gli chiese Derrick.

«Penso di sì.»

Accanto a loro, Fenn e il curatore osservavano la scena.

«Avete qualcosa da aggiungere a questo mistero sempre più incasinato?» chiese Derrick.

«Molti effetti personali di Ludovico sono spariti subito dopo la sua morte», disse il curatore. «Negli anni, però, ne sono ricomparsi parecchi. Io stesso mi sono occupato di acquisirli per la collezione del castello, così come hanno fatto altre istituzioni museali in tutta la Baviera, ma non ho mai visto una cosa come *questa.*»

«Lei diceva che tutto questo gioco di enigmi è stato creato da Ludovico III», disse Malone, rivolto a Fenn. «Ma come ha fatto a procurarsi il disco cifrante?»

«Col tempo, gli oggetti di Ludovico II sono tornati nelle mani della famiglia», spiegò Fenn. «Ma sono stati ereditati da vari rami. Alcuni sono stati donati ai musei, altri no. Posso immaginare che il principe reggente Luitpold avesse conservato il disco cifrante e l'avesse donato al figlio, Ludovico III. Non è di metallo prezioso, dunque all'epoca era pressoché privo di valore. Ma non è meraviglioso? Il *Rätselspiel* esiste davvero, e noi abbiamo la soluzione a portata di mano.»

«Come fa a dirlo?» chiese Derrick.

«Non vede? Tutti gli indizi – il libro, il biglietto di Ludovico III, quello di Lehmann e ora la chiave che lei ha tirato fuori –

puntano qui. Io credo che finalmente abbiamo tutti i pezzi del puzzle radunati in un unico posto.»

«Non la seguo», disse Malone.

«Vede, è semplice. *Laddove il menestrello dirige la sua ode e Parsifal punta lo sguardo, il veggente e la colomba porgeranno aiuto da lassù*. Ed è successo. *La fedeltà veglia giorno e notte*. Ed eccoci qui. Ora non resta che decifrare l'ultima parte: *Il cancello si apre e si chiude con Wagner*. E poi quella fila di lettere e numeri. Ci dica, *Herr* Malone, è per caso legata a quel disco cifrante?»

Derrick notò l'esitazione di Malone, e soprattutto la sua espressione. Si ritirò verso il passaggio ad arco e scrutò il corridoio, che si estendeva per una quindicina di metri in entrambe le direzioni, ma non vide nulla di allarmante.

Poi, però, udì un suono.

Come di qualcosa che grattava.

«Cos'era quel rumore?» chiese.

«Saranno i dipendenti che si occupano delle procedure di chiusura», disse il curatore.

Oppure poteva essere qualcos'altro. Derrick lanciò un'occhiata a Malone. «Posso parlarti in privato?» Poi si rivolse a Fenn. «Scusi.»

Si ritirarono in corridoio, fuori della portata dell'udito degli altri due.

«Tu sei capace di usare quell'arnese?» chiese Derrick.

Malone annuì.

«D'accordo. Qualunque cosa tu scopra, tienila per te. Questi due sono un po' troppo servizievoli per i miei gusti. Dobbiamo arrivare alla soluzione prima di chiunque altro.»

«Concordo. Ho la sensazione che non siamo soli.»

«Ce l'ho anch'io.» Derrick si voltò.

Malone gli posò una mano su un braccio. «Non sparare al personale.»

Lui sorrise. «Cercherò di stare attento.»

Tornarono nello studio.

«Malone resta qui a vedere cosa può ricavare da questo disco», disse Derrick a Fenn. «Io, intanto, vado a fare quattro passi.»

«Dove?» chiese Fenn.

Derrick detestava gli impiccioni. «Ma che ne so? Quattro passi e basta.»

Rife continuò ad avanzare di stanza in stanza, tra profusioni di pannelli in rovere, vivide pitture murali e soffitti con travi a vista e ornamenti a incisione. Si augurava che il rumore del colpo al tavolo fosse passato inosservato, ma non poteva sperarci troppo, perché sapeva di avere a che fare con due professionisti molto competenti. Doveva stare attento perfino a come camminava, dato che in vari punti le assi del pavimento scricchiolavano. Per fortuna c'erano molti tappeti ad attutire i loro passi. Secondo le targhette, la stanza in cui si trovavano era una camera da letto, provvista di cappelletta privata. Finalmente raggiunsero il salotto, nelle cui pareti si aprivano molti recessi formati da colonne e archi. L'arredamento era costituito da librerie, lampadari d'ottone e candelieri in cristallo di Boemia. Alle finestre pendevano tendaggi di seta azzurra ricamata a gigli e cigni. Rife li scostò per guardare fuori, e vide il cortile con la scala esterna dalla quale era appena arrivato. Così si rese conto di trovarsi all'estremità nord dell'edificio. Dunque il passaggio alle sue spalle doveva condurre al corridoio e alla fila di stanze parallela a quella che aveva appena attraversato. Quindi anche allo studio, dove c'erano Koger e Malone.

Knight, intanto, era già andato in quella direzione.

Rife lo seguì.

E rimase a bocca aperta.

Non era ancora il corridoio, ma una sorta di grotta artificiale, con tanto di stalattiti e stalagmiti, e cascatella d'acqua. Che stranezza. Una porta a vetri dava su una sorta di giardino d'inverno con molte piante. Knight si piazzò accanto a uno degli stipiti, con la pistola in pugno, e gli segnalò di fermarsi, perché c'erano guai in arrivo. Indicò la direzione da cui erano venuti. Entrambi tornarono nel salotto.

«Che succede?» bisbigliò Rife.

«Koger ha le orecchie buone. Viene da questa parte.»

Benissimo.

72

Cotton fissò il nonno, meravigliato.

Erano seduti in soffitta e avevano aperto uno dei vecchi bauli che costellavano quello spazio polveroso. Gli era sempre stata lasciata la libertà di rovistare tra i ricordi di famiglia, cimeli conservati con devozione per decenni e decenni: vestiti, fotografie, lettere, libri, chincaglieria, giornali, scarpe, giocattoli, un po' di tutto. Ma quel giorno quelle sue investigazioni l'avevano portato a scoprire qualcosa di straordinario: due dischi d'ottone uniti da un perno centrale, con le lettere dell'alfabeto incise lungo la circonferenza, e le sigle CSA e SS.

« Cos'è? » chiese Cotton.

« Questo apparteneva ad Angus, che lo usava ai tempi in cui gli Stati Uniti si facevano la guerra tra loro. È un disco cifrante. Serve per i messaggi in codice. »

Cotton fece due più due. « CSA sta per Confederate States of America? »

Il nonno annuì. « Infatti. SS sta per Secret Service, l'agenzia per cui Angus faceva la spia. »

« Tu sai usarlo? »

Il nonno gli prese di mano il disco. « Durante la guerra, se un generale voleva inviare un ordine ai suoi colonnelli e capitani, doveva cifrarlo, in modo che non potesse essere intercettato dal nemico. Il codice doveva essere cambiato spesso, ma in modo semplice, quel tanto che bastava a scoraggiare l'avversario. »

Tutta quella storia era affascinante: soldati al fronte, messaggi segreti, codici...

Il nonno gli mostrò il disco. « Questo congegno permetteva di mettere in atto quei cambiamenti, e in tutta velocità. Tu sai cos'è un cifrario? »

Cotton scosse la testa.

« È una cosa diversa dal codice. Con un codice, tu prendi un po' di lettere e simboli e dai loro un nuovo significato. Per esempio, puoi decidere che 'Cappuccetto Rosso' vuol dire 'attacchiamo al tramonto'.

Stabilisci un certo numero di frasi che riveleranno il messaggio a chi conosce il codice. Il cifrario, invece, funziona in modo diverso: il messaggio è lì, davanti a te, tutto intero, ma tu lo converti in una serie di lettere che sembrano del tutto prive di significato. Per leggerle bisogna, appunto, decifrarle. » *Il nonno alzò il disco. « Usando un oggetto come questo. »*

« Quella cosa serve a rivelare i messaggi segreti? »

« Sì, ma ci vuole la chiave. Con un cifrario, bisogna prima fissare una parola chiave. Se non la conosci, niente decifrazione. »

« Tu hai mai usato quella rotella lì? »

Il nonno sorrise. « Me l'ha insegnato mio padre, quando avevo appena qualche anno più di quelli che hai tu adesso. Circa quattordici, se ben ricordo. Vuoi che t'insegni? »

Cotton annuì. « Sì, sì! »

Aveva imparato tante cose, e altre ancora leggendo, nei decenni successivi. Il cifrario alfabetico funzionava solo se nessuna lettera della cifra ne rappresentava più di una nel messaggio originale. Ogni lettera doveva essere distinta, in modo che nella sequenza non si potesse ravvisare alcuno schema che potesse portare alla decifrazione. Quell'elemento di casualità era dato dal disco cifrante. Se poi la parola chiave era breve, meglio ancora: così era perfino più difficile violare il cifrario. Da ultimo, nel messaggio finale la lunghezza delle parole veniva generalmente celata raggruppando la cifra secondo uno schema definito.

Come, per esempio, nel suo caso.

Trentadue lettere suddivise in gruppi di quattro.

KRTY OGNM ISQL NBCD ZIOH LWDP DSGR ALOC

A complicare ulteriormente le cose, a volte il messaggio originale veniva ribaltato prima di essere cifrato. Cotton e il nonno ne avevano provati diversi, grazie al vecchio disco cifrante degli Stati confederati. Chi avrebbe mai detto che gliene sarebbe capitato in mano un altro? E invece eccolo lì, nascosto in un castello tedesco.

« Lei è in grado di decrittare il messaggio? » chiese Fenn.

Cotton prese la busta che gli aveva dato Dianne McCarter, ne sfilò il foglio e lo posò sulla scrivania. « L'ultima parte del messaggio dice che *il cancello si apre e si chiude con Wagner*. E poi c'è una sequenza di numeri: 050 16 19 2. »

La sua mente lavorava a pieno ritmo. Immaginò di essere una spia confederatista e di dover cifrare un messaggio importante. *Il cancello si apre e si chiude con Wagner*. Fissò il libro di Herrenchiemsee che Fenn aveva posato sulla scrivania. Quelle pagine narravano una storia, la stessa delle pitture murali intorno a lui. Una storia che era stata inclusa nel gioco di enigmi per un motivo preciso. Prese il volume e l'aprì al frontespizio. *Tannhäuser und der Sängerkrieg auf Wartburg*. Nella versione di Richard Wagner. A fondo pagina figuravano il luogo e la data: MÜNCHEN 1905. E infine lo stampatore, l'editore e il numero di copia:

DRUCK VON FRANZ HUMAR IN MÜNCHEN
VERLAG VON FRANZ SPEISER, PRIEN AM CHIEMSEE
DIESES BUCH TRÄGT DIE NUMMER
050

Ecco il collegamento.

Doveva essere quello.

Cotton disse agli altri ciò che stava pensando.

« Concordo », rispose Fenn, con entusiasmo. « Il mistero di tutta questa faccenda stava anche nella necessità di procurarsi tutti i pezzi del puzzle. »

Cotton rivolse la propria attenzione agli altri numeri: 16 19 2. Il nonno gli aveva insegnato che in molte occasioni era stato usato un libro per nascondere la chiave. Una parola specifica in mezzo a decine di migliaia di altre, sempre diversa per ogni cifratura. A metà del XIX secolo, non era strano che qualcuno portasse un libro su un campo di battaglia. Lo aprì a pagina 16, poi contò le righe dall'alto fino alla diciannovesima, e prese la seconda parola.

Ehre.

Cioè 'onore'.

« La chiave è questa », disse.

«Meno male che abbiamo lei», disse Fenn.

Già, meno male.

Derrick entrò nell'ampia sala che occupava l'estremità settentrionale del castello, appena dopo la grotta. Uno spazio ombroso, chiuso tra mobili massicci, librerie e pitture murali, che però per soggetto differivano da quelle dello studio. Entrò a passo lento e saldo, con gli occhi bene aperti. Di tanto in tanto, uno scricchiolio del pavimento in legno rivelava il suo passaggio. Nella mano destra stringeva la pistola di cui si era impossessato nella Frauenkirche.

Un senso di vuoto allo stomaco preannunciava pericolo.

Con un po' di fortuna, la persona in cui stava per imbattersi era un dipendente del castello intento a svolgere le proprie mansioni.

Nessun danno, nessun rischio.

Ma in caso contrario...

Si fermò davanti a una delle colonne che sorreggevano il soffitto. I capitelli erano decorati con immagini di Cristo, di un re – o imperatore? –, di un vescovo e di un cavaliere crociato. Sembrava di essere entrati in una striscia a fumetti: ovunque si guardasse, c'erano immagini che raccontavano una storia.

Qualcosa, però, non quadrava.

Un brutto presentimento.

Niente dipendenti.

Il silenzio era interrotto da frammenti dei dialoghi tra Malone, Fenn e il curatore, che erano ancora nello studio.

Ma anche da qualcos'altro. Davanti a lui.

Un rumore cupo. Costante. Un rombo.

La cascata?

Scrutò nella stanza successiva.

Il pollice destro sollevò il cane della pistola.

Rife udì uno scatto.

Chiaro. Distinto. Un suono che lui conosceva, e che indicava pericolo.

E vicino, anche. Nella stanza adiacente.
Fece un cenno a Knight.
Il pesce aveva abboccato.
Si tennero pronti.

73

Cotton ripensò a tutto ciò che gli aveva insegnato il nonno sul disco cifrante. Le lettere del cerchio interno erano quelle del messaggio da inviare, mentre quelle del cerchio esterno creavano il testo cifrato. La casualità della parola chiave rendeva pressoché impossibile violare il cifrario, dal momento che esistevano milioni di parole tra cui scegliere. Fenn e il curatore gli stavano addosso come avvoltoi, il che lo infastidiva. Koger era uscito dallo studio per dare un'occhiata in giro.

Cotton osservò il testo cifrato:

KRTY OGNM ISQL NBCD ZIOH LWDP DSGR ALOC

« Mi serve qualcosa su cui scrivere. »

Il curatore si allontanò di corsa e tornò dopo pochi istanti, porgendogli un blocco e una penna.

Cotton si sedette alla scrivania. « Datemi qualche minuto. »

Fenn e il curatore si ritirarono in corridoio, oltre l'arcata, e si misero a discorrere davanti alla finestra. Parlavano a volume bassissimo, muovendo appena le labbra, come due ventriloqui dilettanti.

Cotton capì di dover lavorare a ritroso: non doveva *cifrare* un messaggio, ma *decifrarlo*. Dato che la prima lettera del testo era una K, girò il disco esterno fino ad allineare la K con la E di quello interno. Nella sua mente riecheggiò la voce del nonno: *E quello è il puntatore. Tienilo presente.* Dopodiché girò di nuovo i dischi, allineando la K esterna con la H di *Ehre*. Ripeté la procedura con le altre lettere, trovando le loro corrispondenti secondo la chiave. La parola *Ehre* era breve. Andava ripetuta otto volte, per corrispondere con le trentadue lettere del testo cifrato.

Cotton continuò a ruotare i dischi avanti e indietro, lanciando di tanto in tanto un'occhiata ai due uomini che parlottavano a pochi metri da lui. Incredibile. Chi avrebbe mai pensato che una chiacchierata tra nonno e nipote potesse rivelarsi tanto importante? Cotton gli aveva voluto molto bene. Il papà era morto quando lui aveva dieci anni - disperso in un incidente in sottomarino durante una missione segretissima della Marina militare - e da allora il piccolo Cotton si era affezionato tantissimo al nonno. Avevano passato moltissimo tempo insieme. Ormai il nonno era morto da tanti anni, ma lui ne sentiva ancora la mancanza.

Ci volle solo qualche minuto per decifrare l'intero testo e memorizzarlo. Poi, tenendo lo sguardo fisso sui due uomini che ancora conversavano sommessamente nel corridoio, Cotton prese il foglio che gli aveva dato Dianne McCarter e, calcando con la punta della penna, tracciò un ovale intorno alla parte che conteneva la sequenza di lettere e i numeri, fino a rompere le fibre della carta, infragilite dagli anni. Prese il pezzetto così ritagliato e ne fece una pallina piccola piccola, che poi inghiottì.

Koger voleva che il messaggio fosse tenuto al sicuro?

Più al sicuro di così!

Ora solo Cotton sapeva.

Richiamò l'attenzione del curatore e gli chiese: « Ludovico III conosceva l'inglese? »

« Sì, parlava correntemente diverse lingue. »

Cotton scrisse qualcosa sul blocco, strappò il foglio e glielo mostrò. « Questo spiega come mai il testo cifrato fosse in inglese. »

« Forse era un'ulteriore misura di sicurezza », disse il curatore. « Se ha usato un disco cifrante americano, perché non scrivere il messaggio in inglese? Agli inizi del XX secolo, non era certo la lingua franca che è oggi. »

« Ha decifrato l'intero messaggio? » gli chiese Fenn.

Cotton annuì e si alzò.

Fenn fece un cenno.

Nel corridoio apparvero tre uomini. Due, Cotton li aveva già visti la sera prima al castello. Facevano parte del contingente di Tuniche Nere che aveva affrontato Rife. Entrambi erano armati di pistola. Il terzo uomo sembrava uno gnomo: anziano, basso di statura, con lineamenti appuntiti e una corona di capelli ispidi intorno a una piazza di calvizie. Portava un cappotto di lana a spina di pesce color antracite.

Fenn rientrò nello studio. « Il messaggio, lo prendo io. »

Cotton rimase immobile.

« Sia ragionevole, *Herr* Malone », disse l'anziano. « Non vogliamo spargimenti di sangue. Il messaggio, *bitte.* »

« E lei sarebbe...? »

« Albert, duca di Baviera. Sono stato io a coinvolgere gli Stati Uniti in questa ricerca. »

« Ma a quanto vedo i nostri servigi non sono più richiesti. »

« Precisamente. Scioglieremo il rapporto a breve. Il messaggio, *bitte.* »

Cotton esitò per qualche istante in più, poi consegnò il foglio a Fenn, che lo lesse.

« Cosa c'è scritto? » chiese il duca.

« *Verso l'infinito e oltre.* »

« Ma non ha senso. »

Cotton sorrise. « Sì che ce l'ha, per Buzz Lightyear. »

Derrick entrò nella camera da letto del re. Una profusione di pannelli di rovere, una massiccia colonna centrale e un soffitto con travi a vista. Pitture murali anche lì, nella metà superiore delle pareti. Il letto a baldacchino sembrava un'elaborata opera d'arte, era palesemente bulinato a mano e carico di finissimi elementi decorativi. A sinistra, una portafinestra che dava su un poggiolo. Era socchiusa e lasciava passare il rumore distante della cascata.

Strano che fosse stata lasciata aperta.

Rife si era nascosto in una specie di cabina armadio, dietro un pannello della camera da letto che, da chiuso, nascondeva del tutto l'ingresso. Non l'avrebbe notata, se prima non avesse studiato la disposizione delle stanze del castello.

Era il nascondiglio perfetto.

Lui e Knight attendevano, pistola in pugno, ascoltando i passi di Koger sul legno duro del pavimento, parzialmente attutiti dal tappeto. Rife aveva lasciato dischiusa la portafinestra per distrarlo e ottenere pochi preziosi secondi di vantaggio. Il problema era che la porta della cabina armadio era in rovere massiccio, senza aperture, perciò ora lui non aveva modo di vedere cosa stesse accadendo nella camera. Tutto dipendeva dal tempismo.

Fece un cenno a Knight.

Ora.

Spinse il pannello.

La portafinestra era spalancata.

Come se qualcuno fosse uscito.

Ma Koger non c'era.

Derrick non sapeva se prendersela di più per la trappola che gli era stata tesa, o per il fatto che chi l'aveva architettata lo ritenesse tanto stupido. Non appena aveva visto la portafinestra dischiusa, si era ritirato nel bovindo subito a sinistra, provvisto di tendaggi che offrivano la copertura perfetta. E infatti, dopo pochi secondi, ecco un lieve cigolio di cardini e una serie di passi veloci.

«Dov'è andato?» disse una voce maschile.

Quella di Terry Knight.

E questo significava che...

Derrick si fece avanti, a pistola spianata. «Qui.»

Con un proiettile al petto, abbatté Knight. Poi esaminò la stanza e, a sinistra del letto e della toletta, scorse un pannello aperto per metà verso l'interno. Mirò e sparò due volte.

Il pannello di rovere ruotò ancora di più verso l'interno.

Derrick finì Knight con un proiettile in testa.

Rife arretrò, rendendosi conto che Koger non si era lasciato raggirare. Due proiettili si piantarono nel pannello di quercia, che si aprì verso l'interno. Per fortuna nella cabina armadio c'era abbastanza spazio da permettergli di scansarsi.

Poi un altro sparo.

Non diretto a lui.

Il colpo di grazia a Knight?

Rife rimase immobile, lasciando che nella camera regnasse un denso silenzio, nella speranza che Koger credesse che non ci fosse nessuno. Poi, non udendo alcun rumore, si fece avanti, con la pistola puntata. Koger non c'era più. Knight era steso sul pavimento. Il sangue usciva a fiotti dal petto e dalla testa. Rife si chinò a prendergli il polso.

Niente battito.

Un impeto di rabbia. « E va bene, Koger, vediamocela tra noi! »

« Proprio quello che volevo. » La voce proveniva da lontano, oltre le due stanze successive. Era nel vestibolo con le scale a chiocciola.

« Hai paura di affrontarmi? » chiese Rife.

« Potrei dire lo stesso di te. »

Ma neanche per sogno.

Rife si rialzò e si diresse verso la voce.

74

Luke lanciò un'occhiata a Toni.

Stavano sfrecciando verso sud, lungo l'autostrada, nella notte gelida. Trinity Dorner non rivolgeva loro la parola da un quarto d'ora, durante i quali aveva ricevuto due telefonate, entrambe brevissime. Seguendo il suo consiglio, Luke aveva tenuto la bocca chiusa.

Per il momento.

«Siamo all'escalation», disse finalmente Trinity Dorner. «I cinesi fanno causa comune con la Falce e col duca di Baviera.»

Affascinante. E buono a sapersi.

Trinity Dorner gli lanciò in grembo un cellulare. «Prema il tre. Un consiglio: bocca chiusa, orecchie aperte.»

Luke raccolse il telefono. Toni lo stava osservando. Lui decise di fare il bravo e obbedire. Premette il tre e si portò il cellulare all'orecchio. Ebbe risposta al primo squillo.

«Mr Daniels, sono Warner Fox. Posso darle del tu?»

«Mah, se preferisce.»

Fox ridacchiò. «È il bello di essere presidenti. Senti, mi pare di capire che il tempo stringe, quindi vengo subito al punto: io e Derrick Koger abbiamo appena raggiunto un accordo.»

Questa era nuova.

«E vorrei raggiungerne uno anche con te.»

«A che proposito?» chiese Luke.

«Non c'è verso di capire se Malone e Koger stiano facendo progressi. Tu hai idea di cosa stiamo cercando?»

«So solo che si tratta di un documento dei tempi di Ludovico II. Non mi è stato detto altro. Io prendo ordini da Koger. Do per scontato che lo sappia lui, e tanto mi basta.»

«Anche a me. Però, se si presentasse una circostanza in cui Koger non avesse più modo di andare avanti, mi servirebbe che lo sostituissi tu.»

La cosa non preludeva a nulla di buono. « E le persone inviate dalla Casa Bianca? Entrambe, dico? »

« Riformulo: *voglio* che lo sostituisca tu. »

« Non Malone? Ha un grado superiore al mio. »

« Ma lui è in pensione, tu no. »

Luke capì. « Nel senso che a quel punto prenderei ordini da *lei*. E, dal momento che non sono un dipendente della Casa Bianca, sono facilmente sacrificabile. »

« Trinity me l'aveva detto, che eri sveglio. »

Oh, altroché. « Allora, cos'è che sto cercando? »

« Un documento firmato dal re delle Hawaii e dal re di Baviera nel 1881. »

Luke lo trovava quantomeno strano, ma si guardò bene dal fare domande. Non era affar suo.

« Trovalo, e avrai la mia gratitudine, nonché quella del Paese. »

« Cosa le fa credere che non ci riescano Koger o Malone? »

« Nulla, è solo che sono incontattabili da quasi tutta la giornata. Sappiamo che stamattina sono scampati per il rotto della cuffia a un tentato omicidio. Poi sono sfuggiti alla polizia, e ancora adesso sono in fuga. Sappiamo anche che si sono diretti a sud, dove state andando voi. Ci stanno andando anche i cinesi, la Falce e chissà chi altri. »

« E la disavventura che ho appena avuto *io* con la polizia? »

« L'unica cosa che possiamo dedurne è che qualcuno volesse farvi fare la stessa fine del vostro compare tedesco: dovevate essere uccisi, o arrestati, o ritirati dal servizio. Penso che per i Guglmänner non facesse differenza. Sì, abbiamo scoperto che ci sono di mezzo anche loro, al fianco del duca di Baviera, che vuole consegnare quel documento ai cinesi. »

« Il duca in persona? Non il principe Stefan? »

« Poco fa sono andati entrambi a sud in elicottero, ma noi pensiamo che alla regia di questo spettacolo sia il duca. »

Certo che ne succedevano, di cose.

« Guardati le spalle, Luke. Mi si dice che i cinesi fanno sul serio. È importante che giochiamo duro anche noi. »

« Mai giocato in altro modo, io. »

« Proprio la risposta che speravo. E adesso, se per cortesia mi passi di nuovo Ms Dorner... »

Luke restituì il cellulare alla donna, che lo prese e se lo portò all'orecchio. Solo allora lui si accorse che erano usciti dall'autostrada e stavano percorrendo una statale in mezzo a campi innevati. I tergicristalli continuavano a spazzare nuove falde nevose dal parabrezza.

Trinity Dorner stava ancora ascoltando il presidente. Finalmente disse: « Capisco ». E chiuse la chiamata. « Tutto chiaro? »

« Sissignora », rispose Luke.

« Può essere un grande alleato, o il peggior nemico. A lei la scelta, Mr Daniels. »

« Ne ho da vendere, di alleati e di nemici. Uno in più, tra gli uni o gli altri, non farà poi tanta differenza. »

« A meno che non si tratti di una persona in grado di causarle danni incommensurabili. Per esempio, che so, il presidente degli Stati Uniti. »

« Messaggio ricevuto. » Luke si rivolse a Toni. « E tu? »

« Conosco già i miei ordini. »

« Abbiamo compagnia », disse l'autista.

Luke girò la testa verso il lunotto. Nell'ovale tenuto limpido dalle righe nere del dispositivo antiappannante si vedevano due fanali.

« Quella macchina ci segue fin da quando siamo usciti dall'autostrada », disse l'autista. « E in modo costante. Non si sposta mai. Già due volte ho rallentato, e ha fatto altrettanto. »

« Quanto manca? » chiese Luke.

« Venti minuti. »

Luke guardò fuori dei finestrini e del parabrezza. Da entrambi i lati della strada c'era soltanto il nero, la striscia di asfalto tracciava un percorso tra colonne di alberi scuri.

« Sta succedendo qualcosa », disse l'autista.

Luke si voltò e vide un fucile automatico spuntare dal finestrino destro degli inseguitori.

Accidenti.

« Tutti giù! » gridò.

I proiettili si schiantarono contro il bagagliaio. Alcuni rimbalzarono sul metallo. Uno colpì il lunotto, generandovi una ragnatela d'incrinature. Al colpo successivo, il vetro s'infranse, lasciando una scia di schegge sulla strada. L'aria gelida invase l'abitacolo. L'autista cominciò a zigzagare. Luke si arrischiò a sollevare lo sguardo verso di lui e vide un rivolo di sangue: l'uomo era stato colpito, ma cercava di non perdere il controllo della vettura. Gli inseguitori accelerarono, col chiaro obiettivo di affiancarli sul lato sinistro. Una pistola volò dal sedile anteriore e atterrò tra Luke e Toni proprio mentre si chinavano per schivare i proiettili.

Toni prese l'arma. « Abbassa il finestrino. »

Continuavano a ondeggiare, l'autista stava cercando di rallentare per fermarsi. Non appena gli inseguitori furono ben allineati a loro, Luke premette il pulsante del finestrino.

Toni si sporse e sparò due colpi.

I proiettili infransero il finestrino posteriore destro dell'altra auto, che accelerò e sfrecciò via.

L'autista fermò la vettura. Luke scese di corsa, aprì la portiera del conducente e valutò la situazione. Toni balzò a terra, con la pistola puntata. Gli inseguitori si erano fermati poche centinaia di metri più avanti. Al buio si vedevano soltanto le luci di coda.

« Tutto bene? » chiese Luke all'autista.

L'uomo scosse la testa. « Ho qualche scheggia nel cranio. E poi non ci vedo bene. »

« Lasci il volante a me. » Luke gli sganciò la cintura di sicurezza, lo aiutò a scendere e a prendere posto sul sedile posteriore.

Trinity Dorner non aveva ancora aperto bocca. Osservava attentamente ogni cosa, con un volto granitico. Aveva davvero i nervi d'acciaio.

Luke si sedette al posto di guida e agganciò la cintura di sicurezza mentre Toni tornava a sedersi dietro.

« Bella mossa, con la pistola », disse Luke a Trinity Dorner.

« Ho dato per scontato che sapeste usarla. »

Le luci di coda dell'altra auto erano diventate fanali anteriori: gli inseguitori avevano fatto inversione. E stavano venendo verso di loro.

« Pare proprio che cerchino guai », disse Trinity Dorner.

Luke ingranò la marcia. « Be', allora diamoglieli. »

75

Cotton reagì al rumore degli spari prendendo il pesante calamaio collocato sulla scrivania e scagliandolo verso le due figure basse, tarchiate e armate di pistola, sperando di affrontarle separatamente. Il massiccio oggetto d'ottone centrò uno dei due uomini, che però non accusò il colpo, mentre l'altro si fece da parte.

La manovra diede a Cotton i pochi secondi che gli servivano.

Si lanciò in avanti e piantò il tallone nel petto di quello che era stato colpito dal calamaio, facendogli perdere l'equilibrio. Poi si voltò e diede un pugno al viso dell'altro uomo, frastornandolo quel tanto che bastava per dargliene altri due al ventre, facendolo piegare in avanti. Ci aveva visto giusto: nonostante la loro mole e l'atteggiamento aggressivo, nessuno dei due aveva mai preso parte a una rissa. Rivolse nuovamente l'attenzione al primo e lo abbatté con un gancio destro alla mandibola.

Ora la prima preoccupazione erano le pistole. Scorgendone una sul pavimento, corse a raccoglierla. Intanto, i due gemevano dal dolore. Non erano più una minaccia. A quel punto il problema era Fenn: l'uomo aveva già trovato l'altra pistola, che nella caduta era scivolata verso la scrivania.

Cotton era veloce.

Ma Fenn lo fu di più. « Basta così. Getti a terra quell'arma. »

Cotton esitò, però Fenn lo teneva sotto tiro. Il curatore si era ritratto in un angolo, con un'espressione atterrita. Il duca Albert, invece, non si era mosso. Restava lì a guardare. Cotton lasciò cadere la pistola.

« Lei, vada pure », disse Albert al curatore. « E, per favore, si assicuri che nessuno ci disturbi. »

L'uomo annuì e se ne andò in tutta fretta. Intanto i due cominciavano a riprendersi e a rialzarsi.

« Prendete le armi », ordinò Albert. « D'ora in poi, cercate di fare più attenzione. »

Il curatore stava già sgattaiolando via, ma il duca lo fermò. Si scambiarono qualche parola sottovoce, dopodiché l'uomo corse via.

« Perquisitelo », disse Fenn.

I due obbedirono e trovarono la pistola che Cotton teneva infilata dietro i pantaloni, sotto la giacca.

« State di guardia », disse Albert.

I due arretrarono, in modo da poter tenere d'occhio sia lo studio, sia il corridoio.

Solo allora il duca di Baviera si avvicinò a Cotton. « *Herr* Malone, spero che potremo giungere a un accordo. »

Cotton scrollò le spalle. « Mi considero una persona accomodante. »

Albert notò il foglio sulla scrivania, col buco ovale. « Quello è il messaggio di Lehmann? »

Lui annuì.

« E la parte con la chiave? »

Cotton si fregò lo stomaco. « Mi era venuta fame. »

Il duca non batté ciglio; il suo volto sembrava scolpito nella pietra. « Devo dedurne che la decifrazione è già avvenuta, e che lei e *Herr* Koger abbiate deciso di tenere la soluzione per voi. »

« Sembra una buona idea, no? »

Solo allora Albert sorrise. « È la stessa cosa che avrei fatto io. Però, purtroppo per voi, quelle informazioni mi servono. » Poi disse, a voce più alta: « Si unisca pure a noi ».

Dal corridoio apparve un uomo. Tratti asiatici. Mezza età. Volto sottile, armonioso. Completo blu, tagliato su misura. Avanzava con una leggera zoppia, aiutandosi con un bastone laccato di rosso. Aveva il passo misurato di chi era sicuro delle proprie idee.

Finalmente. Ecco l'eminenza grigia dietro tutta quella storia.

« Chi la manda? Il Ministero per la Sicurezza dello Stato? Il Dipartimento del Lavoro del Fronte unito? L'Esercito popolare di liberazione? » chiese Cotton, snocciolando i diversi rami d'intelligence della Repubblica popolare cinese.

«Mah, un po' tutti, direi.»

«Quindi è piuttosto altolocato. Ha anche un nome?»

«Mi chiami pure Ming.»

«Come i vasi?»

«E che altro?»

«E cosa ci fa di bello in questo edificio meraviglioso, in una notte d'inverno?»

«Vengo a offrirle una scelta.»

Cotton s'incuriosì.

Ming prese di tasca un cellulare, toccò lo schermo, poi se lo portò all'orecchio. «Tenetevi pronti.» Premette un pulsante, evidentemente per mettere in attesa l'interlocutore. «Avevo previsto che lei avrebbe posto qualche difficoltà, perciò ho mandato due uomini all'appartamento di *Fräulein* McCarter, a Monaco.» Tacque per un istante, affinché le sue parole sortissero l'effetto desiderato. «Ci siamo dati da fare, oggi. Dopo la sua visita alla biblioteca, ci siamo informati su chi avesse incontrato. Un testimone ci ha detto che lei, uscendo dalla sala di lettura dopo un incontro con una rispettatissima avvocata, si è messo in tasca una busta. Possiamo desumerne che quella sua visita fosse legata a ciò che sta avvenendo qui, e che il foglio sulla scrivania sia il contenuto di questa busta.»

Cotton rimase in silenzio.

«Ed ecco la scelta», riprese Ming. «O mi fornisce il testo cifrato originale, o i miei due uomini uccidono *Fräulein* McCarter.»

«Come dicevo, me lo sono mangiato.»

«Su, Mr Malone, non insulti la mia intelligenza. Lei ha una memoria eidetica, che ha appena messo a buon uso.»

«Mi fa piacere che la mia fama mi preceda.»

«Fama che comprende grandi imprese, tra cui un'intromissione nei nostri affari interni, qualche anno fa.»

Cotton fece spallucce. «Ordinaria amministrazione.»

Ming ridacchiò. «Giustissimo. Ma torniamo alla sua scelta, e mettiamo sul piatto della bilancia un elemento in più: se non le importa della morte di quell'anziana signora, dopo averla uccisa potrei trovare qualcun altro. Per esempio, Cassiopea Vitt. O suo figlio.»

Avevano fatto i compiti a casa. C'era d'aspettarselo. E non c'erano dubbi sul fatto che quell'uomo avrebbe tenuto fede alle proprie parole: l'intelligence cinese era nota per la sua mancanza di scrupoli. Ma a Cotton restava una curiosità. «Koger dov'è?»

«In un'altra parte del castello, con due vecchie conoscenze.»

«Quindi avete fatto un accordo con la Falce?»

«Per fortuna nostra e loro, c'è stata una temporanea convergenza d'interessi.»

Cotton capì di aver trovato la testa del serpente. Sarebbe stato difficile cavarsela senza spargimenti di sangue, preferibilmente non il suo. La minaccia di uccidere Dianne McCarter era concreta? Bisognava presumere di sì. «E va bene. Ho imparato a memoria il messaggio decifrato.»

«Apprezzabilissimo», disse Ming. «Ma ovviamente ci occorre una garanzia. Perciò lei verrà con noi. Così, se poi si scopre che non era il messaggio corretto...» Fece un cenno col cellulare. «Capiterà qualcosa di spiacevole. Allora, abbiamo un accordo?»

«Non mi pare di avere scelta. E poi, anch'io vorrei vedere la fine di questa caccia al tesoro.»

Ming si portò il telefono all'orecchio. «Mantenete la posizione. Se non mi sentite di persona a intervalli di un'ora, fate come vi ho detto.» Chiuse la chiamata. «Spero che riusciremo entrambi a comportarci civilmente.»

«Non vedo perché no», rispose Cotton, ma non si faceva illusioni: sapeva benissimo che, non appena Ming avesse ottenuto ciò che gli interessava, lui e Dianne McCarter sarebbero finiti sottoterra.

Tutto stava nel restare sempre un passo avanti.

76

Derrick puntava ad attirare Rife verso di lui. Era uscito dalla camera da letto del re ed era passato alla stanza adiacente. Da lì era tornato al lungo vestibolo dal quale si accedeva alla sala del trono. All'estremità opposta c'era l'ingresso della scala a chiocciola che aveva usato prima, e una seconda scala a chiocciola si apriva alla sua immediata sinistra. Derrick sapeva che Malone e gli altri erano dal lato opposto del piano, perciò decise che la via più conveniente era verso l'alto. Cominciò a salire i gradini di pietra, senza fare nessun tentativo di mascherare i propri passi. Cosa lo aspettava al piano superiore? Non ne aveva idea. Ma una cosa era certa.

Rife l'avrebbe seguito.

Perché gli stupidi fanno così.

Rife faticava a tenere a bada la rabbia.

Non ne provava tanta sin dal giorno in cui la CIA l'aveva licenziato. L'insulto di una vita. Un fulmine a ciel sereno. Non se l'era aspettato, lui. Ma altri sì. E questo non aveva fatto che rendere ancora più cocente lo smacco.

Terry Knight era rimasto fedele. Quando lui gli aveva chiesto di unire le loro forze, non aveva esitato. Era un agente affidabile, portava a termine i propri compiti senza domande né lamentele. Il massimo che si potesse desiderare, in un amico.

E ora era morto.

Rife uscì dall'ultima stanza e tornò nell'ampio vestibolo. Alla propria sinistra, da una scala a chiocciola, udì un rumore di passi.

Che salivano.

Koger.

Che rivelava la propria presenza.
Che idiota.
Rife impugnò la pistola e lo seguì.

Derrick raggiunse la cima della scala e si ritrovò al quarto piano del castello. Lì c'era molta meno illuminazione, ma era normale, visto che era già passato l'orario di chiusura. Nel vestibolo si aprivano quattro porte: una dava sull'altra scala a chiocciola, una - alla sua sinistra - alla galleria superiore della sala del trono, e le altre due conducevano, a quanto diceva la targhetta, alla sala dei cantori. Il curatore l'aveva nominata poco prima. Anche lì le pareti erano ornate di dipinti ispirati alle leggende germaniche e al romanticismo tedesco.

Non c'era verso di sfuggire a quei temi.

Derrick svoltò a destra, entrando nella sala dei cantori. Era un ampio spazio rettangolare, con un alto soffitto a cassettoni ornato da una profusione di dipinti e dai simboli dello zodiaco. Gli spioventi poggiavano su sostegni in legno intagliato, anch'essi coperti d'immagini. Lungo i margini della sala, a intervalli regolari erano collocate colonne piene di decorazioni, arabeschi e rappresentazioni allegoriche. All'estremità opposta c'era un pergolato fiocamente illuminato, delimitato da quattro gradini e tre arcate, e con una parete di fondo occupata da pitture murali che raffiguravano una vivida scena silvana. Sui lati lunghi della sala c'erano file di panche in legno intagliate e foderate di elaborati ricami intessuti a filo d'oro. Dal soffitto pendevano lampadari in bronzo dorato, della stessa foggia dei candelabri collocati sul parquet.

Una sala vasta. Spaziosa. Vecchia, ma ancora decorosa.

L'ideale.

« Rife! » gridò. « Lo so, che mi senti. Vediamocela tra noi, da uomo a uomo. Niente pistole. »

Rife si fermò appena dopo la scala a chiocciola, nel vestibolo del quarto piano, e udì il grido di sfida di Koger. La voce proveniva da un portale alla sua destra, che - stando alla targhetta - conduceva alla sala dei cantori. Entrò e vide Koger a una quindicina di metri da lui, in una vasta sala dall'illuminazione scarsa.

L'uomo gettò a terra la pistola e allargò le braccia. « Da uomo a uomo. »

Anche Rife lasciò cadere l'arma e accettò la sfida.

Derrick scorse appena un'ombra, poi una sagoma nera emerse dal buio, lenta, cauta e - non bisognava dimenticarlo - capace di uccidere.

Per fortuna, lui aveva una buona esperienza di pestaggi.

Valeva tutto. Dita rotte, occhi cavati, nasi fratturati. Non c'erano divieti, perché l'altro era ben determinato a togliergli la vita. Quello significava che lui doveva liquidarlo per primo. Era una lotta all'ultimo sangue, dunque niente regole né arbitri. Aveva avuto molte esperienze del genere, per i motivi più diversi: proteggere il territorio, eliminare un problema, difendersi, far valere le proprie ragioni. In un'occasione era bastato un lieve tamponamento, e a cominciare era stato l'altro. Tutte quelle risse erano state scatenate da una rapida esplosione emotiva.

Per esempio, quando un nemico gli uccideva un amico.

Rife veniva dritto verso di lui.

Suo padre diceva sempre: *Le percosse sono due. La prima, te la do io; la seconda, il pavimento.*

Era evidente che anche Rife aveva una buona esperienza in fatto di risse.

Ma Derrick ne aveva abbastanza, di quel traditore.

E gli assestò un pugno al mento.

L'avanzata si arrestò, ma non l'attacco.

Rife si riprese e si scagliò contro di lui, avvinghiandosi al suo tronco e cercando di trascinarlo a terra. Un placcaggio in piena regola. Però c'era un vantaggio nell'essere alti un metro e ottantacinque e pesare centodieci chili.

Derrick mantenne la posizione.

E gli diede una ginocchiata al ventre.

Rife si ritrovò senza fiato. Arretrò, boccheggiando e cercando di mantenere l'equilibrio. Sul mento si era già formata una tumefazione. « Non sei poi così forte, sai? »

« Quanto basta per occuparmi di te. »

Rife si raddrizzò e levò i pugni.

Derrick accettò la sfida e si fece avanti, anche lui coi pugni stretti e pronti all'uso. Vicinissimi, come due pugili professionisti, girarono l'uno intorno all'altro, cercando i reciproci punti deboli, in attesa del momento buono per colpire. Da molto tempo Derrick aveva imparato che era meglio attirare l'avversario, invece di avanzare verso di lui.

Perciò temporeggiò.

Rife abboccò all'amo e gli si scagliò contro, dandogli un pugno al fianco.

Che male.

Più del previsto.

Brutto segno.

Rife sentì al tatto l'incrinarsi della costola.

Bene.

Koger pesava almeno venti chili più di lui, e in statura lo superava di una decina di centimetri, ma lui era bravo nel corpo a corpo. Gli piaceva quel modo diretto di pareggiare i conti. Però non intendeva prolungare troppo l'incontro. E infatti stava già attirando Koger verso il punto in cui era caduta una delle pistole, che si trovavano alle estremità opposte della sala.

Bastava raggiungerne una.

Un solo sparo, fine dei giochi.

Derrick trasalì per la fitta di dolore al fianco destro. Il sudore gli dava un formicolio alla fronte. Già, non aveva più vent'anni. Rife gli aveva dato un colpo potente, seguito da altri due affondi, che lui era riuscito a parare. Ma un terzo pugno centrò di nuovo la costola rotta.

Il dolore lo fece piegare in due.

Rife lo spinse verso uno dei molti candelabri collocati ai lati della sala. Erano robusti, pesanti, alti circa due metri e mezzo, in metallo dorato, retti da tripodi dalla base di marmo. Incespicò e barcollò, premendosi la gabbia toracica.

Rife arretrò, ansimando e godendosi il momento.

Derrick si schiantò contro i pannelli di legno della parete e scivolò giù, fino al pavimento. La sala si espandeva e si contraeva davanti ai suoi occhi, ogni respiro gli dava un dolore alle costole.

Sì, era proprio una frattura.

Le pistole erano a cinque o sei metri da loro. Rife non accennava a raccoglierne una. Se ne stava lì, a massaggiarsi il mento e pavoneggiarsi. « Non avresti dovuto uccidere Terry. No, non avresti dovuto. »

« Era... un... traditore. Come... te. » Derrick si copriva la costola rotta con la mano sinistra, mentre la destra era posata sul pavimento di legno. Davanti a sé aveva uno dei candelabri. Continuò a respirare affannosamente, assicurandosi che Rife capisse quanto dolore provava.

Non era poi difficile: lo provava davvero.

« Sei sempre stato una spina nel fianco », riprese Rife, con disprezzo. « Una spina che adesso io toglierò, così saremo tutti contenti. » Su queste parole, avanzò verso di lui, credendolo una preda inerme.

Derrick represse il dolore e si fece forza. Il bello di non avere più vent'anni era proprio questo: si era molto più furbi. *Avanti, avvicinati.* Una goccia di sudore colava lentamente dalla fronte al mento, solleticandogli il viso.

Più vicino. Più vicino.

Ogni muscolo si tese.

Finalmente Rife fu a tiro.

Con uno scatto della gamba destra, Derrick piantò il tacco della scarpa contro il robusto stelo dorato del candelabro.

Quando Rife si rese conto di ciò che stava accadendo, ormai era troppo tardi. Il candelabro gli si schiantò addosso. Lui cercò di ripararsi sollevando le braccia, ma il peso dell'oggetto e l'impeto della caduta furono più che sufficienti a sopraffarlo, inchiodandolo a terra.

Derrick serrò i denti, rotolò su un fianco e si rialzò.

Rife stava ancora cercando di liberarsi dal candelabro.

In sei passi, Derrick raggiunse una delle pistole.

Nel frattempo, Rife riuscì a spingere da parte il candelabro e cercò di rialzarsi.

Ma Derrick gli sparò al petto.

Il botto riecheggiò nella sala, facendogli male alle orecchie.

Rife si accasciò, la testa ciondolò di lato e dalla gola sfuggì un lieve gorgoglio. Dall'angolo della bocca colò un rivoletto rosso. Poi, con un violento singulto, vomitò un fiotto di sangue. Qualche spasmo. Un colpo di tosse. Gli occhi fissarono Derrick, in un ultimo barlume di vita, che in un istante svanì. La muscolatura cedette, e le membra ricaddero flosce sul pavimento.

Morto.

Problema risolto.

Dopo anni passati a sparare solo al poligono di tiro, ecco che in una sola sera Derrick aveva ucciso due persone.

Doveva tornare da Malone. Di sicuro tutti avevano sentito gli spari. Si voltò, imboccò il corridoio adiacente alla sala e si diresse verso il vestibolo, tenendosi il braccio contro le costole. Lì c'erano finestre che si aprivano sul lato esterno del castello, verso il vialetto dal quale era arrivato lui insieme con gli altri. Si soffermò per un istante a guardare fuori. Nel buio, potenti lampade alogene illuminavano le mura e la stradina.

E lì c'era qualcuno. Che se ne andava.

Fenn. E Malone. E altri due uomini, che lo seguivano con una pistola puntata su di lui. E poi il duca di Baviera. Ma cosa ci faceva lì? Infine, un'ultima figura. Un cinese che camminava con un bastone. Chi era? Sembravano tutti amiconi - a parte Malone - e andavano di fretta.

Derrick scosse la testa. Comunque disponesse i pezzi sulla scacchiera, il quadro era sempre lo stesso.

A quanto pareva, si erano tutti presi gioco di lui.

L'avevano lasciato a Rife e Knight, convinti che quei due avrebbero tolto di mezzo la presenza della CIA.

Però non ci erano riusciti.

Lui era ancora sulla scacchiera.

In gioco.

Dal gruppetto era sparito il curatore. Il fatto che nessuno -

all'interno o all'esterno del castello - avesse reagito agli spari sembrava indicare un certo livello di compiacenza da parte del personale. E in effetti era vero che il curatore, poco prima, si era mostrato parecchio accondiscendente con Fenn.

Derrick raggiunse il fondo del corridoio e si diresse verso la scala a chiocciola.

Gli facevano male le costole. Su quello non aveva dovuto fingere.

Ma sarebbe sopravvissuto.

E aveva un lavoro da portare a termine.

77

Luke ingranò la marcia e piantò il piede sull'acceleratore. Le ruote posteriori sgommarono sull'asfalto ghiacciato e la coda del veicolo sdrucciolò di lato, poi gli pneumatici fecero presa e l'auto partì di colpo. L'altra vettura veniva dritta verso di loro. Luke regolò la traiettoria in modo da mantenere una rotta di collisione.

Nel Tennessee orientale, quella sorta di roulette russa era rito di passaggio. La facevano tutti non appena prendevano la patente. Lui, in realtà, l'aveva fatta più di una volta. In cosa consisteva? I due sfidanti, ognuno al volante della propria auto, sfrecciavano l'uno verso l'altro. A un certo punto, uno dei due doveva farsi da parte. E l'altro vinceva. Il premio? L'ammirazione del gruppo. Se entrambi i guidatori sterzavano ed evitavano la collisione, tutti e due conservavano l'onore. Se però non sterzava né l'uno né l'altro, con ogni probabilità ci restavano secchi. Con onore, ma comunque morti. Luke era cresciuto ai tempi in cui non esisteva l'airbag, perciò gli scontri frontali erano quasi sempre fatali. E lui era sempre stato bravissimo, in quel gioco. Tutto stava nel mantenere la concentrazione. L'unico mondo che contava era quello illuminato dai fanali.

Accelerò.

Novanta all'ora.

Cento.

La distanza si riduceva in fretta. Trinity Dorner restava impassibile. Non un suono. Non un movimento. Nulla, neppure dal sedile posteriore.

Luke continuò.

Attraverso il parabrezza, i fanali dell'altra vettura erano sempre più grandi.

Non c'erano altri veicoli, in quella striscia scura di strada.

Il volante vibrava tra le mani. Era segno che le ruote erano in lieve squilibrio. Luke possedeva ancora la sua vecchia Mustang d'epoca, il suo gioiellino, e verificava con regolarità che gli pneumatici radiali, coi mozzi cromati, i più lucidi che si fossero mai visti, fossero perfettamente bilanciati.

Mantenne una traiettoria in linea retta.

In Tennessee, quel gioco aveva una tacita regola: la sterzata doveva essere a destra. Così non si ostruiva il passaggio all'altro. Ma ciò presupponeva che si giocasse al centro della strada. E non era quello il caso: in quel momento Luke era contromano. Dunque solo lui aveva spazio per sterzare a destra. L'avversario poteva solo girare a sinistra. Perciò, se entrambi si fossero scansati, si sarebbero ugualmente scontrati.

Quello significava che...

Accelerò ancora.

Centoventi all'ora.

All'improvviso, l'altra auto girò, immettendosi nella corsia opposta.

Luke, invece, mantenne il volante in posizione, filando dritto.

L'improvvisa sterzata degli avversari, a una velocità tanto alta, comportava conseguenze che lui conosceva per esperienza diretta: per la combinazione di deviazione e impeto, la vettura si sollevò sulle ruote sinistre, come in quelle manovre acrobatiche che si vedono al cinema. Solo che, a differenza dei film, non mantenne quella posizione: dallo specchietto retrovisore, Luke vide l'altra macchina ribaltarsi, schiantarsi sul fondo stradale e scivolare via, col tettuccio che sprigionava scintille per l'attrito con l'asfalto.

Derrick scese la scala a chiocciola. Non era più abituato a prendere botte: aveva dolori ovunque, soprattutto alla gabbia toracica. Ogni gradino gli causava sofferenza.

Al pianterreno non trovò nessuno. Ma il curatore doveva pur esserci. Provò col negozio di souvenir. Deserto. Tornò fuori, nel cortile interno. Nel corpo di guardia c'erano luci accese al secondo piano. Trovò una scala e salì fino a una serie di uffici. In uno di essi c'era il curatore, che stava indossando il cappotto. Si accingeva ad andarsene. Derrick fece irruzione e gli premette la pistola sotto il mento. «Dove sono andati?»

L'uomo spalancò gli occhi. Il suo volto era una maschera di terrore. « A Linderhof. »

« E dov'è? »

« A circa... un'ora... da qui. È un altro dei... castelli di Ludovico. »

« Perché? »

« Il messaggio cifrato... diceva di andare là. Alla... grotta di Venere. Dietro il castello. »

« Lei ha un cellulare? »

Il curatore annuì.

« Lo voglio. »

L'uomo gli porse il telefono. Non uno smartphone, ma uno di quelli vecchi, a conchiglia.

« C'è un PIN? »

Il curatore scosse la testa.

Derrick abbassò la pistola. « Si levi di torno. » Prima che l'uomo raggiungesse la porta, aggiunse: « Ah, un'altra cosa. Al terzo e al quarto piano ci sono due cadaveri ».

Il curatore lo fissò, attonito.

« Ed è un problema suo, non mio. Ecco, *adesso* può andarsene. »

L'uomo sgattaiolò fuori della porta.

Poi comparve un nuovo suono. Il rumore pesante e ritmico di un elicottero. Saliva di giri e si allontanava.

Derrick aprì il telefono e digitò un numero.

Luke premette sul pedale del freno sino a fermare l'auto.

« Complimenti per i nervi d'acciaio », gli disse Trinity Dorner. « Come faceva a sapere che avrebbero sterzato? »

« Non lo sapevo. Ma, se volevano sopravvivere... »

« Il pericolo è il suo mestiere, eh? »

« Faccio quel che va fatto, tutto qui. »

Dal sedile posteriore, Toni e l'autista non fecero commenti. Del resto, non c'era granché da dire.

Luke ingranò la retromarcia, fece manovra e raggiunse l'altra vettura, poi scese insieme con Toni.

Nel buio, si chinarono a guardare nell'abitacolo.

Nessuno dei due occupanti si muoveva. Ma Luke notò una cosa. « Sono cinesi. »

Toni prese loro il polso. « Non sono più un problema. Sono morti. »

« Che diamine ci facevano qui, però? » Poi, sentendo una vibrazione nella tasca, Luke prese il cellulare. Non riconosceva il numero, ma rispose ugualmente. « Pronto? »

« Luke, dove sei? » Era Koger.

Lui gli raccontò l'accaduto.

« Bene. Dobbiamo raggiungere un posto che si chiama Linderhof. È a circa un'ora da qui. Malone è stato catturato. Lo stanno portando là, in elicottero. » Koger gli spiegò dove si trovava. « Vieni a prelevarmi. Subito. »

78

Cotton si mise comodo su uno dei sedili dell'elicottero. La cabina era lussuosa e abbastanza grande da contenere, oltre a lui, anche il duca, Ming e Fenn. Le due Tuniche Nere armate rimasero a terra, lasciando a Fenn il compito di tenere Cotton sotto tiro durante la trasvolata. Ma la minaccia a Dianne McCarter incombeva ancora: Ming doveva contattare i suoi uomini a intervalli di un'ora. In ogni caso, Cotton aveva intenzione di starsene buono, anche perché doveva capire se quelle trentadue lettere portavano a qualcosa d'interessante.

THRO UGHT HEVE NUSM OUNT TOTH ERED OUBT

La prima cosa che aveva notato era che il messaggio era stato concepito in inglese. Perciò aveva escogitato una finta soluzione nella stessa lingua. Prima di affrontare Fenn, aveva ricombinato a mente gli otto gruppi di quattro lettere in modo da formare un testo di senso compiuto:

THROUGH THE VENUS MOUNT TO THE REDOUBT

Cioè: *Attraverso la montagna di Venere fino al rifugio.*

Aveva pronunciato quella frase davanti a Fenn, il quale ne aveva compreso all'istante il significato. Dopo un breve dialogo col curatore di Neuschwanstein, Fenn aveva decretato la prossima tappa.

Linderhof.

A circa un'ora di macchina da lì.

E in elicottero? Venti minuti, al massimo.

Cotton si mise comodo sul sedile foderato in pelle. Era teso e al tempo stesso affaticato, ma per lui non era una novità. Da tempo aveva imparato ad affrontare la paura. Lì, l'unico professionista era Ming. Fenn si sentiva sicuro con una pistola in mano, però era improbabile che sapesse come usarla in una situazione seria. Probabilmente era tutto tronfio per il fatto di aver messo Cotton alle strette, nello studio del re. Ma la verità era che Cotton si era arreso apposta.

Proprio per quello era a bordo dell'elicottero.

« Mi faccia indovinare », disse, alzando la voce per farsi sentire in mezzo al rombo del rotore. « La corsa è gentilmente offerta dalla Repubblica popolare? »

Ming sorrise. « Ovvio. »

La Cina aveva preso le redini. E Koger? Era ancora un mistero. Cotton aveva udito diversi spari mentre lo conducevano fuori del castello, e si domandava se fosse un buon segno oppure no. In ogni caso, lui non poteva farci niente.

Koger doveva cavarsela da sé.

Derrick prese posto sul sedile posteriore con la sua nuova migliore amica, Toni Sims, agente dell'ASIS in prestito all'NSC, in missione speciale per conto della Casa Bianca.

Le sorprese non finivano mai.

Luke l'aveva prelevato davanti alle mura di Neuschwanstein, dove Fenn aveva parcheggiato poco prima. Scesero dalla rupe e imboccarono la statale per l'Austria, con l'idea di rientrare in Germania da Ammerwald: era la via più rapida per aggirare la catena della Klammspitze e raggiungere Linderhof. L'autista ferito era stato lasciato presso uno degli alberghi di Hohenschwangau. Trinity Dorner aveva telefonato a Monaco perché qualcuno venisse a occuparsi di lui.

Ora al volante c'era Luke, e tutti e quattro andavano dritti a cercare guai. Sì, QA era ancora lì, seduta accanto a lui. Luke trovava che fosse una pessima idea, ma lei aveva fatto valere la propria autorità e, come al solito, l'aveva avuta vinta. Nel frattempo, Luke aveva raccontato a Derrick il brutto incontro coi due cinesi, ora morti. Non era escluso che ce ne fossero in giro altri.

« Quanto manca? » chiese Derrick.

Trinity guardò il cellulare. « Trenta minuti, secondo il navigatore. »

Derrick non era pentito di avere ucciso Knight e Rife. Tutt'altro. Entrambi meritavano la morte. Soprattutto Rife. Quel bastardo arrogante aveva creduto di farlo fuori. Troppa gente aveva commesso quell'errore di valutazione.

Ma le costole facevano male.

Ignorale.

Concentrati.

«Cosa sappiamo di Linderhof?»

Luke teneva lo sguardo concentrato sulla carreggiata. La strada procedeva tortuosa, com'era normale sulle Alpi. Per fortuna era già passato lo spazzaneve: l'asfalto aveva appena una lieve spolverata bianca, e l'accumulo del giorno prima era stato spinto ai lati, a formare due alte muraglie. Luke guidava più veloce che poteva: sapeva che Malone era solo, senza rinforzi. Trinity e Koger si stavano ragguagliando: due uomini della Falce erano morti, e i cinesi erano usciti allo scoperto. Contrariamente a quanto si vedeva nei film, gli agenti dell'intelligence non passavano le giornate a uccidersi tra loro. Capitava, certo, ma solo in circostanze estreme.

E quella si poteva senz'altro classificare come tale.

Dunque il Nonnetto era in pericolo.

Luke prese una curva con più velocità del dovuto e le ruote posteriori persero aderenza, ma manovrando il volante riprese il controllo dell'auto. Meno male che era cresciuto sui Blue Ridge, dove c'erano strade come quella.

«Stiamo cercando la grotta di Venere», disse Koger. «Mi hanno detto che è dietro il castello.»

Trinity la cercò col cellulare. «Sul sito di Linderhof c'è una mappa. Vi do le indicazioni appena arriviamo.»

«L'elicottero farà molto più in fretta di noi.» Luke non staccò lo sguardo dal parabrezza.

«Malone è un professionista», disse Koger. «Sa badare a se stesso.»

«Ma la situazione non mi piace.»

«Neanche a me.»

«Se vanno a Linderhof, vuol dire che Malone ha decifrato il

messaggio», osservò Trinity. «Se la caccia al tesoro comprendeva due dei tre castelli di Ludovico II, è logico pensare che sia coinvolto anche il terzo. Ah, ho cercato anche il modello di elicottero: ha solo cinque posti, compreso quello di pilotaggio. Quindi immagino che i due uomini armati di pistola non siano saliti a bordo.»

Luke concordava con la sua valutazione.

«Però potrebbero essercene in giro altri», fece notare Toni.

«Eh, infatti», disse Luke.

«Se conosco Maloney, ha già tutto sotto controllo.» Sembrava che Derrick volesse convincersene lui per primo. «Solo che gli altri non se ne sono ancora accorti.»

«Sarebbe proprio da lui.»

«Ma c'è qualcuno che lo chiami col suo nome vero?» chiese Trinity.

«E che gusto ci sarebbe? Magari si metterebbe in testa di starci simpatico.»

«Quanto manca?» chiese Koger.

«Cinque minuti meno dell'ultima volta che me l'hai chiesto», rispose Trinity.

79

Cotton guardò fuori del finestrino dell'elicottero e scorse Linderhof. Il pilota aveva scelto una rotta curva, probabilmente per non avvicinarsi troppo alle vette che circondavano il castello, alcune delle quali si avvicinavano ai duemila metri. Sembrava abile: aveva seguito l'asse delle valli, per poi salire di quota e superare alcune alture di tutto rispetto. La trasvolata era durata un po' più del previsto. A occhio e croce, la distanza in linea d'aria tra Neuschwanstein e Linderhof era di una quindicina di chilometri. Ma in macchina? Forse il triplo, considerando la tortuosità delle strade di montagna. Con tutte quelle curve, il tragitto poteva durare anche un'ora. Cotton poteva solo sperare che Koger avesse liquidato la minaccia - qualunque essa fosse - e che poi si fosse fatto dire dal curatore dove l'avevano portato. Almeno era ciò che avrebbe fatto lui, a ruoli invertiti.

Se Koger era in arrivo, bene. Altrimenti Cotton avrebbe dovuto cavarsela da sé.

Di Linderhof sapeva già qualcosa. Era un palazzo di dimensioni più ridotte, una specie di risposta bavarese al Petit Trianon di Maria Antonietta. Non una copia, ma una rivisitazione. Un gioiello del rococò, con una profusione di finestre, balconi, colonne fasciate, ferro battuto, dorature e corone, con mura in bugnato al pianterreno e un terrazzo con balaustrata. Come a Neuschwanstein, anche lì la facciata era illuminata da fari che la facevano risplendere nella notte. L'edificio sorgeva in posizione defilata, in una quieta località alpina, in mezzo a boschi, parchi e giardini, a diversi chilometri dall'abitato più vicino. Era stato uno dei luoghi preferiti di Ludovico II, che vi aveva trascorso molto tempo. Di tutti i suoi progetti edili, quello era l'unico a essere stato portato a compimento. Anche se, per lui, non c'era mai nulla che fosse davvero finito.

L'elicottero atterrò in una piccola radura a un centinaio di metri dal palazzo. Mentre scendevano, Cotton non aveva visto altro che buio in ogni direzione. Quello significava che erano soli. A parte i due uomini che attendevano appena oltre la centrifuga delle pale. Non erano confratelli di Fenn: erano agenti cinesi, armati di fucile automatico. Non appena il rotore si fermò, tutti scesero dall'elicottero. Lì regnava un profondo silenzio, interrotto solo da folate di vento gelido.

« Questi uomini sono qui per assicurarsi che lei si comporti come si deve », gli disse Ming. « E ne ho altri in arrivo. »

« Anch'io », aggiunse Fenn.

Buono a sapersi.

« Dove dobbiamo andare? » chiese Ming.

Fenn indicò un punto alle spalle del palazzo. « Più a monte. La grotta di Venere è là dietro. »

« Come facciamo a sapere che è il posto giusto? » azzardò Cotton.

« Lo sappiamo e basta », rispose Albert.

« Nel palazzo ci sono videocamere e guardiani », disse Fenn. « Fuori, invece, non c'è nessuna misura di sicurezza, data la stagione. Abbiamo Linderhof tutta per noi. »

Anche quello era buono a sapersi.

Cotton si era guadagnato quasi un'ora di tempo.

Sarebbe bastata?

Derrick osservò lo schermo del cellulare di Toni Sims, che – come quello di Trinity, seduta davanti – mostrava uno schema dei terreni di Linderhof. Circa cinquanta ettari. Tanti. E parecchi edifici, sparsi qua e là. Il curatore aveva detto che stavano andando tutti alla grotta di Venere, che secondo la mappa si trovava al margine settentrionale di quei terreni. Era stata scavata, alterando il corso delle acque, dopodiché vi era stata creata una struttura in ferro, cemento e tessuti marroni, e le pareti interne erano state rivestite di mica per dare l'impressione di trovarsi in mezzo a rocce luccicanti. L'ispirazione era la famosa Grotta Azzurra di Capri, e infatti c'era anche un laghetto sotterraneo, alimentato da una cascatella. La prima utenza elettrica di Baviera era stata aperta proprio lì, per dare energia a un impianto di luci azzurre, gialle, verdi e rosse che accentuassero l'effetto.

Un'idea balzana, e anche parecchio costosa.

«Ma cosa cercano qui?» si chiese.

«Malone non poteva fare altro che guidarli», disse Trinity, dal sedile anteriore.

«Grazie per queste parole di saggezza. Non che aiutino, beninteso, ma meno male che almeno abbiamo quelle.»

«Deridermi ti fa sentire meglio?»

«Mi sentirò meglio quando saremo arrivati. Questo non è un ufficio di Washington, né una sala riunioni di Langley: siamo sul campo, e c'è qualcuno che sta per rimetterci la pelle.»

«Grazie per avermelo ricordato. Mi era proprio sfuggito di mente.»

Derrick s'impose di tranquillizzarsi: sapeva che QA teneva molto alle persone che lavoravano per lei. Al tempo stesso, però, si sentiva impotente. Non avrebbe dovuto inseguire Rife. La sua era stata una vendetta personale, che però aveva lasciato Malone a spalle scoperte.

Eppure non aveva potuto fare altrimenti.

«Ci siamo quasi», annunciò Luke.

Fuori era buio, pochissime luci fendevano le tenebre. La strada alpina saliva e scendeva di continuo, e li portava in mezzo alle montagne, verso un castello ottocentesco costruito da un tizio che a detta di tutti era pazzo.

Ed erano lì per cercare un documento di centoventi anni prima.

Sembrava un'assurdità.

Derrick osservò di nuovo lo schema. «Sarà meglio evitare l'ingresso principale. C'è una strada che corre lungo il confine settentrionale dei terreni, ed è più vicina alla grotta.»

«La sto già puntando. Stiamo andando lì.» Il tono di Trinity era quello di chi avrebbe tanto voluto aggiungere: *Piantala di tormentarmi, sono in pensiero anch'io. Lasciami riflettere.*

«Scusami, sono un povero vecchio che ogni tanto dice cazzate.»

«Mica mi scompongo per così poco.»

«Lo so, è che non dovrei infierire.»

Ancora con le pistole puntate addosso, Cotton venne condotto al buio lungo un pergolato senza piante fino a un parco, e su per una salita. La marcia era rallentata da Ming, che si aiutava col bastone. Ogni cosa era spolverata di neve. Statue e fontane erano chiuse tra pannelli di compensato che le proteggevano dal gelo invernale. Passarono da un vialetto di ghiaia a uno asfaltato. La presenza di due agenti addestrati aggiungeva all'impresa un ulteriore elemento di rischio. Come aveva detto qualcuno: *L'istinto è il tuo miglior critico. Ascoltalo.*

Benissimo.

Cotton ascoltava.

« Ludovico II chiamava questo posto Meicost Ettal », disse Fenn. « È un anagramma di *L'État c'est moi.* Il senso dell'umorismo non gli mancava, eh? »

« Era molto avanti per i suoi tempi », aggiunse Albert. « Ho sempre trovato gratificante il fatto che tanta gente lo adori ancora oggi. »

Sì, gente ambiziosa. Come Ludovico stesso. La Cina, col suo impulso di dominare il mondo. Il duca, che voleva una corona e un regno.

« Quindi lei è quello che metterà il re sul trono? » chiese Cotton a Fenn.

« Se così si può dire. »

« È sempre stato un buon alleato per la mia famiglia », disse Albert. « Senza le sue risorse, adesso non saremmo qui. »

« E suo fratello? » chiese Cotton.

« A lui resta la pace. »

Svoltarono su un altro vialetto e continuarono ad avanzare al gelo.

La neve cadeva leggera, a fiocchi sparsi. Era l'ennesima volta che Cotton si trovava a sfidare la sorte. Nella vita aveva corso rischi per Dio e per la patria, per suo figlio, per Cassiopea, per il suo defunto amico Henrik Thorvaldsen, perfino per la sua ex moglie. Stavolta li avrebbe corsi per Stephanie Nelle, che lei lo volesse o no.

In quel senso, lui e Fenn avevano qualcosa in comune.

Entrambi cercavano di aiutare un'altra persona.

Ma in tutto quello c'era una nota stonata. Era raro che i cinesi agissero allo scoperto. Avevano la fama di restare nell'ombra. E invece stavolta eccoli lì, al centro della scena. Addirittura avevano preso il comando di quell'avanzata nell'ignoto. E una cosa era certa: non appena avessero verificato l'informazione che lui aveva fornito, l'avrebbero ucciso.

Ming si fermò a telefonare ai suoi uomini stazionati davanti alla casa di Dianne McCarter, per dire loro che sul suo fronte procedeva tutto a dovere.

Ed ecco guadagnata un'altra ora.

Che Cotton era intenzionato a sfruttare al massimo.

« Eccola », disse Fenn, indicando. « La grotta di Venere. »

Ma Cotton vide anche un'altra cosa.

Altri due uomini armati.

Di guardia. In attesa.

Andiamo bene.

Le probabilità di successo si erano ulteriormente ridotte.

80

Luke seguì le indicazioni fornite da Trinity Dorner e, dopo due incroci ben illuminati, finalmente raggiunse un vialetto che conduceva a un cancello chiuso. Fermò l'auto. Alla luce dei fanali vide che il cancello era in legno, dall'aria fragile, e chiuso da una semplice catena con lucchetto.

«Non abbiamo tempo per gli scrupoli», disse Koger.

Luke ingranò la retromarcia e si allontanò quel tanto che bastava a prendere la rincorsa. Da ragazzo aveva abbattuto parecchie barriere, non c'era motivo di lasciarsi rovinare la festa da un cancello. Ripartì, premendo l'acceleratore sino in fondo. L'auto prese velocità e il paraurti sfondò le assi di legno in un'esplosione di schegge. Sì, era decisamente fragile. Luke ne aveva schiantati di ben più robusti.

Frenò sino a fermarsi. «Bel botto, eh?»

Durante il tragitto non avevano avvistato l'elicottero, il che significava che era già atterrato.

«Quanto dista la grotta?» chiese Toni.

«Qualche centinaio di metri», rispose Trinity Dorner.

Koger aprì la portiera posteriore. «Da qui andiamo a piedi.»

Tutti scesero al gelo.

«Quante armi abbiamo?» chiese Luke. «Due pistole?»

Sapeva che Trinity Dorner ne aveva una, anche se con qualche pallottola in meno, e Koger aveva accennato al fatto di essere armato, sebbene anche lui avesse già sparato diversi colpi.

«Apra il bagagliaio», disse Trinity Dorner.

Luke premette l'apposito pulsante sul portachiavi. Tutti passarono sul retro dell'auto e nel compartimento illuminato videro un vasto assortimento di armi.

«Non sapevo bene cosa potesse servirvi, perciò ho optato per la varietà. Con tanto di munizioni.»

Derrick scelse un fucile. «Ritiro tutte le brutte cose che ho detto su di te in vita mia.»

Cotton scrutò fra le tenebre, ma non vide altro che alberi, rocce e cespugli. Una piccola sezione del declivio era illuminata dal bagliore ambrato di un lampione da cantiere. Più a monte, un oggetto che sembrava del tutto fuori posto: una struttura in acciaio che reggeva una sorta di tetto provvisorio.

«Ci è andata bene», disse Fenn. «Ci sono lavori di restauro che dureranno diversi anni. Questa struttura è stata eretta per tenere lontane la pioggia e la neve mentre le riparazioni sono in corso. Nel tetto della grotta si erano aperte parecchie falle, che stavano rovinando l'interno. Era ora che il governo facesse qualcosa.»

«Che fortuna, eh?» disse Cotton.

«Su, su, *Herr* Malone, non è emozionato? Forse stiamo per risolvere un enigma del passato che potrebbe portarci a qualcosa di straordinario.»

Cotton lanciò un'occhiata a Ming. «Sì, qualcosa che potrebbe alterare gli equilibri di potere mondiali.»

«Non sia melodrammatico», disse Ming. «Le terre rare abbondano in tutto il pianeta.»

«Certo, ma anni fa, quando il vostro governo ha ridotto i prezzi fino all'osso, tutti gli altri produttori si sono visti costretti a chiudere bottega, e adesso ci vorranno miliardi di dollari per riaprire quelle miniere e competere con la Cina.»

«Ma tutto questo non è che un sottoprodotto del libero mercato. Mi pare che voi americani lo chiamiate capitalismo.»

«Veramente lo chiamiamo 'strategia dei prezzi predatori' e 'monopolizzazione'. Ed è illegale.» Cotton indicò l'ingresso della grotta. «Vogliamo toglierci il pensiero?»

Un rumore infranse il silenzio. Uno schianto. Lontano, ma non tanto.

Ming, turbato, lanciò un'occhiata a Fenn. «Sono i suoi?»

«Possibile.»

Ming fece un cenno a due dei suoi uomini armati. «Andate a verificare. Sembrava provenire dall'interno dei terreni.»

I due si allontanarono nel buio.

Seguendo il vialetto asfaltato che portava al di là della grotta.

Fenn mosse una mano verso l'ingresso. « Vogliamo accomodarci? »

Luke aveva un fucile automatico e anche una pistola al fianco. Allo stesso modo, Toni e Derrick erano doppiamente armati. E Trinity Dorner? Si era accontentata di una sola pistola, e Luke si domandava fino a che punto sapesse usarla. Lo sfondamento del cancello era stato molto rumoroso, soprattutto nella gigantesca bolla di silenzio che era il parco di Linderhof. Avanzarono su un vialetto asfaltato che si addentrava fra gli alberi. Alla loro sinistra apparve un edificio con una targa che diceva: MAURISCHER KIOSK, padiglione moresco. Era illuminato, e aveva l'aspetto di una moschea in miniatura, con tanto di cupola dorata. Tutt'intorno, le conifere erano coperte da uno strato di neve che sembrava una glassatura. Continuarono ad avanzare, in fila per due: Luke a destra, seguito da Toni, e Koger a sinistra, seguito da Trinity Dorner.

Luke aveva la vista acuta e scorse qualcosa, poco più avanti.

Sagome in movimento tra le ombre.

Alzò una mano per far cenno agli altri di fermarsi.

Derrick era infastidito dall'insistenza con cui Trinity aveva voluto partecipare attivamente alla missione. Era una follia, ma lei aveva un grado più alto, perciò faceva come le pareva. Si era mostrata soddisfatta, quando lui le aveva parlato della prematura scomparsa di Rife e Knight. Neppure un moto di pietà per due uomini della Falce appena morti. Un mostro di professionalità, quella donna. E, quanto a capacità, batteva senza dubbio tutti i passacarte per i quali Derrick si era sempre trovato a dover lavorare, così attaccati alle loro pedanterie e al vizio d'inventare problemi che non esistevano.

Poco più avanti c'era qualcosa. Un movimento nelle tenebre. L'aveva notato anche Luke, che infatti ora stava facendo cenno di fermarsi. Derrick alzò una mano verso Trinity per avvertirla. Tutti e quattro s'irrigidirono. Anche le sagome in lontananza avevano smesso di muoversi.

Derrick aveva un brutto presentimento.

Anzi, pessimo.

Luke osservò le tenebre davanti a sé, concentrandosi però sulla visione periferica. In qualche modo lo aiutava a cogliere meglio i dettagli.

E soprattutto i movimenti.

Aveva imparato quel trucchetto tanto tempo prima, quando andava a caccia di cervi.

« C'è qualcuno », gli bisbigliò all'orecchio Toni. Evidentemente se n'era accorta anche lei.

« Già. »

« Più di una persona. Ci guardano. Sono lì, a una trentina di metri. »

Un movimento.

Giù!

In ginocchio!

Luke fece un cenno a Koger e trascinò Toni sul prato.

Proprio mentre le sagome facevano fuoco.

81

Cotton varcò la soglia della grotta di Venere. L'interno era caldo. Perfino troppo. Tutti si tolsero cappotto e guanti.

Davanti a loro c'era un corridoio dal cui soffitto pendevano enormi stalattiti. Tutt'intorno c'era soltanto roccia. Ma, toccando le pareti, Cotton si rese conto che ogni cosa era artificiale. Quel posto era stato creato nel XIX secolo per un capriccio di Ludovico II. Lui lo conosceva soltanto dai libri, non l'aveva mai visitato.

I due uomini armati erano alle sue spalle, fuori portata. Ming e il duca camminavano davanti a lui. Fenn, invece, era sparito dietro un angolo. Lo seguirono. All'improvviso si accesero le luci, che rivelarono una sala alta una decina di metri, anch'essa provvista di stalattiti, grazie a un sapiente uso di stoffe, cemento e pittura. E sotto di esse, come in ogni grotta che si rispetti, si stendeva un laghetto, che occupava quasi tutto lo spazio sotto la volta. Lì l'oggetto più surreale era una barchetta a forma di conchiglia, tutta luccicante di dorature e cristalli. Non era più a galla, ma poggiava su un sostegno di metallo che la teneva in superficie. Cotton ricordava di avere letto che Ludovico amava farsi traghettare su quella barca da un servitore, mentre le luci giocavano sul soffitto, soprattutto in quella particolare tonalità di blu che lui aveva tanto insistito per creare. E intanto un altro macchinario produceva onde nell'acqua. A volte, sul palco retrostante, si mettevano in scena opere liriche.

A pochi metri da loro, Fenn allargò le braccia. «Il mondo dei sogni di Ludovico.»

Vero.

Da dietro entrarono altri due uomini, stavolta disarmati. Cotton si domandò quanti sgherri di Fenn e Ming fossero presenti a Linderhof. Erano già fin troppi.

I due nuovi arrivati si avvicinarono ad Albert, lo presero

per le braccia e lo sollevarono di peso. Poi dalla passerella in pietra scesero nell'acqua, che li bagnava fino alla vita, tenendo ben stretto il duca. Cotton fece per intervenire, ma uno degli altri due uomini gli sbarrò la strada levando il fucile, pronto a sparare.

Cotton si fermò.

Intanto i primi due abbassarono a forza la testa del duca, spingendogliela sott'acqua. L'anziano agitò le braccia, tentando di sottrarsi, ma gli assassini lo reggevano saldamente, e le sue vie respiratorie rimasero immerse.

Trenta secondi, e ogni movimento cessò.

Cotton si voltò verso Fenn, che osservava la scena da una distanza di una decina di metri. I due uomini tennero sott'acqua la testa di Albert per qualche istante in più, poi, persuasi che fosse morto, la ripescarono.

« Era l'unica cosa da fare », disse Ming, in tono piatto.

« Facile, uccidere un vecchio obeso. »

« Uccidere non è *mai* facile. Ma ci sono occasioni in cui non si può fare altrimenti. »

I due assassini risalirono dal laghetto, reggendo il cadavere del duca di Baviera.

« Aveva appena fatto uccidere suo fratello Stefan », aggiunse Ming.

« Un'altra di quelle occasioni? » chiese Cotton.

« Albert voleva tanto diventare re. Purtroppo per lui, la Germania non punta all'indipendenza della Baviera, ma a quell'atto di cessione. Per darlo a noi. Perciò, vede, Mr Malone, la Germania ha un gran bisogno della Cina. »

Il cadavere zuppo venne posato sulle rocce.

« I tedeschi collaboravano con entrambi i fratelli separatamente. Sperando che l'uno o l'altro - o tutti e due - trovassero quel documento. Ma i veri mandanti siamo noi. Quando la CIA ha cominciato a impicciarsi troppo, abbiamo deciso di eliminare un po' di giocatori. »

« Bella metafora, per dire 'assassinare a sangue freddo'. »

« Lei non ha mai ucciso nessuno? »

« *Assassinato*, mai. »

Ming lo fulminò con lo sguardo. Poi si rivolse ai due uomini che ancora grondavano acqua. « Riportatelo a Neuschwanstein e gettatelo nella gola del Pöllat, insieme col fratello. State attenti a non farvi vedere da nessuno. Lasceremo che sia la stampa ad avanzare congetture sul motivo per cui sono finiti entrambi laggiù. L'ennesima tragedia dei Wittelsbach, magari. »

« E lei cosa ci guadagna? » chiese Cotton a Fenn.

« Milioni di euro. »

« E tutte quelle stronzate sulla Baviera, su Ludovico e sull'indipendenza? »

« Oh, sarebbero idee meravigliose, peccato che siano irrealizzabili. I soldi, in compenso, si possono ottenere con facilità. Ma sarà bene far sparire il cadavere del duca prima che arrivino i miei confratelli: è meglio che non lo vedano. »

I due uomini che avevano ucciso Albert se lo caricarono in spalla e uscirono dalla grotta.

« Dei Wittelsbach non importa più a nessuno », disse Ming. « Sono solo un nome che compare in un paio di paginette dei libri di storia tedesca. Hanno perso il regno e non lo riavranno mai più. L'ultima cosa che la Germania desideri è perdere il suo Stato più grosso. Stupidi loro - Stefan e Albert - a credere altrimenti. L'ambizione ottenebra il giudizio. »

« Ragione di più per preferire i soldi agli ideali », disse Fenn, dall'estremità opposta della grotta. « I cinesi avevano bisogno di un aiuto, e io gliel'ho fornito. Insieme con diversi ex agenti della CIA, fra l'altro. »

« Anche loro per soldi? » chiese Cotton, incuriosito.

« Li vogliono senz'altro, ma il loro scopo principale è ben più primitivo. Per parafrasare Shelley, *la vendetta è l'idolo nudo di un'età semibarbarica*. Ma del passato abbiamo già parlato troppo. Concentriamoci sull'avvenire. Quello che cerchiamo è qui. » Fenn fece un cenno verso l'enorme pittura murale che occupava la parete dietro il palco incorniciato dalle rocce. « Non è splendido? Gruppi di maliziosi amorini giocano intorno al trono di conchiglia sul quale Venere in persona - la dea dell'amore, con tutto il suo fascino seducente - veglia su Tannhäuser, addormentato ai suoi piedi. Intorno ai due amanti svolazzano colombe. Sopra di loro, due amorini recano ghirlande di fiori. Di lato, le tre Grazie. » Gesticolava come un intrattenitore. « Questo dipinto s'intitola *Tannhäuser sulla montagna di Venere*, e l'ha realizzato August von Heckel, su commissione di Ludovico II. »

Cotton osservò la scena e ripensò al testo decifrato.

Attraverso la montagna di Venere fino al rifugio.

Anche quella parte della grotta era in via di restauro: c'erano impalcature che salivano dal laghetto al soffitto, non solo da quel lato, ma anche lungo la parete opposta, dove era stata lasciata esposta la struttura in ferro sottostante. Evidentemente erano in corso riparazioni di ampio respiro. Il poco spazio asciutto intorno al laghetto era cosparso di attrezzi, ai quali si aggiungevano vari compressori e un generatore. La barchetta a conchiglia al centro dello specchio d'acqua era avvolta in un telo di plastica trasparente. L'atmosfera era simile a quella che si crea al cinema dopo che il film è finito e si accendono le luci: terminata la finzione, svanita la magia, restava soltanto la realtà, che era sempre stata lì. Nell'aria aleggiava un odore oleoso e metallico.

« Dove dovremmo cercare, secondo lei? » chiese Ming.

« È piuttosto evidente », rispose Fenn. « Vede, questa non è la pittura murale creata negli anni '70 del XIX secolo. Quella originaria è stata trascurata fino alla Prima guerra mondiale, e lo stato di abbandono l'ha gravemente danneggiata, al punto che nel 1920 è stato necessario un grande lavoro di ricostruzione. Ormai Ludovico III non era più re, ma il restauro è avvenuto lo stesso. Non è una cosa che sappiano tutti – anche perché non è stata molto pubblicizzata –, però un'ampia porzione di questo dipinto è stata rifatta da cima a fondo. E io ho il sospetto che Ludovico III ne abbia approfittato. Secondo me, ciò che cerchiamo si trova dietro il muro alle mie spalle. *Attraverso la montagna di Venere fino al rifugio.* »

Cotton concordava. Una logica c'era.

« Molto appropriata, la definizione di rifugio », disse Fenn. « Un luogo dove ritirarsi, rifugiarsi. Un ultimo baluardo. »

Cotton udì spari in lontananza. Li avvertirono anche gli altri. Potevano significare molte cose. Certo, i due uomini armati alle sue spalle non gli lasciavano molta scelta.

Ma ebbe un sospetto.
Che fosse arrivato Koger?

Luke rimase disteso immobile sul terreno ghiacciato, con la guancia destra raggelata dalla neve. Tutti e quattro si erano gettati ai lati del vialetto, appiattendosi a terra nell'istante stesso in cui erano cominciati gli spari, ed erano rimasti giù mentre i proiettili fischiavano accanto a loro. Ora il fuoco era cessato, ma loro mantennero la posizione, per far credere agli aggressori di aver neutralizzato la minaccia e dunque attirarli. Luke non si mosse; solo l'occhio sinistro era dischiuso quel tanto che bastava a vedere se c'era qualcuno in avvicinamento.

«Sono in due», bisbigliò Toni, stesa accanto a lui.

Già. Ma Luke era il più lontano dal vialetto di loro quattro. Fra lui e l'asfalto c'era Toni. Era più vicina lei. Quello significava che la prima mossa avrebbe dovuto essere sua. Koger era dall'altro lato, con Trinity Dorner al suo fianco. Luke scrutò nelle tenebre. Aveva ragione Toni: dalle ombre si stavano materializzando due forme. Una veniva verso di loro, l'altra verso Koger. Entrambe erano armate di fucile. Una delle sagome si avvicinò, sempre imbracciando l'arma e tenendo il dito sul grilletto, ma senza mirare a loro. Sembrava quasi che stesse pensando: *Missione compiuta, tutti morti, adesso verifichiamo e filiamocela.* Aveva davvero intenzione di...?

L'uomo si accovacciò.

Toni si mosse in un lampo: con uno scatto del braccio gli agganciò le caviglie e lo mandò coi piedi all'aria. Lui batté il fondoschiena a terra, ma provò subito a rialzarsi. Lei gli fu immediatamente addosso e con una gomitata in faccia gli schiantò il cranio contro l'asfalto.

Luke si rimise in piedi, pronto a reagire, però l'uomo non si muoveva. «Mi sa che gli resterà il segno.»

«Lo spero.»

Luke lanciò un'occhiata all'altro uomo, ma vide che Koger l'aveva già messo fuori combattimento con la stessa rapidità. «Come vanno le costole?» gli chiese.

«Mi è capitato di peggio.»

Di Koger si poteva dire tutto, però non che non fosse un duro.

Disarmarono entrambi gli aggressori e gettarono i fucili in mezzo alla vegetazione.

« Dobbiamo raggiungere Malone », disse Koger.

Luke udì il rombo di un motore alle loro spalle. Proveniva dal punto in cui avevano lasciato l'auto.

Altra compagnia?

« Via dal vialetto », disse a tutti.

Si rifugiarono tra gli alberi.

Da dietro una curva apparvero due fanali.

82

Cotton non udiva più spari.

«Sono appena stato avvisato via sms dell'arrivo di tre miei confratelli», disse Fenn. «Hanno trovato il cancello sfondato, e un'auto parcheggiata nelle vicinanze. Stanno venendo qui in macchina a investigare. Ho detto loro che ci sono già i suoi due uomini.»

«Tutti insieme possono senz'altro far fronte al problema», disse Ming. «Nel frattempo, Mr Malone, vorrebbe per cortesia portare qui quel grosso martello? Vediamo un po' se riusciamo a passare attraverso la montagna di Venere.»

Cotton doveva prendere altro tempo, nella speranza che il trambusto là fuori preannunciasse l'arrivo dei rinforzi. Ma la presenza di altri agenti sulla scena poteva non essere un bene, anche perché c'erano ancora due uomini armati di cui lui non si era occupato. Perciò si avvicinò lentamente al martello e lo prese. Non era di quelli col manico lungo, però aveva una testa massiccia. Cotton seguì la stretta passerella che girava intorno al lago e raggiunse il palco, dove l'attendeva Fenn. Era stretto anche quello, non offriva molto spazio per mettere in scena chissà cosa.

«Mi hanno raccontato che coi restauri del 1920 questo muro è stato riconsolidato per via delle profonde crepe», disse Fenn. «Stavo pensando: non è che durante quei lavori è stato aggiunto qualcos'altro... dietro?»

«Cosa vuole farmi fare? Sfondarlo?» chiese Cotton.

Fenn scrollò le spalle. «Perché no?»

Ma in che punto? La pittura murale aveva dimensioni ragguardevoli.

Dalla sua nuova posizione, Cotton aveva modo di vedere meglio il soffitto al di sopra del punto in cui stavano Ming e i due uomini armati, dall'altra parte del laghetto. Anche da lì pendevano fasci di finte stalattiti, ennesimo riflesso di un impulso irresistibile di creare l'illusione di una grotta.

Ce n'erano tante.

Era possibile...?

Certo.

Era il caso di...?

Perché no?

Nascosto tra gli alberi, Luke osservò l'auto che si fermava appena prima dei due uomini inerti sull'asfalto del vialetto. Li aveva lasciati lì apposta, e il diversivo funzionò. Quella nuova minaccia andava affrontata, sì, ma preferibilmente senza altri spari.

Le portiere si aprirono.

Scesero tre uomini; il conducente rimase al volante col motore acceso. Due si accovacciarono a esaminare gli uomini tramortiti, il terzo rimase di guardia. A quel punto Luke, Koger e Toni si lanciarono all'attacco. Ognuno di loro si concentrò su un solo bersaglio. Luke si gettò sull'uomo che faceva da sentinella, colpendolo di lato, caricandoselo in spalla e ribaltandoselo dietro la schiena. Lo lasciò schiantare a terra, poi con un calcio in testa lo tramortì.

Infine si voltò.

Toni tenne le dita a ventaglio per lasciare scoperta la base della mano, che si piantò sulla mandibola di uno dei due uomini. Con un pugno alla gabbia toracica gli paralizzò la respirazione, dopodiché lo spinse sul cofano dell'auto. Altri due pugni in faccia e l'uomo perse i sensi. Per buona misura, Toni aggiunse un calcio alla testa.

«Problemi di controllo della rabbia?» disse Luke.

«Puoi scommetterci.»

Koger stava finendo di occuparsi del terzo uomo: con un calcio alla schiena lo fece stramazzare sulla neve come un sacco di patate.

Uno sparo.

Luke si girò di scatto.

La portiera del conducente era aperta. Il quarto uomo aveva

una pistola, ma perse l'equilibrio. Alla sua sinistra, dall'altro lato dell'auto, c'era Trinity, con l'arma puntata. L'autista si era preso un proiettile, e ora cercava di riacquistare il controllo, mulinando la pistola in cerca di un bersaglio, però Trinity sparò una seconda volta, abbattendolo.

Tutti e tre la fissarono.

Lei rimase immobile, con le braccia tese in avanti ed entrambe le mani strette all'impugnatura.

« Grazie davvero », disse Koger.

Ma non c'era tempo per elaborare oltre.

« Disarmiamoli », disse Luke.

Derrick si avvicinò a Trinity mentre Luke e Toni prendevano le pistole dei quattro uomini e li perquisivano, nell'eventualità che ne avessero addosso altre. Non erano agenti cinesi. Avevano tratti europei. Probabilmente facevano parte del contingente di Fenn. Trinity abbassò la pistola. Non aveva ancora aperto bocca. Teneva gli occhi fissi sul punto in cui giaceva il cadavere, anche se non poteva vederlo, dato che si trovava dall'altro lato dell'automobile.

« La prima volta è sempre dura », le disse Derrick, sottovoce.

Lei gli rivolse uno sguardo che, dopo tanti anni, solo in quel momento lasciava trasparire qualcosa di diverso da un'assoluta sicurezza di sé. Durò solo un istante, poi Trinity riacquistò il suo solito autocontrollo.

Ma lui non poté fare a meno di chiederle: « Tutto bene? »

« Stava per spararvi. »

« Hai fatto quello che dovevi. »

Lei non parve rassicurata.

« Non è mai facile. » Derrick diceva sul serio.

Quelli col grilletto facile non sopravvivevano mai a lungo. I migliori agenti erano quelli più restii a uccidere. Quelli che ricorrevano all'omicidio soltanto come ultima spiaggia, e che comunque lo detestavano. Quelli che riflettevano di più e rischiavano di meno. Lui stesso aveva appena fatto fuori due uomini. Certo, entrambi avevano cercato di far fuori lui. Ma la cosa lo turbava lo stesso.

Ed era giusto così.

« E adesso? » gli chiese Trinity.

Luke e Toni si avvicinarono.

« Niente armi nascoste », disse Luke. « Abbiamo gettato le pistole tra gli alberi. Questi qui dovrebbero restare fuori combattimento per un po'. »

Derrick scrutò fra le tenebre. « Andiamo a sistemare le cose. »

83

Cotton batté delicatamente il martello contro il muro, ascoltando il rumore: se dietro ci fosse stata una cavità, il suono avrebbe dovuto avere un timbro diverso.

E infatti era così.

Appena a sinistra del centro, proprio sotto il torace di Tannhäuser.

Continuò a dare colpetti, proseguendo verso il basso, fino a individuare i confini della cavità. Era interessante pensare che un artista lavorasse per mesi, mettendo in pratica conoscenze acquisite nel corso di un'intera vita, per creare qualcosa che qualunque cretino con un martello avrebbe potuto distruggere in un istante. Naturalmente il governo stava spendendo cifre enormi nella riparazione del tetto e nei lavori di restauro dell'interno della grotta, in particolare quella pittura murale, che sembrava il punto focale primario in un luogo in cui i punti focali si sprecavano.

« Mi sa che l'ha trovata. » Fenn teneva sempre la pistola puntata. « Prego, proceda. »

Lasciando penzolare la mano destra che reggeva il martello, Cotton finì i suoi calcoli: il fascio di finte stalattiti era a cinque o sei metri, a perpendicolo sopra Ming e i due uomini, e con ogni probabilità era fatto di reti metalliche rivestite di gesso e cemento, foggiate in modo da riprodurre l'aspetto delle formazioni calcaree naturali. Era bello grosso. Chissà che disastro, se fosse caduto.

Cotton piroettò come un lanciatore olimpico e scagliò in aria il martello, che roteò verso l'alto, schiantando le finte stalattiti come una palla da bowling contro una manciata di birilli.

Lo sguardo di Fenn corse in quella direzione.

Come previsto.

Cotton sfruttò l'istante di distrazione per strappargli l'arma di mano e spintonarlo contro una fila di rocce affioranti. L'uomo piombò in acqua, proprio mentre la pioggia di frammenti di gesso e cemento cominciava a cadere. Ming e i due uomini armati levarono le braccia per ripararsi. Intanto il martello completò il suo volo e ricadde a terra senza colpire nessuno. Cotton era al sicuro dall'altro lato della grotta.

Nell'acqua sino ai fianchi, Fenn non era più un pericolo.

Cotton ripercorse la stretta passerella che girava intorno al laghetto. Dal soffitto continuavano a piovere calcinacci. Attraverso il pulviscolo, scorse un movimento alle spalle dei tre cinesi.

Altri aggressori?

Cotton si fermò, si acquattò e puntò la pistola, pronto a battersi.

Dalla nube di polvere emerse Luke, seguito da Koger, da una signora che lui non aveva mai visto e dalla donna di Herrenchiemsee. Tutti armati.

Cotton abbassò la pistola e si fece avanti.

« Vedo che te la sei cavata benone anche da solo », disse Koger.

Lui si strinse nelle spalle. « Ciao anche a te. » Ma c'era qualcosa che richiedeva la sua attenzione immediata. Si avvicinò a Ming, che era in ginocchio e tossiva per la polvere. Il bastone da passeggio era a terra. Mentre Luke e gli altri disarmavano i due uomini, Cotton trascinò in piedi Ming e gli piantò la canna della pistola alla gola. « Prenda il telefono e dica ai suoi di starsene buoni. »

Ming esitò.

Cotton sollevò il cane della pistola. « Non ho problemi a farle saltare la testa. Oltretutto la cosa non interesserebbe a nessuno, visto che io - in teoria - non sono neppure qui. »

« A me non fregherebbe nulla », disse Koger. « A voi? »

« Neanche a me », disse Luke.

Ming prese il cellulare dal taschino del cappotto, digitò un numero e cominciò a parlare in cinese.

« Inglese! » ordinò Cotton.

« Non lo capiscono. »

« Ha detto: 'Uccidetela' », tradusse la signora. « Chiunque 'lei' sia. »

Cotton colpì violentemente il viso di Ming con la pistola. «Ci pensi bene, prima di decidere se le convenga morire. Daccapo! Al primo scherzo, la uccido.» Lo tenne di mira. «Cinque secondi.»

Ming non fece nulla. Dall'angolo della bocca colava un rivoletto di sangue.

«Quattro... Tre...»

Ming si portò il telefono all'orecchio.

«Due...» Cotton irrigidì il braccio, preparandosi a sparare.

Gli altri osservavano la scena in silenzio.

«Uno...»

«Fermi!» disse Ming al cellulare. In inglese. «Tornate al consolato.»

Cotton gli strappò di mano il telefono e chiuse la chiamata.

Koger emise un sospiro di sollievo.

Avrebbe fatto fatica a spiegare a Langley l'uccisione di un agente dell'intelligence cinese da parte di un uomo che ufficialmente non aveva nulla a che fare con quella faccenda. Perfino uno come lui si sarebbe trovato in una posizione imbarazzante. E poi, quando una squadra uccideva un giocatore di un'altra, di solito c'erano rappresaglie. Magari passava del tempo, ma la resa dei conti arrivava sempre.

Intanto Fenn stava uscendo dall'acqua.

Koger assunse il comando. «Toni, assicurati che non arrivi altra compagnia da fuori. Luke, leva di torno questi tre.» Fece un cenno a Trinity e con lei si avvicinò a Malone. «Tu cosa ci fai qui?»

«Questa potrebbe essere la fine della caccia al tesoro.»

«Il documento è qui?» chiese Trinity.

«Lei chi è?» le chiese Malone.

«Trinity Dorner, viceconsigliera alla sicurezza nazionale.»

«Alla faccia! E cosa ci fa qui?»

Trinity non rispose.

Malone si voltò verso Koger. «Tu lo sapevi?»

Lui annuì. «Ma non è opera mia.»

«C'entra Fox?»

«C'entra la Casa Bianca. E da prima che fossi coinvolto io. Mi hanno tirato in mezzo solo dopo. Ambasciator non porta pena.»

«Cosa ti ha promesso?»

Come pungeva sul vivo Maloney, nessuno mai.

«Scusi, Mr Malone, ma qui l'ufficiale superiore sarei io», disse Trinity Dorner.

«Ah, sì? E vuole sapere cosa ne penso?»

Derrick alzò una mano. «Frena, cowboy. Trinity ci ha sempre coperto le spalle, fin dall'inizio. Se siamo arrivati fin qui è anche grazie a lei. Non è un'avversaria.»

Malone non parve affatto colpito. «Cosa ti hanno promesso?»

«Proprio niente!»

Malone lanciò un'occhiataccia a QA.

«È vero», disse lei. «Non gli abbiamo promesso niente. E noi abbiamo ancora un lavoro da fare.»

Malone raccolse il martello dai calcinacci.

«E quello a cosa servirebbe?» chiese Trinity.

«Venga con me, e lo scoprirà.»

84

Cotton tornò alla pittura murale.

« Quello era un colpo basso », disse Fenn, ancora grondante.

Ma lui non era in vena. « Ha voluto la bicicletta? Ecco. »

Tornò al punto in cui aveva individuato la cavità nascosta, fece un passo indietro, prese lo slancio e schiantò con forza la testa del martello contro il muro.

Con scarsi risultati.

D'altronde, cosa si era aspettato?

Diede un altro colpo.

E un altro ancora.

Sul petto di Tannhäuser si aprirono crepe. Cotton le allargò, continuando a colpire. Finalmente il muro cedette e una sezione si staccò, sbriciolandosi a terra. A quanto pareva, il muro era più in gesso che in cemento. Tanto di guadagnato.

« Il messaggio cifrato portava qui? » chiese Koger.

« Dritto dritto. » Cotton continuò a martellare la parete, fino ad aprire un varco largo una sessantina di centimetri e alto un metro e mezzo. Fece un passo indietro e attese che la polvere si depositasse.

Gli altri osservavano attentamente dalla sponda opposta del laghetto, sotto lo sguardo vigile di Luke.

Cotton si voltò di nuovo verso l'apertura.

Koger si stava già dirigendo verso una delle lampade lineari che gli operai avevano installato per illuminare il soffitto. La prese, la infilò nel varco e l'accese.

Cotton entrò per primo.

Dietro il muro c'era un vano quadrato, di cinque o sei metri di lato. Il soffitto aveva la stessa altezza di quello della grotta, ed era logico, dato che la stanza nascosta faceva parte della stessa struttura. Ma lì non c'era niente di fantasioso: pareti in cemento grigio a vista, senza nessun elemento decorativo. Era logico anche quello: nascondere qualcosa era già abbastanza difficile in un luogo anonimo, figurarsi in uno spazio fantasmagorico creato da decine di artigiani nel corso di molti mesi. Senza contare i costi. Meglio un buco in un muro.

Lungo il perimetro della stanza c'erano tre feretri, ognuno su un piedistallo di pietra. Anche lì, niente di elaborato: legno e pietra, semplici e disadorni. L'unica aggiunta erano i nomi incisi.

OTTO, LUITPOLD e un terzo.

LUDOVICUS II REX. BAVAR. COM. PALAT.

Cioè Ludovico II, re di Baviera, conte palatino.

Al centro della stanza c'era un tavolo circolare, coperto da una tovaglia riccamente ricamata, piena di polvere. Sopra c'erano documenti e libri. Cotton si avvicinò per vedere meglio, ma senza toccare. «Stiamo attenti. Questa roba è fragile, si rischia di polverizzarla al primo contatto.»

Fenn cominciò a maneggiare con delicatezza le carte. Cotton l'aveva lasciato entrare perché la sua competenza avrebbe potuto tornare utile, e forse anche il suo fanatismo. «Questi volumi sono perlopiù diari. I documenti sono di varia natura: certificati di nascita, investiture, rendiconti finanziari, inventari...»

Cotton colse anche ciò che Fenn non diceva: *Ma niente atto di cessione.*

Koger e Trinity Dorner se ne stavano in silenzio, però scrutavano con occhio allenato tutto ciò che li circondava. Sul pavimento cosparso di pietrisco c'erano due bauli di legno. Cotton si chinò ad aprirne uno. Dentro c'erano piccoli scrigni di legno che contenevano gioielli, cristalli, vetri, argenteria e ori. Oggetti d'ogni sorta.

«I cimeli di famiglia», disse Fenn. «O, meglio, ciò che ne è rimasto, dopo che tutti hanno fatto man bassa una volta morto Ludovico III.»

«Dobbiamo esaminare tutto quanto», disse Trinity Dorner. «E assicurarci che l'atto di cessione non ci sia. Immagino che tutti pensino che sia qui.»

«*Deve* essere qui. Non ci sono altri posti!»

«A meno che non sia andato distrutto», disse Koger. «È stato redatto tanto tempo fa, e dopo non l'ha più visto nessuno. Magari stiamo cercando una cosa che non esiste.»

Magari. O magari no. La soluzione dell'enigma sembrava giusta, benché vaga. Chi aveva creato quel nascondiglio si era ingegnato parecchio, dunque bisognava desumerne che ogni elemento fosse stato scelto con cura in base al suo valore, alla sua importanza. E che, nella gerarchia generale delle cose, quell'atto di cessione occupasse il primo posto.

« Cos'avrà pensato Ludovico, di quel documento? » chiese Cotton.

Fu Fenn a rispondergli. « Von Löher, l'uomo che ha visitato le Hawaii, scrive sul suo diario che, dopo aver firmato l'atto di cessione nel 1881, Ludovico ha dichiarato: 'Concedetemi almeno quest'ultima gioia. Adoro tutto ciò che è misterioso, e un eterno enigma desidero restare, per me e per gli altri'. Perciò penso che si possa affermare che quel documento, per lui, fosse importantissimo. E che, di conseguenza, fosse importantissimo anche per il reggente – Luitpold – e suo figlio, Ludovico III. Ma più per ragioni affettive che per altri motivi: quei due non sono riusciti neppure a tenersi la Baviera, figuriamoci se sarebbero stati capaci di rivendicare un territorio statunitense. »

« Già », disse Trinity Dorner. « Per quello bisognava aspettare il XXI secolo. »

Se tutto quello era vero, c'era una sola spiegazione possibile.

Cotton si avvicinò al feretro di Ludovico II. Era in mogano, rovinato dagli anni ma ancora intatto. Sganciò la chiusura a cerniera e si fece coraggio.

Non capitava tutti i giorni di aprire la bara di un re.

Sollevò il coperchio.

Ludovico era steso supino. Pelle e tessuti erano spariti, restavano solo le ossa e i vestiti ormai cenciosi: un paio di pantaloni in seta nera, un manto di velluto nero e una camicia bianca a balze. Portava un'elaborata catena d'oro dalla quale pendeva una pesante medaglia.

Gli altri si avvicinarono.

« Le insegne sono quelle dell'Ordine di San Giorgio », disse Fenn. « Così come il mantello cerimoniale. »

Sul petto, sopra i tessuti sfrangiati che affondavano tra le costole, c'era un sacchetto quadrato in tela cerata, di una quarantina di centimetri di lato. Aveva l'aspetto del tessuto grezzo che si usava per le vele, con una leggera incatramatura che lo rendeva impermeabile. Si era conservato piuttosto bene, tutto considerato. La chiusura era sigillata con un'incatramatura supplementare.

Cotton prese il sacchetto e richiuse il feretro. « Lasciamo che quest'uomo riposi in pace. » Tornò al tavolo e tastò delicatamente il sacchetto. Conteneva qualcosa. Un oggetto rigido. Si sentivano gli spigoli.

« Dobbiamo scoprire cosa c'è dentro », gli disse Trinity Dorner.

« Me ne rendo conto. »

Koger gli porse un temperino. Cotton lo prese e infilò la lama nella tela incatramata, badando a non intaccare ciò che stava sotto, qualunque cosa fosse. Praticò un taglietto, quel tanto che bastava a guardare dentro. C'era una pergamena irrigidita e ingiallita. Ora che conosceva la natura del contenuto, finì di lacerare il sacchetto, esponendo un lato del documento, che era bianco. Con cautela estrasse la pergamena e la voltò. Il testo era vergato in un arioso corsivo.

Il presente contratto, stipulato nell'ottavo giorno di agosto dell'anno di nostro Signore milleottocentottantuno fra sua maestà re David Kalakaua, parte donatrice, e sua maestà re Ludovico Federico Guglielmo di Wittelsbach, secondo del suo nome, parte donataria,
attesta
che detta parte donatrice cede alla parte donataria, con diritto di trasmissione ereditaria, l'arcipelago dell'oceano Pacifico noto al mondo come regno sovrano delle Hawaii.
Altresì attesta
che detta parte donatrice, con tutti i suoi eredi, acconsente a che la parte donataria, con tutti i suoi eredi, abbia in proprio pacifico possesso le summenzionate isole e tutti i terreni e territori a esse associati, e che le tuteli e difenda da chiunque ne reclami la proprietà, intera o parziale.

L'atto era firmato dai due sovrani, a lettere vigorose, pesanti, virili, e da quattro testimoni, dei quali erano indicati anche gli indirizzi.

« Non sarà scaduto? » chiese Koger.

« Le cessioni non hanno scadenza », disse Trinity Dorner. « È un documento valido, col quale i tedeschi possono avanzare una lecita rivendicazione. Se poi cedono la proprietà ai cinesi, il problema raddoppia. È una battaglia che non possiamo permetterci di combattere davanti al resto del mondo. »

Era vero, e Cotton se ne rendeva perfettamente conto. Ma il documento che aveva in mano era importante. La storia aveva un peso. Al tempo stesso, però, bisognava fare i conti con la realtà.

Ora capiva come mai si fosse intromessa la Casa Bianca.

Si voltò verso Trinity Dorner. « Lei o io? »

Lei gli fece un cenno di assenso.

Cotton uscì dalla stanza nascosta, reggendo in alto la pergamena.

Gli altri lo seguirono.

Ming, dall'altro lato della grotta, lo fissava.

« Eccolo », gli disse Cotton. « L'atto di cessione che cercava. »

Lo fece a pezzi. La pergamena era fragile, perciò fu facile strapparla a strisce dritte e sminuzzarla. Fatto ciò, Cotton lasciò cadere tutti i piccoli frammenti sulla superficie del laghetto, dove l'acqua disciolse l'inchiostro, cancellando ogni prova di ciò che il contratto sanciva.

« È finita », disse.

85

Luke passeggiava per il mercatino di Natale, ammirando le varie bancarelle artigianali e alimentari. Con lui c'era Toni. Avevano trascorso il giorno precedente con Koger per ragguagliarsi. Quel giorno non erano in servizio, ma in giro a divertirsi.

Il principe Stefan e suo fratello, il duca di Baviera, erano già stati ripescati dalle gelide acque del Pöllat. Entrambi erano morti annegati e dalle gravi lesioni era chiaro che erano caduti da una grande altezza. La loro morte improvvisa aveva sconvolto la stampa e il pubblico, che stava già avanzando congetture di ogni sorta. Ma la verità non sarebbe mai venuta a galla, perché ogni cosa era coperta da segreto: se Luke - o qualunque altra persona legata a quella missione - ne avesse mai parlato, avrebbe passato guai grossi. Non c'era pericolo che lui aprisse bocca, però: per quanto giovane, sfacciato e temerario, sapeva quando era il caso di tacere. E quello, come gli aveva detto Malone anni prima, era già metà di ciò che occorreva per diventare bravi agenti.

Avevano lasciato la grotta devastata. Se ne sarebbero occupati altri. Ming e i suoi uomini erano stati liberati e si erano ritirati in tutta fretta nel loro consolato, al sicuro.

La loro missione era fallita.

Si era ritirato anche Fenn, coi suoi allegri compagni, che avevano portato via il cadavere dell'uomo abbattuto da Trinity Dorner.

L'ammirazione di Luke per quella donna era decuplicata. Non avrebbe mai detto che avesse tutta quella stoffa. Se l'era cavata egregiamente, la signora. Uccidere non era facile. Ma certe cose andavano fatte, e lei si era comportata di conseguenza. Per giunta, ne era uscita senza neppure un graffio.

«Guarda un po' qui.» Toni si era fermata davanti a una bancarella con un ampio assortimento di statuine da presepio: pecorelle, covoni, attrezzi agricoli, pastori e angeli. C'erano anche grotte e stalle in miniatura, fatte di legno. Toni prese un angioletto. « Lo fanno anche i miei genitori. Si comprano i vari pezzi e a Natale li dispongono a formare una scena della natività, col bambinello nella mangiatoia. »

« 'Tre giorni dopo la nascita del signore nostro Gesù Cristo, la beatissima Maria uscì dalla grotta ed entrò in una stalla, depose il bambino in una mangiatoia, ove il bue e l'asino l'adorarono' », recitò Luke.

« Ah, anche biblista! »

« Mia madre pretendeva che tutti noi conoscessimo la Parola. »

Toni ripose l'angelo fra gli altri. Lei e Luke avevano passato la notte insieme, godendosi a vicenda. Quella donna gli piaceva. Tanto. Ma la loro professione non era esattamente la più favorevole ai legami emotivi.

« Adesso dove andrai? » le chiese, mentre riprendevano a passeggiare nel gelo della sera, in mezzo alla folla.

« Non lo so. Si parla di spedirmi in Inghilterra, o forse in Sudafrica. »

Luke capì che non era il caso di chiederle il perché. Era *verboten*, come dicevano i tedeschi.

« E tu? »

« Torno alla sezione Magellano. »

Luke aveva la sensazione che lei lo stesse conducendo da qualche parte, ma decise di non obiettare e si limitò a seguirla. Attraversarono Marienplatz seguendo un percorso simile a quello di due sere prima, quando erano stati inseguiti dalla polizia. Per fortuna anche quello spiacevole episodio era stato appianato da gente molto più in alto di lui. Christophe ci aveva lasciato la pelle, e tanto era bastato a soddisfare le alte sfere.

Imboccarono una traversa, allontanandosi dal mercatino, però c'era gente anche lì. Faceva freddo, ma non nevicava: il cielo era terso, illuminato da un quarto di luna. Mancavano due settimane a Natale, e lui aveva già deciso di trascorrerlo in Tennessee con sua madre e coi fratelli, ammesso che non lo spedissero in qualche nuova missione.

Poco più avanti c'era un'auto, ferma accanto al marciapiede, con le quattro luci accese e il tubo di scappamento che sprigionava vapori di condensa, segno che il motore era acceso.

« Sono venuti a prendermi », disse Toni.

Lui, in realtà, aveva sperato in un'altra notte insieme.

E invece niente.

Lei si fermò. « Mi sono divertita. »

« Anch'io. »

Luke non era mai stato granché incline agli addii, soprattutto con le donne. Tanto, di solito non le rivedeva più. Però quella volta ebbe una stretta al petto.

Lievissima, ma percepibile.

Lei si avvicinò e gli baciò una guancia. Poi si voltò e aprì la portiera posteriore. Prima di salire, gli lanciò un'occhiata. « Ciao, soldato. Ci vediamo in qualche parte del mondo. »

Lui sorrise. « Lo spero bene. »

86

Derrick finì di preparare la valigia, in vista del volo per Bruxelles: c'era un Learjet dell'esercito pronto a dare un passaggio a lui e a Trinity. Dal Belgio, lei avrebbe proseguito da sola, alla volta di Washington. Tutto sommato, le cose si erano risolte piuttosto bene. Peccato che il duca e suo fratello ci avessero rimesso le penne, ma a giocare col fuoco si finiva per bruciarsi.

E i cinesi rientravano senz'altro nella definizione di fuoco.

Il cellulare ronzò.

Sullo schermo lesse NUMERO PRIVATO.

Ma che diamine...?

« Pronto? »

« Pronto, sono Warner Fox. »

Derrick drizzò le antenne.

Era il minimo, quando si riceveva una telefonata da parte del presidente degli Stati Uniti.

« Ottimo lavoro. Dico davvero. Bravo. Ho appena parlato coi tedeschi e ho detto chiaro e tondo che non abbiamo apprezzato il loro giochetto. Loro, ovviamente, hanno negato tutto. Ma è molto evidente che sono ben contenti di risparmiarsi quel plebiscito secessionario. Che rabbia, quando la gente mi racconta balle! Comunque dicevo sul serio, Derrick: ti devo un favore. È un credito che puoi esigere quando vuoi, però sfruttalo con saggezza e... non lasciar passare troppo tempo, altrimenti scade. »

« Ricevuto. »

« Sei stato proprio bravo, a sbaragliare la Falce. Gli ultimi rapporti la danno per sfasciata. Rife era il capobanda. Morto lui, a quanto pare hanno recepito il messaggio. »

« Bisogna arrestare Paul Bryie. »

« Lo stanno cercando. Al momento è latitante, ma lo prenderemo. E bisognerà anche fare grandi pulizie a Langley. Comincerò dando il benservito all'ispettore generale. »

Alla CIA, l'ispettore generale aveva compiti di supervisione indipendente: era nominato dal presidente, confermato dal Senato, e solo il presidente poteva licenziarlo. Certo, faceva rapporto al direttore della CIA, ma anche al Congresso, il che serviva a scoraggiare le frodi, gli sprechi e gli abusi d'ufficio.

« Mi sa che tra poco me ne servirà uno nuovo », aggiunse Fox. « Saresti interessato? »

« Ci vorrebbe una conferma del Senato, e io ho un... brutto curriculum. »

« Lo so. Ma il Senato lo comando io. »

Derrick capì che Fox gli stava mandando un messaggio: lo voleva in squadra, e senza bisogno di bruciarsi quel famoso credito. « Ci penserò. »

« Ecco, bravo. »

Cotton era seduto al tavolo di un affollato ristorante non lontano da Marienplatz. La specialità della casa era lo stinco di maiale al forno. Secondo il cameriere, lì si arrostivano suini da quattrocento anni. Erano appena passate le sei di sera, e la sala, arredata nello stile tradizionale bavarese, era piena di gente vivace. Fuori, al di là delle vetrate, i marciapiedi erano gremiti di gente che andava e veniva dal mercatino di Natale.

Cotton stava per tornare a Copenhagen, dopo aver passato il giorno precedente insieme con Luke, Koger, Trinity Dorner e Toni Sims. Tra le varie cose, avevano parlato con l'ambasciatore statunitense in Germania, fornendogli tutte le informazioni necessarie a dialogare con Berlino. Dopo la scoperta dei cadaveri di due importantissimi membri del casato di Wittelsbach, il BND aveva fatto la voce grossa, ma Trinity Dorner aveva saputo affrontarlo con competenza. Koger aveva poi raccontato a Cotton la prodezza compiuta da Trinity poco prima di raggiungerlo nella grotta.

Poteva capirla.

Il primo omicidio era una bella batosta.

Marc Fenn si era ritirato nel suo castello. Sapeva che, se avesse violato il segreto su ciò che era accaduto, sarebbe finito nei guai con la legge. Oltretutto aveva commesso una lunga serie di reati e sembrava aver compreso la precarietà del suo rapporto con la giustizia. Trinity Dorner gli aveva fatto firmare un accordo di riservatezza che comprendeva la rinuncia a ogni prescrizione, in modo che la minaccia di un processo non scadesse mai.

Cotton aveva già ordinato, e si stava godendo la sua cena solitaria nel ristorante affollato. Nulla d'insolito: mangiava spesso da solo.

« Posso disturbarla? »

Cotton si riscosse dai suoi pensieri e vide davanti a sé Trinity Dorner. Le sorrise. « Prego, si accomodi. » Chissà come l'aveva trovato. D'altronde era una donna piena di risorse.

Lei posò sul tavolo un cellulare. « So che il suo è andato distrutto un paio di giorni fa. Questo è stato prodotto appositamente per la sezione Magellano. Me lo sono fatto inviare ieri. » Gli dettò il nuovo numero di telefono. « Non devo chiederle se sia in grado di ricordarlo, giusto? »

Lui sogghignò. « Grazie. »

« Era il minimo che potessimo fare. »

Il cellulare ronzò.

Cotton fissò Trinity Dorner, che però mantenne un volto granitico. Abbassò lo sguardo sullo schermo e vide che, al posto del nome del chiamante, era comparsa la parola RISPONDI. Per un istante meditò di rifiutare la telefonata, ma decise di non essere troppo arrogante. Prese il cellulare e rispose, sfruttando il brusio del ristorante come garanzia di privacy.

« Non occorre parlare, ascolti e basta. » La voce di Warner Fox.

Cotton lanciò un'occhiata a Trinity Dorner, che però rimase impassibile.

« Mi sbagliavo, Malone. In Polonia ho commesso un grave errore e ho perso un amico. Aveva ragione lei. E io avevo torto. »

Cotton non disse nulla.

« Mi sbagliavo anche su Stephanie Nelle. Ho già fermato la procedura burocratica del suo licenziamento e ho fatto ripristinare la sezione Magellano. E non per chissà quale accordo. È che ho sbagliato, e le chiedo scusa. »

Si dice «perdona e dimentica», non «vendicati e sghignazza», aveva detto una volta la madre di Cotton. Se il presidente degli Stati Uniti era disposto ad ammettere di aver commesso un errore, meglio mollare il colpo.

«Scuse accettate», disse Cotton.

«Non le chiedo altro. Ho anche fatto cadere il divieto alle nostre agenzie di servirsi di lei.»

«Mi fa molto piacere.»

«È stato bravo, in questa storia. Ci stavamo cacciando in una morsa dalla quale sarebbe stato difficile liberarsi. Le propongo di mettere una pietra sul passato. Chissà, magari in futuro potrei aver bisogno di lei.»

«D'accordo.»

«Arrivederci, Cotton.»

Fine della chiamata.

Cotton posò di nuovo il cellulare sul tavolo.

Trinity depose accanto al telefono una busta, poi si alzò. «Questo è un pegno della sua gratitudine. Sa che lei fa il libraio, e che ha un negozio da mandare avanti, perciò qui c'è un piccolo compenso per il tempo che ci ha dedicato.»

Cotton avrebbe voluto rifiutare, ma sapeva che non era il caso.

Perdona e dimentica.

«Grazie. Le va di cenare con me?»

«C'è un aereo che mi aspetta. Ma non si preoccupi, Mr Malone, ho la sensazione che ci rivedremo, io e lei.» Con quelle parole, Trinity Dorner si fece strada fra i tavoli affollati e se ne andò.

Ma aveva ragione.

Quella sensazione, ce l'aveva anche Cotton.

NOTA DELL'AUTORE

Questo è un romanzo che volevo scrivere da tanto, fin dalla mia prima visita in Baviera, nel 1987. Dopo, ce ne sono state molte altre. Io ed Elizabeth ci abbiamo passato dieci giorni proprio allo scopo di cercare materiale per questa storia, studiando Neuschwanstein, Linderhof e Herrenchiemsee. Era primavera, ma poi ci siamo tornati a Natale (come Cotton nel romanzo) per goderci i mercatini.

Ora, però, è il momento di separare la realtà storica dalla finzione letteraria.

Cominciamo dai luoghi. Il Chiemsee è un maestoso specchio d'acqua, tanto che lo chiamano il «mare dei tedeschi». Il traghetto che lo percorre (capp. 1, 3, 5, 7, 35 e 36) esiste davvero, così come le isole di Herreninsel (capp. 1, 3, 5, 7, 15 e 21) e Fraueninsel (capp. 5 e 7). Sulla prima sorge il palazzo di Herrenchiemsee, mentre la seconda è dominata da un paesello e da un antico convento. Qui, le mie uniche invenzioni sono la chiesa e il tunnel di Fraueninsel (capp. 7 e 8). Il lago di Starnberg (capp. 11, 12, 17, 18, 20, 21 e 54) si trova a sud di Monaco ed è un luogo avvolto dalla leggenda. Il castello di Berg, che un tempo era il rifugio di Ludovico II, non c'è più: al suo posto sorge una villa senza troppe pretese, di proprietà della famiglia Wittelsbach.

Monaco è descritta fedelmente (capp. 6 e 18), così come il suo retroterra storico, l'affollata Marienplatz e le famose birrerie (capp. 14, 16 e 19). Altre località monacensi che compaiono in questo romanzo sono il Charles Hotel (cap. 6), in cui si alloggia magnificamente, la chiesa di San Ludovico (capp. 52 e 53), vicina alla Biblioteca di Stato bavarese (capp. 14 e 48), la chiesa di San Michele (cap. 6) con la sua cripta (capp. 11 e 12), dove riposano le spoglie mortali di molti Wittelsbach, tra cui Ludovico II; poi c'è la Residenza (capp. 10 e 24) col suo magnifico antiquarium, e infine la Frauenkirche (capp. 6, 23, 48 e 57) dov'è sepolto Ludovico III (anche se, nella realtà, la sua tomba non è vuota).

In questa storia compaiono più volte i mercatini di Natale di cui pullula annualmente la Germania. Quello di Monaco è enorme e frequentatissimo. La sua versione medievale (cap. 44) vale senz'altro una visita.

E ora, un po' d'informazioni varie. La prostituzione, in Germania, è stata legalizzata da tempo (cap. 6). Le superstizioni degli Appalachi (cap. 19) fanno davvero parte della tradizione. La citazione di Theodore Roosevelt (cap. 57) è piuttosto famosa. I documenti dell'OSS (capp. 47 e 55) sono ricalcati su comunicati davvero esistenti, dei tempi della guerra, ai quali ho aggiunto i riferimenti all'Ultimo Regno. Lo studio legale Lehmann (capp. 34 e 35) è una mia invenzione, ma è vero che esistono aziende simili, con filiali in tutto il mondo. La disputa sul mar Cinese Meridionale (cap. 33) è vera ed è tuttora in corso.

In questo romanzo compaiono tutti e tre i castelli di Ludovico II. Quello di Herrenchiemsee è davvero così come appare nella storia, anche per quanto riguarda lo studio e l'ornatissima scrivania (capp. 1, 2 e 15), che però è stata consegnata dopo la morte di Ludovico II. I due scomparti segreti sono una mia invenzione. Neuschwanstein è davvero un luogo fiabesco, e l'ho descritto fedelmente (capp. 59, 61, 62, 63, 66 e 71), compresa la disposizione delle stanze del terzo piano, lo studio del re e la sala dei cantori (capp. 62 e 76). Ma, che io sappia, l'armadietto collocato nello studio non ha scomparti segreti (cap. 65). Il Marienbrücke esiste veramente, prende nome dalla madre di Ludovico II, e dalla sua posizione elevatissima sopra la gola del Pöllat si gode di una vista spettacolare (capp. 59 e 66). Però nelle sue vicinanze non c'è nessuna piattaforma per gli elicotteri (cap. 63). Linderhof è la più piccola delle creazioni di Ludovico, nonché l'unica a essere stata completata (capp. 11 e 79). La grotta di Venere esiste ed è fantastica (capp. 66 e 81). In essa, mentre scrivevo questo libro, era in corso un progetto pluriennale di restauro, che ho incluso in queste pagine. La pittura murale (*Tannhäuser sulla montagna di Venere*, cap. 81) è davvero nella grotta, ma dietro di essa non c'è nessuna stanza segreta.

C'è poi Falkenstein (cap. 21), dove Ludovico intendeva erigere un quarto castello, ma è morto prima di riuscirci. In quella località non c'è altro che un'antica rovina.

Il disco cifrante (capp. 70, 72 e 73) è davvero uno strumento usato dagli Stati confederati durante la guerra civile americana, nella quale si è dimostrato molto efficace. In tutto il mondo ne esistono solo cinque originali, ma le copie abbondano. Tutti i riferimenti ad Angus Adams, l'antenato da cui Cotton ha preso il suo nomignolo (capp. 70 e 72), si possono ritrovare in forma più dettagliata in un altro romanzo di questa stessa serie, *La chiave dell'inferno*. È vero che Ludovico II adorava i codici segreti, perciò il disco cifrante l'avrebbe sicuramente affascinato.

L'enigmatico testo citato nel cap. 15 ha a che fare con un altro mistero, legato alla Seconda guerra mondiale, a Martin Bormann e a un certo spartito, intitolato *Marsch-Impromptu*, che si dice che conduca a un deposito segreto dei nazisti, contenente oro e diamanti. Ovviamente nessuno ha mai decifrato questo codice, né tantomeno rivenuto oro o diamanti grazie a esso, però nel romanzo funziona bene. Le soluzioni delle varie righe di testo sono invenzioni altrui, l'anagramma delle lettere sottostanti è invece una mia creazione.

La profezia citata nel cap. 51 (*Quando il Venerdì Santo cadrà nel giorno di San Giorgio, Pasqua nel giorno di San Marco e il Corpus Domini nel giorno di San Giovanni, piangerà il mondo intero*) esiste davvero, e a lungo è stata associata ai Wittelsbach e a Ludovico II. La cosa interessante è che le tre circostanze da essa elencate si sono verificate nel 1886, l'anno in cui è morto Ludovico II. Gli altri indizi presenti nel cap. 51, invece, sono frutto della mia fantasia.

La Baviera ha una grande importanza politica per la Germania (cap. 9), e da molto tempo è presente in essa una vena d'indipendentismo. Non ha firmato la Costituzione di Bamberga del 1919, né il trattato costitutivo della Repubblica federale tedesca nel 1948, né la Legge fondamentale della Repubblica federale di Germania del 1949 (cap. 9). Tuttavia, non esiste un movimento rivoluzionario bavarese come quello descritto in questo romanzo. In compenso le profonde relazioni politiche e finanziarie che legano la Germania alla Cina (cap. 37) sono reali. A tutt'oggi la Cina è il principale alleato commerciale e politico della Germania.

La storia delle Hawaii (cap. 25) è riportata fedelmente, compreso il colpo di Stato del 1893. I coltivatori americani, con l'ausilio dell'esercito statunitense, si sono impossessati dell'arcipelago e hanno messo fine alla monarchia (capp. 25 e 27). Il presidente Grover Cleveland ne è rimasto orripilato e la sua ammonizione del 1893 (citata nel cap. 27) è avvenuta realmente. Già all'epoca un'inchiesta del Congresso ha messo in luce tutti i torti commessi, ma non è stato fatto nulla per raddrizzarli, perciò nel 1898 le Hawaii sono diventate un territorio degli Stati Uniti e, nel 1959, uno Stato. L'Apology Resolution del 1993, emessa dal Congresso nel centenario del colpo di Stato, è vera (cap. 27), ma il « paragrafo 6 della sezione 1 » è una mia invenzione.

David Kalākaua è salito al trono delle Hawaii nel 1881 (cap. 21). La sua sfavillante storia personale, così come quella della monarchia hawaiana in generale, è riportata secondo verità storica. C'è, in effetti, una certa somiglianza tra lui e Ludovico II (cap. 26). È vero anche che nel 1881 Kalākaua è stato il primo monarca a compiere un giro del mondo, con tappe in Austria e Germania, ma l'incontro col re di Baviera (prologo e cap. 26) è una mia invenzione. Per quanto possa sembrare sorprendente, è vero che Ludovico II ha avuto, nel 1865, la Gran croce di cavaliere dell'Ordine reale di Kamehameha I. È stato uno dei primi non hawaiani a riceverla.

Per quale motivo?

Non si sa.

Le terre rare sono importantissime per il mondo di oggi (cap. 31): sono impiegate nella produzione di quasi tutti i dispositivi elettronici del pianeta. Tutte le informazioni a questo riguardo sono corrette: la Cina domina da tempo il mercato mondiale delle terre rare, controllandone l'80-90%, il che è tuttora una questione di sicurezza nazionale, non solo per gli Stati Uniti, ma anche per tutti gli altri Paesi. È vero anche che nelle acque delle Hawaii si trova un gigantesco giacimento di terre rare, sufficiente a scalzare il monopolio cinese, e in attesa di essere raccolto (capp. 31 e 33).

I Guglmänner (cap. 19) esistono davvero. Girano in tunica e cappuccio neri e mettono in scena eventi pubblici di ogni genere, per richiamare l'attenzione su quello che loro definiscono «l'assassinio di Ludovico II e dell'indipendenza bavarese» (capp. 20 e 23). Il rito d'iniziazione che descrivo nel cap. 32 è ispirato a tutt'altra organizzazione. Esiste una cerimonia del genere anche presso le Tuniche Nere, ma le sue modalità non sono note al pubblico.

La famiglia Wittelsbach era, un tempo, potentissima: ha governato la Baviera per più di ottocento anni. La sua supremazia ha avuto fine il 12 novembre 1918, con la dichiarazione di Anif. In questo romanzo, il principe Stefan e il duca Albert sono frutto della mia fantasia, ma i loro antenati no, e sono descritti nel pieno rispetto della verità storica. Il principe reggente Luitpold (cap. 18) ha governato con saggezza al posto del nipote malato di mente, re Ottone, succeduto al fratello Ludovico II. Luitpold era assai benvoluto, e alla sua morte, nel 1912, è salito al trono suo figlio, Ludovico III (capp. 49 e 58). Anche quest'ultimo è una figura tragica: ha avuto la sfortuna di regnare durante la Prima guerra mondiale e in mezzo ai violenti sentimenti rivoluzionari che essa ha generato. Ha perso la corona nel 1919. Ovviamente le sue manovre di occultamento di salme e di documenti sono una mia invenzione.

È un personaggio storico Franz von Löher. È vero che Ludovico II l'ha incaricato di cercargli un nuovo regno (cap. 10). Von Löher ha compiuto due viaggi all'estero (nel 1873 e nel 1875), durante i quali ha trovato varie terre assai promettenti, molte delle quali sono elencate nel cap. 21. Ma nessuna di esse è stata giudicata adatta, e l'intera impresa è rimasta segreta. È stata rivelata soltanto dopo la morte di Ludovico II. Io non ho fatto altro che aggiungere all'elenco le Hawaii. Von Löher ha veramente scritto i libri citati nel cap. 10. Una delle sue opere riguarda, appunto, il lavoro da lui svolto per Ludovico II. L'Ultimo Regno intorno al quale ruota questo romanzo è una mia invenzione, ma il testo dell'atto di cessione (cap. 84) è ricalcato su documenti realmente redatti nel XIX secolo.

Il romanzo è incentrato su Ludwig Friedrich Wilhelm von Wittelsbach, altrimenti noto come re Ludovico II di Baviera.

Di lui gli storici ci danno ritratti assai discordanti, descrivendocelo di volta in volta come innovatore, genio, scialacquatore o folle. È senz'altro vero che aveva una forma d'instabilità mentale. Oggi gli verrebbe forse diagnosticato un disturbo bipolare, o una depressione cronica, da trattare per via farmacologica. Ma nella seconda metà del XIX secolo la medicina non aveva ancora fatto questi progressi.

Quel che è chiaro è che Ludovico era un uomo complesso. Tuttavia, al contrario di quanto molti hanno detto e scritto, non ha mandato in bancarotta la Baviera: per finanziare i suoi progetti edili utilizzava soltanto i fondi che il governo gli erogava annualmente per il suo mantenimento. Esaurita quella fonte, chiedeva prestiti a privati. Perciò, in sostanza, ha mandato in bancarotta soltanto se stesso, a forza di spendere soldi che non aveva e farsi prestare somme che non poteva restituire. Però è vero che, dopo la sua morte, tutti quei debiti sono stati estinti dal governo bavarese.

Ludovico II era un vanesio, un uomo ostinato, con una buona misura di narcisismo e megalomania. Trascurando i propri doveri, ha messo il governo bavarese in una posizione insostenibile, nella quale non c'era altra scelta che rimuovere il sovrano dall'incarico (cap. 11) senza molte alternative, grazie a una curiosa disposizione della Costituzione bavarese. È interessante la domanda posta da Ludovico alla commissione venuta a prenderlo in custodia (cap. 11): « Venite a dire a un pazzo che è pazzo? Il fatto stesso che vi aspettiate che io comprenda il vostro discorso non prova forse che sono sano di mente? »

Il rapporto tra Ludovico e Richard Wagner era profondo ed emotivo (cap. 14), al punto da costituire un'insana ossessione. Con una melomania che sconfinava nell'irrazionale, Ludovico è diventato l'unico mecenate del compositore lipsiano. I suoi castelli, soprattutto Neuschwanstein, sono pieni d'immagini ispirate alle opere wagneriane. La cosa mi ha aiutato nella scelta di un titolo da dare al libro di Herrenchiemsee (cap. 14): *Tannhäuser e la gara dei cantori della Wartburg*. Ho attinto a Wagner anche nei riferimenti al *Sängerkrieg* e al *Rätselspiel* (cap. 58). Nel 1883, quando il grande musicista è morto, Ludovico ha ordinato che tutti i pianoforti del suo palazzo venissero coperti da un drappo nero e mai più suonati (cap. 14).

Ludovico II è morto nel momento che più faceva comodo - cioè all'indomani della sua deposizione - e la cosa resterà per sempre un mistero. La spiegazione fornita nel cap. 17 è la più logica, al netto dei vari complottismi. Ma non è farina del mio sacco: l'ho tratta dalla meravigliosa biografia *Ludwig. Genio e follia di un re,* di Greg King. A tutt'oggi abbondano le congetture sulla morte di Ludovico. Il suo funerale di Stato (capp. 11, 13 e 23) è stato molto elaborato, e la sua tomba, nella cripta della chiesa di San Michele, è sigillata dal 1886. Questo significa che nessuna tecnica scientifica moderna è stata utilizzata per determinare la causa del decesso. Forse un commento che lui stesso aveva fatto in un'occasione può essere applicato anche alla sua morte:

Un eterno enigma desidero restare, per me e per gli altri.

RINGRAZIAMENTI

Un sincero grazie a Ben Sevier, vicepresidente senior e direttore editoriale di Grand Central. A Wes Miller, il mio editor: è stato un piacere conoscerlo e lavorare con un uomo dalle intuizioni tanto brillanti. Con lui, questo libro è diventato assai più valido. A Tiffany Porcelli per la sua competenza commerciale; a Staci Burt che si è occupata dell'ufficio stampa; a tutti coloro che hanno lavorato duro per creare la copertina e lo splendido impaginato; e anche al commerciale e alla distribuzione, che hanno fatto in modo che il libro esistesse e fosse largamente presente sul mercato. Grazie a ognuno di voi.

Un profondo inchino a Simon Lipskar, mio agente e amico.

Menzioni supplementari: Jessica Johns ed Esther Garver, che continuano a tenere attiva la Steve Berry Enterprises; Peter Rohde, che ci ha accompagnati in giro per la Baviera; Slobodan Gudalovic, la nostra guida a Herrenchiemsee; e Angela Finley, che ci ha generosamente donato il suo tempo a Linderhof.

Come sempre, ringrazio mia moglie Elizabeth, che resta la più speciale di tutti.

I romanzi hanno tempi di produzione assai lunghi. Per me, due anni. Questo libro è stato scritto nel 2020, ma viene pubblicato soltanto nel 2023. Nel corso della lavorazione, io ed Elizabeth abbiamo deciso di traslocare. Costruire una casa non è mai facile. Si può forse annoverare tra le cose più difficili che una coppia sposata possa fare. Ma costruirla mentre ci si trova a duecento chilometri dal cantiere, per giunta durante una pandemia, questa sì, che è un'impresa.

Noi, però, ce l'abbiamo fatta.

I talentuosissimi professionisti e artigiani che hanno lavorato alla nostra casa sono innumerevoli, troppi per tentare di elencarli qui, ma ce ne sono cinque che spiccano, e che complessivamente ci hanno dedicato migliaia di ore del loro tempo, spingendo al limite la loro inventiva. I primi due sono il nostro imprenditore edile, Derrick Koger, e suo figlio Nick, che hanno capitanato l'intera opera di costruzione della Derrick Builders. Poi c'è il Toni Sims Design Studio, capeggiato - ovviamente - da Toni Sims. Ma c'è anche sua figlia, Trinity Dorner (altrimenti nota come QA), e poi c'è Kelsey Deal. Il lettore avrà notato che in questo libro ci sono personaggi che prendono nome da Derrick, Trinity e Toni; ebbene, si tenga presente che sono fittizi, con ben poca somiglianza con le persone reali, eccettuata l'omonimia. Quanto a Kelsey e Nick, ho dato i loro nomi ai personaggi principali del mio romanzo del 2022, *Il sigillo della Vergine*.

Io ed Elizabeth desideriamo ringraziarli tutti.

Perciò questo libro, il primo a essere completato nella nostra nuova casa, è per loro.

Nguyễn Phan Quế Mai

DOVE VOLA LA POLVERE

Tre vite segnate dalla guerra
Una grande storia di speranza e redenzione

Il rombo degli elicotteri squarcia il silenzio delle risaie. Poi una raffica di colpi, le esplosioni, il fiume che si tinge di rosso... Trang ha ancora negli occhi il bombardamento che ha devastato il suo villaggio e, con la famiglia rimasta senza casa e schiacciata dai debiti, capisce che l'unico modo per sopravvivere è andare nella capitale, Sài Gòn, insieme con sua sorella Quỳnh. Si dice che, per ragazze carine come loro, lì sia facile guadagnare. Basta sedersi nei bar a bere con gli americani. La realtà, però, è molto più umiliante. E solo l'incontro con un ufficiale sensibile e gentile, che la tratta con rispetto, sarà per Trang una luce di gioia. Ma di breve durata... Fin dalla nascita, Phong ha avuto una vita durissima. Perché lui è «meno della polvere», epiteto con cui vengono insultati i figli nati dalle relazioni tra soldati americani e donne vietnamite. Con la sua pelle nera e i capelli ricci, Phong ha sempre portato il segno della colpa scritto in faccia. Eppure non si è mai arreso e, adesso che ha quarant'anni, spera che quel marchio d'infamia possa permettere a lui e ai suoi figli di ottenere un visto per gli Stati Uniti. E la sua strada s'incrocerà con quella di Dan, un veterano tornato in Vietnam per esorcizzare i fantasmi del passato e fare i conti con un segreto che potrebbe distruggere il suo matrimonio...

Dopo lo straordinario successo di *Quando le montagne cantano,* Nguyễn Phan Quế Mai torna con una nuova saga dal valore universale e all'insegna della speranza. Perché se è stata la guerra a segnare l'esistenza di Trang, Phong e Dan, e a costringerli a compiere scelte dolorosissime, saranno proprio queste scelte a legare i loro destini e a guidarli lungo un cammino di riscatto, compassione e fiducia in un futuro di pace.

EDITRICE NORD

Dolen Perkins-Valdez

PRENDI LA MIA MANO

«Non c'è diritto più grande per una donna che avere una scelta.»

Una baracca fatiscente, il cui unico fornello è una buca scavata nel pavimento di terra battuta. Civil non riesce a credere che nel 1973 ci siano ancora persone che vivono in quelle condizioni. Eppure è proprio lì che abitano le sue prime due pazienti. Infermiera diplomata, Civil ha scelto di lavorare al consultorio di Montgomery, in Alabama, per aiutare le giovani donne a essere padrone del proprio corpo. Ma di fronte a lei ci sono due ragazzine di tredici e undici anni, che di tutto hanno bisogno tranne che di anticoncezionali. Sono sporche, trascurate, sconfitte. A loro serve un'iniezione di speranza. E Civil ce la mette tutta, andando ben oltre il suo ruolo e trovando un impiego per il padre e un alloggio popolare. Lontano da quella miseria, è come se la famiglia rifiorisse. Ma tutto cambia il giorno in cui Civil scopre con orrore che il consultorio ha inserito le due sorelle nel programma di sterilizzazione. È una prassi comune, soprattutto per le giovani nere e povere, che «non sanno cosa sia meglio per loro». È un'ingiustizia intollerabile, e Civil non può restare a guardare mentre ragazzine innocenti vengono trattate come animali e private del loro diritto di scelta.
Armata di una forza che non sapeva neppure di avere, Civil contatta avvocati, giudici, testimoni. Grazie alla sua determinazione, il caso arriverà fino alla Corte Suprema, cambiando per sempre il corso della Storia...
Ispirato a eventi realmente accaduti, questo romanzo è il racconto della straordinaria lotta di una donna per i diritti di tutte le donne indifese, un monito contro i pericoli del razzismo, della demagogia e del paternalismo. Perché ciò che la Storia dimentica è destinato a ripetersi.

EDITRICE NORD

PEFC
PEFC/18-32-03

Certificato PEFC
Questo prodotto è realizzato con materia prima da foreste gestite in maniera sostenibile e da fonti controllate
www.pefc.it

Fotocomposizione Editype S.r.l.
Agrate Brianza (MB)

Finito di stampare
nel mese di settembre 2023
per conto della Casa Editrice Nord s.u.r.l.
da Elcograf S.p.A.
Stabilimento di Cles (TN)
Printed in Italy